EIN TRAUM VON LIEBE

MARIE FORCE

HTJB, Inc.

Der dreisteste Terroranschlag der Geschichte. Ein Land, das auf Rache aus ist. Eine Liebesgeschichte, die vorzeitig endet. Ein gebrochenes Herz, das nie wirklich heilt.

Ich wusste am Tag des Anschlags, dass sich unser Leben für immer verändert hat. Was ich damals nicht wusste, war, dass ich John, nachdem er zu seinem Einsatz aufgebrochen war, nicht wiedersehen würde. Am einen Tag lebte er mit mir zusammen, schlief neben mir, machte Pläne mit mir. Am nächsten Tag war er weg.

Das war vor fünf Jahren. Das Leben ist weitergegangen, aber ich stecke in meiner persönlichen Hölle fest und warte auf einen Mann, der, nach allem, was ich weiß, am Ende längst tot ist. Doch dann treffe ich bei der Hochzeit meiner Schwester Eric, den Bruder des Bräutigams, und mein Herz erwacht wieder zum Leben.

Die Welt ist von der Ergreifung des terroristischen Superhirns, der von den U.S. Special Forces in einem gewagten Manöver zur Strecke gebracht wird, fasziniert. Jetzt bin ich gefangen zwischen der Hoffnung, von John zu hören, und der Angst, was aus meinem neuen Leben mit Eric werden soll, wenn das passiert.

Der brandneue Roman aus der Feder der Bestsellerautorin Marie

Force, eine epische Geschichte über Liebe, Ehre, Pflicht, unerträgliche Entscheidungen und ein unmögliches Dilemma.

Originaltitel: Five Years Gone © 2018 Marie Force
Copyright für die deutsche Übersetzung: Five Years Gone – Ein Traum von Liebe ©
2018 Ivonne Senn
Lektorat: Ute-Christine Geiler, Birte Lilienthal, Agentur Libelli GmbH
Deutsche Erstausgabe
Cover: Hang Le
ISBN: 978-1-946136-51-0

Die Ereignisse in diesem Buch sind frei erfunden. Die Namen, Charaktere, Orte und
Ereignisse entspringen der Fantasie der Autorin oder wurden in einen fiktiven Kontext
gesetzt und bilden nicht die Wirklichkeit ab. Jede Ähnlichkeit mit lebenden oder toten
Personen, tatsächlichen Ereignissen, Orten oder Organisationen ist rein zufällig.

PROLOG

AVA

Meine Schwester Camille macht keine halben Sachen, und das gilt auch für ihre Hochzeit. Sie ist eines dieser Mädchen, die ich zu gerne hassen würde, wenn sie nicht meine geliebte Schwester wäre. Drei Jahrgänge unter mir in der Highschool war sie Klassensprecherin, Captain der Cheerleader, Abschlussrednerin und Ballkönigin. Ich bin sicher, die Lehrer, die mich zuerst kennengelernt haben, haben sich gefragt, wie der gleiche Genpool zwei so unterschiedliche Schwestern hervorbringen konnte. Warum glaubt ihr, bin ich so weit von zu Hause weggezogen, um aufs College zu gehen, und danach dortgeblieben? In San Diego hat mich zumindest niemand mit meiner Rockstar-Schwester verglichen.

Vor ein paar Wochen hat sie ihren Abschluss an der Yale Law School gemacht, natürlich als Beste ihres Jahrgangs, war in der *Law Review* erwähnt worden, hatte Jobangebote von allen großen Kanzleien im Land und trug an ihrer Hand einen dreikarätigen Diamanten vom Sohn des Gouverneurs von New York.

Wie gesagt, sie tut nichts halbherzig. Und so bin ich jetzt also hier im Waldorf Astoria in New York City und stehe neben meiner Schwester, während sie in einer verschwenderischen Zeremonie Robert James

Tilden III heiratet. Hatte ich erwähnt, dass sie außerdem echt umwerfend ist? Tja, das ist sie, und heute noch mehr als sonst. Sie strahlt vor Glück und Aufregung und ungezügelter Freude, was eine bittere Erinnerung an all das ist, was ich verloren habe.

Man reiche mir den Champagner.

Wenn es je einen Zeitpunkt gegeben hat, um sich sinnlos zu betrinken, dann diesen. Rob hat für alle Gäste der Hochzeitsparty Hotelzimmer gebucht, sodass niemand fahren oder nach der Feier auch nur halbwegs funktionieren muss. Ich habe vor, die Großzügigkeit meines Schwagers bis hin zum Frühstück auf dem Zimmer voll auszunutzen.

Camille umfasst meinen Arm, als wir von der Dachterrasse, wo das glückliche Paar seine Gelöbnisse ausgetauscht hat, in Richtung Ballsaal gehen, in dem die Feier stattfinden wird. »Hilf mir auf der Toilette«, flüstert sie.

Ich folge ihr in die Waschräume, wo uns eine Angestellte begrüßt und der Braut gratuliert.

»Vielen Dank«, sagt Camille und schenkt der Frau ein liebenswürdiges Lächeln.

»Nehmen Sie die Behindertentoilette«, rät die Angestellte. »Da ist mehr Platz.«

»Gute Idee«, erwidere ich und gehe mit Camille in die Kabine, wo meine Schwester mir erklärt, wie ich ihr Kleid hochheben muss. Ich halte es, so gut es geht, aus dem Weg, während sie sich vorsichtig hinsetzt.

»Das stand nicht in meiner Jobbeschreibung als Trauzeugin.«

Sie lacht. »Sorry, aber dafür sind Schwestern da. Und ich bin *so* froh, dass du hier bist.«

»Ich auch.« Und ich meine das aufrichtig. »Es ist toll, dich so glücklich zu sehen.«

»Ich bin glücklich, morgen werde ich allerdings noch glücklicher sein. Ich bin so was von urlaubsreif, nachdem ich während des letzten Studienjahres nebenbei diese Hochzeit geplant habe. Wenn mich das nicht umgebracht hat, wird es nichts je tun. Jetzt will ich zwei Wochen mit Strand, Sonne, Sex und Alkohol.«

Mein Herz zieht sich vor Neid zusammen, wodurch ich mich klein und missgünstig fühle. Was würde ich nicht für zwei Wochen in den

Tropen mit John geben. Was würde ich nicht dafür geben, einfach nur zu wissen, dass er lebt. Ich schüttle diese Gedanken ab. Jetzt ist nicht der Moment, um sich in der Vergangenheit zu suhlen. Heute geht es um Camille und Rob, und ich bin entschlossen, mich voll auf sie zu konzentrieren.

Sie richtet sich auf und wirft sich mir in die Arme. »Ich liebe dich so sehr, Ava. Ich bin so froh, dass du wieder zu Hause bist, wo du hingehörst.«

Ich blinzele die Tränen zurück und erwidere die Umarmung. »Ich liebe dich auch.« Es ist gut, wieder zu Hause zu sein. Ob ich hierhergehöre, ist hingegen fraglich. Ich habe keine Ahnung mehr, wohin ich gehöre, aber ich werde es herausfinden. »Heute wollte ich nirgendwo lieber sein als hier bei dir.« Das ist definitiv wahr.

Nachdem sie sich die Hände gewaschen hat, hakt sie sich bei mir unter und führt mich aus dem Waschraum. Die Angestellte sieht uns amüsiert zu. »Dann lasst die Party beginnen.«

Wir stellen uns in Zweierreihen im Flur vor den Toiletten auf, an meiner Seite der andere Trauzeuge, Robs Bruder Eric. Meine Schwester hat da in einen ziemlich fabelhaften Genpool eingeheiratet. Die Tildens sind nicht bloß reich und erfolgreich, sondern zudem unglaublich attraktiv. Rob ist ein Drilling und hat sich den Bauch seiner Mutter mit seinem Bruder Eric und ihrer Schwester Amelia geteilt, die alle nur Amy nennen. Sie sind ein auffälliges Trio – Rob und Amy ähneln mit ihren dunklen Haaren und dunklen Augen ihrem Vater, während Eric die blonden Haare und hellbraunen Augen seiner Mutter geerbt hat. Trotz ihres unterschiedlichen Aussehens gibt es eine unverkennbare Ähnlichkeit zwischen den dreien und ihrer jüngeren Schwester Julianne, einem blonden Hitzkopf, die uns das ganze Wochenende zum Lachen gebracht hat.

Ich habe die Tildens sofort ins Herz geschlossen und verstanden, warum meine Schwester so in Rob verliebt ist – der wiederum ihr so rettungslos verfallen ist, dass uns anderen vom Zuschauen beinahe übel wird. Ich lasse sie in Ruhe, weil es ihr Hochzeitswochenende ist, aber während der Feierlichkeiten der letzten Tage ist mir öfter »Nehmt euch ein Zimmer« durch den Kopf geschossen.

»Meine Güte«, murmelt Eric, während wir darauf warten, in den Ballsaal zu schreiten. »Spart euch das für die Flitterwochen auf.«

Als ich einen Blick über meine Schulter werfe, sehe ich Rob und Camille, die sich erneut innig küssen. Ich lache über Erics angewiderte Miene. »Sie können nicht anders.«

»Ich brauche einen Drink. Die Trauzeugen dürfen trinken, oder?«

»Mein Gott, das hoffe ich doch!«

»Ihr seid dran«, sagt die Hochzeitsplanerin, eine energiegeladene Frau namens Mimi, nachdem Julianne und Robs Cousin Nate vorgestellt wurden.

»Bereit?« Eric hält mir den Arm hin.

Ich lege meine Hand darauf. »Bereit.«

»Bitte begrüßen Sie den Trauzeugen und Bruder des Bräutigams Eric Tilden und unsere Trauzeugin, die Schwester der Braut, Ava Lucas.«

Der DJ zieht jede Silbe meines Namens in die Länge und macht »Avaaaaaa Luuuuuuuucasssssss« daraus.

Begleitet vom donnernden Applaus der beinahe fünfhundert Gäste betreten wir den Ballsaal. Ich gebe zu, die Menge und der Lärm schüchtern mich ein, weshalb ich mich ein wenig fester an Eric klammere. Als würde er meine Anspannung spüren, legt er seine freie Hand auf meine. Die Geste beruhigt mich.

Wir stellen uns zu den anderen Gästen an den Rand der Tanzfläche.

»Und nun heißen Sie bitte unsere Braut und unseren Bräutigam willkommen. Rob und Camille Tilden!«

Der Applaus ist ohrenbetäubend, als das glückliche Paar in den Ballsaal schreitet und immer wieder für Küsse und Umarmungen von Freunden und Familie stehen bleibt. Seitdem sie sich vor zwei Jahren auf einer Spendengala von Robs Dad kennengelernt haben, als Camille gerade ihr erstes Jahr des Jurastudiums beendet hatte, sind die beiden überwältigend glücklich. Rob managt die Kampagnen seines Vaters und leitet das New Yorker Büro.

»Können wir jetzt endlich was trinken?«, sagt Eric so nah an meinem Ohr, dass nur ich es hören kann.

»Ich zähle die Minuten.« Ich schaue zu ihm auf und sehe, dass sein Blick auf mich und nicht auf das Brautpaar gerichtet ist. Der dezente, würzige Duft seines Aftershaves umfängt mich und weckt in mir den Wunsch, mich näher zu ihm zu lehnen. So nah, erkenne ich in einem Moment der Verzweiflung, bin ich einem Mann seit dem Tag, an dem John mich zum Abschied geküsst hat und dann aus meinem Leben verschwunden ist, nicht mehr gekommen.

Ich erschauere, obwohl es in dem Saal nicht kalt ist. Im Gegenteil, es ist sogar ein wenig zu warm.

»Geht es dir gut?«, fragte Eric.

Ich nicke, aber mein Herz schmerzt. Was würde ich nicht dafür geben, den Mann, den ich liebe, heute bei mir zu haben, damit er mit mir die Hochzeit meiner Schwester feiern, meine Familie kennenlernen und die Nacht durchtanzen kann. Selbst inmitten von so viel Glück und Freude droht mich die Trauer zu überwältigen.

»Es ist irgendwie abstoßend, oder?«, fragt Eric, als er mich über die Tanzfläche wirbelt, nachdem der Hochzeitstanz vorbei ist und die Gäste dazu gebeten wurden, um zu »The Best Is Yet to Come« von Frank Sinatra aufs Parkett zu kommen.

»Was ist abstoßend?«

»Wie perfekt die beiden füreinander sind.« Er nickt in Richtung von Rob und Camille, die so miteinander beschäftigt sind, dass die anderen Menschen im Raum für sie gar nicht zu existieren scheinen.

»Das ist nicht abstoßend. Die beiden *sind* perfekt füreinander.«

Er zieht sich ein wenig zurück, um mich mit einem übermütigen Funkeln in den Augen anzusehen. »Findest du es nicht ein *klitzekleines bisschen* abstoßend, dass zwei Menschen so umwerfend *und* so erfolgreich sein können?«

Ich werde niemals zugeben, solche Gedanken selbst schon mal gehabt zu haben. »Nein, natürlich nicht. Sie ist meine Schwester. Ich bin sehr stolz auf sie – und freue mich für sie.«

»Aha. Okay. Wenn du das sagst.«

Warum versucht er, mich zu ködern? »Ja, das sage ich.«

»Du findest es nicht ein *klitzekleines bisschen* unfair, dass sie alles haben – Aussehen, Intelligenz, wahre Liebe, Superjobs *und* eine fabelhafte Wohnung? Wie viel willst du wetten, dass sie hässliche Kinder bekommen?«

Das ist so unmöglich, dass ich das nervöse Lachen, das in meiner Kehle aufsteigt, nicht unterdrücken kann.

»Aha! Ich wusste es! Du bist davon überzeugt, dass ihre Kinder hässlich werden.«

»Stimmt gar nicht! Sag so etwas nicht. Er ist dein Bruder. Du solltest ihn gern haben.«

»Das tue ich auch, nur manchmal möchte ich ihm lieber eine reinhauen. Ihm fällt alles einfach so in den Schoß. Er musste sich nie wirklich für irgendetwas anstrengen.«

»Aber du schon?«

»Ich habe für alles hart gearbeitet, was ich besitze. Das tue ich immer noch.«

»Was machst du denn?«

»Ich bringe Jahre damit zu, für den Fonds, für den ich arbeite, eine einzelne Firma zu durchleuchten, bloß damit die dann abgeschossen wird, wenn ich sie dem Akquisitionsteam vorstelle. Danach muss ich eine weitere Firma finden, wieder Jahre an dem Angebot arbeiten und hoffen, dass es nicht ebenfalls abgelehnt wird. Meine Quote liegt bei eins zu vier in den letzten drei Jahren.«

»Das klingt ziemlich ...«

»Deprimierend?«

»Ist es das?«

»Das kann es sein. Es ist ein ziemlicher Schlag, wenn man so viel Zeit und Energie investiert, nur um dann eine Absage zu erhalten.« Er beugt sich ein wenig zu mir und ist mir damit wieder näher, als jeder andere Mann seit John es gewesen ist. »Ich verrate dir ein kleines Geheimnis. Diese Firmen, mit deren Durchleuchtung ich so viel Zeit verbringe?«

Ich nicke gebannt.

»Ich habe persönlich in jede von ihnen investiert, und sie haben *spektakuläre* Ergebnisse erzielt.«

»Dann war die Zeit nicht vergeudet.«

»Überhaupt nicht.« Er sieht auf mich hinunter und studiert meine Gesichtszüge auf eine Weise, die mich an John erinnert. Er hatte es an dem Abend, an dem wir uns kennengelernt haben, genauso gemacht – und noch einmal an dem Tag, an dem er aus meinem Leben verschwand. Die Erinnerung trifft mich wie ein Schlag in den Magen und presst mir alle Luft aus den Lungen. »Du bist sehr hübsch. Aber das weißt du natürlich.«

Das schönste Mädchen, das ich je getroffen habe. Johns raue, sexy Stimme poppt in meinem Kopf auf, und ich werde direkt in unser Schlafzimmer zurücktransportiert, das wir in einem hellen Grauton gestrichen hatten, in das Bett, das wir gemeinsam ausgewählt hatten, in die Laken, in denen wir einander geliebt haben und er mir süße Worte ins Ohr geflüstert hat, die ich nie vergessen werde.

»Ava? Ist mit dir alles in Ordnung?«

Erics Stimme reißt mich aus den Erinnerungen, in denen ich gerne verweilt wäre. Sie kommen weniger häufig als früher, und ich lebe in der ständigen Angst, sie irgendwann für immer zu verlieren.

»Ava?«

Ich schaue zu ihm auf und bemerke verlegen, dass er innegehalten hat und mich nun besorgt ansieht.

»Ich ... Es tut mir leid.«

»Ich wollte dich nicht traurig machen.«

»Das hast du nicht.«

Der Rest der Gäste, einschließlich Braut und Bräutigam, sehen uns an und fragen sich, warum wir nicht tanzen, wie wir es eigentlich sollten.

»Holen wir uns einen Drink«, schlägt Eric vor.

»Aber der Tanz ...«

»Vergiss den Tanz.« Er nimmt meine Hand und führt mich zu einer der fünf Bars, die strategisch in dem riesigen Ballsaal verteilt sind. »Was hättest du gerne?«

»Nur ein Wasser, bitte.«

Er bestellt mein Wasser und für sich einen Bourbon. »Komm, gehen wir an die frische Luft.«

Wir nehmen unsere Getränke mit auf den Balkon hinaus, wo die warme Junibrise eine willkommene Erleichterung ist nach der eher stickigen Luft im Saal.

»Habe ich es vermasselt, weil ich gesagt habe, dass du hübsch bist?«

»Nein, natürlich nicht.« Die ganze Episode ist mir unendlich peinlich. Gerade, wenn ich denke, ich stünde wieder auf festem Boden, taucht eine Erinnerung an John auf und beweist mir das Gegenteil. Manchmal glaube ich, ich bin auf dieser Reise noch keinen Schritt weitergekommen als an dem Tag, an dem er fort ist.

»Nun, nur fürs Protokoll, du bist *sehr* hübsch. Mehr als das. Umwerfend ist ein wesentlich besseres Wort. Das war mein erster Gedanke, als ich dich beim Probedinner gesehen habe.«

»Danke.« Er flirtet mit mir, aber ich bin so aus der Übung, dass ich keine Ahnung habe, wie ich darauf reagieren soll.

»Bist du sicher, dass es dir gut geht?«

»Ja, jetzt ist es besser. Da drinnen war es ziemlich warm.«

»Das stimmt. Camille hat erzählt, du bist aus San Diego nach New York zurückgezogen. Was hast du da drüben gemacht?«

Ich habe mich in einen absolut außergewöhnlichen Mann verliebt, der vor fünf Jahren einfach so aus meinem Leben verschwunden ist. »Ich ... ich habe im PR-Bereich gearbeitet.«

»Wirklich? Julianne ist auch in der PR-Branche. Sie kennt jeden. Ich wette, sie kann dir helfen, einen Job zu finden. Also, falls du auf der Suche bist.«

»Das wäre toll, denn das bin ich. Ich habe meine Fühler in der ganzen Stadt ausgestreckt, doch ich habe das dumpfe Gefühl, hier geht es mehr darum, wen man kennt, als was man kann.«

Mein Ziel ist es, in der Stadt zu wohnen und zu arbeiten, damit ich so schnell wie möglich wieder aus dem Haus meiner Eltern in Purchase ausziehen kann. Nach einem Monat daheim weiß ich bereits, dass zu viel Zeit vergangen ist, als dass ich wieder längerfristig bei ihnen wohnen kann. Meine Eltern sind bezaubernd und meinen es gut, aber sie umsorgen mich, als wäre ich zwölf und nicht achtundzwanzig, und ich bin innerlich noch so verletzt, dass es leicht wäre, zuzulassen, dass sie sich bis in alle Ewigkeit um mich kümmern.

»Wir finden was für dich.«

Er sagt das mit dem Selbstbewusstsein eines Mannes, der Verbindungen hat. Als Sohn des Gouverneurs hat er davon vermutlich reichlich, und ich habe keine Probleme damit, die Bekannten seiner Familie auszunutzen, um mein neues Leben in New York anzufangen. Nach ein paar Minuten auf dem Balkon kehren wir zur Feier zurück. Wir sitzen gemeinsam am Haupttisch, wo wir ein köstliches Essen mit Rinderfilet und Scampi genießen. Eric unterhält mich mit urkomischen Geschichten über das Aufwachsen als ein Tilden und darüber, wie seine Eltern den Geschwistern sämtliche Streiche, die sie einander gespielt haben, verbieten mussten, aus Angst, sie würden das Haus abfackeln.

Trotz der Menschenmenge im Saal und der ausgelassenen Stimmung um uns herum habe ich das Gefühl, als wären wir ganz allein auf einem Date. Er schenkt mir seine volle Aufmerksamkeit, außer es kommt jemand, der ihn begrüßen will. Dann stellt er mich als Camilles Schwester Ava vor und bezieht mich in die Unterhaltung mit ein. Er ist charmant und lustig und attraktiv, aber ich bin mir nicht sicher, ob er es ist oder der Champagner, von dem mir leicht schwindelig ist. Doch was auch immer es ist, ich habe so viel Spaß wie seit Jahren nicht mehr.

Mimi, die Hochzeitsplanerin, taucht nach dem Dinner mit einem kabellosen Mikrofon auf, das sie Eric reicht. »Du bist dran.«

»O Mist«, sagt er zu mir. »Ich hatte ganz vergessen, dass ich eine Rede halten muss. Was soll ich sagen?«

»Ist das dein Ernst?«

»Ach Quatsch.« Er lacht über meine entsetzte Miene. »Ich hab das drauf.«

Er steht auf und räuspert sich laut ins Mikrofon. »Wenn ich bitte Ihre geschätzte Aufmerksamkeit haben dürfte.« Als es im Saal ruhig wird, fährt er fort: »Das ist der Teil des Programms, in dem der Trauzeuge den Bräutigam mit peinlichen Geschichten in Verlegenheit bringen soll, bei denen die Braut sich fragt, was zum Teufel sie sich nur dabei gedacht hat, so einen Idioten zu heiraten.«

Gelächter brandet auf, und Rob funkelt seinen Bruder warnend an.

»Zu meinem und Ihrem Bedauern tut Rob jedoch grundsätzlich nichts, was peinlich wäre. Ich weiß ... Es ist nicht fair und irgendwie auch falsch, dass jemand zweiunddreißig wird, ohne eine wirklich peinliche Geschichte an sich kleben zu haben. Aber so ist unser Rob. Fokussiert, brillant und trotz eines erschreckenden Mangels an Fehlern ein Kerl, mit dem man gern zusammen ist. Nach allem, was ich gehört habe, hat er in Camille eine Frau gefunden, die genauso ist wie er.« Ernst sagt er: »Rob, wir kennen uns schon sehr lange.«

Wieder Gelächter.

»Und auch wenn du nur fünf Minuten älter bist als ich, warst du ein großartiger großer Bruder und bester Freund. Ich liebe dich und wünsche dir und Camille im Namen aller Anwesenden nur das Beste. Herzlichen Glückwunsch.«

Rob steht auf, um seinen Bruder zu umarmen, während die Gäste applaudieren.

Wenn ich die beiden zusammen sehe, werde ich ganz emotional, was seltsam ist, denn ich habe sie erst vor zwei Tagen kennengelernt. Trotzdem, ihre offensichtliche gegenseitige Zuneigung – und die Gläser Champagner, die ich konsumiert habe – machen es zu einem schönen Moment.

»Du bist dran.« Eric reicht mir das Mikro.

Ich nehme es, stehe auf und schwanke ein wenig. Innerlich verfluche ich den Champagner.

Erics Hand auf meinem Rücken stabilisiert mich. Ich schenke ihm ein dankbares Lächeln. »Anders als Rob«, sage ich ins Mikrofon, »hatte Camille eine schwierige Phase.«

Meine Schwester stöhnt, lacht und vergräbt ihr Gesicht in den Händen, während ihr Ehemann einen Arm um sie legt.

»Sie hatte kurz vor der sechsten Klasse die tolle Idee, sich die Haare ganz kurz zu schneiden. Das war eine unglückliche Entscheidung. Sie war zudem das Mädchen, das aus der Toilette in einem Restaurant kam und ein längeres Stück Klopapier an der Schuhsohle kleben hatte.«

»Nein!«, ruft Camille. »Du hast nicht gerade auf meiner Hochzeit *Klopapier* erwähnt.«

»Tja, mehr habe ich nicht«, erwidere ich. »Genau wie dein Ehemann bist du viel zu perfekt. Und offensichtlich passt ihr auch perfekt zusammen. Wir können bloß hoffen, dass die sechs Kinder, die ihr sicher bekommen werdet, genauso solche Überflieger werden wie ihre Eltern.«

»*Niemand* hier bekommt sechs Kinder«, wirft Camille ein, und alle lachen.

»Ich möchte nur sagen, dass du eine wundervolle kleine Schwester und Freundin bist. Ich liebe dich und wünsche dir und Rob ein Leben voll der Freude und des Glücks, das ihr heute empfindet.«

»Hört, hört.« Eric hebt sein Glas in Richtung Brautpaar, das sich einem weiteren leidenschaftlichen Kuss hingibt.

»Und im Namen der gesamten Hochzeitsgesellschaft möchte ich noch etwas hinzufügen ...«, schließe ich, bevor ich das Mikrofon abgebe.

»Nehmt euch ein Zimmer. Bitte, *bitte*, nehmt euch ein Zimmer.«

Der vom Champagner befeuerte Kommentar wird vom Rest der Gäste mit frenetischem Applaus bedacht.

»Haben wir schon«, erwidert Rob mit einem schmutzigen Grinsen, als der Lärm verebbt. »Und das werden wir später bis auf den letzten Zentimeter ausnutzen.«

»Sei still, Rob!«, ruft Camille und schlägt ihm gegen die Brust.

Was zu weiteren Küssen führt.

»Alkohol«, sagt Eric und steht auf. »Wir brauchen mehr Alkohol.«

»Nimm mich mit. Bitte, lass mich nicht hier allein.«

»Geht klar.«

Wir trafen uns ausgerechnet in einer Bar, einem miesen Schuppen, der bei den Angehörigen des Militärs von der nahe gelegenen Navy-Basis in San Diego beliebt war. Ich war mit einer Freundin aus der Schule gekommen, die an einem der Militärtypen interessiert war. Vor diesem Abend war ich nie hier gewesen und danach auch nie wieder zurückgekehrt. John war dort, um die Beförderung eines seiner Kumpels zu feiern. Er lief in mich hinein, als ich aus der Toilette kam, und packte mich am Arm, damit ich nicht hinfiel.

Genau wie im Film trafen sich unsere Blicke, und mich überlief ein Schauer, von dem ich schon gelesen, den ich aber noch nie selbst erlebt hatte.

»Tut mir leid«, sagte er und sah in seinem Kampfanzug einfach umwerfend und wunderbar energisch aus.

Mir fiel der leichte Bartschatten auf seinem Kinn auf, und der Schriftzug WEST in dicken schwarzen Buchstaben auf seiner Brusttasche. Intensiv stahlblaue Augen machten es mir unmöglich, wegzuschauen, als ich wieder sicher auf den Beinen stand.

»Alles okay?«, fragte er.

Ich blinzelte, weil ich merkte, dass ich ihn angestarrt hatte, und wandte den Blick ab. »Ich ... Ja, mir geht es gut. Danke für die Rettung.«

Und dann lächelte er, und das Kribbeln begann von Neuem.

»Ich bin John.«

Ich schüttelte seine ausgestreckte Hand. »Ava.«

Ohne mich loszulassen, neigte er den Kopf. »Bist du öfter hier?«

»Nie.« Ich lachte. »Heute ist das erste Mal.«

»Wie findest du es bisher?«

»Bis vor ungefähr dreißig Sekunden war ich nicht sonderlich beeindruckt.«

Als hätte er alle Zeit der Welt für mich, lehnte er sich gegen die Wand. »Ach ja? Was ist denn vor dreißig Sekunden passiert?«

Ich überlegte kurz, meine Hand zurückzuziehen, tat es dann aber doch nicht. »Ich wurde von einem Mann in Uniform vor einer drohenden Katastrophe gerettet.«

»Der Mann in Uniform ist der Grund, warum du überhaupt erst gerettet werden musstest. Denn er hat nicht darauf geachtet, wo er hingeht. Das Mindeste, was er tun kann, ist, dir einen Drink auszugeben.«

»Dazu würde ich nicht Nein sagen.« Ich war stolz auf meine schlagfertigen Antworten und hatte das Gefühl, er selbst war auf diesem Gebiet auch ganz begabt. Auf der anderen Seite des überfüllten Raums sah ich meine Freundin mit dem Mann sprechen, wegen dem sie hergekommen war. Sie hob interessiert die Augenbrauen, als sie mich mit John entdeckte. Er legte besitzergreifend eine Hand auf meine Taille und führte mich zur Bar, wo er einen der Soldaten aufforderte, er solle mir seinen Hocker überlassen.

»Ja, Sir.« Der jüngere Mann verbeugte sich galant, nahm sein Bier und ging.

»Tun die Leute immer, was du sagst?«

»Wenn sie wissen, was gut für sie ist.« Sein Grinsen sorgte dafür, dass der Kommentar nicht übertrieben eingebildet klang. »Was darf ich dir bestellen?«

Ich beschloss, einmal was zu riskieren, und bat um einen Cosmopolitan.

»Alles oder nichts«, kommentierte er bewundernd.

»Das ist genau mein Motto.« Ich redete so einen Unsinn und fragte mich, ob er wohl merkte, dass ich nur eine große Klappe hatte, oder was er von mir halten würde, wenn er wüsste, dass ich normalerweise eher auf der vorsichtigen als auf der wilden Seite des Lebens zu finden war. Ich fragte mich auch, ob ihm auffiel, dass ich gerade erst alt genug war, um Alkohol zu trinken. Ich war vor sechs Monaten einundzwanzig geworden.

Nachdem mein Cosmo und sein Budweiser gebracht worden waren, sprach er einen Toast aus. »Auf neue Freunde.«

Ich stieß mit ihm an. »Auf neue Freunde.«

»Also, wo kommst du her, Ava?«

»Aus New York.«

»Ich dachte schon, dass ich *New Yawk* in deiner Stimme höre.«

Ich klimperte mit den Wimpern. »Dann haben die vier Jahre an der University of California in San Diego mir den Akzent nicht ausgetrieben?«

Lachend erwiderte er: »Wohl eher nicht. Ich kenne ein paar Jungs aus New York. Einer von ihnen kommt aus Staten Island, was so New York ist, wie es nur geht. Deshalb erkenne ich es, wenn ich es höre.«

»Ich komme aus Purchase im Norden. Was ist mit dir?«

»Ich komme von überall her. Mein alter Herr ist pensionierter General. Nenne mir einen Ort, und ich habe dort gelebt.«

»Und wo ist dein Zuhause?«

»Direkt hier.« Er richtete seinen intensiven Blick auf mich, und jeder rationale Gedanke war wie weggeblasen. Ich sah nichts außer ihm. Wir hätten genauso gut allein in dieser voll besetzten Bar sein können. Anders als meine Freundin, die Männer in Uniform liebte, turnten mich Uniformen nicht an. Bis zu diesem Moment. Bis zu John.

»Wollen wir woanders hingehen?«

Ich schluckte schwer. Es sähe mir gar nicht ähnlich, eine Bar mit einem Mann zu verlassen, den ich gerade erst kennengelernt hatte.

»Und wohin?«

»Irgendwohin, wo wir uns in Ruhe unterhalten können.«

»Worüber willst du dich denn unterhalten?«

Er beugte sich vor, sodass seine Lippen ganz nah an meinem Ohr waren. »Über alles. Ich will jede Einzelheit wissen, die es über dich zu wissen gibt.«

—————

Und so fing es an. Das zwischen uns war von der ersten Sekunde an bis zu dem Moment, in dem ich ihn heute vor fünf Jahren das letzte Mal gesehen habe, super intensiv. Ich kann nicht glauben, dass es schon fünf Jahre her ist, dass ich in diese unglaublich blauen Augen geschaut habe oder mit ihm auf dem Kissen neben mir aufgewacht bin oder seine Stimme an meinem Ohr gehört habe, die, während er mich liebte, Worte flüsterte, die sich permanent in mein Herz gebrannt haben.

Das Schlimmste ist, ich habe keine Ahnung, wo er ist. Ich weiß nicht, ob er lebt oder tot ist, ob er gefangen genommen wurde oder irgendwo mit einer anderen Frau neu angefangen hat. Ich weiß es nicht, und mit diesem Nichtwissen klarzukommen ist das Schwerste, was ich je habe tun müssen.

Ich liebe ihn heute noch so sehr wie damals. Keine Zeit der Welt könnte an dieser schlichten Tatsache etwas ändern. Wir hatten zwei wunderschöne, umwerfende Jahre zusammen, eingehüllt in unsere eigene kleine Blase. Er hat nie meine Familie kennengelernt und ich seine ebenfalls nicht. Wir haben keine Pärchenfreundschaften geschlossen. Wir haben nicht über die Zukunft geredet. Das mussten wir auch nicht. Unsere Zukunft war an jenem ersten Abend entschieden worden, und sie würde sich, wenn die Zeit gekommen war, entfalten. Das glaubte ich naiverweise wirklich.

Jetzt, im Rückblick, erkenne ich, dass unsere Blase von seiner Seite aus Strategie war. Er hat mir alles gegeben, was er geben konnte, einschließlich keines Versprechens auf ein Morgen.

Heute vor fünf Jahren sahen wir zusammen im Fernsehen, wie sich das Grauen entfaltete. Ein amerikanisches Kreuzfahrtschiff, das von Selbstmordattentätern in die Luft gejagt wurde. Viertausend Leben innerhalb eines Herzschlags ausgelöscht. Unsere Welt wurde für immer verändert, unser Land erklärte erneut Terroristen den Krieg. Nach den Anschlägen auf das World Trade Center hatten wir gedacht, es könne nicht schlimmer werden. Doch wir hatten uns geirrt.

»Ich muss los«, sagte er und schnappte sich seinen Seesack, der fertig gepackt im Flurschrank stand. Er nannte ihn seine »Und los«-Tasche. Ich hatte mir nichts dabei gedacht.

»Wo gehst du hin?«

»Ich weiß es nicht.«

»Wann kommst du zurück?«

»Das weiß ich auch nicht.« Er hielt mein Gesicht in den Händen und sah mich an, als versuche er, sich meine Gesichtszüge für immer einzuprägen. »Ich liebe dich. Ich werde dich immer lieben.«

Dann küsste er mich so leidenschaftlich wie stets und war fort, ein Blitz im Tarnanzug, der durch die Tür verschwand.

Ich habe ihn nie wiedergesehen.

Ich bin nicht seine Ehefrau, nicht einmal seine Verlobte, also hat mich niemand über seinen Verbleib informiert. Drei Monate, nachdem er so überstürzt aufgebrochen war, hat mich mein Weg bei meiner verzweifelten Suche nach Informationen auf den Stützpunkt geführt, aber auch dort konnte mir niemand etwas sagen. Ich versuchte, seine Eltern aufzuspüren und andere Leute, die er erwähnt hatte, doch es war, als hätten sie nie existiert. Ich konnte keine Eintragungen zu einem pensionierten General namens West im Marine Corps, der Army oder der Air Force finden.

Meine intensive Suche nach Informationen über den John West, den ich gekannt hatte, endete immer im Nichts. Keine Highschool, kein College, kein Militärdienst, nichts.

Manchmal frage ich mich, ob ich unsere zwei gemeinsamen Jahre nur geträumt habe, wie wir gemeinsam alltägliche Dinge tun wie einkaufen gehen, kochen, fernsehen und nach langen Arbeitstagen zusammen einschlafen. Aber dann erinnere ich mich an die unglaubliche Leidenschaft, die glühend heiße Lust, das Verlangen, das uns von Anfang an getrieben hat, und ich weiß, dass ich ihn nicht geträumt habe. Dass ich uns nicht geträumt habe. Wir waren real, und er war alles für mich.

Ich sitze auf dem Fußboden in der Wohnung zwischen Kisten und nehme mir ein paar Minuten, bevor die Möbelpacker kommen, um mich an jede Einzelheit des Ortes zu erinnern, an dem wir gemeinsam gelebt haben. Ich habe seine Sachen mit meinen zusammen eingepackt und ziehe zurück nach New York. Heute war meine Deadline. Ich habe mir fünf Jahre gegeben, und nun kann ich einfach nicht mehr. Ich kann nicht zwischen all den Dingen in unserem Zuhause sitzen und auf etwas warten, das niemals passieren wird.

Es ist vorbei. Es ist an der Zeit für mich, weiterzumachen. Wenn ich ehrlich mit mir bin, ist es sogar schon lange überfällig. Und auch wenn ich weiß, dass es der richtige Schritt zum richtigen Zeitpunkt ist, bricht mein Herz doch wieder ganz neu, während ich den Ort auseinandernehme, an dem wir *wir* gewesen sind.

Meine Schwester wird nächsten Monat heiraten. Ich habe ihr versprochen, rechtzeitig zu Hause zu sein, um ihr während des Festes die Hand zu halten. Abgesehen von dem einen oder anderen Besuch über die Feiertage oder zu sonstigen Gelegenheiten, war ich seit über zehn Jahren fort. Ich habe keinerlei Ähnlichkeit mehr mit dem Mädchen, das mit achtzehn sein Zuhause verlassen hat, um auf einem weit entfernten College im Westen die Unabhängigkeit von seiner erdrückenden Familie zu finden.

Ich habe alle meine Ziele erreicht, das College abgeschlossen, einen vernünftigen Job und mich in den Mann meiner Träume verliebt. Ich habe herausgefunden, was passiert, wenn Träume in Erfüllung gehen – und wie schmerzhaft es ist, wenn sie zerplatzen.

Jetzt ist es an der Zeit, mir neue Ziele zu setzen, noch einmal von vorn anzufangen, ein Leben zu beginnen, das nicht um John kreist, so wie es hier war. Es wäre nett, wieder bei den Menschen zu sein, die mich lieben und denen etwas an mir liegt, selbst wenn ihre Liebe ab und zu etwas erstickend ist. Nach Jahren der Einsamkeit und der Trauer ist das sogar eine ziemlich angenehme Aussicht.

Der Summer kündigt an, dass die Möbelpacker da sind. Ich stehe auf und wappne mein Herz für den vor mir liegenden Tag. Ich schaffe das. Ich habe schon Schlimmeres durchgestanden, und ich werde das hier genauso überleben, wie ich alles andere überlebt habe. Trotz meiner Entschlossenheit füllen sich meine Augen mit Tränen, als ich den Knopf drücke, um den Umzugshelfern unten die Tür zu öffnen.

Sie brauchen nicht lange, um meine Habseligkeiten in ihren Laster zu laden. Ich behalte nur die Dinge bei mir, die nicht ersetzt werden können – kostbare Fotos, Geschenke von ihm, die Kleidung, die er zurückgelassen hat. Nachdem ich mich ein letztes Mal in der Wohnung umgeschaut habe, packe ich diese Kisten in meinen Wagen, gebe meine Schlüssel bei der Wohnungsverwaltung ab und mache mich auf in Richtung Osten. Dabei fühle ich mich, als würde ich alles zurücklassen, was mir je wichtig gewesen ist.

Es ist, als würde ich ihn erneut verlieren. Ich weine auf dem ganzen Weg durch die Wüste von Südkalifornien und weit nach Arizona hinein. Ich erlebe jede Minute noch einmal, an die ich mich erinnern kann, jede Unterhaltung, jeden besonderen Moment. Ich denke daran, wie es war, mit ihm Liebe zu machen, und ich frage mich, wie ich das jemals wieder mit jemand anderem tun soll. Vielleicht gar nicht. Vielleicht hat dieser Teil von mir mit ihm geendet. Und auch wenn ich erst achtundzwanzig bin, wäre diese Möglichkeit für mich in Ordnung. Sobald man einmal Perfektion erlebt hat, ist es schwer, sich vorzustellen, sich mit weniger zufriedenzugeben.

Irgendwo im nördlichen Arizona trocknen die Tränen schließlich, aber der Schmerz in meinem Inneren ... den nehme ich den ganzen Weg nach New York mit, wo ich mein Bestes geben werde, die Scherben meines zerbrochenen Lebens aufzusammeln und sie zu einer neuen Version von mir zusammenzusetzen.

Denn eine andere Wahl habe ich nicht.

KAPITEL 1

AVA

Meine Schwester Camille macht keine halben Sachen, und das gilt auch für ihre Hochzeit. Sie ist eines dieser Mädchen, die ich zu gerne hassen würde, wenn sie nicht meine geliebte Schwester wäre. Drei Jahrgänge unter mir in der Highschool war sie Klassensprecherin, Captain der Cheerleader, Abschlussrednerin und Ballkönigin. Ich bin sicher, die Lehrer, die mich zuerst kennengelernt haben, haben sich gefragt, wie der gleiche Genpool zwei so unterschiedliche Schwestern hervorbringen konnte. Warum glaubt ihr, bin ich so weit von zu Hause weggezogen, um aufs College zu gehen, und danach dortgeblieben? In San Diego hat mich zumindest niemand mit meiner Rockstar-Schwester verglichen.

Vor ein paar Wochen hat sie ihren Abschluss an der Yale Law School gemacht, natürlich als Beste ihres Jahrgangs, war in der *Law Review* erwähnt worden, hatte Jobangebote von allen großen Kanzleien im Land und trug an ihrer Hand einen dreikarätigen Diamanten vom Sohn des Gouverneurs von New York.

Wie gesagt, sie tut nichts halbherzig. Und so bin ich jetzt also hier im Waldorf Astoria in New York City und stehe neben meiner Schwester, während sie in einer verschwenderischen Zeremonie Robert James Tilden III heiratet. Hatte ich erwähnt, dass sie außerdem echt umwerfend ist? Tja, das ist sie, und heute noch mehr als sonst. Sie strahlt vor Glück und Aufregung und ungezügelter Freude, was eine bittere Erinnerung an all das ist, was ich verloren habe.

Man reiche mir den Champagner.

Wenn es je einen Zeitpunkt gegeben hat, um sich sinnlos zu betrinken, dann diesen. Rob hat für alle Gäste der Hochzeitsparty Hotelzimmer gebucht, sodass niemand fahren oder nach der Feier auch nur halbwegs funktionieren muss. Ich habe vor, die Großzügigkeit meines Schwagers bis hin zum Frühstück auf dem Zimmer voll auszunutzen.

Camille umfasst meinen Arm, als wir von der Dachterrasse, wo das glückliche Paar seine Gelöbnisse ausgetauscht hat, in Richtung Ballsaal gehen, in dem die Feier stattfinden wird. »Hilf mir auf der Toilette«, flüstert sie.

Ich folge ihr in die Waschräume, wo uns eine Angestellte begrüßt und der Braut gratuliert.

»Vielen Dank«, sagt Camille und schenkt der Frau ein liebenswürdiges Lächeln.

»Nehmen Sie die Behindertentoilette«, rät die Angestellte. »Da ist mehr Platz.«

»Gute Idee«, erwidere ich und gehe mit Camille in die Kabine, wo meine Schwester mir erklärt, wie ich ihr Kleid hochheben muss. Ich halte es, so gut es geht, aus dem Weg, während sie sich vorsichtig hinsetzt.

»Das stand nicht in meiner Jobbeschreibung als Trauzeugin.«

Sie lacht. »Sorry, aber dafür sind Schwestern da. Und ich bin *so* froh, dass du hier bist.«

»Ich auch.« Und ich meine das aufrichtig. »Es ist toll, dich so glücklich zu sehen.«

»Ich bin glücklich, morgen werde ich allerdings noch glücklicher sein. Ich bin so was von urlaubsreif, nachdem ich während des letzten Studienjahres nebenbei diese Hochzeit geplant habe. Wenn mich das nicht umgebracht hat, wird es nichts je tun. Jetzt will ich zwei Wochen mit Strand, Sonne, Sex und Alkohol.«

Mein Herz zieht sich vor Neid zusammen, wodurch ich mich klein und missgünstig fühle. Was würde ich nicht für zwei Wochen in den Tropen mit John geben. Was würde ich nicht dafür geben, einfach nur zu wissen, dass er lebt. Ich schüttle diese Gedanken ab. Jetzt ist nicht der Moment, um sich in der Vergangenheit zu suhlen. Heute geht es um Camille und Rob, und ich bin entschlossen, mich voll auf sie zu konzentrieren.

Sie richtet sich auf und wirft sich mir in die Arme. »Ich liebe dich so sehr, Ava. Ich bin so froh, dass du wieder zu Hause bist, wo du hingehörst.«

Ich blinzele die Tränen zurück und erwidere die Umarmung. »Ich liebe dich auch.« Es ist gut, wieder zu Hause zu sein. Ob ich hierhergehöre, ist hingegen fraglich. Ich habe keine Ahnung mehr, wohin ich gehöre, aber ich werde es herausfinden. »Heute wollte ich nirgendwo lieber sein als hier bei dir.« Das ist definitiv wahr.

Nachdem sie sich die Hände gewaschen hat, hakt sie sich bei mir unter und führt mich aus dem Waschraum. Die Angestellte sieht uns amüsiert zu. »Dann lasst die Party beginnen.«

Wir stellen uns in Zweierreihen im Flur vor den Toiletten auf, an meiner Seite der andere Trauzeuge, Robs Bruder Eric. Meine Schwester hat da in einen ziemlich fabelhaften Genpool eingeheiratet. Die Tildens sind nicht bloß reich und erfolgreich, sondern zudem unglaublich attraktiv. Rob ist ein Drilling und hat sich den Bauch seiner Mutter mit seinem Bruder Eric und ihrer Schwester Amelia geteilt, die alle nur Amy nennen. Sie sind ein auffälliges Trio – Rob und Amy ähneln mit ihren dunklen Haaren und dunklen Augen ihrem Vater, während Eric die blonden Haare und hellbraunen Augen seiner Mutter geerbt hat. Trotz ihres unterschiedlichen Aussehens gibt es eine unverkennbare Ähnlichkeit zwischen den dreien und ihrer jüngeren Schwester Julianne, einem blonden Hitzkopf, die uns das ganze Wochenende zum Lachen gebracht hat.

Ich habe die Tildens sofort ins Herz geschlossen und verstanden, warum meine Schwester so in Rob verliebt ist – der wiederum ihr so rettungslos verfallen ist, dass uns anderen vom Zuschauen beinahe übel wird. Ich lasse sie in Ruhe, weil es ihr Hochzeitswochenende ist, aber während der Feierlichkeiten der letzten Tage ist mir öfter »Nehmt euch ein Zimmer« durch den Kopf geschossen.

»Meine Güte«, murmelt Eric, während wir darauf warten, in den Ballsaal zu schreiten. »Spart euch das für die Flitterwochen auf.«

Als ich einen Blick über meine Schulter werfe, sehe ich Rob und Camille, die sich erneut innig küssen. Ich lache über Erics angewiderte Miene. »Sie können nicht anders.«

»Ich brauche einen Drink. Die Trauzeugen dürfen trinken, oder?«

»Mein Gott, das hoffe ich doch!«

»Ihr seid dran«, sagt die Hochzeitsplanerin, eine energiegeladene Frau namens Mimi, nachdem Julianne und Robs Cousin Nate vorgestellt wurden.

»Bereit?« Eric hält mir den Arm hin.

Ich lege meine Hand darauf. »Bereit.«

»Bitte begrüßen Sie den Trauzeugen und Bruder des Bräutigams Eric Tilden und unsere Trauzeugin, die Schwester der Braut, Ava Lucas.« Der DJ zieht jede Silbe meines Namens in die Länge und macht »Avaaaaaa Luuuuuuuucasssssss« daraus.

Begleitet vom donnernden Applaus der beinahe fünfhundert Gäste betreten wir den Ballsaal. Ich gebe zu, die Menge und der Lärm schüchtern mich ein, weshalb ich mich ein wenig fester an Eric klammere.

Als würde er meine Anspannung spüren, legt er seine freie Hand auf meine. Die Geste beruhigt mich.

Wir stellen uns zu den anderen Gästen an den Rand der Tanzfläche.

»Und nun heißen Sie bitte unsere Braut und unseren Bräutigam willkommen. Rob und Camille Tilden!«

Der Applaus ist ohrenbetäubend, als das glückliche Paar in den Ballsaal schreitet und immer wieder für Küsse und Umarmungen von Freunden und Familie stehen bleibt. Seitdem sie sich vor zwei Jahren auf einer Spendengala von Robs Dad kennengelernt haben, als Camille gerade ihr erstes Jahr des Jurastudiums beendet hatte, sind die beiden überwältigend glücklich. Rob managt die Kampagnen seines Vaters und leitet das New Yorker Büro.

»Können wir jetzt endlich was trinken?«, sagt Eric so nah an meinem Ohr, dass nur ich es hören kann.

»Ich zähle die Minuten.« Ich schaue zu ihm auf und sehe, dass sein

Blick auf mich und nicht auf das Brautpaar gerichtet ist. Der dezente, würzige Duft seines Aftershaves umfängt mich und weckt in mir den Wunsch, mich näher zu ihm zu lehnen. So nah, erkenne ich in einem Moment der Verzweiflung, bin ich einem Mann seit dem Tag, an dem John mich zum Abschied geküsst hat und dann aus meinem Leben verschwunden ist, nicht mehr gekommen.

Ich erschauere, obwohl es in dem Saal nicht kalt ist. Im Gegenteil, es ist sogar ein wenig zu warm.

»Geht es dir gut?«, fragte Eric.

Ich nicke, aber mein Herz schmerzt. Was würde ich nicht dafür geben, den Mann, den ich liebe, heute bei mir zu haben, damit er mit mir die Hochzeit meiner Schwester feiern, meine Familie kennenlernen und die Nacht durchtanzen kann. Selbst inmitten von so viel Glück und Freude droht mich die Trauer zu überwältigen.

»Es ist irgendwie abstoßend, oder?«, fragt Eric, als er mich über die Tanzfläche wirbelt, nachdem der Hochzeitstanz vorbei ist und die Gäste dazu gebeten wurden, um zu »The Best Is Yet to Come« von Frank Sinatra aufs Parkett zu kommen.

»Was ist abstoßend?«

»Wie perfekt die beiden füreinander sind.« Er nickt in Richtung von Rob und Camille, die so miteinander beschäftigt sind, dass die anderen Menschen im Raum für sie gar nicht zu existieren scheinen.

»Das ist nicht abstoßend. Die beiden *sind* perfekt füreinander.«

Er zieht sich ein wenig zurück, um mich mit einem übermütigen Funkeln in den Augen anzusehen. »Findest du es nicht ein *klitzekleines bisschen* abstoßend, dass zwei Menschen so umwerfend *und* so erfolgreich sein können?«

Ich werde niemals zugeben, solche Gedanken selbst schon mal gehabt zu haben. »Nein, natürlich nicht. Sie ist meine Schwester. Ich bin sehr stolz auf sie – und freue mich für sie.«

»Aha. Okay. Wenn du das sagst.«

Warum versucht er, mich zu ködern? »Ja, das sage ich.«

»Du findest es nicht ein *klitzekleines bisschen* unfair, dass sie alles haben – Aussehen, Intelligenz, wahre Liebe, Superjobs *und* eine fabelhafte Wohnung? Wie viel willst du wetten, dass sie hässliche Kinder bekommen?«

Das ist so unmöglich, dass ich das nervöse Lachen, das in meiner Kehle aufsteigt, nicht unterdrücken kann.

»Aha! Ich wusste es! Du bist davon überzeugt, dass ihre Kinder hässlich werden.«

»Stimmt gar nicht! Sag so etwas nicht. Er ist dein Bruder. Du solltest ihn gern haben.«

»Das tue ich auch, nur manchmal möchte ich ihm lieber eine reinhauen. Ihm fällt alles einfach so in den Schoß. Er musste sich nie wirklich für irgendetwas anstrengen.«

»Aber du schon?«

»Ich habe für alles hart gearbeitet, was ich besitze. Das tue ich immer noch.«

»Was machst du denn?«

»Ich bringe Jahre damit zu, für den Fonds, für den ich arbeite, eine einzelne Firma zu durchleuchten, bloß damit die dann abgeschossen wird, wenn ich sie dem Akquisitionsteam vorstelle. Danach muss ich eine weitere Firma finden, wieder Jahre an dem Angebot arbeiten und hoffen, dass es nicht ebenfalls abgelehnt wird. Meine Quote liegt bei eins zu vier in den letzten drei Jahren.«

»Das klingt ziemlich ...«

»Deprimierend?«

»Ist es das?«

»Das kann es sein. Es ist ein ziemlicher Schlag, wenn man so viel Zeit und Energie investiert, nur um dann eine Absage zu erhalten.« Er beugt sich ein wenig zu mir und ist mir damit wieder näher, als jeder andere Mann seit John es gewesen ist. »Ich verrate dir ein kleines Geheimnis. Diese Firmen, mit deren Durchleuchtung ich so viel Zeit verbringe?«

Ich nicke gebannt.

»Ich habe persönlich in jede von ihnen investiert, und sie haben *spektakuläre* Ergebnisse erzielt.«

»Dann war die Zeit nicht vergeudet.«

»Überhaupt nicht.« Er sieht auf mich hinunter und studiert meine Gesichtszüge auf eine Weise, die mich an John erinnert. Er hatte es an dem Abend, an dem wir uns kennengelernt haben, genauso gemacht – und noch einmal an dem Tag, an dem er aus meinem Leben verschwand. Die Erinnerung trifft mich wie ein Schlag in den Magen und presst mir alle Luft aus den Lungen. »Du bist sehr hübsch. Aber das weißt du natürlich.«

Das schönste Mädchen, das ich je getroffen habe. Johns raue, sexy Stimme poppt in meinem Kopf auf, und ich werde direkt in unser Schlafzimmer zurücktransportiert, das wir in einem hellen Grauton gestrichen hatten, in das Bett, das wir gemeinsam ausgewählt hatten, in die Laken, in denen wir einander geliebt haben und er mir süße Worte ins Ohr geflüstert hat, die ich nie vergessen werde.

»Ava? Ist mit dir alles in Ordnung?«

Erics Stimme reißt mich aus den Erinnerungen, in denen ich gerne verweilt wäre. Sie kommen weniger häufig als früher, und ich lebe in der ständigen Angst, sie irgendwann für immer zu verlieren.

»Ava?«

Ich schaue zu ihm auf und bemerke verlegen, dass er innegehalten hat und mich nun besorgt ansieht.

»Ich ... Es tut mir leid.«

»Ich wollte dich nicht traurig machen.«

»Das hast du nicht.«

Der Rest der Gäste, einschließlich Braut und Bräutigam, sehen uns an und fragen sich, warum wir nicht tanzen, wie wir es eigentlich sollten.

»Holen wir uns einen Drink«, schlägt Eric vor.

»Aber der Tanz ...«

»Vergiss den Tanz.« Er nimmt meine Hand und führt mich zu einer der fünf Bars, die strategisch in dem riesigen Ballsaal verteilt sind. »Was hättest du gerne?«

»Nur ein Wasser, bitte.«

Er bestellt mein Wasser und für sich einen Bourbon. »Komm, gehen wir an die frische Luft.«

Wir nehmen unsere Getränke mit auf den Balkon hinaus, wo die warme Junibrise eine willkommene Erleichterung ist nach der eher stickigen Luft im Saal.

»Habe ich es vermasselt, weil ich gesagt habe, dass du hübsch bist?«

»Nein, natürlich nicht.« Die ganze Episode ist mir unendlich peinlich. Gerade, wenn ich denke, ich stünde wieder auf festem Boden, taucht eine Erinnerung an John auf und beweist mir das Gegenteil. Manchmal glaube ich, ich bin auf dieser Reise noch keinen Schritt weitergekommen als an dem Tag, an dem er fort ist.

»Nun, nur fürs Protokoll, du bist *sehr* hübsch. Mehr als das. Umwerfend ist ein wesentlich besseres Wort. Das war mein erster Gedanke, als ich dich beim Probedinner gesehen habe.«

»Danke.« Er flirtet mit mir, aber ich bin so aus der Übung, dass ich keine Ahnung habe, wie ich darauf reagieren soll.

»Bist du sicher, dass es dir gut geht?«

»Ja, jetzt ist es besser. Da drinnen war es ziemlich warm.«

»Das stimmt. Camille hat erzählt, du bist aus San Diego nach New York zurückgezogen. Was hast du da drüben gemacht?«

Ich habe mich in einen absolut außergewöhnlichen Mann verliebt, der vor fünf Jahren einfach so aus meinem Leben verschwunden ist. »Ich ... ich habe im PR-Bereich gearbeitet.«

»Wirklich? Julianne ist auch in der PR-Branche. Sie kennt jeden. Ich wette, sie kann dir helfen, einen Job zu finden. Also, falls du auf der Suche bist.«

»Das wäre toll, denn das bin ich. Ich habe meine Fühler in der ganzen Stadt ausgestreckt, doch ich habe das dumpfe Gefühl, hier geht es mehr darum, wen man kennt, als was man kann.«

Mein Ziel ist es, in der Stadt zu wohnen und zu arbeiten, damit ich so schnell wie möglich wieder aus dem Haus meiner Eltern in Purchase ausziehen kann. Nach einem Monat daheim weiß ich bereits, dass zu viel Zeit vergangen ist, als dass ich wieder längerfristig bei ihnen wohnen kann. Meine Eltern sind bezaubernd und meinen es gut, aber sie umsorgen mich, als wäre ich zwölf und nicht achtundzwanzig, und ich bin innerlich noch so verletzt, dass es leicht wäre, zuzulassen, dass sie sich bis in alle Ewigkeit um mich kümmern.

»Wir finden was für dich.«

Er sagt das mit dem Selbstbewusstsein eines Mannes, der Verbindungen hat. Als Sohn des Gouverneurs hat er davon vermutlich reichlich, und ich habe keine Probleme damit, die Bekannten seiner Familie auszunutzen, um mein neues Leben in New York anzufangen.

Nach ein paar Minuten auf dem Balkon kehren wir zur Feier zurück. Wir sitzen gemeinsam am Haupttisch, wo wir ein köstliches

Essen mit Rinderfilet und Scampi genießen. Eric unterhält mich mit urkomischen Geschichten über das Aufwachsen als ein Tilden und darüber, wie seine Eltern den Geschwistern sämtliche Streiche, die sie einander gespielt haben, verbieten mussten, aus Angst, sie würden das Haus abfackeln.

Trotz der Menschenmenge im Saal und der ausgelassenen Stimmung um uns herum habe ich das Gefühl, als wären wir ganz allein auf einem Date. Er schenkt mir seine volle Aufmerksamkeit, außer es kommt jemand, der ihn begrüßen will. Dann stellt er mich als Camilles Schwester Ava vor und bezieht mich in die Unterhaltung mit ein. Er ist charmant und lustig und attraktiv, aber ich bin mir nicht sicher, ob er es ist oder der Champagner, von dem mir leicht schwindelig ist. Doch was auch immer es ist, ich habe so viel Spaß wie seit Jahren nicht mehr.

Mimi, die Hochzeitsplanerin, taucht nach dem Dinner mit einem kabellosen Mikrofon auf, das sie Eric reicht. »Du bist dran.«

»O Mist«, sagt er zu mir. »Ich hatte ganz vergessen, dass ich eine Rede halten muss. Was soll ich sagen?«

»Ist das dein Ernst?«

»Ach Quatsch.« Er lacht über meine entsetzte Miene. »Ich hab das drauf.«

Er steht auf und räuspert sich laut ins Mikrofon. »Wenn ich bitte Ihre geschätzte Aufmerksamkeit haben dürfte.« Als es im Saal ruhig wird, fährt er fort: »Das ist der Teil des Programms, in dem der Trauzeuge den Bräutigam mit peinlichen Geschichten in Verlegenheit bringen soll, bei denen die Braut sich fragt, was zum Teufel sie sich nur dabei gedacht hat, so einen Idioten zu heiraten.«

Gelächter brandet auf, und Rob funkelt seinen Bruder warnend an.

»Zu meinem und Ihrem Bedauern tut Rob jedoch grundsätzlich nichts, was peinlich wäre. Ich weiß ... Es ist nicht fair und irgendwie auch falsch, dass jemand zweiunddreißig wird, ohne eine wirklich peinliche Geschichte an sich kleben zu haben. Aber so ist unser Rob. Fokussiert, brillant und trotz eines erschreckenden Mangels an Fehlern ein Kerl, mit dem man gern zusammen ist. Nach allem, was ich gehört habe, hat er in Camille eine Frau gefunden, die genauso ist wie er.« Ernst sagt er: »Rob, wir kennen uns schon sehr lange.«

Wieder Gelächter.

»Und auch wenn du nur fünf Minuten älter bist als ich, warst du ein großartiger großer Bruder und bester Freund. Ich liebe dich und wünsche dir und Camille im Namen aller Anwesenden nur das Beste. Herzlichen Glückwunsch.«

Rob steht auf, um seinen Bruder zu umarmen, während die Gäste applaudieren.

Wenn ich die beiden zusammen sehe, werde ich ganz emotional, was seltsam ist, denn ich habe sie erst vor zwei Tagen kennengelernt. Trotzdem, ihre offensichtliche gegenseitige Zuneigung – und die Gläser Champagner, die ich konsumiert habe – machen es zu einem schönen Moment.

»Du bist dran.« Eric reicht mir das Mikro.

Ich nehme es, stehe auf und schwanke ein wenig. Innerlich verfluche ich den Champagner.

Erics Hand auf meinem Rücken stabilisiert mich. Ich schenke ihm ein dankbares Lächeln. »Anders als Rob«, sage ich ins Mikrofon, »hatte Camille eine schwierige Phase.«

Meine Schwester stöhnt, lacht und vergräbt ihr Gesicht in den Händen, während ihr Ehemann einen Arm um sie legt.

»Sie hatte kurz vor der sechsten Klasse die tolle Idee, sich die Haare ganz kurz zu schneiden. Das war eine unglückliche Entscheidung. Sie war zudem das Mädchen, das aus der Toilette in einem Restaurant kam und ein längeres Stück Klopapier an der Schuhsohle kleben hatte.«

»Nein!«, ruft Camille. »Du hast nicht gerade auf meiner Hochzeit *Klopapier* erwähnt.«

»Tja, mehr habe ich nicht«, erwidere ich. »Genau wie dein Ehemann bist du viel zu perfekt. Und offensichtlich passt ihr auch perfekt zusammen. Wir können bloß hoffen, dass die sechs Kinder, die ihr sicher bekommen werdet, genauso solche Überflieger werden wie ihre Eltern.«

»*Niemand* hier bekommt sechs Kinder«, wirft Camille ein, und alle lachen.

»Ich möchte nur sagen, dass du eine wundervolle kleine Schwester und Freundin bist. Ich liebe dich und wünsche dir und Rob ein Leben voll der Freude und des Glücks, das ihr heute empfindet.«

»Hört, hört.« Eric hebt sein Glas in Richtung Brautpaar, das sich einem weiteren leidenschaftlichen Kuss hingibt.

»Und im Namen der gesamten Hochzeitsgesellschaft möchte ich noch etwas hinzufügen ...«, schließe ich, bevor ich das Mikrofon abgebe. »Nehmt euch ein Zimmer. Bitte, *bitte*, nehmt euch ein Zimmer.«

Der vom Champagner befeuerte Kommentar wird vom Rest der Gäste mit frenetischem Applaus bedacht.

»Haben wir schon«, erwidert Rob mit einem schmutzigen Grinsen, als der Lärm verebbt. »Und das werden wir später bis auf den letzten Zentimeter ausnutzen.«

»Sei still, Rob!«, ruft Camille und schlägt ihm gegen die Brust. Was zu weiteren Küssen führt.

»Alkohol«, sagt Eric und steht auf. »Wir brauchen mehr Alkohol.«

»Nimm mich mit. Bitte, lass mich nicht hier allein.«

»Geht klar.«

KAPITEL 2

AVA

Ich bin total betrunken. Das ist die einzige Erklärung dafür, warum ich langsam mit Eric tanze und mich an ihm festklammere, als wäre er das letzte Rettungsboot auf der *Titanic*. Das Gute daran, so betrunken zu sein, ist, dass ich zu sehr damit beschäftigt bin, zu lachen und zu tanzen und zu feiern, um mir über irgendetwas anderes Gedanken zu machen als über die bösen Kopfschmerzen, die ich morgen haben werde.

Ich hätte schon vor Jahren mit dem Trinken anfangen sollen.

Eric verstärkt seinen Griff, und ich lasse mich gegen ihn sinken. Seine Smokingjacke hat er schon vor Stunden ausgezogen, und ich habe entdeckt, dass er einer dieser Männer ist, die sogar noch gut duften, wenn sie vom Tanzen ganz verschwitzt sind. Ich mag seinen Geruch und wie sich seine Muskeln unter dem feinen Stoff seines Hemdes bewegen. Und wie er zu wissen scheint, dass ich, sollte er mich loslassen, würdelos auf dem Boden landen würde. Deshalb lässt er nicht los.

Ich bin mir nicht sicher, wann genau mir bewusst wird, dass er hart ist und mir mit einer Vertrautheit über den Rücken streicht, die mich nicht abschreckt, wie es sonst der Fall ist, wenn jemand mich so berührt.

Seine Anwesenheit spendet mir Trost. Es kommt mir heute sicher vor, mich gehen zu lassen, weil ich weiß, dass er da sein wird, um mich aufzufangen, sollte ich stolpern. Was verrückt ist, denn ich kenne ihn ja erst seit zwei Tagen. Aber ich weiß bereits, dass ich ihm vertrauen kann, und sich nicht ständig zusammenreißen zu müssen fühlt sich so gut an. Morgen wird mich die Realität wieder eiskalt einholen, doch heute Nacht scheint alles möglich zu sein.

»Eric ...«

»Hmm?«

»Ich glaube, ich sollte besser ins Bett gehen.«

»Noch nicht.«

»Die Chancen stehen gut, dass ich anderenfalls das Bewusstsein verliere.«

Ohne mich loszulassen, richtet er sich auf und übernimmt das Kommando. Auch wenn ich keine Ahnung habe, wie er nach so vielen Drinks noch stehen kann, ist das ein Rätsel, das nicht an Ort und Stelle gelöst werden muss. »Okay. Dann bringen wir dich mal hier raus.«

Ich weiß nicht, wie er es schafft, aber Eric gelingt es, mich ohne viel Federlesens aus dem Saal zu schaffen und in einen Fahrstuhl zu verfrachten. Rob und Camille sind schon vor über einer Stunde verschwunden, also mussten wir uns bei niemandem verabschieden, und es hat keiner groß darauf geachtet, dass wir zusammen das Fest verlassen.

Zumindest hoffe ich das ...

Eric lehnt mich in der hinteren Ecke des Fahrstuhls an die Wand und schenkt mir ein strahlendes Lächeln. »Gut so?«

»So weit, so gut.« Meine Worte klingen schleppend. Es ist schlimmer, als ich dachte. Bitte, Gott, mach, dass ich mich nicht übergeben muss.

Eric passt auf mich auf, bis der Fahrstuhl im dreißigsten Stock hält.

Mit meinem Mal erwacht mein Gehirn. »Meine Handtasche!«

»Hab ich«, sagte er und zieht sie unter seinem Arm hervor.

»Du bist ein Lebensretter.«

Er zwinkert mir zu. »Immer gern bereit, einer Jungfer in Nöten zu helfen.« Er nimmt mich – wieder ohne viel Federlesens – auf seine Arme und trägt mich den langen Flur hinunter.

Er ist charmant, attraktiv, lustig. Wenn ich in der Lage wäre, mich für einen anderen Mann zu interessieren, wäre er es. Aber ich bin dazu nicht in der Lage. Ich kann ja kaum laufen, was der Grund dafür ist, dass er mich trägt.

»Schaffst du es, deinen Schlüssel herauszuholen?«

»Hmmh.« Ich öffne entschlossen meine Handtasche und ziehe die Schlüsselkarte aus der Innentasche, in die ich sie vorhin gesteckt habe.

Vor meiner Tür stellt Eric mich ab, lässt mich allerdings nicht los. Er nimmt mir die Karte ab, drückt die Klinke, hebt mich wieder hoch und trägt mich hinein, wo er mich auf dem Bett absetzt.

In der Minute, in der ich in die Kissen sinke, fängt der Raum an, sich zu drehen. Ich setze mich schnell – zu schnell – wieder auf und werde von einer Welle der Übelkeit überrollt. Mein Gott, warum habe ich so viel getrunken?

»Musst du dich übergeben?«

»Ich hoffe nicht.«

»Manchmal ist das besser.«

»Ich trinke nie.«

»Das habe ich mir schon gedacht. Es hat nicht viel gebraucht, bis du beschwipst warst.«

Ich frage mich, ob er sich über mich lustig macht, aber als ich ihn anschaue, sehe ich nichts als Fürsorge und Besorgnis. Dann streckt er seine Hände aus und hilft mir aus meinen Schuhen. Er steht auf und nimmt das T-Shirt, das ich vorhin aufs Bett gelegt habe. »Willst du dich umziehen? Ich helfe dir und verspreche auch, nicht hinzugucken.«

Da das Kleid ziemlich eng ist, würde ich es nur zu gerne loswerden, selbst wenn ich nicht sicher bin, ob Eric sein Versprechen wirklich halten wird. »Ja, bitte.« Ich drehe ihm den Rücken zu, bekämpfe eine weitere Übelkeit erregende Schräglage des Raumes und warte darauf, dass Eric den Reißverschluss aufzieht. Dann schlängle ich mich in das T-Shirt, bevor ich mich mit einer Hand an Eric festhalte, um nicht umzufallen, während ich das Kleid abstreife. »Ich muss mal.« Ich stolpere ins Badezimmer und schaffe es, die Toilette zu finden und mir sogar die Zähne zu putzen, ohne hinzufallen. Ich höre Eric nebenan reden, verstehe jedoch nicht, was er sagt.

Ich verlasse das Bad und kehre zum Bett zurück. Als ich mich auf die Kante setze, wünsche ich mir, der Raum würde aufhören, sich zu drehen.

Eric kommt zu mir und setzt sich neben mich.

»Hast du gerade mit jemandem geredet?«

»Ich habe eine Kur für dich bestellt. Sie sollte jeden Moment kommen.«

»Eine Kur klingt richtig gut.«

Er stupst mich mit der Schulter an. »Bleib in meiner Nähe, Kleines, ich kriege dich schon wieder auf die Beine.«

Weil er hier ist und ich es brauche, lehne ich meinen Kopf an seinen Arm. Seine Nähe tröstet mich, genau wie seine ungezwungene Art und seine Hilfsbereitschaft. Es liegt eine lange, einsame Zeit zurück, seitdem ich mich an jemanden anlehnen konnte, und während ich hier so sitze, merke ich, wie sehr mir das gefehlt hat.

Dann macht er es noch besser, indem er einen Arm um mich legt.

Ich schwelge in seiner Wärme, seiner Stärke, seinem wunderbaren Geruch. Ich nicke kurz weg und schrecke hoch, als es klingelt. Mein Hotelzimmer hat eine Klingel. Das finde ich übertrieben lustig.

»Wenn ich jetzt aufstehe, fällst du dann um?«

»Nö.«

»Okay. Versuchen wir's ...« Er lässt mich ganz langsam los und stellt sicher, dass ich mich halten kann, bevor er zur Tür geht.

Ich höre ihn ein paar Worte mit dem Lieferjungen reden, und dann steigt mir auch schon der köstliche Duft von Pizza in die Nase.

Eric kehrt mit einem kleinen Pizzakarton, einer braunen Papiertüte und zwei Wasserflaschen zurück und stellt alles auf den Tisch. Dann tritt er ans Bett, arrangiert die Kissen hinter mir so, dass ich aufrecht sitze, und hilft mir, es mir bequem zu machen. Sobald ich mich eingerichtet habe, bringt er mir ein Stück Pizza auf einem Pappteller und öffnet eine der Wasserflaschen für mich. »Darf ich dir die lang erprobte Pizza-Kur vorstellen?«

Ich nehme einen Bissen der leckersten Käse-Pizza, die ich je in meinem ganzen Leben gegessen habe. Ich bin mir nicht sicher, ob die

Pizza wirklich so gut ist oder ob es daran liegt, dass ich kurz vor dem Verhungern bin, aber egal wie, ich verdrücke das erste Stück und möchte noch eines.

»Fühlst du dich schon besser?«, fragt er.

»Deutlich.«

»Die Pizza-Kur funktioniert jedes Mal. Der Teig agiert wie ein Schwamm und saugt den Alkohol auf.«

»Wo hast du von dieser Kur erfahren?«

»Ich war auf dem College in einer Verbindung.« Er zwinkert mir zu und lässt das charmante Grinsen aufblitzen, das er mir während unseres gemeinsamen Tages schon mehrmals geschenkt hat. »Da habe ich alle wirklich wichtigen Lektionen des Lebens gelernt.«

Ich lache mit einem uneleganten Schnauben auf. »Ich bin sicher, die Lektionen waren unvergesslich.«

»Ja, unbedingt.« Aus der braunen Papiertüte holt er ein Fläschchen mit Schmerztabletten und schüttet mir zwei in die Hand. »Nimm die, und trink das ganze Wasser.«

Ich befolge seine Anweisungen und lehne mich in die Kissen zurück, um zuzusehen, wie er den Rest der Pizza isst und die andere Wasserflasche leert.

»Danke.« Ich bin sehr dankbar für die Kur und für seine Gesellschaft.

»Gern geschehen.« Er wischt sich den Mund mit einer Serviette ab und streckt sich neben mir auf dem Bett aus. Was heute Morgen noch unvorstellbar gewesen wäre, ist nun tröstend und faszinierend ... Die Ärmel seines Smokinghemds hat er schon vor Stunden hochgerollt und dabei starke Unterarme mit goldblonden Härchen darauf enthüllt. »Du siehst schon viel besser aus.«

»Ich fühle mich auch viel besser. Sorry, dass ich so pflegeintensiv bin.«

Sein Lächeln macht aus seinem attraktiven Gesicht eines, das geradezu umwerfend ist. »*Das hier* nennst du pflegeintensiv? Süße, du wüsstest nicht mal, wie du pflegeintensiv sein solltest, wenn du es versuchen würdest.«

Das Kompliment verblüfft mich genauso wie das Kosewort. »Trotzdem ... Du hattest sicher nicht vor, die Nacht nach der Hochzeit deines Bruders damit zu verbringen, dich um eine Betrunkene zu kümmern.«

Er streckt den Arm aus und ergreift meine Hand. »Die Hochzeit meines Bruders war einer der besten Tage, den ich seit sehr, sehr Langem hatte.«

Ich drücke seine Hand. »Geht mir genauso.« Es war der beste Tag seit fünf Jahren, und das habe ich allein ihm zu verdanken.

»Ich will dich wiedersehen, Ava. Wäre das okay?«

Wäre es das? Bin ich bereit, etwas Neues mit jemandem anzufangen, der nicht John ist? Wie kann ich überhaupt etwas Neues anfangen, wenn ich keine Ahnung habe, was aus dem Mann geworden ist, den ich liebe? Bin ich gewillt, erneut ein gebrochenes Herz zu riskieren, oder wäre ich allein besser dran?

»Wow«, sagte er und stößt einen langen Seufzer aus. »Ich hatte nicht damit gerechnet, dass das eine so komplizierte Frage ist.«

»Das ist sie nicht. Es ist ... Ich bin ...«

»Gibt es einen anderen?«

Gibt es den? Ich weiß es nicht, und ich verspüre einen Anflug von Wut auf John, weil er mir das antut. Wie konnte er mich zu dieser Vorhölle verdammen? Wie konnte er zulassen, dass ich mich so sehr in ihn verliebe, wo er genau wusste, dass die Möglichkeit bestand, einfach fortzumüssen? »Nein, es gibt keinen anderen.«

»Also ...« Sein Lächeln ist unwiderstehlich, was er bestimmt weiß.

»Ich würde dich gerne wiedersehen.« Ich habe keine Ahnung, was ich von ihm will, aber der heutige Tag war lustig. Ich brauche mehr Spaß in meinem Leben, und Eric Tilden könnte genau das sein, was ich für meinen Neustart in New York benötige.

———

ICH KANN MICH NICHT DARAN ERINNERN, MIT ERIC ZUSAMMEN eingeschlafen zu sein, doch als ich am nächsten Morgen aufwache, ist er immer noch da. Ich fühle mich dank seiner magischen Kur gut erholt und erfrischt. Er ist im Schlaf näher zu mir gerutscht, und sein Arm liegt quer über meiner Taille, was bedeutet, ich kann mich nicht bewegen, ohne ihn zu stören.

Er hat vollständig angekleidet auf der Decke geschlafen, ein perfekter Gentleman, obwohl er ein typischer Kerl hätte sein und meinen betrunkenen Zustand hätte ausnutzen können. Dass er es nicht einmal probiert hat, bringt ihm Punkte bei mir ein. Ich betrachte sein attraktives Gesicht genauer, bemerke die kleinen Lachfältchen um seine Augen, die goldfarbenen Bartstoppeln, das markante Kinn und die Lippen, die sich im Schlaf bewegen, als führe er eine Unterhaltung mit jemandem.

Ausgerechnet ein Verbindungsmann. Ich muss mich zurückhalten, um nicht laut aufzulachen. Die meisten Verbindungsstudenten, die ich auf dem College kennengelernt habe, waren keine Leute, mit denen ich Zeit verbringen wollte. Meine Freundinnen sind hier und da mal mit welchen ausgegangen, und sie hatten ihrem Ruf immer alle Ehre gemacht. Ich versuche, Menschen nicht in Schubladen zu packen, aber die meisten Verbindungsjungs, die ich in meinem Leben kennengelernt habe, hätten ein betrunkenes Mädchen nicht mit Pizza gefüttert, damit es ihm besser geht.

Eric hat tolle Haare. Er braucht keine Stylingprodukte, um auszusehen, als käme er gerade von einem Fotoshooting. Ich frage mich, ob sie weich oder eher drahtig sind, und strecke die Hand aus, um sie zu berühren.

Er schlägt die Augen auf und erschreckt mich damit. Einen aufgeladenen Moment lang schaut er mich an, und dann wird sein Gesicht ganz weich, als er lächelt. »Ertappt«, sagt er neckend. Seine Stimme ist vom Schlaf noch ganz rau.

Mein Gesicht wird heiß. »Du hast schöne Haare.«

Er wickelt sich eine Strähne meines Haars um den Finger. »Du auch. An dir ist alles schön.«

»Bist du nach dem Aufwachen immer so charmant?«

»Ich leiste nach dem Aufwachen meist meine beste Arbeit.«

Er ist gefährlich anziehend. Er lässt mich Dinge begehren, von denen ich gedacht habe, dass ich sie nie wieder wollen würde. An einem einzigen, spektakulären Tag hat er mir gezeigt, wie einsam ich gewesen bin. Ich bin es leid, allein und traurig zu sein. Ich bin es leid, einem Mann hinterherzutrauern, der schon so lange fort ist, dass es ist, als hätte er nie existiert. Ich mag Eric und habe das Gefühl, dass ich ihm nicht egal bin.

Er hält immer noch meine Hand, als er meint: »Erinnerst du dich daran, gesagt zu haben, du würdest mich gerne wiedersehen?«

»Ja, ich erinnere mich.« Ich habe keine Ahnung, ob ich in der Lage bin, mich auf einen anderen Mann einzulassen, aber ich hatte viel Spaß mit Eric und mag es, wie ich mich fühle, wenn ich mit ihm zusammen bin. Als würde mir jemand den Rücken stärken. Das hat mir gefehlt.

Sein Lächeln erinnert mich an einen kleinen Jungen an Heiligabend, der gerade alles bekommen hat, was er sich vom Weihnachtsmann gewünscht hat. »Meine Eltern geben heute einen Brunch für die Familie. Willst du mich begleiten? Camille und Rob werden da sein und Amy und Jules auch. Du kennst also schon ein paar Leute.«

»Und ein unerwarteter Gast macht ihnen nichts aus?«

Er gibt mir einen Kuss auf den Handrücken. »Nein, das macht ihnen nichts aus.«

———

ALS WIR DEN RAUM BETRETEN, IN DEM DER BRUNCH STATTFINDET, packt Camille mich am Arm und zieht mich mit sich in eine Ecke. »Hattest du letzte Nacht Sex mit Eric? Und wag es nicht, mich anzulügen.«

Ich winde mich aus ihrem festen Griff. »Nein. Hatte ich nicht.«

»Amy hat ihn heute Morgen aus deinem Zimmer kommen sehen und es brühwarm gleich Jules erzählt, die es Rob gesagt hat. Willkommen in der Tilden-Familie, wo nichts geheim bleibt.«

Es ist mir unendlich peinlich, Thema des Familienklatsches zu sein. »Ich war ein wenig angetrunken, und er ist geblieben, um sicherzustellen, dass es mir gut geht. Das war alles.« Zumindest war das alles, was sie wissen muss.

Sie bedenkt mich mit ihrem scharfen Blick, der ihr als Anwältin noch oft nützlich sein wird. »Rob behauptet, Eric steht auf dich.«

»Okay ...« Worauf will sie hinaus?

»Beruht das auf Gegenseitigkeit?«

»Wir hatten gestern viel Spaß zusammen, und er hat mir geholfen, als ich betrunken war. Daraus muss man jetzt kein Teenager-Drama machen.«

»Das hatte ich auch nicht vor. Es gibt nur ein paar Dinge ... die du über ihn wissen solltest. Also, falls du auf ihn stehst ...«

»Was für Dinge?«

Camille nickt ihrer Schwiegermutter zu, die meiner Schwester prompt bedeutet, sie solle zu ihr kommen, weil sie ihr jemanden vorstellen will. »Hier kann ich darüber nicht reden. Aber später.« Sie geht, um sich um ihre neue Familie zu kümmern, und ich bleibe zurück und frage mich, was für »Dinge« sie mir über Eric erzählen muss.

Er steht mit seinem Bruder und ein paar anderen Männern zusammen. Sie sind alle attraktiv und gut angezogen. Als unsere Blicke sich treffen, lächelt er und winkt mich zu sich. Ich durchquere den Raum und stelle mich neben ihn. Er legt seine Hand auf meinen Rücken – eine besitzergreifende Geste, unter der ich mich ein wenig weiter zu ihm lehne. »Das ist Camilles Schwester Ava. Ava, meinen Cousin Nate kennst du ja, und das sind seine Brüder Tyler und Justin.«

Ich schüttle ihnen die Hände. »Schön, euch kennenzulernen. Von welcher Seite der Familie kommt ihr?«

»Unsere Väter sind Brüder«, erklärt Eric.

Am Ende sitze ich mit Eric und sechs seiner Cousins zusammen. Ich erfahre, dass sein Vater einer von sieben Brüdern ist, von denen jeder mindestens zwei Söhne hat. Der Tilden-Genpool war sehr gut zu den Männern dieser Familie. Eric, der einzige Blonde, sticht unter seinen dunkelhaarigen Cousins hervor, die seinen Charme und seinen Humor teilen. Ich werde bestens von ihnen unterhalten, obwohl ich mich im Hinterkopf weiter frage, was Camille mir später erzählen will.

Erics Arm liegt auf der Rückenlehne meines Stuhls, als würde er seinen Cousins übermitteln wollen, dass ich tabu bin. Mrs Tilden kommt herüber, um uns zu begrüßen, und ihrem Adlerblick entgeht das natürlich nicht.

»Ava«, sagt sie. »Ich freue mich so, dass du uns heute Gesellschaft leisten konntest.«

»Danke vielmals, dass Sie mich so kurzfristig unterbringen konnten.«

»Das ist doch überhaupt kein Problem. Jede Freundin von Eric ist eine Freundin von uns.«

»Vorsicht, Mutter.« Eric verliert sein freundliches Lächeln nicht, das so sehr Teil seiner Persönlichkeit ist, auch wenn der Ausdruck in seinen Augen etwas härter wird.

Mrs Tilden drückt seine Schulter. »Schön, dich wieder lächeln zu sehen, Honey.« Sie geht weiter, bevor er etwas erwidern kann, aber der Schlagabtausch lässt mich mit noch mehr Fragen zurück.

»Tante Sarah Beth sieht heute ziemlich *hoffnungsvoll* aus«, bemerkt Jack, ein weiterer Cousin von Eric.

»Tante Sarah Beth muss lernen, sich um ihre eigenen gottverdammten Dinge zu kümmern«, erwidert Eric so scharf, dass ich erschrecke.

»Ganz ruhig, Skippy«, sagt Tyler. »Jetzt, wo Rob verheiratet ist, wird sich die ganze Aufmerksamkeit auf dich und Amy richten. Das war doch zu erwarten.«

Eric dreht sich zu mir um. »Komm, gehen wir.«

Da ich als sein Gast gekommen bin, nehme ich seine dargebotene Hand und folge ihm aus dem Raum, wobei mir Camilles erstaunter Gesichtsausdruck auffällt, während ich mich beeile, um mit Eric Schritt zu halten. Er läuft die beiden Treppen zur Lobby hinunter und direkt auf den Hauptausgang zu. Draußen bleibt er stehen, atmet ein paar Mal tief durch und sieht mich an.

»Willst du mir erzählen, was da drinnen gerade passiert ist?«

»Meine Mutter ist passiert. Sie treibt mich in den Wahnsinn.«

»Wollen wir ein Stück gehen?« Ich habe vor dem Brunch meinen Koffer beim Portier gelassen und kann ihn später noch holen. Ich habe vor, heute Nachmittag mit dem Northeastern Regionalzug nach Purchase zurückzufahren.

»Ja, ein Spaziergang wäre schön.«

KAPITEL 3

AVA

Wir schlendern die Park Avenue hinauf und hinüber zum Central Park, an der Wollman-Eislaufbahn vorbei und über gewundene Pfade, die mich beinahe vergessen lassen, dass ich mich mitten in einer der größten Städte der Welt befinde. »Es ist so hübsch hier«, sage ich und durchbreche damit ein langes Schweigen.

Die Luft ist erfüllt vom Duft der Blumen, frisch gemähten Rasens und Hotdogs – ein Gedanke, der mich zum Lachen bringt.

»Was ist so lustig?«

»Dass diese gesamte Stadt nach Hotdogs riecht.«

Er fällt in mein Lachen mit ein. »Ja, ich schätze, das tut sie. Da wir nicht dazu gekommen sind, etwas zu essen – willst du einen?«

»Einen Hotdog zum Frühstück?«

»Warum nicht? Sieh es als eine Art Konterbier an.«

Darüber muss ich lachen. »Mit einem heißen Hund den Kater bekämpfen.«

»Kommt sofort.«

Während ich mich auf eine Bank setze, holt er für uns die Hotdogs und eiskalte Flaschen Coca-Cola. »Senf«, sage ich, als er auf die Soßen zeigt.

Er setzt sich neben mich, reicht mir meinen Hotdog und die Cola, und wir fangen schweigend an zu essen.

»Das könnte der beste Hotdog sein, den ich je hatte«, bemerke ich.

»Die von den Straßenständen sind immer die besten. Ich habe schon seit Jahren keinen mehr gegessen.«

»Ich auch nicht.«

Er reicht mir eine Serviette, und ich wische mir den Senf von den Lippen und denke wieder einmal, wie leicht es ist, mit ihm zusammen zu sein. Es fühlt sich an, als kenne ich ihn schon viel länger als bloß zwei Tage.

»Ich war mal verlobt«, bricht er das erneute lange Schweigen.

Ich bin mir nicht sicher, ob ich etwas darauf erwidern oder ihn weitersprechen lassen soll. Doch bevor ich mich entscheiden kann, fährt er schon fort.

»Sie hat mich *geghostet*.« Er wirft mir einen Blick zu, um meine Reaktion zu sehen. »Weißt du, was das ist?«

Ich schüttle den Kopf. Den Ausdruck kenne ich nicht.

»Sie ist wie ein Geist verschwunden. Sie hat unsere Beziehung beendet, ohne es mir mitzuteilen. Sie hat ihren Job gekündigt, ist aus ihrer Wohnung ausgezogen und hat quasi einen Strich unter unser gemeinsames Leben gezogen, ohne auch nur einen Ton zu sagen.«

Ich kann das Keuchen nicht zurückhalten, das mir über die Lippen kommt. Vermutlich glaubt er, es ist ein Ausdruck des Schocks über das, was ihm angetan wurde, aber was mich wirklich schockiert, ist, wie ähnlich seine Situation der meinen ist.

»Hast du je herausgefunden, wohin sie verschwunden ist?«

Er nickt. »Amy und Jules haben sie aufgespürt, sie konfrontiert und sie dazu gebracht, zuzugeben, dass sie einen anderen kennengelernt hat und sich nicht sicher war, wie sie mit mir oder unserer Familie und den ganzen Erwartungen umgehen sollte, die damit einhergehen, ›mit einem Tilden verlobt zu sein‹.« Bei den letzten Worten malt er Gänsefüßchen in die Luft. »Sie haben verlangt, dass sie den fünfundsiebzigtausend Dollar teuren Verlobungsring zurückgibt, den sie von mir bekommen hat – und sie musste für die abgesagte Hochzeit zahlen.«

»Es tut mir so leid, dass dir das passiert ist.« Der Hotdog liegt mir wie ein Stein im Magen. Ich sollte Eric erzählen, dass mir etwas Ähnliches passiert ist, doch John hat mich nicht »geghostet«. Er war zum Dienst an unserem Land abgerufen worden. Nach allem, was ich weiß, könnte er auch tot sein. Das ist nicht das Gleiche.

»Danke.«

»Hast du sie geliebt?«

»Ja, das habe ich. Und als sie wie vom Erdboden verschwunden war, bin ich fast verrückt geworden bei dem Versuch, sie zu finden. Ich habe geglaubt, ihr wäre etwas Schreckliches zugestoßen. Die Leute haben sie gedeckt, darunter Menschen, von denen ich dachte, sie wären meine Freunde. Sie haben behauptet, sie wüssten nicht, wo sie ist. Ich habe bei der Polizei angerufen, habe mich zum Idioten gemacht wegen einer Frau, die so dringend aus unserer Beziehung rauswollte, dass sie ihr eigenes Verschwinden vorgetäuscht hat. Weißt du, was für eine Planung nötig ist, um in den heutigen Social-Media-Zeiten einfach zu verschwinden?«

Ich schlucke schwer. Gefühle branden durch mich hindurch, und ich fühle mich schwach und krank. Ich sollte ihm sagen, dass ich verstehe, wie schmerzhaft es ist, jemanden, den man liebt, ohne eine Erklärung zu verlieren. Aber ich habe noch niemandem erzählt, was mir passiert ist, und vermutlich sollte ich mich erst meiner Schwester anvertrauen, bevor ich mit meinem neuen Schwager darüber rede.

Der Gedanke, überhaupt mit irgendjemandem darüber zu sprechen, das alles ein weiteres Mal zu durchleben, macht mich schwindelig. Mir wird übel, und ich fange an zu schwitzen.

Natürlich bemerkt Eric es, weil er aufmerksam ist. »Alles in Ordnung mit dir?«

»Ja, alles okay.« Ich verstehe, wie viel Mut es ihn gekostet hat, diese schmerzhafte Vergangenheit mit mir zu teilen. Ich schüttele meine emotionale Reaktion ab, damit ich mich auf ihn konzentrieren kann. »Was ist da gerade mit deiner Mom passiert?«

»Jedes Mal, wenn sie mich auch nur mit einer Frau *reden* sieht, wird sie ganz aufgeregt und glaubt, das ist jetzt diejenige, die mich vor mir selbst retten wird.« Er schenkt mir dieses träge Grinsen, das jeden, der es nicht besser weiß, überzeugen würde, dass er keine

Sorge in der Welt hat. »Dem wollte ich dich nicht aussetzen, und nach dem tollen Tag gestern war ich auch selbst nicht in der Stimmung dafür. Gestern war der erste richtig gute Tag, den ich hatte, seitdem das alles passiert ist, und das habe ich allein dir zu verdanken.«

»Für mich war es auch ein guter Tag.«

»Das freut mich. Wenn ich verspreche, meine Mutter und ihre Erwartungen ganz weit von dir fernzuhalten, könntest du dir dann immer noch vorstellen, mich wiederzusehen?«

Ich lächle, weil er so bezaubernd und charmant ist. Und er ist zerbrechlich, genau wie ich. »Ja, das könnte ich mir vorstellen.«

CAMILLE

ICH KUSCHLE MICH AN MEINEN NEUEN EHEMANN UND HABE DAZU die Armlehne zwischen unseren Sitzen in der ersten Klasse hochgeklappt. Nachdem ich so lange auf diesen Tag gewartet habe, will ich nicht, dass irgendetwas zwischen mir und Rob steht. Es hatte in meinem letzten Studienjahr, während ich die Hochzeit geplant habe und in New Haven war und er in der Stadt, Zeiten gegeben, in denen ich an meiner geistigen Gesundheit gezweifelt habe. Aber der gestrige Tag war all die Opfer und schlaflosen Nächte wert. Es war der beste Tag meines Lebens.

Rob hat die Augen geschlossen und den Kopf an die Rückenlehne gelehnt, doch seine Hand hält meine fest.

Nach einer wunderschönen schlaflosen Nacht sind wir beide erschöpft. Wir haben bis in die frühen Morgenstunden mit unseren Gästen gefeiert, und dann sind wir nach oben in unsere Suite gegangen und haben das King-Size-Bett nach Kräften ausgenutzt. Da wir wollten, dass unsere Hochzeitsnacht ganz besonders wird, hatte ich vor einem Monat vorgeschlagen, bis dahin keinen Sex mehr zu haben. Der Rob mit den aufgestauten Hormonen war ein wilder Mann – nicht, dass ich mich beschweren will.

Ich weiß genau, wen ich geheiratet habe, und wild oder nicht, er ist der richtige Mann für mich. Daran hatte ich seit dem Tag, an dem wir uns vor zwei Jahren auf der Spendengala für seinen Dad kennengelernt haben, nie einen Zweifel. Wir sind seit jenem Tag zusammen.

Wir haben Ambitionen, große Ambitionen, Pläne, die wir noch mit niemandem außer seinem Vater geteilt haben, der geschworen hat, uns zu helfen, unsere Ziele zu erreichen. Bob Tilden versteht Ambitionen. Ihn haben sie den ganzen Weg bis zum Gouverneursamt von New York getragen, aber anders als sein Sohn scheint Bob keine höheren Aspirationen für sich zu haben. Doch er hat sie definitiv für das älteste seiner vier Kinder. Gestern war viel mehr als nur eine Hochzeit. Es war der Zusammenschluss zweier New Yorker Familien, die ihre Wurzeln bis zur *Mayflower* zurückverfolgen können.

Genau wie ich ist Rob mit dem Glauben aufgewachsen, dass alles möglich ist. Wir haben vor, diese Welle der Möglichkeit so weit zu reiten, wie wir können. Unser Zwölf-Jahres-Plan beinhaltet, dass Rob innerhalb der nächsten zwei Jahre für ein öffentliches Amt kandidiert, und die Räder werden direkt nach unserer Rückkehr von Hawaii anfangen, sich in diese Richtung zu drehen.

Ich werde meine Karriere als Justiziarin einer Organisation, die Kindern in Krisensituationen Hilfe bietet, beginnen.

Den Blick fest auf das Erreichen unseres Ziels gerichtet, habe ich viele Angebote von großen Anwaltskanzleien abgelehnt. Rob hat mich gewarnt, dass alle unsere Schritte später genauestens unter die Lupe genommen werden könnten, also sind wir entschlossen, jeden dieser Schritte sorgfältig zu planen, angefangen mit dem Job, den ich als Top-Absolventin der Yale Law School angenommen habe.

»Du könntest eine bessere Stellung finden«, hatte mein Dad mit sichtlicher Enttäuschung gesagt.

Ja, ich könnte einen wesentlich besseren Job finden, aber Robs Hochzeitsgeschenk an mich bestand daraus, meine Studiengebühren abzuzahlen. Seine Familie hat Geld. Sehr viel Geld. Da wir uns unseren Lebensunterhalt nicht verdienen müssen, werden wir auf unser Ziel hinarbeiten.

»Läuft da was zwischen Eric und Ava?«, fragt Rob, und seine raue Stimme verrät, dass er einen Kater hat.

»Ich hoffe es! Wie cool wäre das denn bitte?«

Er öffnet die Augen und sieht mich an. »Sie wird ihm nicht wehtun, oder?«

»Ava? Sie ist ein Lamm. Sie könnte keiner Fliege etwas zuleide tun.«

»Ich habe ja nur wenig Zeit mit ihr verbracht, doch sie wirkte sehr süß.«

»Das ist sie. Bei ihr gilt, du bekommst, was du siehst. Mach dir keine Sorgen.« Obwohl Ava drei Jahre vor mir auf die Welt gekommen ist, fühle ich mich in unserer Beziehung oft wie die ältere Schwester. Wo Ava ruhig und reserviert ist, bin ich offen und entschlossen. Die Menschen haben oft Witze darüber gerissen, ob wir überhaupt den gleichen Vater haben, und diese Witze haben Ava mehr als einmal sehr verletzt.

Ich hasse das, denn ich liebe meine Schwester, auch wenn ich Schwierigkeiten hatte, eine Beziehung zu ihr aufrechtzuerhalten, während sie in San Diego war. Jetzt, wo sie wieder zurück in New York ist, hoffe ich, dass wir uns näher sein werden als in der Vergangenheit.

»Ich mache mir Sorgen um Eric«, bemerkt Rob. »Nach dem, was mit der Mistzicke Brittany passiert ist, verkraftet er keine weitere Enttäuschung.«

»Du bist ein wenig voreilig, wenn du sie jetzt schon zu einem Paar erklärst. Sie haben gestern Zeit miteinander verbracht, weil sie zusammengesessen haben. Das könnte alles sein.«

»Vergiss nicht, dass er die Nacht in ihrem Hotelzimmer verbracht hat.«

»Weil sie betrunken war und er sich um sie gekümmert hat. Sie hat mir gesagt, dass nichts passiert ist, und ich glaube ihr. Während sie in San Diego gelebt hat, ist irgendetwas vorgefallen. Ich habe keine Ahnung, was, aber irgendetwas war da.«

»Woher willst du das wissen?«

»Sie hat sich verändert. Sie ist ruhiger und noch reservierter als früher, was schon was heißen will. Ich habe versucht, mit ihr über ihr Leben dort zu sprechen, allerdings hat sie immer abgeblockt.«

»Behalte die Situation mit Eric im Auge, ja? Ich würde es nicht ertragen, zusehen zu müssen, wie er noch einmal eine Katastrophe wie mit Brittany erlebt.«

»Ja, ich habe ein Auge darauf. Aber Ava ist nicht so. Sie würde *niemals* tun, was Brittany getan hat. Du musst dir keine Sorgen machen. Außerdem, wie großartig wäre es, wenn dein Bruder und meine Schwester ein Paar werden würden?«

»Super großartig.«

Eine Flugbegleiterin kommt vorbei und bietet uns etwas zu trinken an. Rob bestellt eine Bloody Mary.

»Das klingt gut. Machen Sie zwei daraus, bitte.«

»Kommt sofort«, erwidert die Frau.

»Hoffen wir, dass sie wirkt. Ich fühle mich schrecklich.«

»Zwei Wochen Hawaii werden alles wieder einrenken.«

Er führt unsere verschränkten Hände an seine Lippen. »Auf den Teil habe ich mich am meisten gefreut.«

»Ich auch. Die Hochzeit war umwerfend, aber die Flitterwochen ...«

Er beugt sich vor und gibt mir einen Kuss. »Werden episch.«

KAPITEL 4

AVA

Eric vergeudet keine Zeit und bittet Julianne, mir bei der Jobsuche behilflich zu sein. Eine Woche nach der Hochzeit habe ich bereits vier Bewerbungsgespräche mit Top-PR-Firmen in der Stadt gehabt – zwei davon habe ich selbst organisiert, zwei habe ich dank ihrer Hilfe bekommen. Das vierte und vielversprechendste Bewerbungsgespräch ist eines von denen, die ich selbst ergattert habe, und es spricht mich am meisten an, weil einer der Partner, Miles Ferguson, seine Verlobte auf der *Star of the High Seas* verloren hat.

Eigentlich sollte mich das ja eher davon abhalten, dort arbeiten zu wollen, aber ich fühle mich zu der Firma hingezogen wie die Masochistin, zu der ich in den letzten fünf Jahren geworden bin. Ich bin sicher, ich werde nur wenig mit Miles zu tun haben, sollte ich den Job bekommen, doch die Verbindung, wie flüchtig sie auch sein mag, macht diese Agentur für mich umso interessanter.

Ja, ich weiß ... Es ist verrückt, aber so bin ich nun mal. Ich habe es aufgegeben, einen Sinn darin zu finden, wie mein Gehirn in der Nach-John-Realität funktioniert.

Ich schicke Eric eine Nachricht, danke ihm ein weiteres Mal für seine Hilfe und frage ihn, ob ich ihm einen Drink ausgeben kann, wo ich schon mal in der Stadt bin.

Er antwortet sofort. *Hab ich gern gemacht, und ich würde mich freuen, dich zu sehen. Wo wollen wir hingehen?*

Keine Ahnung. Schlag was vor.

Er nennt eine angesagte Bar im Financial District, und wir vereinbaren, uns dort in einer Stunde zu treffen, wenn er Feierabend hat.

Da ich bis dahin noch ein wenig Zeit totzuschlagen habe, mache ich mich auf in Richtung Downtown und husche schnell bei Bloomingdale's rein, um mir den großen Ausverkauf in der Damenabteilung anzusehen. Ich finde zwei Kostüme, die ich mir normalerweise nie hätte leisten können – ein rotes und ein schwarzes. Ich bitte die Verkäuferin, sie in eine Tüte zu packen anstatt in einen Kleidersack, damit ich sie ohne Probleme im Zug mit nach Hause nehmen kann.

Wir haben die Transaktion beinahe beendet, da fällt mir ein Anstecker am Revers der Verkäuferin auf, der verrät, dass sie auch jemanden auf der *Star of the High Seas* verloren hat. Mitten an diesem eigentlich fabelhaften Tag ist das eine Erinnerung, die mir die Luft aus den Lungen saugt und die Tränen in die Augen treibt. Die Reaktion ist so unwillkürlich wie der Schmerz in meiner Brust. »Ihr Verlust tut mir sehr leid«, sage ich, als ich wieder sprechen kann.

Die Verkäuferin berührt den Anstecker mit einer Hand und streicht liebevoll darüber. »Meine Eltern«, erklärt sie leise. Ich schätze die Frau auf ungefähr mein Alter. Mir bricht das Herz für sie.

Mit tränenerfüllten Augen macht sie sich daran, die Kostüme zusammenzulegen und einzutüten.

Ich will sie fragen, ob es ihr gut geht, ob sie Unterstützung hat, ob sie Menschen hat, die sie lieben. Ich will wissen, wer ihre Eltern waren. Ich bin sicher, dass ich ihre Geschichte kenne. Ich habe jedes Wort gelesen, das je über die unerträgliche Tragödie geschrieben worden ist. Aber ich stelle keine der Fragen, sondern nehme nur meine Tüte entgegen. »Danke.«

»Ich wünsche Ihnen noch einen schönen Tag.«

»Den wünsche ich Ihnen auch.«

Die Begegnung erschüttert mich und erinnert mich daran, warum John gehen musste. Es war wegen Menschen wie der Verkäuferin und ihrer Eltern. In den ersten Monaten waren die Erinnerungsanstecker von der Selbsthilfegruppe der Angehörigen produziert und verkauft worden, um Geld für ein Mahnmal zum Gedenken an die Opfer zu sammeln, das geplant war. Streitigkeiten innerhalb der Gruppe darüber, wie man der Opfer gedenken sollte, haben den Prozess verzögert. Auch darüber habe ich jedes Wort gelesen.

Von Anfang an habe ich mir fest vorgenommen, immer auf dem neuesten Stand zu bleiben, was die Ermittlungen angeht, den Krieg gegen die Al-Khad-Terroristen, die die Verantwortung für den Anschlag übernommen haben, und die Gruppe der Überlebenden und Angehörigen, die versuchen, irgendwie mit diesem schrecklichen Verlust klarzukommen. Ich suche noch immer jeden Tag im Internet nach Nachrichten dazu und hoffe, einen Hinweis darauf zu finden, was mit John passiert ist. Aber es gibt nie etwas.

Mein Glücksgefühl über das Schnäppchen mit den Kostümen ist lange verflogen, als ich zur nächsten Straßenecke eile, um mir ein Taxi herbeizuwinken. Jetzt wünschte ich, ich hätte keine Pläne mit Eric gemacht. Ich will einfach nur nach Hause. Doch nach allem, was er für mich getan hat, kann ich ihm nicht einfach absagen, also nenne ich dem Taxifahrer die Adresse der Bar und versuche, eine fröhliche Miene aufzusetzen. Man würde denken, dass ich inzwischen Expertin darin bin, Fröhlichkeit vorzutäuschen, wenn ich sie gar nicht empfinde.

Manchmal frage ich mich, ob es mir je wieder gut gehen wird oder ob über meinem Leben ständig eine dunkle Wolke hängen wird. Ich frage mich außerdem, ob es da draußen andere Menschen wie mich gibt, die keine Ahnung haben, was aus den Männern oder Frauen geworden ist, die sie lieben. Im Gegensatz zu den Familien der Opfer gibt es für mich keine Selbsthilfegruppe, der ich mich anschließen kann. Ich bin diesen Weg allein gegangen, und das wird auch so bleiben, egal, wohin mich die Reise führen wird.

Die Stirn gegen das Seitenfenster des Taxis gelehnt, sehe ich die Stadt in einem Rausch aus Lichtern und Glas, Steinen und Menschen an mir vorüberziehen. So viele Leute. Warum kann nicht einer von ihnen der Mann sein, den ich liebe?

Tränen rollen mir über die Wangen und machen mich schwach und machtlos, so wie ich mich so lange gefühlt habe, nachdem er gegangen ist. Ich weine nicht mehr ganz so oft wie früher, aber wenn die Tränen einmal laufen, muss ich normalerweise mit ein paar harten Tagen rechnen.

Als wir uns der Kreuzung nähern, die Eric mir beschrieben hat, versuche ich, mich zusammenzureißen. Ich wische mir die Tränen ab, richte mein Make-up, setze ein unbeschwertes Gesicht auf. Ich bürste mir die Haare und lege Lippenstift auf in der Hoffnung, heiter und gut gelaunt zu wirken. Ein paar Stunden lang kann ich es vortäuschen – so lange, bis ich wieder allein bin mit meinen Erinnerungen und meiner Trauer.

Mit der großen Einkaufstüte in der Hand betrete ich die voll besetzte Bar. Auf dem Weg durch die gut gelaunten Happy-Hour-Besucher fallen mir poliertes Holz und Messing, Spiegel und mit Samt bezogene Barhocker auf. Ich lasse meinen Blick über die jungen, attraktiven, ambitionierten Berufstätigen gleiten, entdecke Eric jedoch nicht unter ihnen. Ich will mich gerade umdrehen und gehen, da legt sich eine Hand auf meine Schulter, und der bekannte Duft seines dezenten Aftershaves hüllt mich ein.

»Da bin ich.« Seine Stimme ist tröstlich und vertraut. Er nimmt mir die Tüte ab und führt mich in eine Ecke im hinteren Bereich der Bar, die beinahe leer ist. Offensichtlich will hier niemand sitzen, sondern lieber vorn, wo man mehr sehen und gesehen werden kann.

»Ich fühle mich, als hätte ich gerade einen Ausdauertest bestanden«, sage ich, als wir uns setzen.

Sein Grinsen lässt sein ganzes Gesicht strahlen.

Ich hatte ganz vergessen, wie attraktiv er ist. Der dunkelblaue Anzug, den er trägt, sitzt, als wäre er für ihn maßgeschneidert worden, was vermutlich der Fall ist. Er ist der Inbegriff von Streben nach Erfolg, und ich freue mich, ihn zu sehen. Ich freue mich mehr, als ich erwartet hatte.

»Du hast den Wall-Street-Happy-Hour-Test bestanden.«

»So etwas gibt es?«

»Das könnte sogar eine olympische Sportart sein. In diesen Bars werden viele Geschäfte gemacht.«

»Du meinst, viele Aufrisse.«

»Die auch«, erwidert er mit diesem leichten Grinsen, an das ich mich noch von der Hochzeit erinnere. Trotz des Herzschmerzes, den er wegen seiner Ex erlitten hat, hat er immer sofort ein Lächeln oder einen Witz auf den Lippen. Ich bewundere seine Leichtherzigkeit. In den ersten zwei Jahren nach Johns Verschwinden habe ich wegen gar nichts gelächelt oder gelacht.

»Was kann ich euch bringen?«, fragt ein gestresster Kellner und stellt eine Schüssel mit Knabbermischung auf unseren Tisch.

»Für mich einen Bourbon und für dich …?« Eric sieht mich fragend an.

»Einen Cosmo, bitte.« Warum nicht? Ich muss nicht mehr fahren. Da höre ich im Geiste Johns unvergessliche Stimme: *Ganz oder gar nicht.* Ich wünschte, ich könnte ihm und seiner sexy Stimme sagen, sie sollen mich in Ruhe lassen.

»Wie ist das Bewerbungsgespräch gelaufen?«, fragte Eric und bedient sich bei der Knabbermischung.

»Sehr gut. Sollten sie mir ein Angebot machen, werde ich wohl zugreifen. Sie haben ein paar sehr coole Klienten.«

»Wen zum Beispiel?«, fragt er mit echtem Interesse.

Ich gebe ihm eine Zusammenfassung der hippen Kunden, die diese Firma repräsentiert – von Bäckereien über Fünf-Sterne-Restaurants bis zu Broadway-Schauspielern und -Schauspielerinnen, einen der heißesten Comedians des Landes und einen berühmten Koch, der in jedem Haushalt bekannt ist, seitdem er letzten Sommer in einer Koch-sendung aufgetreten ist, die wahnsinnige Einschaltquoten hatte.

»Das ist ja das Who-is-Who der Popkultur«, stellt Eric fest.

»Ich weiß! Das würde richtig Spaß machen.« Es ist ein Job, in den ich mich hineinstürzen könnte, und genau so etwas brauche ich. »Außerdem ist das Gehalt so gut, dass ich es mir leisten könnte, in der Stadt zu wohnen, wenn ich eine Mitbewohnerin finde.«

Er schnippt mit den Fingern. »Wo wir gerade davon sprechen …« Er zieht ein Stück Papier aus der Innentasche seines Jacketts und reicht es mir.

Ich falte einen Flyer auseinander, der von einer Frau gestaltet wurde, die für ihre Wohnung in Tribeca eine Mitbewohnerin sucht.

»Das habe ich an der Pinnwand in der Firma gesehen und für dich mitgenommen.«

»Man soll nur einen der Schnipsel unten abreißen und nicht das ganze Ding mitnehmen.«

»Wenn ich nicht den ganzen Zettel mitgenommen hätte, wäre das Zimmer jetzt schon weg. Du solltest sie anrufen.«

»Noch habe ich den Job nicht.«

»Aber du wirst bald etwas finden.« Er nickt in Richtung des Zettels. »Ruf sie an. Dann wären wir Nachbarn.«

Die Vorstellung, in der Nähe dieses neuen Freundes zu wohnen, der in der kurzen Zeit, die wir uns kennen, so nett zu mir gewesen ist, gefällt mir. Ich hole mein Handy heraus und wähle die angegebene Nummer.

»Hallo?«

»Äh, hi, ich rufe wegen der Wohnung an. Ist die noch frei?«

»Das ist sie. Irgendein Idiot in der Firma hat meinen Flyer abgenommen, sodass bisher keiner angerufen hat.«

Ich muss mich zusammenreißen, um nicht laut loszulachen. »Oh. Ein Freund von mir hat ein Foto davon gemacht und mir geschickt.«

Erics Augen funkeln verschmitzt, und ich muss lächeln.

»Kannst du mir mehr darüber sagen?«

Sie beschreibt mir ein Zwei-Zimmer-Loft mit gemeinsamem Bad, Wohnzimmer und Küche. »Es ist nichts Besonderes, doch wir haben einen Fahrstuhl und einen Portier, *und* es gibt ein Fitnesscenter und eine Waschküche im Gebäude.« Sie verrät mir, dass ihr Name Skylar und sie Anwältin im ersten Jahr in Erics Firma sei. Ihre bisherige Mitbewohnerin ist mit ihrem Freund zusammengezogen und hat sie im Regen stehen lassen.

Sie fragt, was ich mache. Ich erzähle ihr, dass ich gerade auf der Suche nach einem Job bin, allerdings schon etwas in Aussicht habe, und nach ein wenig hin und her fragt sie: »Bist du interessiert?«

»Ich nehme sie.« Vielleicht bin ich impulsiv, aber es fühlt sich gut an, voranzugehen, vor allem nach dem Rückschlag, den ich vorhin erlitten habe. Außerdem habe ich ein wenig Erspartes, das für drei Monate Miete reicht. Wenn ich am Ende dieser drei Monate keinen Job habe, habe ich größere Probleme als die Frage, wie ich meine Miete bezahlen soll.

»Oh, das ist super. Ich habe mir nämlich wirklich Sorgen gemacht, wie ich die Kosten alleine stemmen soll.«

Ich hoffe, es war kein Fehler, Skylars Wohnung unbesehen zuzusagen, und zudem bevor ich einen Vertrag habe und ohne direkt mit ihr zu sprechen. Doch ich habe ein gutes Gefühl. Gute Gefühle waren in letzter Zeit selten, also lasse ich mich von ihm leiten.

»Ich stehe im Mietvertrag als Hauptmieterin, also kannst du mir einen Scheck für die erste Monatsmiete schicken und einziehen, wann immer du willst. Sag mir nur vorher Bescheid. Ich besorge dir einen Schlüssel und kläre alles mit dem Vermieter.«

Ich danke ihr, wir verabschieden uns, und ich lege auf.

Eric hebt sein Glas. »Willkommen in der Nachbarschaft.«

Ich stoße mit ihm an. In den zehn Minuten, die wir zusammen sind, hat er es – wieder einmal – geschafft, dass ich mich besser fühle. Daran könnte ich mich gewöhnen – ein Gedanke, der mir genauso viel Angst macht, wie er mich freut.

»Ich mag es, wenn du lächelst. Dann bist du noch hübscher.«

Mir gefällt seine mühelose, charmante Art zu flirten, auch wenn mein Kopf mich warnt, vorsichtig vorzugehen.

»Wie war dein Tag?«, frage ich ihn.

»Der war ehrlich gesagt richtig gut. Ich habe dem Akquisitionskomitee einen neuen Kunden vorgestellt, und sie wirkten interessierter als üblich.«

»Wann wirst du was hören?«

»In den nächsten Tagen.«

»Puh. Das Warten muss die reine Folter sein.«

»Ich versuche, mich nicht zu sehr hineinzusteigern. Ich werde immerhin bezahlt, egal, ob sie den Kunden annehmen oder nicht.« Er greift ein weiteres Mal in die Knabbermischung. »Das hilft, die Perspektive zu behalten.«

»Trotzdem wäre es nett, einen Treffer zu landen.«

»Ja, das wäre sehr nett.« Er beugt sich näher zu mir. So nah, dass ich seinen Atem auf meiner Wange spüre.

Ich bekomme eine Gänsehaut.

»Wenn ich den Treffer lande, hilfst du mir dann, das gebührend zu feiern?«

Ich schenke ihm einen neckischen Blick. »Das kommt darauf an, wie diese Feier aussieht.«

»Dinner, Tanzen, Drinks. Irgendwo mit Kerzen und Stoffservietten.«

Er hat mich total um den Finger gewickelt, und ich merke, dass ich ihm innerlich die Daumen drücke, damit wir gemeinsam feiern können. »Das klingt zauberhaft.«

»*Du* bist ziemlich zauberhaft.« Er streicht mir eine Strähne hinters Ohr, und für eine kurze, beängstigende Sekunde denke ich, dass er mich küssen wird.

Aber das tut er nicht.

Als er sich zurückzieht, bin ich hin und her gerissen zwischen Bedauern und Erleichterung. In dem Moment erkenne ich, dass Eric Tilden eine Bedrohung für mein mühsam zusammengeflicktes Herz bedeutet und ich sehr vorsichtig sein muss, was ihn angeht.

»Ich bin am Verhungern«, verkündet er, als die Knabbermischung leer ist. »Wollen wir was essen gehen?«

Ich hatte eigentlich vorgehabt, nach Hause zu fahren und meine tägliche Runde auf den Nachrichtenseiten im Internet zu drehen, um nach einem Hinweis auf John zu suchen. Doch mehr Zeit mit Eric zu verbringen klingt wesentlich verlockender. »Sehr gerne.«

KAPITEL 5

AVA

Zwei Wochen später helfen Eric, Rob, Camille, Amy und Jules mir, in meine neue Wohnung in Tribeca einzuziehen. Ich habe den Job bekommen, den ich haben wollte, und soll am Montag bei FergusonMain anfangen. Da ich mein Auto nicht in die Stadt mitnehmen kann, fahren meine Eltern mich zusammen mit den Habseligkeiten hin, die ich aus San Diego mitgebracht habe. Ich verstaue die kostbaren Kartons mit Johns Sachen im Schrank in meinem Schlafzimmer und versuche, sie zu vergessen.

Falls Eric neugierig ist, weil ich darauf bestanden habe, sie selbst nach oben zu tragen, lässt er es sich nicht anmerken.

Das Wohnzimmer ist von Skylar bereits eingerichtet, also beschließe ich, meine Sachen aus San Diego, darunter das Bett, das ich mir mit John geteilt habe, eingelagert zu lassen und mir ein neues zu kaufen. Neues Zuhause, neue Anfänge, neues Bett. Da mein Herz bei dem Gedanken, ohne ihn von vorn anzufangen, ein wenig bricht, stopfe ich diese Gefühle in eine Kiste in mir und versiegle sie, damit ich weitermachen kann, anstatt in der schmerzhaften Vergangenheit zu verweilen.

Als ich ausgepackt habe, fahren meine Eltern nach Purchase zurück, und Camille schlägt vor, dass wir anderen ausgehen und etwas essen und trinken. Ich lade Skylar ein, uns zu begleiten. Ich habe sie in den letzten Wochen über WhatsApp ein wenig kennengelernt und erfahren, dass sie sich vollkommen auf ihren Job konzentriert und sich durch nichts ablenken lässt. Der heutige Abend bildet da keine Ausnahme.

»Ich wünschte, ich könnte mitkommen«, sagt sie und beäugt Eric mit kaum verhohlenem Interesse, das mich aus Gründen stört, die ich nicht näher untersuchen möchte. Offensichtlich haben sie sich in der Firma, für die sie beide arbeiten, noch nie getroffen. Sie ist groß und attraktiv, mit dunklen Haaren und dunklen Augen. »Ich habe am Montag eine große Präsentation, auf die ich nicht einmal ansatzweise vorbereitet bin. Ich brauche jede Minute des Wochenendes. Aber ich wünsche euch viel Spaß.«

Wir verabschieden uns und gehen die Treppe ins Erdgeschoss hinunter, wobei wir vermutlich lauter sind, als wir sollten. Die Tildens sind eine ziemlich wilde Truppe, und meine Schwester passt perfekt dazu. Sie und Rob sind nach ihren Flitterwochen auf Hawaii tief gebräunt und super glücklich und können immer noch nicht länger als für ein paar Minuten die Hände voneinander lassen.

Eric und ich gehen am Schluss, direkt hinter Rob und Camille. Eric stupst mich an, macht mich auf Robs Hand aufmerksam, die auf dem Hintern seiner Frau ruht, und verdreht übertrieben die Augen. *Nehmt euch ein Zimmer*, formt er lautlos mit den Lippen.

Ich halte mir die Hand vor den Mund, um nicht laut loszulachen, und stoße ihm in die Rippen. »Hör auf damit.«

»Das muss ich nicht.« Er schwebt wie auf Wolken, nachdem das Akquisitionskomitee seiner Firma seiner letzten Empfehlung gefolgt ist. Camille hat mir erzählt, dass er dafür einen großen Bonus bekommt. Davon hat er mir gegenüber nichts erwähnt. In den Wochen, seitdem wir zusammen essen waren, haben wir beinahe jeden Tag gechattet.

In seinen Nachrichten hat er sich als genauso klug und unterhaltsam erwiesen wie im persönlichen Kontakt, und ich stelle immer wieder fest, wie sehr ich mich darauf freue, von ihm zu hören. Ich weiß es sehr zu schätzen, dass er mich nach unserem ersten, erinnerungswürdigen Wochenende zusammen nicht bedrängt hat. Im Gegenteil, er hat zugelassen, dass sich Nachricht für Nachricht eine angenehme Freundschaft zwischen uns entwickelt. Ich habe versucht, nicht allzu viel in den Flirt hineinzudeuten oder in die Zeit, die er damit verbringt, mir zu schreiben, aber ich bin froh, zu wissen, dass hinter den Nachrichten ein Mann steckt, der ebenfalls mit tiefem Schmerz vertraut ist.

So sehr ich niemandem wünsche, etwas wie das durchzumachen, was er durchgemacht hat, sorgt es für eine Art Gleichstand zwischen uns, selbst wenn Eric nicht weiß, was mir passiert ist – und es, wenn es nach mir geht, auch nie erfahren wird. Ein Teil von mir kommt sich unfair vor, vor allem, nachdem er mir von Brittany erzählt hat. Doch ich bin es gewohnt, nicht über John zu reden, und so ist es mir sogar lieber.

Zu Beginn unserer Beziehung hat John mir erzählt, dass es aufgrund der sensiblen Natur seines Jobs besser wäre, wenn ich den Leuten nicht von uns erzähle. Ich habe mich darauf nur zu gerne eingelassen, weil ich es mochte, in unserer Blase allein mit ihm zu sein. Ich habe meine Familie auf Abstand gehalten, indem ich ein paar Mal im Jahr nach Hause gefahren bin, damit sie nicht das Bedürfnis verspüren, mich besuchen zu kommen, und ich habe mit niemandem über ihn gesprochen.

Im Rückblick und nach unzähligen Recherchen über das Leben von Offizieren bei den Special Forces habe ich erkannt, dass er vermutlich in einer Einheit war, deren Mitglieder keine romantischen Verwicklungen haben sollten, und er mich deshalb um Diskretion gebeten hat. Was nur ein weiterer Grund wäre, um wütend auf ihn zu sein und auf das Netz, das er um mich herum zugezogen hat, wohl wissend, dass er vielleicht irgendwann – und eventuell sogar permanent – aus meinem Leben verschwinden würde. Ich wünschte, ich könnte ihn dafür hassen. Das würde alles so viel leichter machen. Aber ich hasse ihn nicht. Ganz im Gegenteil.

Eric stupst mich an, holt mich aus meinen Gedanken. »Wo warst du?«

Ich schaue auf und sehe, dass wir zehn Blocks von meiner Wohnung entfernt sind. »Nirgendwo. Ich bin hier.«

»Ist alles in Ordnung?«

»Natürlich.« Mein neues Leben fügt sich langsam. Ich habe allen Grund, mich über meine neue Wohnung, meinen neuen Job und meine neuen Freunde zu freuen, alles Sachen, die ich erreichen wollte, als ich San Diego den Rücken gekehrt habe. Doch ich lerne langsam, dass ich, obwohl ich unser altes Leben hinter mir gelassen habe, John immer noch in mir trage. Ich kann ihn nicht zurücklassen, so sehr ich es mir auch wünsche.

»Manchmal wirkst du so traurig, Ava«, bemerkt Eric so leise, dass es außer mir keiner hört. »Ich wünschte, ich wüsste warum.«

Seine scharfsinnige Beobachtung verstört mich. »Ich …«

»Ist schon gut.« Er legt mir einen Arm um die Schultern. »Du musst dich niemandem erklären, am wenigsten mir.«

Ich schätze ihn in diesem Moment mehr, als er je ahnen würde, und als er seinen Arm um mich lässt, während wir in Richtung Times Square gehen, versuche ich nicht, ihn abzuschütteln. Warum sollte ich, wenn ich es so sehr genieße, mit ihm zusammen zu sein?

Wie immer herrscht auf dem Times Square furchtbares Gedränge, und kurz werden wir von den anderen getrennt. Ich versuche, sie in der Menge zu entdecken, als mein Blick auf einen Zeitungsstand mit den heutigen Schlagzeilen fällt. In großen roten Lettern steht da: »Sammelklage gegen Regierung« und darunter: »David Dawkins, der seine Tochter und seinen Schwiegersohn auf der *Star of the High Seas* verloren hat, reicht gemeinsam mit einer Gruppe von Familienangehörigen anderer Opfer eine Sammelklage gegen die Regierung, den ehemaligen nationalen Sicherheitsberater Kent Hartley sowie mehrere ehemalige Regierungsmitarbeiter ein, weil sie eine Terrordrohung in den Wochen vor dem Anschlag ignoriert haben sollen.«

Ich bleibe stehen, um weiterzulesen. »Dawkins, der Sprecher der SHS Familiengruppe, der kein Blatt vor den Mund nimmt, gibt an, die Sammelklage suche nach Antworten im Namen der mehr als fünfzehntausend Familienmitglieder, die von dem Terroranschlag auf das Kreuzfahrtschiff betroffen sind, bei dem viertausend Menschen starben.«

Ich habe schon von Dawkins gelesen. Drei Tage vor dem Anschlag auf das Schiff hat er sein einziges Kind zum Altar geführt. Von Anfang an hat mich seine Geschichte und die von so vielen anderen Angehörigen tief berührt, und er ist seitdem immer in meinen Gedanken.

»Ava?«

Ich schaue zu Eric und blinzle, um ihn klar zu sehen. Ich fasse es nicht, dass ich vergessen habe, mit wem ich zusammen bin, nur weil der Bericht über Dawkins mich direkt zu dem Tag des Albtraums zurücktransportiert hat.

»Geht es dir gut?« Eric zieht besorgt die Augenbrauen zusammen, während er guckt, was meine Aufmerksamkeit gefesselt hat. »Was stand da?«

Ich dränge die Gefühle zurück und versuche, in meiner Antwort möglichst nüchtern zu klingen. »Dawkins und die anderen Familien der *Star of the High Seas* reichen eine Sammelklage gegen die Regierung und verschiedene ehemalige Regierungsbeamte ein.«

»O verdammt. Warum?«

»Sie behaupten schon seit Jahren, dass die Regierung in den Wochen vor dem Angriff eine ernst zu nehmende Terrordrohung ignoriert hat. Sie verklagen die Leute, die damals davon gewusst haben müssten.«

Erics abgrundtiefer Seufzer sagt alles. »Hast du jemanden auf dem Schiff gekannt?«

Ich schüttele den Kopf. »Nein, aber trotzdem bin ich seitdem von dem Vorfall beinahe besessen.«

»Mein Mitbewohner auf dem College hat seinen Schwager und seine Schwägerin verloren. Das war für die Familie unfassbar grausam.«

»So viele Menschen sind davon betroffen gewesen. Als wir noch Kinder waren, haben unsere Eltern uns ständig mit auf Kreuzfahrten genommen. Und jetzt ...«

»Jetzt würdest du ein Kreuzfahrtschiff nicht einmal mehr betreten, wenn dein Leben davon abhinge«, sagt er geradeheraus.

»Richtig.«

»Ich auch nicht. Ich war nur einmal auf einer Kreuzfahrt. Vor vielen Jahren mit meinen Großeltern. Ich habe mich die ganze Zeit eingeengt und irgendwie mulmig gefühlt. Ich wollte das nie wieder machen.«

Ich sage mir, dass es keine Lüge war, weil das, was ich ihm erzählt habe, die Wahrheit ist. Wir haben früher jedes Jahr eine Kreuzfahrt unternommen. Meine Mutter hatte ein Reisebüro, das auf Kreuzfahrten spezialisiert war, und hat ständig Gutscheine von den verschiedenen Reedereien bekommen. Ihre Firma musste nach dem Anschlag einen herben Verlust einstecken, und in den letzten Jahren hatte sie ihren Fokus auf Pauschalreisen nach Europa und Asien verlegt.

Eric muss nicht wissen, dass ich aus einem ganz anderen Grund von der *Stars of the High Seas*-Tragödie zerstört worden bin.

Während wir uns unseren Weg durch die Menschenmenge am Times Square suchen, legt er wieder den Arm um mich. Ich nehme an, dass er weiß, wo wir hinwollen, also lasse ich mich von ihm führen. Es erstaunt mich, dass die Trauer mich immer findet, egal, wo ich bin oder was ich tue. Dieses Mal brauchte es bloß Dawkins Namen und die Schlagzeile über die Sammelklage, um in diesen bisher schönen Tag einen Missklang zu bringen.

Wird es immer so sein? Gibt es kein Entkommen, egal, was ich tue? Manchmal fühle ich mich wie in einem vergoldeten Käfig, wenn ich mein nettes, ruhiges, sicheres Leben führe. Ich bin wie von Gittern umgeben, die die Trauer mit mir zusammen eingesperrt halten. Sie ist immer da, was ich auch tue, mit wem ich auch zusammen bin oder wie verzweifelt ich mir wünsche, die Vergangenheit endlich hinter mir zu lassen, um mit der Zukunft weiterzumachen.

John hat mir jeden Tag, den wir gemeinsam verbracht haben, gesagt, dass er mich mehr als alles auf der Welt liebt. Wenn er mich wirklich geliebt hat, wie konnte er mir *das* dann antun? Tränen brennen in meinen Augen, und ich muss alle Kraft zusammennehmen, um mich durch die emotionale Überwältigung zu kämpfen. Ich bin fertig damit, um ihn zu weinen.

»Willst du immer noch essen gehen?« Eric bemerkt meinen inneren Kampf.

Für ihn zwinge ich mich zu einem Lächeln und fasse ihn am Arm. »Natürlich. Ich feiere eine neue Wohnung und einen neuen Job und deinen Triumph in der Firma.«

»Weißt du«, sagt er zögerlich. »Ich hoffe wirklich, dass wir beide sehr gute Freunde werden, und Freunde sind in guten und in schlechten Zeiten füreinander da. Ich hasse den Gedanken, dass du wegen irgendetwas leidest und nicht das Gefühl hast, dich auf deinen guten Freund Eric verlassen zu können.«

In den fünf langen, einsamen Jahren war ich nie mehr in Versuchung geführt, mich jemandem zu offenbaren, als jetzt ihm. Aber irgendetwas hält mich zurück ... Ich bin es so gewohnt, John für mich zu behalten, und Erics Bruder ist mit meiner Schwester verheiratet. Sollte Eric das Ganze Rob gegenüber erwähnen ... Innerhalb weniger Minuten wäre meine gesamte Familie involviert, und das will ich einfach nicht.

»Dein Angebot bedeutet mir mehr, als du ahnst.«

»Es bleibt bestehen.«

»Du bist ehrlich ein guter Kerl, Eric Tilden.«

»Danke«, sagte er und lächelt leicht. »Ich hatte schon Anlass, mich zu fragen, ob ich so gut bin, wie ich glaube.«

Wir erreichen unser Ziel, ein schickes, modernes Restaurant mit Bar mit besten Bewertungen und einem Namen, den ich nicht aussprechen kann.

Ich halte Eric vom Eintreten zurück, indem ich meine Hand auf seinen Arm lege. »Lass nicht zu, dass sie dir das antut. Das verdient sie nicht.«

»Nein, das wohl wirklich nicht.« Er hält die Tür auf und bedeutet mir, einzutreten. »Komm, lass uns was trinken.«

Stunden später wandern Eric und ich mit unsicheren Schritten, lachend und schief singend und uns generell wie Idioten benehmend nach Tribeca zurück. Wieder einmal frage ich mich, warum ich mich nicht schon vor langer Zeit dem Alkohol zugewandt habe, denn er bietet mir eine vorübergehende Verschnaufpause von meinen Problemen. Ich hatte heute so viel Spaß. Ich habe mich wieder normal gefühlt, so wie auf der Hochzeit, und das liegt zum Großteil an Eric und seiner fürsorglichen Aufmerksamkeit.

Diese Aufmerksamkeit ist den anderen nicht entgangen. Erics Geschwister waren vorsichtig optimistisch wegen dem, was sie zwischen uns gesehen haben, während Camille eher so viel Fingerspitzengefühl bewiesen hat wie ein Elefant im Porzellanladen und mich in der Damentoilette abgefangen hat, um mich zu fragen, ob wir offiziell miteinander gehen. Ich musste ihr sehr schonend beibringen, dass wir nur Freunde sind, aber ich habe auch gemerkt, dass sie mir das nicht abgekauft hat.

»Er mag dich«, sagt sie. »Sehr sogar.«

»Ich mag ihn ebenfalls.«

»Alsooo ...«

»Tu mir einen Gefallen, ja? Bitte lass uns in Ruhe. Wenn irgendetwas passieren soll, wird es sich entwickeln. Wenn uns allerdings jeder darauf anspricht, mindert das mein Interesse an ihm deutlich.«

»Ich verstehe nicht, warum du immer so verschwiegen mit allem sein musst.« Drei Wodka-Tonic haben ihr die Zunge gelockert. »Ich weiß, dass in San Diego irgendetwas vorgefallen ist, doch du sprichst nie darüber, nicht einmal mit mir. Das kränkt mich, Ava.«

»Ich bin nun mal ein sehr verschwiegener Mensch. So war ich schon immer, und es ist nicht meine Absicht, dir oder sonst wem damit wehzutun.«

»Also, worüber hast du dich mit Camille gestritten?«, fragt Eric, als wir Arm in Arm nach Hause gehen. Er scheint zu wissen, wo es langgeht, was gut ist, denn ich habe keine Ahnung.

Überrascht von der Frage erwidere ich: »Wir haben uns nicht gestritten.«

»Es kam mir aber so vor. Und Rob hat es auch bemerkt. Als ihr beide von der Toilette zurückkamt, herrschte zwischen euch eine gewisse Spannung.«

»Ehrlich gesagt wollte sie mich zu dir ausfragen, und ich habe ihr geantwortet, sie solle damit aufhören.«

»Ah, ich habe mich schon gewundert, ob es das war, denn ihr Ehemann hat mit mir das Gleiche gemacht, als ihr weg wart. Amy und Jules haben ihm zu verstehen gegeben, er solle mich in Ruhe lassen.«

»Das ist ungefähr das, was ich zu Camille gesagt habe, doch sie hat es nicht gut aufgenommen.«

»Sie meinen es nur gut.«

»Ja, vermutlich. Ich bin sicher, für sie ist es aufregend, dass wir uns auf ihrer Hochzeit kennengelernt haben und Freunde geworden sind, aber sie müssen einen Schritt zurücktreten und uns Raum zum Atmen lassen.« Kaum habe ich die Worte ausgesprochen, stolpere ich auch schon über eine Kante im Bürgersteig.

Eric verhindert meinen Sturz, indem er seine Arme um mich schlingt und mich fest an sich zieht.

Ich schaue zu ihm auf, und er sieht mich mit einer liebevollen Besorgnis an, in der ich mich am liebsten eine Weile sonnen würde. Er ist einfach so verdammt süß.

»Alles okay?«

»Ja. Tut mir leid.«

»Mir nicht.«

Eine Sekunde lang glaube ich, er wird mich küssen. Ich halte den Atem an, nicht sicher, ob ich es will oder nicht. Doch der Moment vergeht. Eric räuspert sich und behält einen Arm um meine Taille gelegt, als wir den Heimweg fortsetzen. Zumindest glaube ich, dass wir nach Hause gehen.

Ein paar Straßenzüge weiter sehe ich mein Gebäude. Auf der untersten Stufe der Treppe drehe ich mich zu ihm um. »Danke, dass du mich nach Hause begleitet hast.«

»Es war mir ein Vergnügen. Kommst du klar, oder brauchst du die Notfall-Pizza-Kur?«

»Ich bin noch total satt vom Dinner.« Wir hatten Sushi und köstliche Asian-Fusion-Cuisine.

»Geh heute Abend mit mir aus.«

Ich bin kurz verwirrt, dann merke ich, dass es schon nach zwei Uhr nachts ist.

»Nur wir beide.« Er streicht mir eine Strähne hinters Ohr und streift meine Wange. Seine Berührung verursacht mir Gänsehaut. »Du hast mir eine Feier versprochen, wenn ich auf der Arbeit einen Erfolg einfahre, also schuldest du mir was.«

»Kommst du mir jetzt mit einer Formsache?«, ziehe ich ihn auf.

»Was auch immer nötig ist, damit du mit mir ausgehst.« In seinem intensiven Blick liegt keinerlei Neckerei.

»Ich hatte dir wirklich versprochen, mit dir zu feiern.«

»Ja, das hast du. Also heute Abend?«

»Um wie viel Uhr?«

»Um acht?«

»Das geht. Was soll ich anziehen?«

»Werfen wir uns richtig in Schale.«

»Okay.«

Er beugt sich vor und gibt mir einen Kuss auf die Wange. »Ich warte, bis du drinnen bist.«

Atemlos von der Berührung seiner Lippen auf meinem Gesicht gehe ich die Treppe hinauf und begrüße den Portier, der mich einlässt.

Als ich mich umdrehe, winkt Eric mir vom Bürgersteig aus zu.

Im Fahrstuhl bin ich ganz hibbelig vom Alkohol und der Vorfreude darauf, Eric wiederzusehen. Es ist so lange her, dass ich irgendetwas hatte, worauf ich mich freuen konnte, und jetzt gibt es so viel – meinen neuen Job, meine neue Stadt, meine neuen Freunde. Und ganz besonders einen neuen Freund ...

In der Wohnung bin ich ganz leise, um Skylar nicht zu stören. Ich gehe ins Bad, dann in mein Zimmer und schließe die Tür. Dort hole ich mein Handy heraus und schicke Camille eine Nachricht.

Sorry, dass ich vorhin so zickig war. Ich weiß, du bist nur neugierig, und das ist okay, aber lass uns ein wenig Raum, ja? Sollte es etwas zu berichten geben, erzähle ich es dir, sobald ich es kann.

Es ist schon spät, und die Nachricht bleibt vorerst ungelesen. Ich bin sicher, wenn meine Schwester sie sieht, wird sie mir antworten. Normalerweise lassen wir Missstimmungen zwischen uns nicht lange gären, und ich will ihr jetzt, wo wir das erste Mal seit zehn Jahren wieder in der gleichen Stadt wohnen, näherkommen.

Im Bett scrolle ich durch meinen Twitter-Feed und keuche beim Anblick der AP-Schlagzeile auf: SEAL-Team in Pakistan angegriffen. Ich klicke auf den Link und sauge jedes Wort der Geschichte auf, darunter die schreckliche Nachricht, dass zwei Mitglieder der US-Streitkräfte getötet wurden. Mein Herz wird schwer, und Traurigkeit erfüllt mich, weil ich weiß, dass zwei Familien schon ganz bald grauenhafte Nachrichten erhalten. Nachdem die Familien informiert worden sind, dauert es zehn bis zwölf Stunden, wenn nicht länger, bis die Namen und Fotos der Opfer veröffentlicht werden. Das weiß ich, weil ich das jedes Mal ertragen musste, wenn ich in den letzten fünf langen Jahren vom Tod eines amerikanischen Armeeangehörigen gehört habe.

Ich weiß, es wäre besser für mich, wenn ich die Nachrichten gar nicht lesen würde, und ich habe in der Vergangenheit auch oft versucht, mit meiner obsessiven Suche nach Schlagzeilen aufzuhören. Das Längste, das ich mal ausgehalten habe, war ein ganzer Tag, danach war ich sofort wieder dabei: gucken, surfen, lesen, alles in mich aufsaugen über die fortwährenden Bemühungen, Mohammad Al Khad, den sich allen Zugriffen entziehenden Drahtzieher hinter dem Angriff, zu fassen und sein Terrornetzwerk zu zerschlagen.

Ich weiß mehr über die US Special Forces und Special Operations, als jeder Zivilist je wissen wird. Ich habe sowohl gründlich über die Navy SEALs recherchiert als auch über die Army Green Berets, Rangers und Night Stalkers. Ich habe eine schwindelig machende Anzahl von Einheiten entdeckt, für die John hätte arbeiten können, es aber auf die Marines oder die Navy eingeengt, da beide Verbände Einheiten haben, die von San Diego aus operieren. Ich weiß, es ist nahezu unglaublich, dass ich nicht weiß, in welcher Einheit er gedient hat, oder dass er es mir gegenüber nie erwähnt hat, doch wir haben nie über seine Arbeit gesprochen. Und mit nie meine ich *niemals*. Das einzige Mal, das ich ihn in Uniform gesehen habe, war an dem Abend, an dem wir uns kennengelernt haben, und die Details seines Kampfanzugs sind im Laufe der Jahre verschwommen. Ich weiß nicht, ob er von der Navy oder vom Marine Corps war.

Das ist noch etwas, das ich im Rückblick als strategischen Schachzug von ihm erkannt habe. Je weniger ich wusste, desto besser, war seine Einstellung. Und mir war das nur recht, denn ich wollte nicht darüber nachdenken, dass er möglicherweise für länger als die eine oder zwei Wochen hier oder dorthin entsandt werden könnte, wie es während unserer beiden gemeinsamen Jahre oft passiert ist.

Meine Recherche hatte außerdem Hinweise auf Gruppen innerhalb des Militärs ergeben, die so geheim sind, dass es nirgendwo irgendwelche Informationen über sie gibt. Was mich auf den Gedanken gebracht hat, dass John vielleicht auf dieser Ebene operiert. Ich habe keine Möglichkeit, herauszufinden, ob er lebt oder in einer dieser topgeheimen Einheiten arbeitet.

Ich musste vor langer Zeit akzeptieren, dass ich vermutlich niemals Gewissheit haben werde. Nach Jahren des Suchens im Internet, auf den Webseiten des Pentagons und anderer mit dem Militär verbundenen Seiten habe ich nicht den kleinsten Anhaltspunkt dafür gefunden, wie sich diese Einheiten nennen, geschweige denn, wie man eines ihrer Mitglieder finden kann.

Ich habe gelernt, dass die Männer einer Einheit untereinander sehr loyal sind und dass John, wenn er ein Marine war, ein Semper-Fi-Tattoo oder einen Aufkleber auf seinem Pick-up hätte haben können. Er hatte nichts von beidem. Den Ausdruck *Semper Fi* habe ich erst lange nach seinem Weggang zum ersten Mal gehört.

Ich gebe mir selbst die Schuld, weil ich nicht aufmerksamer gewesen bin, aber am meisten Schuld gebe ich ihm, weil er mich in diesem quälenden Schwebezustand zurückgelassen hat. Und während ich eine schlaflose Nacht verbringe und darauf warte, dass das Pentagon den letzten der gefallenen Soldaten identifiziert, wird mir klar, dass ich zwar meine Adresse geändert habe, der Albtraum jedoch immer noch bei mir ist und ich ihm wohl niemals ganz werde entkommen können.

KAPITEL 6

AVA

Das unter meinem Kopf vibrierende Handy weckt mich. Ich bin auf der Bettdecke eingeschlafen und zittere, da ich direkt unter der Klimaanlage liege. Bevor ich zum Handy greife, ziehe ich schnell die Decke über mich, dann lese ich Camilles Nachricht.

Alles gut. Rob sorgt sich wegen Eric, weil der dich wirklich zu mögen scheint. Er hat viel durchgemacht ...

Ich sollte diese Freundschaft oder den Flirt oder was auch immer das mit Eric ist, nicht fördern. Camille hat recht – nach dem, was mit seiner Ex passiert ist, sind ich und meine Probleme das Letzte, was er gebrauchen kann. Nur ist es so angenehm und lustig, mit ihm zusammen zu sein, und sein offensichtliches Interesse an mir gibt mir nach all der Zeit, in der ich so einsam war, das Gefühl, etwas Besonderes zu sein. Ich mag ihn. Ich mag ihn sogar sehr.

Ich schaue an die Decke und denke an die Zeit, die ich mit Eric verbracht habe. Daran, wie er mich immer zum Lachen bringt. Ich erinnere mich daran, wie er sich um mich gekümmert hat, als ich auf der Hochzeit zu viel getrunken hatte, und wie er bei mir geblieben ist und den Klatsch seiner Familie riskiert hat, bloß um sicherzustellen, dass es mir in der Nacht gut geht. Nachdem ich miterlebt habe, wie seine Mutter bei dem Brunch auf uns reagiert hat, weiß ich das Opfer, das er in dieser Nacht gebracht hat, noch mehr zu schätzen.

Ich sollte ihm schreiben, dass ich heute nicht mit ihm essen kann, dass es nicht fair wäre, zuzulassen, dass er etwas mit jemandem anfängt, der so verkorkst ist wie ich. Aber als der Tag voranschreitet, schicke ich die Nachricht nicht ab. Ich will ihn sehen. Ich will mich so fühlen, wie ich mich fühle, wenn ich mit ihm zusammen bin. Ich mag die Aufmerksamkeit, die er mir schenkt, die Art, wie er zuhört, wenn ich rede, und wie er auf mich aufpasst. Vielleicht ist es falsch, das nicht zu verhindern, doch ich bin es so leid, allein zu sein. Eric lässt mich wieder fühlen, und Gott möge mir beistehen, ich habe nicht die Kraft, mich von ihm abzuwenden.

Während dieses quälenden Tages beschließe ich, dass es an der Zeit ist, mir therapeutische Hilfe zu suchen. Das habe ich bisher nicht getan, weil es zu schmerzhaft war, an das zu denken, was vorgefallen ist – geschweige denn, mit jemand Fremdem darüber zu reden. Aber gestern Abend habe ich erkannt, dass das Einzige, was sich seit meinem Wegzug aus San Diego geändert hat, meine Adresse ist. Wenn ich wirklich eine Chance auf ein neues Leben haben will, brauche ich Hilfe.

Ich glätte mir die Haare und mustere die Frau, die mich aus dem Spiegel anstarrt. In ihren Augen steht ein gehetzter Ausdruck, ihre Stirn ist gefurcht, und ihr Mund wirkt verkniffen. Sie strahlt eine Trauer aus, die einen hohen Preis gefordert hat. Es wäre leichter, wenn John tot wäre. Dann hätte ich wenigstens Antworten. Dieses endlose Fegefeuer hat meinem Gesicht Jahre hinzugefügt, die nicht da gewesen sind, als ich ihn kennengelernt habe.

Die Erkenntnis, dass ich so auf mich allein gestellt nicht mehr weiterkomme, wird von einer überwältigenden Erleichterung begleitet. Morgen werde ich versuchen, jemanden zu finden, der mir helfen kann, und den ersten wichtigen Schritt in Richtung einer wahren Heilung machen. Das ist längst überfällig. Heute Abend habe ich allerdings ein Date mit einem lustigen, attraktiven süßen Mann, auf das ich mich freue, und ich schiebe die Trauer und Verzweiflung beiseite und erlaube mir, die Zeit mit ihm zu genießen.

Dieses Recht habe ich mir definitiv verdient.

ERIC

Ich mag sie mehr, als ich vermutlich sollte, vor allem angesichts meiner jüngeren Geschichte mit Frauen – oder sollte ich sagen, mit einer *bestimmten* Frau. Ava ist zögerlich, ein wenig scheu und tief verstört von etwas, das sie mir noch nicht erzählt hat. Ich musste der Versuchung widerstehen, Camille zu fragen, ob sie weiß, was mit ihrer Schwester los ist. Ich schätze sowieso, dass Camille viel zu sehr damit beschäftigt war, ihr Jurastudium zu beenden und eine Hochzeit zu planen, um zu bemerken, dass ihre Schwester Probleme hat.

Aber mir ist es aufgefallen. An dem Tag, an dem wir uns nach der Arbeit auf einen Drink getroffen haben. Da hatte sie geweint. Sie meinte zwar, es wäre Heuschnupfen, doch das lässt einen Menschen nicht so verzweifelt aussehen, wie sie das tat, als wir uns in der Bar getroffen haben.

Ich hatte schon immer eine scharfe Beobachtungsgabe. Ich bemerke Dinge, die anderen entgehen. Manchmal frage ich mich, ob ich meine Berufung verfehlt habe. Ich sollte weltenbummelnder Nachrichtenreporter fürs Fernsehen sein. Darin wäre ich bestimmt gut. Aber ich bin zu heimatverbunden, um so viel zu reisen, wie dieser Beruf es erfordert. Ich mag es, meine Freunde und Familie um mich zu haben – zumindest die meisten von ihnen –, und mein derzeitiger Beruf ermöglicht es mir, bei meinen Geschwistern und Freunden zu sein.

Als ich Ava das erste Mal getroffen habe, *sah* ich den Schmerz, den sie so sehr vor den anderen zu verbergen sucht. Es könnte ihr genauso gut in blinkenden Neonbuchstaben auf der Stirn stehen: Dieses Mädchen leidet. Als der Masochist, der ich in Bezug auf Frauen wohl bin, hat ihr Leid natürlich mein Interesse geweckt. Und dass sie einfach umwerfend aussieht, hat auch nicht geschadet, doch das kommt erst an zweiter Stelle, hinter meinem Verlangen, zu erfahren, was ihr passiert ist.

Ich habe ein wenig bei Rob und Camille herumgehorcht, als sie nach den Flitterwochen wieder zu Hause waren. Vorsichtig bin ich auf dem schmalen Grat zwischen zu viel Interesse und der Suche nach neuen Informationen balanciert und habe am Tag nach ihrer Rückkehr beim gemeinsamen Abendessen mit ihnen, Amy und Jules wie nebenbei versucht, das Thema anzuschneiden.

Während ich meinen grauen Anzug für mein Date mit Ava anziehe, denke ich an das Essen mit meinen Geschwistern zurück. Das war, bevor Ava aus dem Haus ihrer Eltern in Purchase in die Stadt gezogen ist.

Camille hat mir die perfekte Eröffnung geliefert, als sie bemerkte, Ava und ich hätten uns auf der Hochzeit auf Anhieb gut verstanden.

»Das stimmt«, erwiderte ich. »Wir hatten viel Spaß zusammen.« Ich ließ unerwähnt, dass ich seitdem regelmäßig mit ihr chattete, weil das niemanden außer sie und mich etwas angeht.

»Ich *liebe* sie«, sagte Jules bei Sushi und schicken Drinks in einem Restaurant in Midtown, das Amy empfohlen hatte. »Sie ist so lustig.«

Unsere jüngste Schwester mag jeden – wirklich jeden Menschen auf der Welt. Sie hatte noch nie einen Feind und hat auch noch nie jemanden getroffen, mit dem sie sich nicht anfreunden wollte – von den Obdachlosen auf den Straßen bis zu den millionenschweren Kunden. Jules hat das gütigste Herz, das ich je erlebt habe, und deswegen machen wir anderen uns endlos Sorgen um ihre Sicherheit. Zum Glück hat sie neben ihrem Mitgefühl zudem eine ordentliche Portion gesunden Menschenverstand mitbekommen – und das Pfefferspray, das Rob ihr als Anhänger für ihren Schlüsselbund gekauft hat –, sodass wir ihretwegen keine schlaflosen Nächte haben müssen.

»Glaubst du, ihr werdet euch wiedersehen?«, wollte Rob locker von mir wissen.

Ein Wort über meinen »älteren« Bruder – er tut nichts locker, also hatte auch seine Frage nichts Lockeres.

»Natürlich«, sagte ich. »Ihre Schwester ist mit meinem Bruder verheiratet. Ich erwarte, sie oft zu sehen.«

Rob blickte mich finster an. Die meisten Leute durchschauen ihn nicht so einfach, aber seine Geschwister tun das immer.

»Lass ihn in Ruhe, Rob«, schaltete sich Amy ein und nippte an ihrem übervollen Martiniglas. »Das Letzte, was er braucht, ist, dass ihn jeder bedrängt, weil er auf der Hochzeit Spaß hatte.«

»Danke, Amy.« Ich prostete ihr zu. Sie hatten sich über mich lustig gemacht, weil ich ein Bier bestellt habe, während alle anderen sich für abgefahrene Cocktails entschieden hatten. Ich musste am nächsten Tag jedoch einiges erledigen, und nach Bier fühle ich mich am nächsten Morgen nie so schlecht wie nach anderen alkoholischen Getränken. Ich liebe Bourbon, Bier und ich sind allerdings *alte* Freunde. »Wo hast du sie eigentlich bisher versteckt?«, fragte ich Camille in dem gleichen lockeren Tonfall, wobei meiner wesentlich überzeugender war als der von Rob, denn Camille biss sofort an.

»Ich bin mir sicher, sie hat dir erzählt, dass sie nach ihrem College-abschuss in San Diego gelebt hat und erst kürzlich nach Hause zurück-gezogen ist. Sie hofft, dass es nur vorübergehend ist, denn meine Eltern freuen sich riesig, eine von uns wieder bei sich zu haben. Sie schenken ihr ein wenig *zu* viel Aufmerksamkeit, und nach zehn Jahren des Alleinlebens werden sie Ava schnell in den Wahnsinn treiben.«

Das war mir alles nicht neu, denn so viel hatte Ava mir auch schon über sich verraten.

»Keine ernsthaften Männerbeziehungen?«, fragte Amy und warf mir einen wissenden Blick zu.

Ich war ihr dankbar, dass sie mir die Entscheidung abnahm, diese Frage zu stellen oder nicht.

»Nicht, dass ich wüsste, doch Ava ist super zurückhaltend. Sie hat nie viel über ihr Leben da drüben erzählt, und ich war zu sehr vom Jurastudium in Anspruch genommen, um nachzuhaken. Ich weiß nur, dass sie einen Job und eine Wohnung in der Stadt sucht.«

»Ich habe bei ein paar meiner Kontakte mal die Fühler ausge-streckt«, lässt uns Jules wissen. »Sie wird sicher bald etwas finden.«

»Danke dir«, sagte Camille. »Ich fände es toll, wenn sie in der Nähe wohnen würde.«

Das fände ich auch toll, was ich aber niemanden verriet. Ich hatte gelernt, mich bei meiner Familie bedeckt zu halten. Bei Brittany hatte ich das nicht getan. Ich war so verrückt nach ihr gewesen, dass es die ganze Welt erfahren sollte. Stellt euch Tom Cruise auf Oprah Winfreys Sofa vor, nachdem er Katie Holmes kennengelernt hatte. So war ich mit Brittany. Nachdem ich mein ganzes Leben auf *die Eine* gewartet hatte, habe ich mich hineingestürzt wie ein Verrückter auf Steroiden.

Monate nach der Katastrophe vermisste ich sie immer noch und hasste mich dafür. Mehr als alles andere vermisste ich das *Gefühl*, das mich higher gemacht hat, als ich je in meinem Leben gewesen war. Ich habe allerdings gelernt, wenn man höher hinausfliegt, als man jemals geflogen ist, ist der Absturz umso zerstörerischer.

In zweiunddreißig gesegneten Jahren war ich nie von Trauer oder Enttäuschung handlungsunfähig gemacht worden, doch das war ich, nachdem sie gegangen war – oder mich *geghostet* hat, sollte ich besser sagen. Bis zum heutigen Tag kriege ich es nicht in den Kopf, wie jemand das einem Menschen antun kann, den er angeblich liebt. Das übersteigt einfach mein Vorstellungsvermögen. Und wenn ich daran denke, wie ich beinahe den Verstand verloren hab, während ich versuchte, sie zu finden, wie ich die Polizei angerufen und bei jedem, den wir kannten, Alarm geschlagen habe ... Ich erschauere, als mich eine Welle der Übelkeit packt und ich mich frage, ob ich mich – mal wieder – übergeben muss. Seitdem sie mich verlassen hat, habe ich öfter gekotzt als in meinem gesamten Leben davor.

Erst nachdem Amy und Jules sie aufgespürt hatten und mit der wahren Geschichte nach Hause gekommen waren, bin ich in das tiefe Loch der Verzweiflung gefallen. Davor hatte ich Hoffnung, an die ich mich klammern konnte. Es musste einfach eine Erklärung haben, die Sinn ergab. Ich stellte sie mir in einem Krankenhausbett vor, wo sie mit einer Kopfverletzung lag, die ihr die Erinnerungen geraubt hatte. Was für ein anderer Grund würde sieben Tage ohne ein Wort der Frau, die ich liebte, rechtfertigen?

Wie sich herausgestellt hat, existierte ein anderer Grund, und nachdem ich mir die schmerzhafte Geschichte von meinen Schwestern angehört hatte, bin ich einen vollen Monat untergetaucht. Ich bin nicht zur Arbeit gegangen, habe meine Wohnung nicht verlassen. Ich habe mich geweigert, mit meinen Geschwistern zu reden, meinen Freunden, meinen Eltern ... Die Einzige, die ich wollte, wollte mich nicht mehr. Was musste ich sonst noch wissen? Zum Glück schätzt mein Arbeitgeber meine Arbeit sehr, sodass ich meinen Job nicht verloren habe, aber selbst wenn, es wäre mir egal gewesen. Ich steckte in einem Tief, das tiefer war als alles, was ich je zuvor erlebt hatte, und etwas so Triviales, wie meine Arbeit zu verlieren, hätte mich nicht noch tiefer sinken lassen können.

Seit der Katastrophe vor acht Monaten war ich nicht mehr mit einer Frau ausgegangen. Ich habe es nicht gewollt – bis ich auf der Hochzeit Ava kennengelernt habe. Seitdem ertappe ich mich regelmäßig dabei, an sie zu denken, was eine willkommene Erleichterung ist. Je mehr ich an sie denke, desto weniger Zeit bleibt mir, um über Brittany und das Chaos zu brüten, das sie in meinem ansonsten wunderbaren Leben angerichtet hat.

Ich zupfe mein graues Sakko über dem weißen Hemd zurecht, das ich ohne Krawatte trage, und versuche, mich mental auf mein erstes richtiges Date seit dem schlimmsten Beziehungsende der jüngeren Menschheitsgeschichte vorzubereiten. Da Avas Schwester mit meinem Bruder verheiratet ist, steht zu viel auf dem Spiel, als dass ich bei ihr einen Schritt wagen würde, für den ich nicht bereit bin. Aber hierfür bin ich bereit, ansonsten hätte ich sie nicht gefragt. Ich wünschte, ich hätte Ava kennengelernt, bevor Brittany ihre Nummer abgezogen hat. Ich denke, Ava hätte den Kerl gemocht, der Eric Tilden war, bevor Brittany Kerns ihn zerstört hat.

Der neue Eric Tilden ist vorsichtig und abgestumpft und zynisch. Dieser Eric wird sich nie wieder in eine Position begeben, in der er von einer Frau plattgemacht werden kann. Die Tage des Herumspringens auf Sofas sind für diesen Kerl für immer vorbei.

Lustigerweise fehlt mir der Sex gar nicht, obwohl ich immer viel gehabt habe, vor Brittany und mit ihr. Seitdem sie mich verlassen hat, habe ich jegliches Interesse daran verloren. Es ist, als wäre mein Sextrieb verkümmert und gemeinsam mit meinem Herzen gestorben. Sie hat mich auf mehr als nur eine Weise gebrochen.

Ich trage einen Hauch Aftershave auf – eines, das ich bisher nie benutzt habe, weil ich alles weggeworfen habe, was mich an Brittany erinnert: Kleidung, Aftershave, Musik und das Bett, das wir geteilt haben. Ich habe jedes Foto von ihr und uns zerrissen beziehungsweise gelöscht. Ich habe die Klamotten weggeworfen, die sie bei mir zurückgelassen hatte – sogar ihre heiß geliebte Fünfhundert-Dollar-Jeans –, und den Plattenspieler, den sie mir zu unserem ersten gemeinsamen

Weihnachten geschenkt hat, zertrümmert, bevor ich die Bruchstücke in den Müllschlucker in meinem Gebäude geschmissen habe. Wenn ich bloß das Gleiche mit meinen Erinnerungen tun könnte.

Ich würde gerne ein Gerät entwickeln, das aus dem Gehirn alles löscht, was man nicht mehr braucht oder woran man sich nicht mehr erinnern will. Wäre das nicht was? Eine Möglichkeit, die Festplatte zu reinigen und das interne System neu aufzusetzen. Ich würde es sofort kaufen. Ich würde mein Gehirn freiwillig zu Verfügung stellen, um so ein Ding zu entwickeln, vor allem, wenn das bedeutet, dass ich für den Rest meines Lebens nie mehr an Brittany denken müsste.

»Heute Abend jedenfalls verschwenden wir keinen Gedanken an sie«, ermahne ich mich. »Heute Abend geht es um Ava. Brittany ist für uns gestorben.« *Wiederhol das nur weiter, alter Mann. Sag es, bis du sie endlich genauso aus deinem Gehirn gelöscht hast, wie du sie aus deiner Wohnung entfernt hast.*

Ich schnappe mir mein Portemonnaie, das Handy und die Schlüssel vom Küchentresen und breche auf, um Ava abzuholen. Ich bin entschlossen, nach vorn und nicht zurück zu schauen. Ich will sie besser kennenlernen. Ich will, dass sie mir anvertraut, was sie beschäftigt, aber das wird nicht über Nacht passieren. Wenn sie es nicht einmal ihrer Schwester erzählt hat, wie komme ich dann darauf, dass sie es mir erzählen wird?

Vielleicht wird sie es nicht tun, doch das bedeutet nicht, dass ich nicht versuchen werde, sie besser kennenzulernen. Ich habe das Gefühl, dass sie die Mühe wert ist.

Wenn mich jemand vor der Hochzeit meines Bruders – vor der mir übrigens gegraut hat – gefragt hätte, ob ich bereit wäre, wieder auszugehen, hätte ich »Auf keinen Fall« geantwortet. Ich hatte null Interesse daran, irgendetwas mit Frauen oder Verabredungen zu tun zu haben. Ich hätte vermutlich sogar erwidert, dass ich mich lieber einer Vasektomie ohne Betäubung unterziehen würde, als mit einer Frau auszugehen, und das wäre die Wahrheit gewesen. Dann habe ich allerdings Ava getroffen, und mit einem Mal war ich wieder von einer Frau fasziniert.

Nicht, dass ich vorhabe, mich in eine neue Beziehung zu stürzen. Nicht einmal ansatzweise. Ich mag Ava und verbringe gerne Zeit mit ihr. Das ist alles, sage ich mir, während ich den kurzen Weg von meiner

Wohnung zu ihrer gehe. Es ist eine Ablenkung. Eine neue Freundin, die ich näher kennenlernen kann.

Noch etwas, was ich daran mag, Zeit mit Ava zu verbringen, ist, dass sie Brittany nicht kennt, mich nie mit ihr zusammen erlebt hat und mich nicht mit Mitleid oder Mitgefühl anschaut, wie es alle anderen aus meinem persönlichen Umfeld tun. Ich bin es leid, ständig das Ziel von guten Absichten zu sein. Selbst die Leute, mit denen ich arbeite, sogar meine verdammten *Chefs*, um Himmels willen, wissen, was mir passiert ist, und das hasse ich. Aber so ist das nun einmal, wenn man sich ungeplant einen Monat von der Arbeit freinimmt. Die Bosse finden heraus, dass die Freundin einen geghostet hat, und allen tust du schrecklich leid.

Es ist an der Zeit, die Geschichte umzuschreiben, doch dabei muss ich mit äußerster Vorsicht vorgehen.

Als ich bei Avas Gebäude eintreffe, schicke ich ihr eine Nachricht. *Bin gleich unten*, antwortet sie.

Der Portier lässt mich ein, als ich ihm erkläre, dass ich hier bin, um Ava abzuholen. Ein paar Minuten später kommt sie aus dem Fahrstuhl. Sie trägt wahnsinnig hohe High Heels und eines dieser engen, sexy Kleider, die an der Hüfte zusammengebunden werden. Endlos lange, cremig-weiße Beine und kastanienbraunes Haar, das ihr in seidigen Wellen auf die Schultern fällt. Ihre gold-braunen Augen hat sie kunstvoll geschminkt. Heute wirkt sie etwas weniger gehetzt als bei unseren letzten Treffen. Ich bin wie hypnotisiert von ihr, und dann lächelt sie.

Heilige Scheiße. Sie ist umwerfend. Einen Moment lang verschlägt es mir die Sprache, und ich beobachte wie gelähmt, wie sie auf mich zukommt.

»Hi«, sagt sie und klingt ein wenig atemlos. »Du siehst schick aus.«

»Und du bist ... Wow. Wunderschön.«

»Danke.«

Ich strecke ihr meine Hand hin, und sie ergreift sie. Unsere Blicke treffen sich für einen aufgeladenen Moment.

Sie schaut zu mir auf. »Wohin gehen wir?«

»Nach Brooklyn.«

»O cool. Was gibt es da?«

»Komm mit, dann zeige ich es dir.« Ich führe sie durch die Tür, die der Portier uns aufhält, und – aus Rücksicht auf ihre Schuhe – langsam die Stufen hinunter. Auf der Straße rufe ich ein Taxi, und als ich auf der Rückbank neben ihr sitze, nenne ich dem Fahrer unsere Zieladresse.

Mein Blick wird wie magnetisch von Avas sexy Beinen angezogen, und ich ermahne mich, dass ich sie nicht anfassen darf. Aber zum ersten Mal seit sehr langer Zeit will ich es. Ich will es wirklich.

KAPITEL 7

AVA

Während ich neben Eric auf der Rückbank des Taxis sitze, habe ich Schmetterlinge im Bauch. Irgendetwas ist heute Abend anders. So wie er mich angeschaut hat, als ich aus dem Fahrstuhl kam, wie er meine Hand gehalten und mir ins Taxi geholfen hat. Das lockere Geplänkel ist verschwunden und von einer angespannten Erwartung ersetzt worden, die ich seit dem Abend, an dem ich John kennengelernt habe, nicht mehr gespürt habe.

Eric sieht in seinem grauen Anzug so sexy aus, und er riecht einfach köstlich. Ich will mich an ihn lehnen, um mehr von seinem Duft einzuatmen.

Noch nie zuvor war ich in seiner Gegenwart nervös, aber jetzt bin ich es. Ich habe keinen Grund, Angst vor ihm zu haben – zumindest nicht körperlich. Er war mir gegenüber immer der perfekte Gentleman, angefangen von der Nacht, in der wir uns kennengelernt haben und er auf der anderen Seite meines Bettes geschlafen hat, damit er da wäre, sollte ich ihn brauchen. Nichts baut schneller Vertrauen zu einem neuen Mann auf als eine platonische Nacht im gleichen Bett, vor allem, weil ich betrunken und verletzlich war.

Ich mag die Art, wie er meine Hand hält und mir ins Taxi hilft.

Ich liebe den Anzug, den er trägt, und wie dieser seinen schlanken, muskulösen Körper betont.

Ich mag es, wie er mich angeschaut hat, als ich auf ihn zugegangen bin, und ich staune darüber, wie sich in diesen ersten paar Sekunden alles zwischen uns geändert zu haben scheint.

Das ungewöhnliche Schweigen zwischen uns verwirrt mich. Wir haben bei unseren Treffen bisher immer genügend Gesprächsstoff gehabt. Das Schweigen ist nicht unangenehm, sondern eher erwartungsvoll aufgeladen. Ich versuche, mich daran zu erinnern, wann ich mich das letzte Mal wirklich auf etwas gefreut habe. Das muss gewesen sein, bevor John gegangen ist. Ich habe mich immer darauf gefreut, jeden Abend nach der Arbeit zu ihm nach Hause zu kommen, vor allem an Freitagen, wenn wir das gesamte Wochenende vor uns hatten.

Ich will nicht an John denken, wenn Eric so dicht neben mir sitzt, dass ich ihn berühren könnte – was ich nicht tue. Aber ich könnte es, und ich bin mir ziemlich sicher, dass er meine Berührung willkommen heißen würde.

»Geht es dir gut?«, frage ich, um die Stille zu durchbrechen.

»Super. Und dir?«

Ich nicke lächelnd. »Ich freue mich darauf, heute auszugehen.«

»Und ich freue mich darauf, heute *mit dir* auszugehen.« Er greift über den schmalen Spalt zwischen uns hinweg nach meiner Hand, und ich überlasse sie ihm.

Der Atem stockt mir in der Kehle, und ich schließe meine Finger um Erics Hand. Sein Blick sucht meinen, und ich erkenne an der Art, wie er mich ansieht, dass er das Gleiche fühlt wie ich. Der lockere Abend mit einem Freund hat eine neue Bedeutung angenommen. Wie konnte das nur in der Spanne eines Herzschlags geschehen?

Das Taxi kurvt durch den Verkehr, hupt, bremst ab, beschleunigt und weicht in letzter Sekunde aus, um einen Zusammenstoß zu vermeiden.

»Ich komme mir vor wie in einem Videospiel.«

Eric lacht. »So ist das Leben in New York. Und warum schnallt man sich im Taxi nie an, wenn die so fahren, wie sie fahren?«

»Wir sind die sichersten Fahrer der Welt«, schaltet sich der Taxifahrer mit breitem New Yorker Akzent ein und bringt uns damit zum Lachen.

Wir schlingern nach links, und ich halte mich mit meiner freien Hand am Türgriff fest. Der Fahrer stößt einen Schwall Obszönitäten aus und drückt auf die Hupe. Ich liebe jede Sekunde davon. Obwohl mein Leben in Gefahr ist, fühle ich mich so lebendig wie seit Jahren nicht mehr. Wir überqueren die Brooklyn Bridge, nehmen eine Ausfahrt, die in Richtung Wasser führt, und halten schließlich vor dem River Café, das direkt an der Brücke liegt.

Eric reicht dem Fahrer das Geld, hilft mir beim Aussteigen und behält seinen Arm um meine Taille, während wir in einen gemütlichen, eleganten Speiseraum geführt werden. Von unserem Tisch aus haben wir einen herrlichen Ausblick über den East River nach Manhattan.

»Das ist fabelhaft«, sage ich, als wir sitzen.

»Ich habe viel Gutes über das Restaurant gehört und wollte schon immer mal herkommen.«

Ich mag es, dass er noch nie hier war, dass es kein Restaurant ist, das er mit seiner Ex besucht hat. Nicht, dass ich denke, er würde so was tun, aber ich freue mich trotzdem, dass wir diese neue Erfahrung miteinander teilen können.

»Ich musste einen Gefallen bei einem Freund einfordern, um uns so kurzfristig einen Tisch zu organisieren. Ein Typ, mit dem ich auf dem College war, ist mit dem Manager befreundet.«

»Danke, dass du das für mich getan hast.«

»Worauf hast du Lust?«

Wir sprechen über die Gerichte auf der Speisekarte und entscheiden uns für einen Salat als Vorspeise und danach Lachs für mich und Heilbutt für ihn. Dann wenden wir uns der Getränkeauswahl zu.

»Mmm, der *Dark and Stormy* sieht gut aus«, überlegt er laut. »Ich frage mich, ob sie den auch mit Bourbon anstatt mit Rum mixen können.«

»Du magst keinen Rum?«

»Mir ist davon mal sehr schlecht geworden.« Er verzieht das Gesicht. »Nie wieder.«

»So ist es bei mir mit Gin. Nie wieder. Wenn du nicht mit deiner

Notfallpizza gewesen wärst, müsste ich vermutlich Champagner eben-falls auf meine Nie-wieder-Liste setzen.«

»Freut mich, dass ich deine Beziehung zum Champagner retten konnte.«

Der Kellner sagt, dass sie den *Dark and Stormy* genauso mit Bourbon mixen können, also nehmen wir beide einen, und als er mit den Drinks zurückkehrt, bestellt Eric das Essen für uns. Er macht das so elegant, dass mir gar nicht in den Sinn kommt, ihn darauf hinzuwei-sen, dass ich das für mich selbst tun kann.

»Wie findest du den Drink?«, fragt Eric.

Ich nippe an dem geeisten Glas. »Sehr interessant.«

»Das ist Ingwerbier.«

»Ah, jetzt schmecke ich es auch. Ich mag ihn.« Der Bourbon fließt durch meine Adern und wärmt mich von innen.

Eric stützt die Ellbogen auf den Tisch und schenkt mir seine volle Aufmerksamkeit. »Erzähl mir mehr von dir.«

Sein Interesse an mir ist eine erfrischende Abwechslung. Die meisten Männer, mit denen ich ausgegangen bin, waren weit mehr daran interessiert, endlos über sich zu reden. Der einzige andere Mann, den ich je getroffen habe und der aufrichtig an mir interessiert war ... *Nein, heute Abend denken wir nicht an ihn.* »Du kennst den Großteil meiner Geschichte. Während einer ziemlich durchschnittlichen Kind-heit in Purchase habe ich in einer Band auf der Highschool die Quer-flöte und in einer Konzertband Piccoloflöte gespielt. Ich war Läuferin im Leichtathletik- und im Querfeldein-Team und außerdem in der Schülervertretung.«

»Läufst du immer noch?«

»Nicht wirklich. Ich muss allerdings mal wieder ins Fitnessstudio.«

»Was hat dich dazu bewegt, auf ein College zu gehen, das so weit weg ist?«

»Ich wollte einen anderen Teil des Landes erleben, und ich brauchte etwas Unabhängigkeit. Meine Eltern sind wundervoll, und ich liebe sie ohne Ende, aber sie haben einen Hang dazu, ein bisschen zu übertreiben. Unter der ganzen elterlichen Fürsorge habe ich allmählich eine leichte Klaustrophobie entwickelt. Ich wusste, wenn ich nicht weit weg gehe, endet es irgendwann damit, dass sie alle Entscheidungen für mich treffen.«

»Was haben Sie zu deinem Entschluss gesagt, nach San Diego zu ziehen?«

»Meine Mom hat sich Medikamente gegen Angstzustände verschreiben lassen, und mein Dad hat mir Pfefferspray gekauft.«

Er lacht, und der warme, volle Klang fühlt sich an wie der Bourbon, als er über mich hinwegbrandet.

»Verstehst du jetzt besser, warum ich ganz woanders aufs College gehen wollte?«

»Du malst da ein sehr lebhaftes Bild.«

»San Diego war perfekt – zu weit entfernt, als dass sie spontan vorbeischauen konnten, wann immer ihnen danach war, und eine nette, entspannte Atmosphäre, die es mir erlaubt hat, mich zu integrieren und mein Ding unterhalb des Radars durchzuziehen.«

»Gefällt es dir da? Unter dem Radar, meine ich?«

Ich nicke. »Da fühle ich mich am wohlsten. Ich bin nicht so offen oder kontaktfreudig wie meine Schwester, und ich mache mir auch nicht so viele Gedanken darüber, mit den anderen mitzuhalten, wie meine Eltern es tun. Ich hasse es, im Mittelpunkt der Aufmerksamkeit zu stehen. Diese Hochzeit von meiner Schwester?«

»Was ist damit?«

Ich verziehe den Mund. »Ich würde nie eine so große, öffentliche Feier haben wollen wie sie. Allein bei der Vorstellung kriege ich Ausschlag.«

»Lustig, wie zwei Schwestern so unterschiedlich sein können, oder?«

»Darüber wundere ich mich seit der Geburt meiner Schwester. Sie war immer schon so, wie sie jetzt ist, und ich liebe sie aufrichtig, also versteh mich bitte nicht falsch.«

»Wenn ich euch zusammen sehe, spüre ich, wie wichtig sie dir ist.«

»Wir sind einfach nur zwei sehr unterschiedliche Persönlichkeiten.«

»Warst du je nah dran, zu heiraten?«, fragt er, nachdem unsere Salate serviert wurden.

Die Frage trifft zu sehr ins Schwarze, und ich bin dankbar, dass ich meine Aufmerksamkeit auf den Salat richten kann, damit Eric meine

Reaktion nicht sieht. »Nicht wirklich«, antworte ich aufrichtig. John und ich haben nie über Heirat gesprochen. Damals dachte ich, wir wären einfach zu sehr damit beschäftigt, die Gegenwart zu genießen, um über die Zukunft zu reden. Im Rückblick erkenne ich, dass auch das Absicht von ihm gewesen ist.

»Aber die Männer in San Diego waren doch bestimmt an dir interessiert.«

»Ein paar hier und da.« Es ist schwer, zu essen, wenn man in der Kehle einen Kloß von der Größe einer Grapefruit sitzen hat.

»Nichts Ernstes?«

»Einer.« Ich nippe an meinem Drink und kämpfe die Panik nieder, die mich drängt, vor dieser Unterhaltung die Flucht zu ergreifen, wenn das eine Option wäre. »Er ist meine Brittany.«

»Ah, verstehe. Du musst nichts mehr sagen.«

Ich schenke ihm ein kleines Lächeln als Dank für seine Bereitschaft, das Thema fallenzulassen. Ich hoffe, ich kann mich überwinden, mit einem Therapeuten über John zu sprechen, allerdings mit niemandem sonst. Was hätte das auch für einen Sinn? Es ist passiert, es ist vorbei, und ich muss weitermachen.

»Das Leben kann manchmal ganz schön fies sein«, bemerkt Eric.

»Ja, das stimmt.«

Er hebt sein Glas für einen Toast. »Auf das Weitermachen.«

Ich stoße mit ihm an. »Auf das Weitermachen.«

Nach einem köstlichen Dinner teilen wir uns ein Dessert, das sich Chocolate Brooklyn Bridge nennt. Ich nehme ein paar Bissen und schiebe den Teller dann näher zu Eric. »Der Rest gehört dir. Ich bin satt.«

»Du schwächelst?«

»Wenn ich noch einen Bissen mehr zu mir nehme, platze ich.«

»Nun, das können wir natürlich nicht zulassen, also werde ich für das Team einstehen und aufessen.«

»Das Team dankt dir.«

Das hier war der entspannteste, schönste Abend, den ich seit Jahren hatte, und das habe ich nur Eric und seiner lockeren, charmanten Art, seinen unterhaltsamen Geschichten und seiner witzigen

Art zu verdanken. Ich kann mir nicht vorstellen, warum eine Frau ihn jemals so behandeln sollte, wie seine Ex-Verlobte es getan hat.

»Was ist?« Er ertappt mich dabei, wie ich ihn anschaue.

»Nichts.« Meine Wangen werden heiß.

»Ach komm schon. Was denkst du da drüben?«

»Ich will keine alten Verletzungen aufbringen, wo wir gerade so viel Spaß haben.«

Er legt die Gabel weg und wischt sich den Mund mit der Stoffserviette ab. »Ist schon okay. Du kannst mir alles sagen.«

»Ich habe mich bloß gefragt, wie sie dir das antun konnte. Du bist ein super Typ, Eric. Ein wirklich toller Mann. Wieso hat sie das nicht gesehen?«

»Ich habe keine Ahnung. Ich war gut zu ihr. Ich habe sie gut behandelt.« Er zuckt mit den Schultern. »Wer weiß schon, was in ihr vorgegangen ist?«

Bevor ich zu viel über die möglichen Auswirkungen dieser Geste nachdenken kann, strecke ich die Hand über den Tisch und lege sie auf seine. »Es tut mir leid, dass sie dir das angetan hat, und du sollst wissen ...«

Er dreht seine Hand um, sodass unsere Handflächen sich berühren. Dann schließt er seine Finger um meine Hand. »Was soll ich wissen?«

Ich schlucke schwer. »Dass ich besser als die meisten Menschen verstehe, wie es sich anfühlt, so verlassen zu werden.«

Er neigt den Kopf ein wenig und sieht mich mit neuer Bewunderung an. »Wirklich?«

Ich nicke, spreche aber nicht weiter. Ich kann nicht. Ich habe bereits mehr gesagt, als ich je vorgehabt habe.

»Was hältst du von Jazz?« Mit dem plötzlichen Themenwechsel überrascht er mich.

»Generell oder als Religion?«

Wenn er lächelt, erstrahlt immer sein ganzes Gesicht. Das steht ihm gut. »Verstehe ich es richtig, dass du zu einem After-Dinner-Drink in einem Jazz-Club nicht Nein sagen würdest?«

»Absolut.«

Er bittet um die Rechnung und bezahlt sie mit einer schwarzen American-Express-Karte.

»Das nächste Mal geht auf mich«, verkünde ich.

»Freut mich, zu hören, dass es ein nächstes Mal geben wird.« Auf dem Weg nach draußen legt er leicht eine Hand auf meinen unteren Rücken. Mit dem Handy ruft er ein Uber, und wir treten in einen wunderbaren klaren Abend hinaus und warten auf unsere Mitfahrgelegenheit. »Ich liebe Abende wie diesen, wenn die Luftfeuchtigkeit so niedrig ist.«

»Das erinnert mich an San Diego. Das Klima da war toll.«

Er lässt seinen Arm locker um meine Taille liegen, während wir vor dem Restaurant stehen. »Wir sollten mal zusammen hinfahren. Ich würde die Stadt gern durch deine Augen sehen.«

»Das wäre nett«, erwidere ich, aber ich will nicht mit ihm dorthin. Die Stadt gehört mir und John.

Ich bin nicht sicher, ob es der Bourbon ist, der mich dazu bringt, mich an Eric zu lehnen – nur leicht, doch es reicht, dass er mich noch näher an sich zieht. Dann fühle ich seine Lippen über mein Haar streifen. Meine Haut kribbelt, und das erste Mal seit Jahren verspüre ich Lust, auch wenn gleich darauf Gewissensbisse folgen. Irgendwie schaffe ich es, stillzuhalten, während mein Körper aus einem langen, dunklen Winter der Verzweiflung erwacht.

Der Wagen kommt, und Eric hält mir die Tür auf, wartet, bis ich sitze, und geht dann zur anderen Seite. Als er einsteigt, greift er nach mir. »Komm wieder dahin, wo du eben warst.«

Ich rutsche über den Sitz, und Eric schließt seine Arme um mich. »Erzähl mir etwas ...«

»Klar.« Ich hoffe, ich kann ehrlich zu ihm sein, denn das hat er verdient.

»Hat es seit dem Wichtigen jemand anderen gegeben?«

»Nein.«

»Wie lange ist das her?«

»Fünf Jahre.«

Sein Atem scheint ihn in einem langen Atemzug zu verlassen. »O Ava ... Mein Gott.«

Meine Augen füllen sich mit Tränen, und ich schließe sie, entschlossen, dem emotionalen Sturm zu trotzen. Ich heule nun schon seit Jahren. »Was ist mit dir? Irgendjemand seit ihr?«

»Nein.«

Mehr sagen wir nicht während der Fahrt über die Brücke nach Manhattan hinein, aber das Gewicht der Dinge, über die wir gesprochen haben, hängt schwer in der Luft zwischen uns. Für uns beide steht so viel auf dem Spiel. Und da unsere Geschwister miteinander verheiratet sind, ist mir das potenzielle Ausmaß einer weiteren Katastrophe durchaus bewusst.

Der Wagen erreicht den Columbus Circle. Auf dem Weg im Fahrstuhl zu *Dizzy's Club Coca-Cola* im fünften Stock hält Eric meine Hand. Er wechselt ein paar Worte, die ich nicht hören kann, mit dem Mann an der Tür. Der Mann nickt und deutet auf einen Tisch in der Ecke.

Eric bezahlt den Eintritt und schüttelt dem Mann die Hand, wobei er ihm ein Trinkgeld zuschiebt. Am Tisch rückt er mir den Stuhl zurecht und setzt sich dann neben mich. »Wir sind gerade rechtzeitig für die Show um halb zwölf. Schau dir mal die Bühne an. Ziemlich cool, oder?«

Der Hintergrund der Bühne ist die Skyline von New York. »Worauf genau gucken wir da?«

»Auf den Columbus Circle und den Central Park.«

»Es ist wunderschön.«

»Eine der besten Aussichten der Stadt, und die Musik ist auch ausgezeichnet.«

»Ich kann es kaum erwarten.«

Ein Pärchen namens John und Carlene wird zu uns an den Tisch gesetzt. Natürlich heißt der Mann John. Zum Glück hat er keinerlei Ähnlichkeit mit meinem John. Sie sind ganz nett, aber Eric widmet mir seine Aufmerksamkeit.

Wir bestellen eine weitere Runde *Dark and Stormy* mit Bourbon, und ich lehne mich zurück und genieße die Mardi-Gras-Band, die um Punkt halb zwölf die Bühne betritt. Sie ist elektrifizierend – und laut. So laut, dass Eric mit seinem Stuhl näher zu mir heranrückt und einen Arm um mich legt, damit wir einander verstehen können. Wir sagen nicht viel, doch seine Hand an meinem Arm sorgt dafür, dass ich meine Aufmerksamkeit zwischen ihm und der Musik aufteile. Dann fängt er langsam an, seine Finger zu bewegen, streicht leicht von meiner Schulter zum Ellbogen und zurück.

Er berührt mich kaum, aber das vermindert nicht den Effekt, in diesem Moment mit ihm zusammen zu sein – und die Zärtlichkeit lässt mich erkennen, wie sehr ich es vermisst habe, von einem Mann berührt zu werden. Ich war so in meiner Trauer über den Verlust des Menschen gefangen, den ich am meisten geliebt habe, dass ich den sekundären Auswirkungen dieses Verlustes keine große Aufmerksamkeit geschenkt habe. Wer hat schon Zeit, an Sex zu denken, wenn man keine Ahnung hat, ob der Mann, den man liebt, lebt oder tot ist oder jemals zurückkommt?

Mit Eric so nah bei mir und seinen Berührungen, die ein Feuerwerk in mir auslösen, erwacht die Frau in mir wieder und will Dinge, die ich seit Jahren nicht gewollt habe. Auch wenn ich nicht sicher bin, ob ich bereit bin für eine Beziehung und alles, was damit einhergeht, bringe ich es nicht über mich, etwas zu unterbinden, das sich so verdammt gut anfühlt. Ich sehe mir die Show an, lausche der Musik und schwelge in den Empfindungen, die mich daran erinnern, dass ich immer noch sehr lebendig bin und immer noch eine Frau in der Blüte ihrer Weiblichkeit.

KAPITEL 8

ERIC

Der heutige Abend war ... Ich habe Probleme, die richtigen Worte zu finden, um zu beschreiben, wie es sich anfühlt, nach beinahe einem Jahr in der Hölle wieder auf der Spur zu sein. Ich will Ava danken, und ich will sie küssen, aber mehr als alles andere will ich es nicht vermasseln, indem ich mich wie ein Idiot benehme. Ich liebe Musik in allen Formen, und normalerweise lasse ich mich von einer Show total fesseln. Doch mit Ava so nah bei mir, dem Duft ihrer Haare, der meine Sinne erfüllt, und ihrer weichen Haut unter meinen Fingerspitzen bin ich eher abgelenkt als in die Musik vertieft.

Ich versuche mich an meinen Plan zu erinnern, es locker anzugehen und mich nicht allzu sehr einzubringen, allerdings kann ich nicht leugnen, dass sich in dem Moment in der Eingangshalle ihres Hauses vorhin etwas geändert hat, und ich glaube, es geht ihr genauso.

Ich will sie hier rausbringen, damit ich ungestört mit ihr reden kann, aber die Show endet erst um kurz vor eins.

»Das war umwerfend«, sagt Ava im Fahrstuhl. »Ich liebe es.«

»Das freut mich.«

»Fandst du es nicht toll?«

»Doch, es war super. Ich habe die Band schon mal gesehen. Sie sind immer großartig.«

Ich habe Ava nicht mehr berührt, seitdem wir unsere Plätze verlassen haben, und nun fürchte ich mich beinahe davor, es zu tun. Was vor ein paar Stunden so leicht und natürlich war, ist nun mit Bedeutung erfüllt. Die Blase, in der wir uns seit dem Moment vorhin befunden haben, scheint mit Verlassen des Clubs geplatzt zu sein. Ich habe keine Ahnung, wie ich den nächsten Teil des Abends angehen soll, und die Unsicherheit zerrt während der Taxifahrt nach Tribeca an meinen Nerven.

Ich würde alles dafür geben, zu wissen, was sie denkt. Hat der Abend sie so berührt wie mich? Was passiert als Nächstes?

Bis Brittany mir einen Grund geliefert hat, mich und meine Instinkte an-zu-zwei-feln, war ich im Umgang mit Frauen nie unsicher. Noch ein Grund mehr, sie für das zu hassen, was sie mir angetan hat, aber ich will nicht an sie denken, vor allem nicht, wenn Ava nach diesem wundervollen Abend nur ein paar Zentimeter von mir entfernt sitzt.

Lange bevor ich bereit bin, hält das Taxi vor Avas Gebäude an. Ich bezahle den Fahrer und gehe um den Wagen herum, um ihr die Tür zu öffnen. In der Sekunde, in der sich ihre Hand um meine schließt, fühle ich mich wieder ruhig, so wie im Club. Ich denke immer noch darüber nach, was ich zu ihr sagen soll, als sie mich anschaut. »Willst du auf einen Drink mit heraufkommen?«

»Klar.« Ich versuche, locker zu klingen, bin jedoch erleichtert, dass ich nun nicht herausfinden muss, wie ich diesen Abend mit der richtigen Note beende. Noch nicht zumindest. Ich folge ihr in den Fahrstuhl und dann in ihre Wohnung.

»Ich bin nicht sicher, ob Skylar zu Hause ist, also müssen wir leise sein.«

»Ich kann sehr leise sein.«

Sie wirft mir über die Schulter ein Lächeln zu und öffnet die Tür zu dem dunklen Apartment. Nachdem sie ein Licht angeschaltet hat, schaut sie in eines der Schlafzimmer. »Sie scheint wieder die Nacht durchzuarbeiten.«

»Besser sie als ich.«

»Was ist nur in eurer Firma los, dass die Anwälte das ganze Wochenende über ranmüssen?«

»Im Moment sind wir dabei, ein paar Firmen zu akquirieren. Vielleicht geht es darum. Zum Glück habe ich nichts damit zu tun. Ich habe seit dem College nicht mehr die Nacht durchgeschuftet.«

»Ich auch nicht. Ich brauche meinen Schlaf. Ohne werde ich zum Zombie.«

Ich folge ihr in die Küche. »Ich kann mich dir gar nicht als Zombie vorstellen.«

»Dann hast du mich noch nicht mit zu wenig Schlaf gesehen. Das ist kein schöner Anblick.«

»Ich kann mir dich nicht anders als schön vorstellen.« Ich wickle mir eine Strähne ihrer umwerfenden Haare um den Finger, und als ich meine Augen von ihren Haaren zu ihrem Gesicht wandern lasse, treffen sich unsere Blicke für einen aufgeladenen Moment. »Ava ...«

Sie befeuchtet sich die Lippen. »Ja?«

Es ist lange her, dass ich eine Frau um Erlaubnis gefragt habe, bevor ich sie geküsst habe, aber irgendetwas sagt mir, dass ich Ava fragen muss, bevor ich diesen Schritt gehe. »Wäre es in Ordnung, wenn anstatt etwas zu trinken, ich dich küsse?« Ich lege eine Hand an ihre Wange und reibe ihr ganz leicht meinen Daumen über die Haut.

Sie zögert eine Sekunde, bevor sie nickt, doch ich sehe, dass es ihr nicht leichtfällt, die Erlaubnis zu geben. Ich gehe mit äußerster Vorsicht vor, streiche mit den Lippen zart über ihre und vergewissere mich, dass sie einverstanden ist, bevor ich es erneut tue. Als sie ihre Hände um meine Handgelenke legt, bin ich mir nicht sicher, ob sie mich bei sich behalten oder von sich schieben will. Ihre Augen sind geschlossen und können mir keinen Hinweis geben.

»Ava?«

»Hmm?«

»Sieh mich an.«

Langsam öffnet sie die Augen. Ich merke, dass sie voller Tränen sind, was mir das Herz bricht.

»Süße ... Wir müssen das nicht tun ... Nicht, wenn du nicht willst.«

»Ich will es. Bitte, hör nicht auf.« Sie schlingt die Arme um meinen

Nacken und zieht mich zu sich herunter. Dieses Mal sind ihre Lippen geöffnet, als sie mich küsst.

Die Tränen haben mich verstört, aber ich habe das Gefühl, Avas Avancen zurückzuweisen würde mehr schaden als nützen, also folge ich ihrer Führung und gebe mich dem Kuss hin. Ich lege einen Arm um sie und ziehe sie näher an mich.

Ihre Zunge berührt meine Unterlippe, und für eine Sekunde vergesse ich meinen Plan, vorsichtig zu sein, es langsam anzugehen, sie das Tempo bestimmen zu lassen. Sie ist so süß und sexy und schüchtern ... Diese Mischung finde ich unendlich anziehend, nachdem ich von einer Frau überrollt worden bin, die nicht einen einzigen schüchternen Moment in ihrem Leben gekannt hat.

Bevor es zu weit geht, löse ich mich von ihr, auch wenn es das Letzte ist, was ich tun will. »Meine Eltern geben morgen eine Party. Hast du Lust, mich zu begleiten?«

Der plötzliche Richtungswechsel scheint sie aus dem Konzept zu bringen. »Bist du sicher, dass du es riskieren willst, deiner Mutter Hoffnungen zu machen?«

»Ich bin sicher, du bist das Risiko wert.« Ich küsse sie erneut. »Ich hatte heute Abend sehr viel Spaß.«

»Ich auch. Danke für das Dinner und die Show.«

»Gern geschehen. Soll ich dich morgen gegen Mittag abholen?«

»Was soll ich anziehen?«

»Es ist ganz entspannt. Shorts oder was immer bequem ist. Und wir haben einen Pool, also bring Badesachen mit, falls du schwimmen willst.«

»Klingt lustig.«

»Jetzt lass ich dich mal schlafen.« Widerstrebend nehme ich meine Hände von ihr, und sie begleitet mich zur Tür. »Danke noch mal für den heutigen Abend.«

»*Ich* danke *dir*.«

Ich küsse sie ein letztes Mal und gehe dann die Treppe hinunter. Meine Schritte sind leichter als in den letzten acht Monaten. Es hat eine Zeit gegeben, das ist gar nicht so lange her, da Küsse in der Küche zu mehr im Schlafzimmer geführt hätten. Aber mit Ava haben sich die keuschen Küsse wie ein Sieg für uns beide angefühlt – und im Moment ist mir so ein Sieg allemal lieber.

AVA

ICH HABE IHN GEKÜSST. ICH HABE IHN GEKÜSST UND BIN NICHT kaputt gegangen. Nur mein Herz ... das ist in tausend Teile zersplittert. Meine Brust schmerzt, und in meinem Magen rumort es. Nichts davon hat etwas mit Eric zu tun, der wundervoll und süß und sexy ist. Er ist alles, was man sich an einem Mann wünschen kann. Aber er ist nicht John.

Nach dem zauberhaften Abend mit Eric hasse ich mich für diesen Gedanken. Ich hasse mich dafür, die beiden zu vergleichen, dafür, Eric geküsst zu haben, obwohl ich weiter in John verliebt bin, und vor allem hasse ich John für das unglaubliche Chaos, das er in meinem Leben angerichtet hat, als er zugelassen hat, dass ich mich in ihn verliebe, obwohl er wusste, dass er mich womöglich auf genau die Art verlassen werden müsste, wie er es getan hat.

Ich ziehe meine High Heels aus und zerre an meinem Kleid. Ich muss da sofort raus. Im Badezimmer wasche ich mir die Schminke ab und putze mir die Zähne.

Ich kann das nicht. Ich kann nicht mit jemand anderem zusammen sein, wenn mein Herz noch immer John gehört.

Ich dachte, ich könnte es, und ich wollte es. Wirklich. Ich war voll dabei, bis er mich geküsst hat. Bis es real wurde. Bis ich mich an den letzten Kuss von einem Mann erinnert habe, auf dem Weg zur Tür und aus meinem Leben.

Ich breche unter krampfhaften Schluchzern zusammen, sinke auf den Badezimmerboden und rolle mich zu einer kleinen Kugel zusammen, die Arme um die Beine geschlungen, den Kopf auf den Knien. Ich habe keine Ahnung, wie lange ich so liege, aber ich bin immer noch in dieser Position, als Skylar nach Hause kommt und mich findet.

»Ava?« Sie setzt sich neben mir auf den Fußboden und legt mir eine Hand auf den Arm. »Bist du verletzt?«

Es ist mir zutiefst peinlich, von meiner neuen Mitbewohnerin in diesem Zustand entdeckt zu werden. Ich wische mir die Tränen vom Gesicht und zwinge mich, Skylar anzuschauen. »Ich bin ...« Ich wollte sagen, dass ich in Ordnung bin, doch das bin ich nicht. Ich bin erschöpft. Aber sie hat den ganzen Tag und die ganze Nacht gearbeitet und das Letzte, was sie jetzt braucht, ist, dass ihre Mitbewohnerin, die sie kaum kennt, in ihrem Badezimmer einen Nervenzusammenbruch hat.

»Was kann ich tun?«, fragt sie.

Ich schüttle den Kopf. Es gibt nichts, was jemand tun könnte.

Sie sitzt neben mir, Schulter an Schulter, und lässt mich wissen, dass sie gewillt ist, bei mir auszuharren. Ihr Mitgefühl löst eine neue Welle der Verzweiflung in mir aus.

»Hat dich jemand verletzt?«, fragt sie sanft.

»Nein. Nicht so.« Ich muss online nachsehen, ob das Pentagon die Militärangehörigen identifiziert hat, die getötet worden sind. Das habe ich bisher nicht geschafft, weil ich zu sehr damit beschäftigt gewesen bin, Eric zu küssen.

»Ich weiß, wir kennen uns noch nicht so lange, aber ich kann gut zuhören. Das sagen alle meine Freunde.«

Ich bin mir nicht sicher, warum – und warum jetzt –, doch die Worte fließen einfach so aus mir heraus. Ich erzähle ihr alles. Ich habe keine Ahnung, ob ich den größten Fehler meines Lebens begehe, indem ich meine Geschichte mit ihr teile, oder ob ich ihr vertrauen kann, es niemandem weiterzuerzählen. Ich kann mich allerdings auch nicht aufraffen, mir darüber Gedanken zu machen. Die Erleichterung, es endlich, *endlich* jemandem zu erzählen, ist so überwältigend, dass der Wortstrom, den ich auf sie loslasse, mich restlos erschöpft.

»Ava ... O mein Gott, du Arme.« Irgendwann während meiner verbalen Sturzflut hat sie einen Arm um mich gelegt. »Warum um alles in der Welt hast du das denn allein durchgestanden?«

»Ich weiß es nicht. Es ist einfach so passiert.« Meine Augen sind vom Weinen so geschwollen, dass ich mich vermutlich die nächsten Tage nicht in der Öffentlichkeit zeigen kann.

»Was ist heute Abend passiert?«

»Ich bin mit Eric ausgegangen, dem Typen aus deiner Firma.«

»Ist etwas vorgefallen? Hat er dir etwas getan?«

»Nein, nichts dergleichen.« Ich wische mir übers Gesicht. »Er ist wundervoll, und wir hatten einen tollen Abend. Und dann, als wir nach Hause gekommen sind ... Er hat gefragt, ob er mich küssen darf, und ich habe Ja gesagt.«

»Und danach hast du dich schuldig gefühlt«, erwidert sie.

»Ja.«

»Ava ... Du hast nichts falsch gemacht, indem du Eric geküsst oder den Abend mit ihm genossen hast. Das weißt du, oder?«

»Wenn das stimmt, warum fühlt es sich dann so schrecklich an?«

Sie schweigt sehr lange, dann fängt sie an zu reden. »Während meines Jurastudiums habe ich meine kleine Schwester bei einem Autounfall verloren. Der Verlust hat mich gebrochen. Ich musste die Uni für ein Semester verlassen, und eine Weile dachte ich, ich könnte nicht in das Leben zurückkehren, das ich vorher geführt hatte.«

»Das tut mir leid«, flüstere ich.

»Danke. Es war das Schlimmste, was mir je passiert ist. Der Schmerz war einfach ... unerträglich. Ich habe mir gewünscht, ich könnte ebenfalls sterben. Das wäre leichter gewesen, als ohne sie zu leben.«

Das Gefühl kenne ich nur zu gut. »Wie hast du es geschafft?«

»Einen Tag nach dem anderen, und mit sehr viel Trauertherapie. Die hat mein Leben gerettet.«

»Ich habe schon darüber nachgedacht, dass ich mir einen guten Therapeuten suchen sollte, um mein Leben wieder auf die Spur zu bringen. Über fünf Jahre sind lange genug.«

»Ich kann dich mit meiner Therapeutin in Kontakt bringen. Ich gehe immer noch hin und wieder zu ihr, und sie nimmt neue Patienten sofort auf, sogar an Wochenenden. Sie sagt, Trauer kennt keine Sprechstunden und sie daher auch nicht. Soll ich ihr eine Nachricht schicken?«

»Das wäre wirklich toll, aber ist es nicht schon ein bisschen spät dafür?«

Skylar zieht ihr Handy aus der hinteren Hosentasche und schreibt eine Nachricht. »Sie hat ein Telefon, an das sie immer rangeht, egal, wie spät es ist.«

Ich sitze dicht genug neben ihr, um zu sehen, was sie geschrieben hat: *Ich habe eine Freundin, die dringend das braucht, was du am besten kannst. Wann kannst du sie einschieben? Je eher desto besser.*

Die Antwort kommt umgehend. *Morgen 9 Uhr?*

»Wie, gleich morgen früh?«, frage ich ungläubig.

»Wie ich gesagt habe. Sie fackelt nicht lange, wenn jemand sie braucht. Soll ich ihr schreiben, dass du kommst?«

»Ja, bitte.«

Sie wird da sein. Ihr Name ist Ava Lucas. Vielen Dank.

Für dich tue ich alles. Sag Ava, ich freue mich darauf, sie kennenzulernen.

Mach ich.

»Okay, alles geritzt. Sie heißt Jessica Trudeau. Ich schicke dir ihre Adresse.«

»Ich bin dir so dankbar, Skylar. Es tut mir leid, dass du nach Hause kommst und so ein Drama vorfindest.«

»Das macht überhaupt nichts. Ich bin froh, dass ich helfen kann, und ich fühle mich geehrt, dass ich die Erste bin, der du es erzählt hast.« Sie lehnt den Kopf gegen die Wand. »Ich weiß, wie schwer es sein kann, so etwas mit jemandem zu teilen, vor allem, wenn man womöglich am Anfang einer neuen Beziehung steht. Ich hatte einen Freund, als meine Schwester starb, und er hat danach noch ein Jahr durchgehalten, was ungefähr neun Monate länger war, als man erwarten konnte. Er hat sich bemüht, aber es gab nichts, was er hätte tun können, und nach einer Weile hat er aufgegeben und ist weitergezogen. Ich bin bisher noch in keiner Beziehung an den Punkt gekommen, an dem ich mich wohl damit fühlte, einem neuen Mann von meiner Schwester zu erzählen.«

Seufzend sage ich: »Ich bin mir nicht sicher, warum ich nie mit jemandem darüber gesprochen habe. Vermutlich, weil er damals, als wir zusammen waren, wollte, dass es zwischen uns bleibt, was im Rückblick schon ein Warnsignal hätte sein sollen. Doch was wusste ich schon? Ich war einundzwanzig und zum ersten Mal in meinem Leben richtig verliebt. Wenn er mich gebeten hätte, ohne Fallschirm aus einem Flugzeug zu springen, hätte ich es getan.«

»Außerdem hast du gesagt, du hättest dir ein College am anderen Ende des Landes gesucht, um etwas Entfernung zwischen dich und deine Familie zu bringen.«

»Ja. Und sie wären sofort eingefallen und hätten versucht, alles für mich zu regeln, und das wollte ich nicht.«

Sie dreht mir den Kopf zu. »Denk immer daran: Du bist niemandem eine Erklärung dafür schuldig, wie du mit der ganzen Sache umgegangen bist. Jeder, der dir vorschreiben will, du hättest es anders machen müssen, hat selbst noch nie mit so etwas zu tun gehabt, denn sonst wüsste er, dass er besser den Mund halten sollte.«

»Ich denke, jetzt liebe ich dich ein wenig.«

Ihr Lachen hallt durch das kleine Badezimmer. »Das ist gut, denn ich hatte erwartet, dich zu hassen, nachdem du mit den ganzen Kindern des Gouverneurs im Schlepptau hier aufgetaucht bist.«

»Das ist die neue Familie meiner Schwester, und sie sind ehrlich gesagt echt nett.«

Sie stößt mich mit dem Ellbogen an. »Vor allem der Bruder, hm?«

Ich denke an Eric und unseren gemeinsamen Abend und lächle. »Ja, vor allem er. Er ist seit dem Tag, an dem wir uns kennengelernt haben, einfach super zu mir. Als ich mich auf der Hochzeit meiner Schwester betrunken habe, hat er sich um mich gekümmert.« Ich erkläre ihr, wie seine Pizza-Kur mich gerettet hat. »Und er hat riskiert, dass sich seine ganze Familie in seine Angelegenheiten einmischt, indem er bei mir im Zimmer geblieben ist, für den Fall, dass ich ihn nachts brauche.« Ich berichte ihr, was mit Erics Ex vorgefallen ist und warum es so eine große Sache war, dass er auf diese Weise für mich eingetreten ist.

»Weißt du, ich habe gehört, dass er Anfang des Jahres eine längere Auszeit genommen hat, doch ich habe nie erfahren, warum. Der arme Kerl. Wer würde so etwas jemandem antun, den man angeblich liebt?«

»Ich habe keine Ahnung, aber ich bin deswegen extra vorsichtig. Ich will mich nicht auf ihn einlassen, wenn ich noch nicht wirklich in der Verfassung bin, diesen Schritt zu gehen.«

»Jessica wird dir helfen, das herauszufinden. Sie ist die Beste.«

»Ich bin so erleichtert, es jemandem erzählt und einen Plan zu haben. Nun werde ich alles versuchen, um mich endlich besser zu fühlen. Ich kann dir gar nicht genug danken.«

»Gern geschehen. Was hältst du davon, wenn wir jetzt diesen gastlichen Ort verlassen?«

Lachend lasse ich mir von ihr aufhelfen und umarme sie dann.

Sie erwidert die Umarmung und tätschelt mir den Rücken. »Versuch ein wenig zu schlafen.«

»Du auch.«

»Ich habe heute alles geschafft, ich kann morgen also ausschlafen.«

»Genieß es. Gute Nacht.«

»Gute Nacht, Ava.«

Ich gehe in mein Zimmer, schließe die Tür und lege mich ins Bett. Ich will gerade nach meinem Handy greifen, um zu gucken, ob es Neuigkeiten aus dem Pentagon gibt, halte mich dann aber zurück. Heute Nacht ertrage ich nicht mehr, und morgen ist noch früh genug, um herauszufinden, ob er zu den Opfern gehört.

KAPITEL 9

AVA

Ich schlafe überraschend gut und wache um acht auf, als mein Wecker klingelt. Einige Minuten bleibe ich im Bett liegen und denke über alles nach, was gestern passiert ist. Ich habe jemandem von John erzählt, und die Welt ist nicht untergegangen. Im Gegenteil, es ist einiges Gutes dabei herausgekommen, darunter die Empfehlung zu einer Therapeutin und eine neue Freundin.

Skylar war toll – sie hat mich unterstützt, war verständnisvoll und hat mir geholfen. Wenn ich mir vorgestellt habe, jemandem von John und dem zu erzählen, was in San Diego passiert ist, dann immer so, dass ich zuerst Camille und meine Eltern ins Vertrauen ziehen würde, bevor ich mit jemand anderem darüber rede.

Mit Skylar zu sprechen war wesentlich einfacher, als es ihnen zu erzählen. Das steht völlig außer Frage. Denn wenn ich meinen Schmerz mit ihnen teile, muss ich auch mit ihrem umgehen. Sie würden wissen wollen, warum ich mich damals nicht bei ihnen gemeldet habe, und dann würde alles für mich noch schwieriger.

Ich stehe auf und begebe mich in die Küche, um mir einen Kaffee zu machen, den ich mit ins Bad nehme, wo ich dusche und mir die Haare föhne. Ich verlasse das Apartment mit ausreichend Zeit, um zu der Adresse an der Third Avenue zu fahren, die Skylar mir geschickt hat. Ich hätte erwartet, im Taxi nervös oder aufgeregt zu sein, aber ich bin beides nicht. Noch immer trägt mich die Erleichterung, mit jemandem über alles gesprochen und eine Therapeutin gefunden zu haben, die mir helfen wird, den Weg nach vorn zu finden.

Es ist lange her, dass ich so viele positive Dinge hatte, auf die ich mich konzentrieren kann. Ich hoffe, Jessica wird mir dabei behilflich sein, mein neues Leben auf eine Weise zu führen, bei der mein altes in der Vergangenheit bleibt, wo es hingehört.

Jessicas Praxis liegt in einem Backsteingebäude, das genauso aussieht, wie Skylar es beschrieben hat. Im Erdgeschoss befindet sich ein geschäftiges Deli, aus dem Düfte kommen, bei denen mir das Wasser im Mund zusammenläuft. Ich bleibe kurz stehen, um festzustellen, was sie Leckeres für nach meinem Termin haben. Dann drücke ich den Klingelknopf neben Jessicas Namen, und sie lässt mich herein. Ihre Praxisräume sind im dritten Stock, und sie wartet schon auf mich, als ich ihre Etage erreiche.

Sofort fällt mir auf, dass sie wesentlich jünger ist, als ich erwartet hatte. Sie hat lockige, schulterlange blonde Haare und trägt eine Brille mit Leopardenmuster, die sie gleichzeitig klug und hip aussehen lässt. Dazu hat sie ein schwarzes Top, Jeans und schwarze Wedges an.

Sie reicht mir die Hand. »Du musst Ava sein.«

Ich schüttle ihr die Hand. »Das bin ich. Es ist so schön, dich kennenzulernen, und danke, dass du mich an einem Samstag empfängst.«

»Kein Problem. Trauer kennt keine Arbeitszeiten und ich auch nicht.« Sie führt mich in einen gemütlichen Raum mit gepolsterten, übergroßen Sesseln und vielen Kissen. Die Wände sind in einem dunklen Orangeton gestrichen, und die Kunstwerke zeigen beruhigende Strandszenen. »Was kann ich dir bringen. Kaffee? Tee? Wasser?«

»Ein Kaffee wäre super.«

»Wie trinkst du ihn?«

»Nur mit einem Schuss Milch, bitte.«

»Kommt sofort.« Sie zeigt auf ein Klemmbrett auf dem Couchtisch.

»Wenn du die üblichen Formulare ausfüllen könntest, dann haben wir den Papierkram hinter uns.«

Das tue ich gleich und gebe meine Kreditkartennummer an, weil meine neue Krankenversicherung über die Firma erst ab nächstem Monat gilt.

Jessica kehrt mit zwei Bechern voll dampfendem Kaffee zurück, setzt sich mir gegenüber und stellt meinen auf den Tisch zwischen uns. Ihren Becher hält sie in beiden Händen, und sie zieht die Beine unter sich. »Erzähl mir ein wenig von dir, und dann erzähle ich dir ein wenig von mir. Von da sehen wir dann weiter.«

Bei ihrer lockeren Art entspanne ich mich sofort und versuche das, was mich hergebracht hat, in so wenigen Worten wie möglich zusammenzufassen. »In den fünf Jahren, seitdem er mich verlassen hat, habe ich niemandem von ihm erzählt. Bis gestern Abend, als Skylar nach Hause kam und mich nach meinem ersten echten Date mit einem anderen Mann als Häufchen Elend im Bad gefunden hat.«

Jessica verzieht das Gesicht. »Das ist eine schrecklich lange Zeit, um sich allein mit etwas so Traumatischem zu befassen.«

»Im Rückblick glaube ich, ich bin einfach nur seinen Anweisungen aus der Zeit, als wir zusammen waren, gefolgt. ›Lass es uns für uns behalten‹, hat er gesagt. Jetzt weiß ich, dass das vermutlich daran lag, dass er sich wegen seines Jobs eigentlich nicht auf jemanden einlassen durfte, aber damals habe ich das nicht verstanden.«

»Bevor wir da tiefer eintauchen, möchte ich dir von mir erzählen, wenn das okay ist.«

»Natürlich.«

»Wie du hatte auch ich eine sehr idyllische Kindheit. Ich habe noch während meines Studiums meine Jugendliebe geheiratet. Unser erstes Kind kam zwei Wochen, nachdem ich meinen Master in der Tasche hatte. Ein Junge namens Liam.«

Ich verspüre einen Anflug von Grauen, der bestätigt wird, als sie fortfährt.

»Er war neun Monate alt, als er eine Hirnhautentzündung bekam. Wir haben ihn drei Tage später verloren.«

»Das tut mir so leid.« Die Worte fühlen sich schrecklich unzulänglich an, doch ich weiß nicht, was ich sonst sagen soll.

»Danke. Ich erzähle dir das, damit du weißt, dass ich verstehe, wo du herkommst. Liams Tod vor zwölf Jahren hat mein ganzes Leben verändert, und ich habe entschieden, mich auf Trauerberatung zu spezialisieren, weil ich anderen Menschen helfen wollte, die das durchmachen, was ich erlebt habe, als ich meinen Sohn verloren habe. Eine Therapeutin hat mir geholfen, das alles zu überstehen, und in dem Prozess habe ich meine Berufung gefunden.«

Ich habe so viele Fragen. Ich will wissen, ob sie weitere Kinder hat und ob sie und ihr Mann zusammengeblieben sind. Sie trägt keinen Ehering, das muss allerdings nichts heißen. Ich bringe es nicht über mich, ihr diese Fragen zu stellen, aber ich bin sicher, Skylar weiß es. Ich werde einfach warten und mich bei ihr erkundigen.

»Wir werden viel über John reden und darüber, was vor fünf Jahren in San Diego geschehen ist. Doch zuerst einmal möchte ich über Eric sprechen und darüber, was im Moment in New York passiert, okay?«

Ich nicke. Ihr Ansatz fasziniert mich, und ich bin gewillt, ihrer Führung zu folgen.

»Erzähl mir, was gestern Abend los war.«

Ich fasse unseren Abend zusammen und ende mit den Küssen in meiner Küche, die mich in eine Spirale aus Schuldgefühlen gerissen haben.

»Als er dich gefragt hat, ob er dich küssen darf, hast du dich schuldig gefühlt, als du Ja gesagt hast?«

Ich denke darüber nach. »Nein. Die Schuldgefühle kamen erst, nachdem er gegangen war.«

»Also hast du es in dem Moment genossen, ihn zu küssen?«

»Ja. Ich habe alles mit ihm genossen. Er ist seit dem Tag, an dem wir uns kennengelernt haben, ein guter Freund für mich. Und gestern hatten wir wirklich einen tollen Abend.«

Sie lehnt sich zurück und sieht mich scharfsinnig an. »Du leidest darunter, keinen Abschluss der Beziehung mit John zu haben. Wenn er mit dir Schluss gemacht hätte, bevor er gegangen oder – Gott möge es verhüten – getötet worden wäre, hättest du diesen Abschluss. Doch als er ging, hat er dir gesagt, dass er dich liebt, und dann ist er aus deinem Leben spaziert und hat dich in diesem Schwebezustand zurückgelassen, der dich daran hindert, vorwärtszugehen. Stimmst du mir da zu?«

»Auf jeden Fall. Ich fange langsam an, deswegen wütend auf ihn zu sein.«

»Du fängst jetzt erst an, Wut auf ihn zu entwickeln?«, fragt sie ungläubig. »Die meisten Menschen wären schon vor langer Zeit wütend geworden.«

»Ich habe ihn wirklich sehr geliebt.«

»Ich weiß.«

»Und er hat mich verlassen, um unserem Land zu dienen, um die Leute zu finden, die das Kreuzfahrtschiff angegriffen haben. Es ist schwer, auf jemanden wütend zu sein, der versucht, Vergeltung für so viele Menschen zu erreichen.«

»Du glaubst zumindest, dass er das tut. Aber wirklich wissen kannst du es nicht, oder?«

»Nein.« Ich seufze. »Ich weiß gar nichts mit Sicherheit.«

»Wenn John in diesem Moment hereinkäme, was würdest du ihm sagen wollen?«

»Oje.« Ich lache nervös auf. »Ich wüsste gar nicht, wo ich anfangen sollte.«

»Tu mir den Gefallen. Er kommt hereingeschlendert, als wäre er nie fort gewesen. Was ist das Erste, was du denkst?«

»Ich wäre vermutlich zu sehr damit beschäftigt, ihn zu umarmen und zu küssen, um irgendetwas zu sagen.«

»Das ist dein erster Impuls? Ihn zu umarmen und zu küssen? Nicht, ihn zu fragen, warum er dir das angetan hat, wenn er dich doch so sehr liebte, wie er behauptet hat?«

Einen Moment muss ich überlegen. »Ja, das ist mein erster Impuls – ihn zu umarmen und zu küssen.«

»Ich ziehe den Hut vor dir. Ich würde den Kerl, der sich so etwas geleistet hat, vermutlich erstechen wollen.«

»Das mit uns war so unglaublich gut. Sehr, sehr gut. Meine Beziehung mit ihm war das Perfekteste in meinem Leben.«

»Abgesehen von den Dingen, die er vor dir geheim gehalten hat. Wie zum Beispiel, dass er womöglich für Jahre irgendwohin abberufen werden könnte, ohne sich bei dir melden zu können.«

»Vielleicht wusste er nicht, dass diese Möglichkeit besteht. Ich meine, wer erwartet schon, dass Terroristen ein Kreuzfahrtschiff in die Luft sprengen?«

Jessica nimmt ihre Beine vom Sessel und stützt sich mit den Ellbogen auf die Knie. Ihre Miene ist eindringlich. »*Er* hat es erwartet – oder etwas in der Art, Ava. Er ist jahrelang für so ein Szenario ausgebildet worden, und ihm war in jeder Minute, die er mit dir verbracht hat, klar, dass er dich möglicherweise so würde verlassen müssen, wie er es getan hat.«

»Das ... das kannst du nicht mit Sicherheit wissen.«

»Doch, das kann ich. Und du auch. Du weißt es. Ein Mann im Militärdienst verschwindet nicht einfach für *fünf* Jahre vom Angesicht der Erde. So etwas passiert nicht. Außer er ist in einer Einheit, die für genau solche Missionen ausgebildet wurde.«

»Ich ... ich glaube, das hier ist vielleicht doch keine so gute Idee.«

»Weil dir nicht gefällt, was ich über den Mann sage, den du liebst?«

Meine Güte, sie ist so direkt. »Zum Teil.«

»Es ist die Wahrheit. Ich denke, wenn du das alles hinter dir lassen willst, ist es für dich wichtig, zu akzeptieren, dass das, was er dir angetan hat, nicht ehrenhaft war. So etwas tut ein Mann der Frau, die er liebt, nicht an.«

Ich bin so verletzt von dem, was sie sagt, und um Johns willen so wütend, dass mir die Tränen über die Wangen laufen. Ich kann aber nichts dagegen unternehmen, weil ich wie erstarrt bin.

Sie reicht mir ein Taschentuch, zwingt mich, zu reagieren, es zu nehmen und die Flut aufzuwischen.

»Ich sage diese Dinge nicht, um dir wehzutun, Ava. Ich sage sie, weil du sie hören musst. Du hast ihn auf ein Podest gestellt, auf dem er nichts verloren hat.«

»Selbst wenn er in den letzten fünf Jahre sein Leben im Dienst für unser Land riskiert hat?«

»Wenn er das getan hat, sind wir ihm alle zu Dank verpflichtet, doch das ändert nichts daran, dass das, was er dir angetan hat, echt unfair war.«

»Bist du so mit dem Verlust deines Sohnes klargekommen? Indem du jemanden gefunden hast, dem du die Schuld geben kannst?«

»Es gab niemanden, der Schuld hatte. Wir wissen nicht, wie oder wo er das Virus aufgeschnappt hat, und die Ärzte haben alles unternommen, was in ihrer Macht stand, um ihn zu retten.«

»Tut mir leid. Das hätte ich nicht sagen sollen.«

»Du darfst mich gerne fragen, wie ich mit meiner Trauer umgegangen bin. Ich teile alles mit dir, wenn es dir hilft, mit deiner fertig zu werden.«

»Ich kann ihm einfach nicht böse sein, wenn er bloß seinen Job gemacht hat.«

»Okay, aber ich möchte, dass du einmal gründlich über seine Absichten nachdenkst. Welche Absichten hatte er, als er die Beziehung mit dir begonnen hat? Hat er sich in dem Wissen darauf eingelassen, dass er dich möglicherweise für *Jahre* zu dieser Hölle verdammt? Wusste er, dass die Möglichkeit bestand, und hat es trotzdem getan?«

Die Antworten auf diese Frage kenne ich nicht, und so erwidere ich nichts.

»Was ist mit Freunden und Familie? Was glauben sie, wohin er verschwunden ist?«

»Ich ... ich habe nie jemanden von ihnen kennengelernt. Wir waren immer für uns. So hat es uns gefallen.«

»Hat es euch beiden gefallen oder nur ihm?«

»Uns beiden. Wir hatten aneinander alles, was wir brauchten.«

»Also hat er dir nicht nur verheimlicht, dass er dich möglicherweise eines Tages auf unbestimmte Zeit verlassen muss, sondern hat dich auch so isoliert, dass du keine Unterstützung hättest, sollte das, von dem er wusste, dass es passieren könnte, tatsächlich eintreffen. Ist das korrekt?«

»So war das nicht.« Ich betupfe mir die schmerzenden Augen. Es ist Jahre her, dass ich so zusammengebrochen bin wie in den letzten zwei Tagen.

»Wie war es dann?«

»Wir waren glücklich. *Ich* war glücklich.«

»Du warst außerdem jung und naiv und weit entfernt von deinem Zuhause und deiner Familie. Das hat dich zur perfekten Freundin für einen Mann gemacht, der eigentlich keine feste Partnerin haben sollte.«

»Das hier hilft mir nicht. Ich bin nicht hierhergekommen, um den Charakter des Mannes auseinanderzunehmen, den ich liebe.«

»Warum bist du hergekommen?«

»Weil ich es leid bin, festzuhängen. Ich will mit meinem Leben weitermachen, doch ich weiß nicht, wie.«

»Ich versuche, dir das *Wie* zu zeigen. Du musst ihn loslassen, Ava, wirklich loslassen, oder du wirst weiter feststecken. Was er von dir verlangt hat, ist mehr, als ein Mann von einer Frau verlangen darf, egal, wie sehr du ihn geliebt hast oder er dich. Es war unfair von ihm, dir zu erlauben, dich in ihn zu verlieben. Wenn du einen Weg findest, das zu akzeptieren, könntest du dich möglicherweise von der Vergangenheit lösen.«

Ich nehme mir ein weiteres Taschentuch aus der Box auf dem Tisch und wische mir mehr Tränen ab. »Hast du noch andere Kinder?«

»Drei.«

»Hat das geholfen?«

»Ja. Das hat es. Niemand kann Liams Platz einnehmen, aber seine kleinen Brüder und seine Schwester haben unsere Herzen und unser Heim mit Liebe, Licht und Lachen erfüllt. Sie liefern mir einen Grund, morgens aufzustehen, und den brauchen wir alle.«

Ich freue mich für sie, dass sie weitere Kinder hat, und das Wort »unsere« gibt mir Hoffnung, dass ihre Ehe die Tragödie überlebt hat.

»Sprechen wir noch ein wenig über Eric.«

»Was ist mit ihm?«

»Du hast gesagt, du magst ihn, und er wäre sehr gut zu dir gewesen?«

Ich nicke. »Von Anfang an.«

»Und du hast Schuldgefühle, weil du dich zu ihm hingezogen fühlst?«

»Ja.«

»Warum?«

Ich starre sie an. »Muss ich dir das wirklich erklären?«

»Ich schätze schon, denn ganz ehrlich, ich verstehe nicht, warum um alles in der Welt du dich schuldig fühlen solltest.«

»Ich fühle mich schuldig«, stoße ich durch zusammengebissene Zähne aus, »weil ich immer noch in John verliebt bin.«

»Der dich vor fünf Jahren verlassen und sich seitdem nicht mehr bei dir gemeldet hat, richtig?«

»Nicht, weil er es nicht will. Er könnte ja auch tot sein.«

»Ja, das könnte er. Schauen wir uns mal die verschiedenen Szenarien an, okay? A) Er ist tot und hat keinerlei Vorsorge getroffen, dass du über seinen Tod unterrichtet wirst. B) Er hat sich aus Gründen, die er allein kennt, entschieden, sich nicht bei dir zu melden. C) Er ist irgendwo auf der Welt unterwegs, von wo aus er nicht mit dir in Kontakt treten kann. D) Er ist Teil einer Operation, bei der jeglicher Kontakt mit der Außenwelt die Mission gefährden könnte, für die er sich lange, bevor ihr euch kennengelernt habt, gemeldet hat. Habe ich etwas vergessen?«

»Nein«, murmle ich. Ich bin wütend auf sie – und auf ihn.

»Ava.«

Ich schaue sie an und lese in ihrem Blick nur Sorge und Mitgefühl.

»Wenn du einer Freundin oder einem Familienmitglied vor Jahren hiervon erzählt hättest, hätten sie das Gleiche gesagt, was ich jetzt sage. Jeder, dem etwas an dir liegt, wäre wütend, weil John dich zu dieser Tortur verurteilt hat.«

Ich wische die Tränen fort, die immer weiter fließen, und wundere mich, wo sie noch alle herkommen.

»Willst du Eric wiedersehen?«

Ich nicke.

»Dann solltest du das tun. Du solltest alles tun, was dich glücklich macht und womit du dich besser fühlst. Du schuldest John nicht mehr als die fünf Jahre der Trauer, die du ihm bereits geschenkt hast. Er hat dich nicht geheiratet und dir auch keinen Antrag gemacht oder dich gefragt, ob du auf ihn wartest. Er hat gar nichts getan, das dich auf irgendeine Weise an ihn bindet und es rechtfertigen würde, dich schuldig zu fühlen, weil du dich für einen anderen Mann interessierst. Hörst du das, Ava?«

»Ja«, flüstere ich.

Nach einer langen Pause fragt sie: »Wie fühlst du dich?«

»Am Boden zerstört.« Das ist das Erste, was mir einfällt.

»Das könnte tatsächlich gut sein.«

»Was soll daran gut sein?«

»Du bist am Boden zerstört, weil ich dich zwinge, der Wahrheit ins Auge zu sehen. Der Wahrheit darüber, was John dir angetan hat und dir all diese Jahre später immer noch antut. Ich sage dir, es ist an der Zeit, ihn loszulassen und dich jemandem zuzuwenden, der da ist, hier, in diesem Moment, und der offensichtlich Interesse an dir hat.«

»Soll ich ihm von John erzählen?«

»Willst du das?«

»Ich habe das Gefühl, ich sollte es tun, denn er hat mir auch anvertraut, was mit seiner Ex passiert ist. Aber ich will nicht, dass er es seinem Bruder erzählt, der mit meiner Schwester verheiratet ist. Ich will meine Familie da nicht mit hineinziehen.«

»Nach allem, was ich bisher über ihn gehört habe, scheint er mir ein anständiger Kerl zu sein. Bitte ihn vorher um seine Verschwiegenheit. Und wenn du ihn wissen lässt, wie wichtig es für dich ist, dass er deine Geschichte für sich behält, und er dir versichert, das zu tun, sollte alles gut werden.«

»Sollte ...«

»Was ist das Schlimmste, was passieren könnte, wenn deine Schwester und deine Eltern es herausfinden?«

»Sie würden um mich herumglucken und sich sorgen und ...« Allein der Gedanke lässt mich erschauern.

»Und das würde ein paar Tage anhalten, höchstens eine Woche, und dann würden sie sich beruhigen, wenn sie sehen, dass du mit deinem Leben weitermachst.« Sie beugt sich vor. »Wenn du möchtest, dass Eric von John erfährt, sag es ihm, Ava. Sag es ihm, und bringe es hinter dich. Und denk daran, es wird weder für ihn noch für sonst jemanden eine so große Sache sein wie für dich. Jeder hat seine eigenen Probleme, mit denen er klarkommen muss.«

Der Zeiger an der Uhr hinter ihr rückt auf die Elf zu. Ich kann nicht glauben, dass ich schon beinahe zwei Stunden hier bin. Die Zeit verfliegt nur so, wenn die Seele aufgerissen und untersucht wird.

»Wenn du nach dem heutigen Tag weiter mit mir sprechen magst, vereinbare ich gern einen neuen Termin mit dir. Wir haben gute Fortschritte gemacht, aber wirklich voranzukommen erfordert Arbeit und Zeit.«

Vieles von dem, was sie zu mir gesagt hat, hat mir überhaupt nicht gefallen. Ich kann allerdings nicht leugnen, dass sie ein paar gute Argumente vorgebracht hat. »Ein weiterer Termin wäre gut.«

»Ausgezeichnet.«

Da ich diese Woche in meinem neuen Job anfange, einigen wir uns auf nächsten Donnerstagabend um sieben. Ich stehe auf und strecke ihr die Hand hin. Meine Beine fühlen sich an wie aus Gummi.

»Ich würde dich gerne drücken«, sagt sie. »Ist das okay?«

»Klar.«

Sie kommt um den Couchtisch herum und umarmt mich. »Ich bewundere deine Stärke, deine Loyalität, deinen Mut und deine Tapferkeit«, erklärt sie. »Du hast dir das Recht, glücklich zu sein, mehr als verdient – ob allein, mit Eric oder jemand anderem, falls Eric nicht der Richtige für dich ist.«

Ihre liebevollen Worte treiben mir erneut Tränen in die Augen, die sich schon ganz rau und verquollen anfühlen. »Einiges war schwer anzuhören, aber ich danke dir für deine Zeit und deine Sicht auf die Dinge.«

Sie reicht mir ihre Visitenkarte. »Da steht auch meine Handynummer drauf. Ich bin jederzeit da, wenn du mich brauchst.«

»Vielen, vielen Dank.«

»Ich bin an deiner Seite, Ava.«

Mit einem leichten Lächeln drehe ich mich um und gehe zur Tür. Dann steige ich die Treppe hinunter und trete hinaus in den warmen Sommertag, wo ich tief die frische Luft einatme. Ich kann mir gut vorstellen, wie verheult mein Gesicht aussieht, also hole ich die Sonnenbrille aus meiner Handtasche und setze sie auf, um den Schaden ein wenig zu verbergen. Der Duft aus dem Deli, der mir auf dem Hinweg so köstlich vorgekommen ist, verursacht mir jetzt eine leichte Übelkeit, also gehe ich vor bis zur Ecke und winke mir ein Taxi heran.

Als ich auf der Rückbank sitze, vibriert mein Handy. Eine Nachricht von Skylar. *Wurde ins Büro gerufen … grrr. Wollte nur mal fragen, wie es mit Jess lief.*

Sie war super – und sehr, sehr direkt.

LOL! Stimmt. Sie nimmt wirklich kein Blatt vor den Mund.

Richtig. Sie hat vieles gesagt, was ich mal hören musste. Ich bin dabei, das alles zu verarbeiten. Tut mir leid, dass du ins Büro musst.

Nur für ein paar Stunden. Wir sehen uns später.

Danke noch mal für alles. Ich kann gar nicht mit Worten ausdrücken, wie viel mir das bedeutet.

Jederzeit. xo

:)

KAPITEL 10

AVA

Das waren die traumatischsten zwölf Stunden seit Jahren, und doch fühle ich mich seltsam ... ruhig. Gefasst. Erleichtert. Ich habe es jemandem erzählt. Ich habe es sogar *zwei* Leuten erzählt, und es ist nichts Schlimmes passiert. Im Gegenteil, es ist sogar etwas Gutes dabei herausgekommen. Ich glaube, dass ich in Skylar eine neue Freundin gefunden habe, und ihre Empfehlung, mich an Jessica zu wenden, war genau das, was ich gebraucht habe, selbst wenn einiges von dem, was sie gesagt hat, schwer auszuhalten war.

Ich bin entschlossen, Eric gegenüber ehrlich zu sein. Er hat es verdient, die Wahrheit über meine Vergangenheit zu erfahren, bevor wir tiefer in das einsteigen, was auch immer da gerade zwischen uns läuft.

Wieder zu Hause hole ich mir aus dem Eisfach ein Kühlpack für meine Augen. Hoffentlich behebt das ein paar der Schäden, bevor Eric eintrifft. Ich strecke mich auf dem Sofa aus, platziere das Kühlpack auf meinem Gesicht und denke an die Dinge, die Jessica gesagt hat. Ich versuche, sie mit dem Bild von John, das ich die ganze Zeit mit mir herumgetragen habe, in Einklang zu bringen.

So sehr ich es auch will, ich kann nicht leugnen, dass sie recht hat, was John angeht. Ich habe auf gewisse Weise immer gewusst, dass das, was er getan hat, keineswegs heldenhaft war, auch wenn der Grund für sein Weggehen der Inbegriff davon ist.

Kurz darauf erhalte ich eine Nachricht von Eric. *Fahre gerade aus der Garage und bin auf dem Weg zu dir. Ich freue mich drauf, dich zu sehen.*

Ein wohliger Schauer überläuft mich. Ich freue mich ebenfalls darauf, ihn zu sehen. Ich stehe vom Sofa auf, werfe das Kühlpack in die Spüle und begebe mich ins Badezimmer, um ein wenig Concealer aufzulegen. Meine Augen sind weiter rot, aber nicht mehr so geschwollen wie vorhin. Falls jemand fragt, kann ich immer noch behaupten, ich hätte eine Allergie – dem Himmel sei Dank für Sonnenbrillen, die eine ganze Welt von Schmerz verbergen können.

Schnell packe ich meinen Badeanzug, Sonnencreme, eine Tunika und meine Jeansjacke in eine Strandtasche, bevor ich mir Shorts und ein weißes Top anziehe. Ich schlüpfe gerade in meine ledernen Flip-Flops, als der Portier anruft, um mir zu mitzuteilen, dass Eric da ist. »Ich komme sofort.«

Heute ist mir eigentlich nicht nach einer Familienparty, schon gar nicht, weil es nicht meine Familie ist. Doch für Eric mache ich gute Miene zum bösen Spiel, und später werde ich ihn fragen, ob wir uns noch unterhalten können. Ich werde ihm von John erzählen und erklären, warum es für mich so schwierig ist, etwas Neues anzufangen. Für ihn ist es auch kompliziert, das haben wir schon mal gemeinsam, aber Jessica hat mir geholfen, zu erkennen, dass es nicht fair wäre, die Sache mit Eric weitergehen zu lassen, ohne ihm alle Informationen an die Hand zu geben, die er braucht, um zu verstehen, worauf er sich einlässt.

Als ich mir die Tasche über die Schulter werfe, die Tür abschließe und zum Fahrstuhl eile, fällt mir auf, dass ich überhaupt nicht nachgesehen habe, ob das Pentagon schon die Namen der getöteten Soldaten veröffentlicht hat.

ERIC

Irgendetwas ist heute anders. Anfangs kann ich nicht sagen, was, doch Ava ist stiller. Nicht, dass sie sonst viel redet, aber ihr Schweigen hat etwas Angespanntes. Ich hoffe, es gelingt ihr, im Laufe des Tages lockerer zu werden, allerdings frage ich mich auch, ob sie bereut, was letzte Nacht passiert ist. Ich hoffe nicht, denn als ich heute Morgen aufgewacht bin, habe ich mich so gut gefühlt wie seit Monaten nicht mehr.

Wir hatten gestern nicht nur einen tollen Abend zusammen, sondern ich kann heute außerdem hinterm Steuer meines Mercedes AMG GT sitzen. Ich bezahle eine lächerlich hohe Miete für den Garagenplatz in der Stadt und heiße jede Möglichkeit willkommen, den Wagen zu benutzen.

Es wäre wesentlich einfacher, die Metro North zu nehmen, aber als ich auf dem Henry Hudson Parkway aus der Stadt herausfahre, bin ich froh, dass ich nicht den leichten Weg gewählt habe. Den Großteil der Zeit liebe ich es, in der Stadt zu wohnen, doch ich vermisse das Autofahren. Ich habe das Dach geöffnet, um die kühle Sommerbrise hineinzulassen.

»Das ist ein echt netter Wagen«, unterbricht Ava nach einer Weile das Schweigen.

»Danke. Ich habe ihn mir von dem Bonus gekauft, den ich für meine erste erfolgreiche Akquisition erhalten habe.« Ich biege auf den Sawmill River Parkway in Richtung Norden ab. Seit über fünfzehn Jahren wohne ich nicht mehr bei meinen Eltern, trotzdem wird Croton-on-Hudson für mich und meine Geschwister immer unser Zuhause sein.

Rob und Camille haben sich sogar erst kürzlich ein Apartment in der Straße gekauft, in der wir aufgewachsen sind, um einen Zufluchtsort zu haben, wenn sie mal eine Pause von der Stadt brauchen. Es sind einundvierzig Meilen von meinem Gebäude zu dem Haus meiner Eltern, aber diese einundvierzig Meilen könnten genauso gut viertausendeinhundert Meilen sein, so unterschiedlich sind die beiden Orte.

Nach einem weiteren langen Schweigen werfe ich Ava einen Blick zu. Wieder einmal bin ich überrascht, wie bezaubernd sie aussieht. Die Sonne betont die roten Strähnen in ihren Haaren, und ihre Haut hat

einen rosigen Schimmer angenommen. Ihre Augen sind hinter einer
großen Sonnenbrille versteckt, und mir fällt auf, dass sie den Griff
ihrer Tasche umklammert hält, als hätte sie Angst, jemand könnte sie
ihr wegnehmen.

Irgendwann ertrage ich die Stille nicht mehr. Ich muss wissen, was
mit ihr los ist. »Geht es dir gut?«

Sie wirft mir einen Blick zu, zögert jedoch einen Moment, als
würde sie schwer mit etwas ringen. »Können wir später reden? Wenn
wir wieder in der Stadt sind?«

Mein Magen zieht sich zusammen. Nicht schon wieder. Ich wusste,
es war ein Fehler, sie letzte Nacht zu küssen. Von Anfang an habe ich
eine Verletzlichkeit in ihr gespürt, die mich zur Vorsicht gemahnt hat,
als aus Freundschaft mehr wurde – zumindest für mich.

»Über das, was vor fünf Jahren vorgefallen ist«, erklärt sie. »Ich
möchte es dir erzählen.«

Ich bin zwar erleichtert, dass sie mir nicht gleich hier und jetzt
mitteilt, das mit uns wäre vorbei – was auch immer das mit uns ist –,
aber ich bin nicht sicher, ob ich es aushalte, stundenlang zu warten, um
zu hören, was sie zu sagen hat. »Wir müssen nicht zu meinen Eltern.
Wir können umdrehen und zurückfahren, wenn dir heute nicht danach
ist.«

Sie legt eine Hand auf meinen Arm. »Später ist noch früh genug.«

Hm. Geduld war nie meine Stärke, und den ganzen Tag durchzustehen, um zum *später* zu kommen, wird mich vermutlich umbringen. »Ist
etwas passiert?«, frage ich. Die Neugierde bringt mich jetzt schon
fast um.

»Ja«, antwortet sie leise. »*Du* bist passiert.«

Ich habe keine Ahnung, was ich darauf erwidern soll. »Ava ...«

Sie lässt ihre Hand an meinem Arm hinuntergleiten und ergreift
meine Hand, die auf meinem Oberschenkel liegt. »Es ist nichts Schlimmes. Im Gegenteil, es ist sogar gut, dass ich darüber reden will. Du
musst dir keine Sorgen machen, versprochen.«

»Wenn du das sagst.«

»Du bist süß, wenn du nicht deinen Willen bekommst.«

Über den Kommentar muss ich lachen, und er schenkt mir die
Hoffnung, dass sie mir nicht darlegen wird, warum wir das, was sich so

verdammt gut anfühlt, nicht weiterverfolgen können. Außerdem tröstet es mich, dass sie weiterhin meine Hand hält.

»Sorgst du dich, was deine Mom sagen wird, wenn du mit mir auftauchst?«

»Nicht wirklich.«

»Du warst letztes Mal so aufgebracht ...«

»Vermutlich habe ich ein wenig überreagiert. Es ist nur so, dass sie manchmal einfach verdammt vorhersehbar ist. Ab der Minute, in der wir drei dreißig geworden sind, liegt sie uns damit in den Ohren, wann wir denn endlich heiraten und Kinder in die Welt setzen. Als würde uns mit einem Mal die Zeit davonlaufen, wenn wir nicht sofort damit anfingen. Ich glaube, das könnte ein Grund dafür sein, dass ich mich damals so übertrieben verhalten habe, als ich Brittany kennengelernt habe. Damit habe ich ihr auf jeden Fall direkt in die Hände gespielt, so viel steht fest.«

»Du warst glücklich mit ihr. Das hatte nichts mit deiner Mutter zu tun.«

»*Sie* war glücklich mit Brittany. Wir waren gerade mal einen Monat zusammen, da hat meine Mutter schon angefangen, die Hochzeit zu planen. Ich will nicht, dass sie das Gleiche mit dir abzieht. Wenn sie etwas Unangemessenes sagt, sei so frei, ihr mitzuteilen, dass sie sich um ihre eigenen Angelegenheiten kümmern soll.«

»Das werde ich garantiert nicht zu deiner Mutter sagen.«

»Dann erzähl es mir, und ich übernehme das. Ich will nicht, dass du dich von ihr oder sonst irgendwem unter Druck gesetzt fühlst.«

»Mach dir deswegen keine Gedanken. Ich kann auf mich aufpassen.«

»Ich möchte nicht, dass du auf dich aufpassen musst, wenn du mit mir oder meiner Familie zusammen bist.«

»Es ist süß, dass du so besorgt bist, aber ich passe schon sehr lange allein auf mich auf.«

»Was, wenn ich das in gewissen Situationen gerne übernehmen will? Zum Beispiel, wenn meine Mutter ihre Klauen in dich schlagen möchte?«

Sie lacht, und die Spannung, die sich in meiner Brust gesammelt hat, lässt zum Glück ein wenig nach. Das Gefühl erinnert mich viel zu sehr an die verzweifelten Tage, die ich damit verbracht habe, nach Brittany zu suchen, ohne zu ahnen, dass sie mich verlassen hatte.

Ava drückt meine Hand. »Warum warst du eben auf einmal so angespannt?«

Ich will nicht zugeben, dass ich an Brittany gedacht habe. »Ich hab nur die Befürchtung, dass meine Mom dich vertreiben könnte.«

»So leicht bin ich nicht zu vertreiben. Deswegen musst du dir keine Sorgen machen.«

Ihre Versicherung beruhigt mich, aber ich werde heute nicht in meiner Wachsamkeit nachlassen. Das Letzte, was ich jetzt gebrauchen kann, wo ich endlich wieder in der Spur bin, ist, dass Ava sich zu etwas gedrängt fühlt, für das sie noch nicht bereit ist. Ich weiß schon, dass ich es mit ihr langsam angehen muss, und wenn langsam meiner Mutter oder sonst jemandem nicht schnell genug ist, tja, Pech gehabt.

AVA

ICH LIEBE CROTON-ON-HUDSON – NICHT »ON *THE* HUDSON«, WIE Eric mich aufklärt, als wir in das pittoreske Dörfchen hineinfahren. »Wohnen deine Eltern nicht im Haus des Gouverneurs?«, frage ich.

»Nur während der Woche. An den Wochenenden fahren sie nach Hause.«

Das Haus der Tildens ist ein direkt am Fluss liegendes »Holzhäuschen« im Shaker-Stil, das, wie Eric mir erzählt, zwanzig Zimmer hat. Trotz der Größe verströmt es eine behagliche, wohnliche Atmosphäre und ist maritim eingerichtet. Der Gouverneur und Mrs Tilden begrüßen uns herzlich. Beide sind leger gekleidet und bei unserer Ankunft gerade in der Küche beschäftigt.

»Ava!« Mrs Tilden lässt ihr Messer fallen, das klappernd auf der steinernen Arbeitsplatte landet. Während sie sich die Hände an einem Handtuch abwischt, kommt sie um die Kücheninsel herum, um mich zu umarmen, als wären wir alte Freundinnen. »Wie schön, dich wiederzusehen! Ich wusste gar nicht, dass du kommst, aber ich freue mich darüber. Deine Eltern sind auch auf dem Weg.«

»Atme mal durch, Mom«, sagt Eric und löst ihre Arme von mir, damit er seine Mutter selbst an sich ziehen kann. Hinter ihrem Rücken verdreht er die Augen in meine Richtung.

Ein Wort hier über Erics Mom. Sie ist *umwerfend*. Ein anderes Wort fällt mir nicht ein, um sie zu beschreiben. Sie wirkt jugendlich und fit und trägt einen blonden Bob, der ihr bis ans Kinn reicht. Man würde nie denken, dass sie vier Kinder hat, von denen drei bereits über dreißig sind. Von ihren Nachkommen sehen Eric und Jules ihr am ähnlichsten. Sie ist eine Frau, die sogar die selbstbewusstesten Frauen einzuschüchtern vermag, und ich bilde da keine Ausnahme.

»Ich freue mich so, euch heute vollzählig hier zu haben«, erklärt sie, einen Arm um Eric gelegt.

»Was kann ich helfen?«, frage ich.

»Oh, nichts. Bob und ich haben alles im Griff. Geht nach draußen, und genießt den Tag. Eric, Dad hat die Jetskis fertig gemacht, falls du vor dem Essen mit Ava eine Tour unternehmen willst.«

»Unser Teil des Hudson ist der saubere Teil«, lässt mich Eric mit einem Grinsen wissen. »Willst du eine Runde drehen?«

»Klar. Das klingt nach Spaß.«

»Zeig ihr doch, wo sie sich im Poolhaus umziehen kann, Eric«, bittet Mrs Tilden ihn, bevor sie sich wieder dem Schneiden der Gurken widmet.

Ich finde es interessant, dass der Gouverneur außer »Hallo« nichts zu uns zu sagen hat.

»Ist dein Dad immer so still?«, erkundige ich mich bei Eric, als wir draußen auf der großen Terrasse stehen, von der aus man den Hudson überblickt. Die kunstvoll arrangierten Sitzgruppen erinnern mich an einen Gartenmöbel-Katalog. Es gibt hier draußen sogar einen Teppich, Kissen und eine Feuerstelle aus Kupfer.

»Er bekommt kaum ein Wort dazwischen, wenn Mom loslegt.« Eric führt mich um einen in den Boden eingelassenen Pool zu einem kleineren, mit Schindeln verkleideten Gebäude. »Du kannst dich hier drin umziehen und auch deine Sachen dort lassen«, erklärt er.

Er trägt bereits Surfshorts und ein T-Shirt und ist somit bereit.

»Ich beeile mich.«

»Lass dir ruhig Zeit.«

Ich streife mir den Bikini und die Tunika über, die ich mitgebracht habe. Dann creme ich mich mit Sonnenmilch ein, um am Ende des Tages nicht krebsrot zu sein. Meine Haare binde ich zu einem Zopf und setze meine Yankees-Baseballkappe auf.

Ich finde Eric am Rand des Pools, von wo aus er seine Füße ins Wasser baumeln lässt.

»Fertig.«

Er dreht sich um und sieht mich an. »O nein. *Nein, nein, nein.*«

»Was?«, frage ich alarmiert.

»Die *Yankees?* Nein. Einfach nein. Wir sind Mets-Leute.«

»Äh, dein Vater ist der Gouverneur von New York, dazu gehören auch die Yankees.«

»Nein, er hat sie gebeten, ihn nicht zu wählen.«

»Ach, Quatsch«, sage ich lachend. »Das hat er nicht getan.«

Er steht auf und sieht mich an. »Ich wusste, es muss irgendetwas an dir geben, das nicht perfekt ist.«

Mein Gesicht wird ganz heiß vor Verlegenheit – und vor dem Verlangen, das mich in Erics Nähe immer überkommt.

Er zupft an meiner Kappe, schaut mich gespielt grimmig an und nimmt dann meine Hand, um mich zum Steg hinunterzuführen, an dem ein wunderschönes Segelboot ankert. Wir gehen eine Rampe hinunter zu einem Schwimmdock, wo zwei Jetskis neben einem Gummiboot mit Außenbordmotor im Wasser dümpeln.

Eric zieht sein T-Shirt aus, und ich erhasche das erste Mal einen Blick auf seine muskulöse Brust, die von einem feinen goldenen Haarflaum bedeckt ist. Er reicht mir eine Schwimmweste und setzt sich auf einen der Jetskis.

Ich schlüpfe aus meiner Tunika und lege die Schwimmweste an.

»Du musst dich an mir festhalten, um nicht herunterzufallen«, bemerkt er grinsend.

»Hast du dich mit deiner Mutter verbündet, damit ich dich anfassen muss?«

»Wohl kaum, aber wenn das Ergebnis wäre, deine Hände auf mir zu spüren, wäre das auch nicht schlimm.«

Wenn ich mit ihm zusammen bin, lache ich immer viel, selbst wenn im Moment das, was ich ihm nachher erzählen will, schwer auf mir lastet. Ich lasse mir von Eric auf den Jetski helfen, wo er meine Hände dort platziert, wo ich mich am besten festhalten kann – direkt unter seiner Schwimmweste auf seinen Bauch. Ich spüre seine ausgeprägten Muskeln unter meinen Fingern.

»Bereit?«, fragt er über seine Schulter.

»Japp.«

»Lass mich auf keinen Fall los.«

»Das würde mir nicht im Traum einfallen.«

Lachend startet er den Jetski, löst die Leine vom Dock und lenkt ihn auf den Fluss hinaus. Die Fahrt ist aufregend. Als wir über das Wasser fliegen, verliere ich jegliches Zeitgefühl. Wir springen über die Wellen der Boote um uns herum und haben einen Heidenspaß. So viel Spaß hatte ich seit Jahren nicht mehr, und es wird noch besser, als Rob und Camille sich auf dem anderen Jetski zu uns gesellen und wir uns ein Rennen liefern.

Eric jagt über eine Welle und hebt dabei ab, und ich schreie auf. Bei der Landung spritzt das kalte Wasser um uns herum hoch.

»Das«, sagt er, »war der Wahnsinn.«

»O mein Gott! Ich hätte mir beinahe in die Hose gemacht«, platze ich heraus. Ich habe ganz vergessen, dass das zwischen uns eine relativ neue Beziehung ist und ich mich vielleicht etwas zurücknehmen sollte.

Eric lacht. »Ich bin froh, dass du an dich halten konntest.«

»Aber nur so gerade eben.«

Rob schickt eine große Welle in unsere Richtung, und er und Camille lachen laut.

»Bastard!«, ruft Eric. »Das bedeutet Krieg.«

Ich bin nicht sicher, wie ich es finde, Teil einer Jetski-Schlacht zu sein, doch ich werde nicht gefragt. Eric schießt seinem Bruder hinterher.

Irgendwann später kehren wir ans Dock zurück – klatschnass und ganz schwach vom Lachen. Eric bindet den Jetski fest und steigt ab, dann streckt er mir die Hand hin. Als ich sie ergreife, fällt mir auf, dass ich seit Stunden nicht mehr an John gedacht habe, was ganz sicher ein Rekord ist. Es ist schön, mich auf etwas anderes – jemand anderen – konzentrieren zu können.

Eric hilft mir, die Schwimmweste auszuziehen, und betrachtet mich in meinem Bikini ausgiebig. Dann beugt er sich vor, damit Rob und Camille, die gerade anlegen, uns nicht hören können, und sagt: »Sehr, sehr bezaubernd.« Er bückt sich, um meine Tunika aufzuheben, und reicht sie mir.

Sein Kompliment und die Art, wie er mich ansieht, machen mich nervös, und so habe ich einige Schwierigkeiten, mir das Kleid überzuziehen, bevor ich vor Eric die Rampe den Steg hinaufgehe.

Wieder erregt das schlanke Holzsegelboot meine Aufmerksamkeit. »Das ist ein wunderschönes Boot.« Es ist weiß lackiert, und die Bezüge der Sitze und die Segelabdeckung sind dunkelrot.

»Die *Sarah Beth* – Stolz und Freude meines Vaters. Sie ist nach meiner Mom benannt. Er hat das Boot selber restauriert, als sie gerade frisch verheiratet waren, und hält es immer tadellos in Schuss.«

»Ich bin als Kind immer mit meinem Großvater gesegelt.«

»Also weißt du, wie es geht?«

»Ich war seit Jahren nicht mehr mit einem Boot unterwegs, aber wenn es so ist wie mit dem Fahrrad fahren, dann kann ich es immer noch.«

»Wenn man einmal weiß, wie es geht, vergisst man es nicht mehr. Ich liebe es zu segeln. Vielleicht können wir später einen kleinen Törn machen.«

»Ich bin mir nicht sicher, ob ich dir nach dem Jetski-Vorfall weiter vertraue.«

Lachend legt er einen Arm um mich. »So nennen wir das also?«

»War es ein Vorfall oder nicht?«

»Für mich war es nur ein weiterer Tag auf dem Hudson. Für dich …«

»Ein Vorfall, bei dem ich mir beinahe vor diesem süßen Kerl, mit dem ich mich seit Kurzem treffe, in die Hose gemacht hätte.«

Er zieht mich näher an sich und gibt mir einen Kuss auf die Schläfe. »Ist es schon später?«

Ich stoße ihm mit dem Ellbogen in die Seite. »Wenn deine Mutter uns gerade beobachtet, schraubt das ihre Hoffnungen bloß hoch.«

Er lässt mich so plötzlich los, dass ich beinahe stolpere. Nur sein Arm um meine Taille hält mich.

»Das hast du absichtlich getan.«

»Das kannst du nicht beweisen.«

Oh, ich mag ihn. Ich mag ihn wirklich. Ich mag es, wie ich mich bei ihm fühle – voller Hoffnung, glücklich und optimistisch. Und dann erinnere ich mich an das, was ich ihm erzählen muss, und die Vorstellung, dass er sagen könnte, das alles wäre ihm zu viel, schmerzt. Aber wer könnte es ihm verdenken? Es ist mein Leben, und selbst für mich ist es zu viel.

KAPITEL 11

AVA

Rob und Camille folgen uns den Steg hinauf, und wir gesellen uns auf der Terrasse zu Amy, Jules, ihren Eltern und meinen.

Camille setzt sich in den Korbstuhl neben mir. »Du und mein Schwager, ihr wirkt ziemlich vertraut.«

»Wirklich?«, antworte ich extra vage, weil ich mir darüber im Klaren bin, dass sie das in den Wahnsinn treibt.

»Das weißt du ganz genau. Ich werde nicht mehr sagen, als dass es mich freut, wie viel Spaß ihr beide habt und wie glücklich ihr seid.«

»Ahhh.« Ich lehne meinen Kopf an ihre Schulter. »Wird meine kleine Schwester erwachsen?«

»Nö, das wird nie passieren. Ich bin immer noch verdammt neugierig, aber Rob meint, ich soll dich in Ruhe lassen.«

»Dem Himmel sei Dank. Das macht ihn spontan zu meinem Lieblingsschwager.«

»Sehr lustig.«

Unsere Mutter erhebt sich von ihrem Sessel auf der anderen Seite der Terrasse und kommt zu uns herüber. »Ich liebe es, meine Mädchen wieder zusammen zu sehen.« Sie ist zierlich und hat meine Haarfarbe, doch Camille hat ihre mandelförmigen Augen geerbt.

»Das finde ich auch schön«, erwidere ich.

»Trefft ihr euch oft in der Stadt?«

»So oft wir können«, antwortet Camille.

»Da ich am Montag in meiner neuen Firma anfange, werde ich bald alle Hände voll zu tun haben.«

»Ich auch«, erklärt Camille. »Am Mittwoch ist die Party offiziell vorbei, wenn ich meine neue Stelle antrete und mich auf die Zulassungsprüfung vorbereite.« Sie kraust die Nase.

»Daddy und ich sind so stolz, dass ihr beide so tolle Jobs gefunden habt, mit denen ihr glücklich seid.«

»Danke, Mom«, sage ich.

»Weißt du schon, welche Kunden du betreuen wirst?«, will Camille von mir wissen.

»Noch nicht, das werde ich Montag erfahren. Ich kann es gar nicht erwarten, endlich wieder etwas zu tun zu haben.« Mich in die Arbeit zu stürzen war nach Johns Weggang meine Rettung, was ich den beiden natürlich nicht erzähle.

»Ich will ja nicht neugierig sein, aber du scheinst dich sehr gut mit Eric zu verstehen.« Mom lehnt sich zu mir, damit uns keiner belauschen kann. »Hast du dich seit der Hochzeit mal mit ihm getroffen?«

»Ab und zu. Meine Schwester ist schließlich mit seinem Bruder verheiratet.«

»Das weiß ich doch, Dummerchen. Ich habe mich bloß gefragt, ob er vielleicht mehr ist als nur dein Schwager.«

»Wir sind Freunde.«

»Ehrlich, Ava«, meint Mom. »Manchmal übertreibst du es mit deiner Geheimniskrämerei ein wenig.«

Ich starre sie ungläubig an. Ich kann nicht fassen, dass sie das laut ausspricht, obwohl ich weiß, dass sie das schon seit Jahren denkt. Da das hier allerdings weder der Zeitpunkt noch der Ort ist, um mit meiner Mutter über Grenzen zu diskutieren, schlucke ich meine Erwiderung, sie solle sich um ihre eigenen Angelegenheiten kümmern, herunter. »Wenn es etwas zu erzählen gibt, wirst du es als eine der Ersten erfahren. Im Moment sind wir einfach Freunde.«

»Lass sie in Ruhe, Mom«, schaltet Camille sich ein. »Sie hat das gleiche Recht auf Privatsphäre wie wir alle.«

»Ich habe nie etwas anderes behauptet. Ihr missversteht mich. Ich will nur, dass du glücklich bist, Ava. Mehr nicht.«

»Mir geht es gut. Alles ist prima. Es gibt keinen Grund, sich Sorgen um mich zu machen.«

»Carol«, wendet sich Sarah Beth an meine Mom. »Möchtest du dir die Fotos ansehen, die ich von der Hochzeit bekommen habe?« Sarah Beth hat sich mit ihrem iPad auf die schattige Seite der Terrasse gesetzt.

Meine Mom steht auf und nimmt neben ihr Platz.

»Danke«, bemerke ich leise zu Camille.

»Gern geschehen. Ich habe das genau so gemeint, wie ich es zu ihr gesagt habe. Aber trotzdem werde ich das Gefühl nicht los, dass du mit irgendetwas zu kämpfen hast. Wenn du eine Freundin brauchst, bin ich immer für dich da.«

Ich schaue meine Schwester mit neuem Respekt an. Sie ist in den Jahren, in denen wir getrennt waren, wirklich erwachsen geworden, und ich würde ihr gerne wieder näherkommen. »Es gibt etwas, was ich dir erzählen möchte, wenn es an der Zeit ist.«

»Ich bin da, wann immer du mich brauchst.«

»Das bedeutet mir sehr viel. Danke.«

Camille war meine geliebte kleine Schwester, aber jetzt, hier mit ihr auf der Terrasse ihrer Schwiegereltern, fühlt es sich an, als wären wir genauso sehr Freundinnen wie Schwestern. Ich will ihr von John erzählen, aber erst, nachdem ich die Möglichkeit hatte, mit Eric zu reden. Es ist seltsam, dass ich ihn vor gestern Abend niemandem gegenüber erwähnt habe und es am Ende des heutigen Tages schon drei Leute wissen werden. Und bald werde ich mich auch Camille anvertrauen.

Ich bin erleichtert, die Last nicht mehr allein tragen zu müssen. Ich kann nur hoffen, dass meine Geschichte Eric nicht aus meinem Leben vertreibt.

———

ICH KANN ERKENNEN, DASS DIESER TAG MIT SEINER FAMILIE ERIC langsam, aber sicher in den Wahnsinn treibt. Nachdem wir zum Lunch die Burger gegessen haben, die sein Dad für uns gegrillt hat, wollen Amy und Jules Volleyball spielen, aber Eric lehnt ab.

»Hey, Dad«, wendet er sich an seinen Vater, »hättest du was dagegen, wenn Ava und ich mit dem Segelboot rausfahren?«

»Natürlich nicht. Nur zu.«

»Danke.«

»Ich bin dabei«, meldet sich Rob.

»Dieses Mal nicht.«

»Eric, ich hatte mich darauf gefreut, ein wenig Zeit mit der Familie zu verbringen«, erklärt seine Mutter, die ein wenig angespannt klingt.

»Wir sind nicht lange weg. Ava?« Er hält mir die Hand hin, und es scheint ihm egal zu sein, dass wir von allen beobachtet werden.

Ich ergreife sie und lasse mich von ihm von der Terrasse und durch den Garten zum Steg führen. »Wie subtil. Für jemanden, der nicht will, dass sich alle in seine Angelegenheiten einmischen, hast du da gerade ein ziemliches Statement abgegeben.«

»Ist mir egal.«

Eric klettert aufs Boot, beugt sich über die Reling und hebt mich einfach kurzerhand zu sich aufs Deck. »Ich wollte nicht so rüde sein, aber ich werde langsam verrückt, weil ich unbedingt wissen will, worüber du mit mir reden möchtest. Das hier ist die beste Möglichkeit, die mir eingefallen ist, um ein wenig Zeit mit dir allein zu haben.«

Ich bin hin und weg. Wie könnte ich es auch nicht sein? »Wieso hast du das nicht gesagt?« Ich lege ihm eine Hand auf die Brust und schaue ihn an.

Er hat sich die Sonnenbrille hochgeschoben, sodass ich seine Augen sehen kann, aus denen ein Hitzeblitz direkt in mich hineinschießt. »Genießt du es, mich auf die Folter zu spannen?«

»Überhaupt nicht. Das hatte ich nicht vor. Es tut mir leid.«

Und dann küsst er mich – hier, in Sichtweite der anderen, die uns vermutlich alle beobachten. Es ist ein schneller Kuss, der mich trifft wie ein Schlag in den Magen. Ich will mehr.

»Lass uns darauf später zurückkommen«, sagt Eric. »Such dir ein schönes Plätzchen, während ich das Boot zum Ablegen fertig mache.«

»Dabei kann ich dir helfen.«

»Okay, super.«

Gemeinsam ziehen wir die Abdeckung von den Segeln, bereiten das Hauptsegel vor, lösen das Ruder und richten die Fock aus. Als wir damit fertig sind, bittet Eric mich, die vordere Leine zu lösen, während er die hinteren übernimmt. Fasziniert beobachte ich, wie die Strömung das Boot auf den Fluss hinausträgt, während Eric das Hauptsegel und die Fock setzt.

Sobald wir unterwegs sind, geselle ich mich zu ihm ins Cockpit und hocke mich ihm gegenüber. »Nicht schlecht, Herr Kapitän.«

»Das habe ich schon ein paar hundert Mal gemacht. So oft musste ich das nämlich üben, bevor mein Dad mir erlaubt hat, allein loszufahren.«

Das Segel fängt den Wind ein, und das Boot gleitet durch das ruhige Wasser. Nach längerem Schweigen sagt er: »Du wolltest reden. Ich höre zu.«

Ich grabe tief nach meinem Mut, um ihm die Geschichte zu erzählen. Dieses Mal steht mehr auf dem Spiel. Auch wenn meine Beziehung zu Eric neu ist, hat sie Potenzial. Er hat mir den besten Grund geliefert, mit meinem Leben weiterzumachen, selbst wenn er das noch nicht weiß.

»Während meiner Zeit in San Diego war ich in einen Mann namens John verliebt. Er war beim Militär, und wir waren zwei Jahre zusammen.«

Seine Hand liegt auf dem Ruder, sein Blick ist auf mich gerichtet. »Was ist passiert?«

»Die *Star of the High Seas* ist passiert.«

Er keucht auf. »Er war auf dem Schiff?«

Ich schüttle den Kopf. »Nein. Aber an dem Tag, an dem es passiert ist, hat er seinen Marschbefehl erhalten, und seitdem habe ich nie wieder etwas von ihm gesehen oder gehört.«

»Das ist über fünf Jahre her.«

»Glaub mir, das weiß ich.«

»Ava ... Mein Gott. Diese ganzen Jahre ... warst du allein und hast gewartet?«

»So in der Art. Ich habe mir Zeit bis zum fünften Jahrestag seines

Verschwindens gegeben. Dann, so hatte ich beschlossen, wäre Schluss. Ich musste es loslassen – musste *ihn* loslassen – und weitermachen, und das versuche ich gerade.«

»Ich ... ich bin im Moment überfordert, was ich darauf erwidern soll.«

»Ich verstehe, wenn das für dich zu viel ist, vor allem nach dem, was dir passiert ist.«

»Ich bin überrascht, dass ich davon noch nichts gehört habe. Meine Familie ist nicht gerade für ihre Verschwiegenheit bekannt.«

»Niemand weiß davon. Du bist erst der dritte Mensch, dem ich davon erzähle – und das war alles innerhalb der letzten zwölf Stunden.«

»Warum jetzt?«, fragt er und gibt sich gleich selbst die Antwort. »Wegen dem, was gestern Abend passiert ist.«

»Das war das erste Mal seit ihm, und ich ... ich war ...«

»Kannst du mal herkommen?« Er streckt mir die Hand hin. Ich nehme sie und gehe auf seine Seite des Bootes. Er zieht mich an sich und legt einen Arm um mich. »Es tut mir leid, wenn ich etwas getan habe, das dich zurückgeworfen hat.«

»Es war nicht deine Schuld. Es war klar, dass so etwas irgendwann passieren würde, und es hat ehrlich gesagt zu einer Art Seelenreinigung geführt.« Ich erzähle ihm, wie ich mich bei Skylar ausgeweint und dafür die Empfehlung zu Jessica bekommen habe.

»Hast du dich besser gefühlt, nachdem du mit jemandem darüber geredet hattest?«

»Seltsamerweise ja, auch wenn ich emotional ein Wrack war.«

»Warum hast du so lange gewartet, um darüber zu sprechen?«

»Ich war schon immer ein sehr verschwiegener Mensch, und John war es ebenfalls. Jetzt weiß ich, dass er vermutlich eher geheimniskrämerisch als verschwiegen war. Nach einer Weile kam es mir so vor, als wäre zu viel Zeit vergangen, um meine Familie da noch mit hineinzuziehen, und die meisten meiner Freunde in San Diego waren Arbeitskollegen. Aus einem Jahr wurden zwei, dann fünf, und ich habe einfach nie darüber gesprochen.«

»Ich hasse die Vorstellung, dass du mit etwas so Schmerzhaftem dermaßen lange allein gewesen bist.«

»Es war meine Entscheidung, das so zu handhaben, aber ich merke schon, dass es jetzt leichter ist, wo ich mich einigen Menschen anvertraut habe, wie meiner Mitbewohnerin, obwohl ich sie gerade erst kennengelernt habe – auch wenn sie sich übrigens großartig verhalten hat. Ich bin dir wirklich Dank schuldig, weil du uns zusammengebracht hast.«

»Ich bin froh, dass sie für dich da war, als du jemanden gebraucht hast. Du hättest auch mich anrufen können. Ich wäre zurückgekommen.«

»Ich weiß. Und ich bin dir so dankbar dafür, was für ein guter Freund du mir bist, doch ich glaube, es ist so passiert, wie es passieren sollte. Skylar hat mich zu Jessica geführt, und ich weiß bereits jetzt, dass sie mir eine große Hilfe sein wird, selbst wenn einiges von dem, was sie gesagt hat, schwer zu ertragen war.«

»Was zum Beispiel?«

»Zum einen meinte sie, dass John zwar ein Held ist, weil er vermutlich die Leute jagt, die das Schiff in die Luft gesprengt haben, aber wie er sich mir und unserer Beziehung gegenüber verhalten hat, war nicht sehr heldenhaft.«

»Ich verstehe, was sie meint. Du auch?«

»Ich schätze schon. Nach all der Zeit, in der ich ihn geliebt und mich nach ihm gesehnt habe, ist es schwer, in ihm weniger zu sehen als das, wozu ich ihn in meinem Kopf erhöht habe. Aber sie hat recht. Es war falsch von ihm, etwas mit mir anzufangen, obwohl er wusste, dass er mich vielleicht auf genau die Art würde verlassen müssen, wie er es schlussendlich getan hat.«

»Es ist schwer, böse auf jemanden zu sein, der womöglich irgendwo da draußen Terroristen bekämpft.«

»Was der Kern meines Dilemmas ist.«

Nach ein paar Minuten in Schweigen bemerkt er: »Wir müssen umdrehen.«

Ich schaue auf und bemerke, dass wir uns weit von unserem Startplatz entfernt haben. Der Steg am Haus der Tildens ist nur noch ein kleiner Fleck in der Ferne.

Eric wendet das Boot, und wir tauschen die Seiten. »Komm wieder her«, verlangt er und hebt einen Arm, damit ich darunterschlüpfen kann.

Ich mache es mir neben ihm bequem und genieße den Sonnenschein auf meinem Gesicht und den seltenen Moment der Zufriedenheit. Eric weiß es, und er will mich weiter in seiner Nähe haben. Das fühlt sich wie ein Sieg an. »Du hast bestimmt Fragen.«

»Ein paar.«

»Du kannst mich alles fragen, Eric. Ich verspreche dir, ehrlich zu antworten.«

»Das bedeutet mir viel, wie du dir sicher vorstellen kannst.«

»Als du mir das erste Mal von Brittany erzählt hast, habe ich erkannt, dass es Gemeinsamkeiten in unseren Geschichten gibt.«

»Abgesehen davon, dass derjenige, den du liebst, nicht einen ausgefeilten Plan entwickelt hat, um aus deinem Leben zu verschwinden.«

»Wirklich nicht? Wenn man es genauer betrachtet, hat er genau das getan. Er wusste die ganze Zeit, dass er möglicherweise auf eine Mission abberufen würde, die uns auf unbestimmte Zeit trennen würde, aber er hat mir das nie gesagt. Vermutlich, weil er es nicht durfte, doch dadurch wird es nicht weniger falsch. Vielleicht sind seine Gründe ehrenhafter, als es ihre waren. Der Schaden, den er angerichtet hat, ist allerdings ähnlich.«

»Ja, da hast du recht.« Nach einer weiteren langen Pause fragt er: »Bist du bereit für etwas Neues, Ava?«

»Ich will es sein.« Ich habe ihm die Wahrheit versprochen, und die bekommt er.

»Ich auch.«

»Nun, um einen Countrysong zu zitieren, den ich früher sehr mochte: ›Das ist ein guter Ausgangspunkt.‹«

»Ja, das ist es. Was stellst du dir vor, wie es weitergeht?«

»Ich würde gerne mehr Zeit mit dir verbringen und schauen, wie es läuft, aber nur, wenn du das willst.«

»Ja, das will ich.«

»Selbst nachdem ich dir das erzählt habe?«

»Ja.« Er streicht mir über die Haare, und meine Kopfhaut kribbelt. »Als ich heute Morgen aufgewacht bin, habe ich die ganze Zeit an dich und letzte Nacht gedacht. Daran, wie sehr ich es genieße, mit dir zusammen zu sein. Es ist eine so willkommene Abwechslung, mal an etwas Positives zu denken. Ich bin sehr erleichtert, dich gefunden zu haben.«

»So geht es mir auch.«

»Seit dem Kuss gestern Abend beschäftigt mich einzig die Frage, wie lange ich noch warten muss, bis ich es wieder tun kann.«

»Was machst du jetzt gerade?«

»Du meinst genau in diesem Moment?«

Ich lache über seine jungenhafte Verwirrung, die, wie ich weiß, nur gespielt ist. Er ist auf jede nur denkbare Weise ein Mann. »Außer natürlich du bist zu beschäftigt.«

»Für dich bin ich niemals zu beschäftigt.« Er beugt sich langsam vor und behält seinen Blick auf mich gerichtet, während seine Lippen meine auf die sanfteste Weise berühren. Dann zieht er sich zurück und mustert mich einen atemlosen Moment. Er legt ein Bein über die Ruderpinne, um das Boot auf Kurs zu halten, während er mein Gesicht zwischen seine Hände nimmt und mich inniger küsst.

Ich denke an nichts anderes als an ihn, als ich meine Lippen für seine Zunge öffne und unter dem Verlangen, das in mir erwacht, aufstöhne.

Als wäre ein Schalter umgelegt worden, sehne ich mich auf einmal nach mehr. Mit aufs Höchste erregten Sinnen erkenne ich, wie betäubt ich die ganze Zeit gewesen bin, bevor Eric mich geküsst und berührt und wieder zum Leben erweckt hat. Unsere Küsse sind verzweifelt und hitzig und köstlich animalisch. Nachdem ich ihm meine Geschichte erzählt habe, ist mir eine Last von den Schultern gefallen. Ich habe mich von meiner schmerzhaften Vergangenheit befreit. Ich bin hierfür bereit. Ich bin bereit *für ihn*.

»Mein Gott, Ava«, sagt er, als wir schließlich wieder Luft holen. Seine Wangen sind gerötet, sein Blick verhangen vor Leidenschaft. »Woher kenne ich dich noch mal?«

»Ich glaube, von der Hochzeit deines Bruders.«

Er lächelt und streichelt mir über die Wange. »Ich verspüre auf einmal das dringende Bedürfnis, in die Stadt zurückzufahren.«

»Lustig, geht mir ebenso.«

Das Geräusch, das er ausstößt, ist eine Mischung aus einem

gequälten Stöhnen und einem entschlossenen Knurren. »Wer zum Teufel hatte eigentlich die tolle Idee, *segeln* zu gehen?«

Ich kann das Lachen nicht unterdrücken, was mir einen finsteren Blick von Eric einbringt, als er das Boot wieder in Richtung Steg lenkt.

Er behält seinen Arm um meine Taille, aber in den vierzig Minuten, die wir brauchen, um wieder anzulegen, sagen wir nichts. Wir arbeiten Hand in Hand, holen die Segel ein, sichern das Boot, machen so schnell wie möglich Klarschiff. Mit jeder Minute, die in aufgeladenem Schweigen vergeht, scheint sich die Spannung zwischen uns zu verstärken.

Ich fühle mich fast, als hätte ich eine ganze Flasche Champagner getrunken, bin allerdings bemerkenswert klar im Kopf, als ich seine Finger ergreife, damit er mir aus dem Boot helfen kann. Hand in Hand gehen wir den Steg hinauf zu den anderen. Ich warte darauf, dass er den Abstand zwischen uns vergrößert, bevor uns alle sehen, aber das tut er nicht.

Ich bin so von dem gefangen, was sich zwischen uns entwickelt, dass ich erst gar nicht bemerke, dass auf der Terrasse irgendetwas nicht stimmt.

Eric bleibt abrupt stehen und lässt meine Hand los. »Was ist passiert?«

KAPITEL 12

AVA

Amy wischt sich die Tränen ab, Jules starrt auf ihre Füße, und Camille, die angeschlagen aussieht, hält Rob im Arm, der am Boden zerstört zu sein scheint. Was zum Teufel ist hier los? Von meinen Eltern und Sarah Beth ist nichts zu sehen, aber Bob sitzt mitten zwischen seinen Kindern.

»Könnte mir bitte jemand erklären, was hier passiert ist?«, beharrt Eric, als wir die Terrasse betreten.

Ich will weglaufen. Was auch immer hier gewesen ist, ich will es nicht wissen. Zum ersten Mal seit einer Ewigkeit fühle ich mich gut. Dieses Gefühl will ich nicht verlieren. Ich will nicht hören, was sie zu sagen haben.

Amy steht auf, wischt sich noch einmal die Wangen ab und tritt vor Eric, um ihn zu umarmen.

Er schiebt sie weg. »Was zum Teufel ist los, Amy?«

»Mom und Dad lassen sich scheiden.«

Er wird ganz still. »Wie bitte?«

»Komm, setz dich, mein Sohn«, bittet ihn Bob.

»Ich will mich nicht setzen. Ich will, dass mir jemand sagt, was zum Teufel in den letzten beiden Stunden vorgefallen ist.«

Ich will einen Arm um ihn legen oder ihn sonst irgendwie trösten, spüre allerdings, dass das im Moment nicht willkommen wäre, also stehe ich unbehaglich neben ihm und fühle mich, als würde ich einen Unfall in Zeitlupe beobachten.

»Wir saßen hier zusammen«, erzählt Jules, »und dann kam dieser Typ. Er meinte, er wäre ein Freund von Mom, und sie müsse jetzt mit ihm kommen. Er ... er hat sich benommen, als hätte er irgendwelche Rechte an ihr.« Sie wischt sich wütend mit der Hand übers Gesicht. »Sie hat gesagt, sie liebt uns alle sehr, aber sie kann nicht länger eine Lüge leben. Sie ... sie ist mit ihm fort.«

O mein *Gott.* Ich fasse nicht, dass das hier passiert. Ich sollte nicht hier sein. Das alles geht mich nichts an, doch meine Füße sind wie festgewurzelt. Ich kann mich weder bewegen noch kann ich atmen oder irgendetwas anderes tun, als Mitgefühl für Eric und seine Familie zu empfinden. Ich fange Camilles Blick auf und sehe, dass meine Schwester ähnlich betroffen ist. Die Euphorie von eben scheint mir plötzlich Tage her zu sein, dabei war es erst vor einer Stunde.

»Das läuft schon eine Weile so«, bemerkt Bob.

»Du hast es gewusst?« Eric starrt seinen Vater an.

»Ja, ich habe es gewusst.«

»Deshalb stellst du dich nicht zur Wiederwahl, oder?«, fragt Rob mit ausdrucksloser Stimme, die so gar nicht nach ihm klingt. »Ich habe einfach nicht verstanden, warum du dich nicht mit der Partei für die Senatswahl oder die Wiederwahlkampagne treffen willst. Aber nun begreife ich es.«

»Ja«, sagt Bob.

»Du lässt das also einfach zu?«, fragt Eric seinen Vater.

»Was soll ich deiner Meinung nach denn tun?«

Seine ruhige Würde angesichts der Katastrophe berührt mich tief. Ich wünschte, ich hätte das Recht, ihn in den Arm zu nehmen. Er tut mir so leid.

»Sind wir deswegen heute alle hier?«, will Eric wissen. »Damit ihr diese Bombe platzen lassen konntet?«

»Ich hatte keine Ahnung, dass er heute herkommen würde«, erwidert Bob. »Ich hätte keinen von euch einem solchen Spektakel ausgesetzt. Camille und Ava, ich entschuldige mich aufrichtig dafür, dass ihr und eure Eltern das miterleben musstet.«

Ich ertrage es nicht, dass er glaubt, sich bei mir entschuldigen zu müssen.

»Mach dir bitte keine Sorgen um uns«, erklärt Camille. »Es tut mir so leid, dass dir das passiert.«

Bob zuckt die Achseln. »Es ist nicht das erste Mal, doch es wird das letzte Mal sein.«

»*Was?*«, heult Amy auf. »Sie hat das schon mal getan?«

»Mehrere Male«, antwortet Bob. »Aber dieses Mal ist offensichtlich anders.«

Rob steht so abrupt auf, dass er Camille beinahe von dem Platz neben sich auf dem Zweisitzer schubst. »Ich will das nicht wissen.« Er nimmt Camille an der Hand und geht in Richtung Treppe.

Camille dreht den Kopf und fängt meinen Blick auf. Sie wirkt gehetzt, während sie versucht, mit den großen Schritten ihres Mannes mitzuhalten.

Jules setzt sich neben ihren Vater. »Warum hast du dir das gefallen lassen, Dad?«

»Weil ich sie liebe. Ich habe sie immer geliebt.«

Jules lehnt ihren Kopf an seine Schulter.

Eric tritt einen Schritt zurück. »Ich ... ich muss los.« Er geht ebenfalls in Richtung Treppe und scheint sich dann daran zu erinnern, dass er nicht allein gekommen ist. »Ava, bitte. Lass uns fahren.«

Ich habe das Gefühl, irgendetwas zu Bob sagen zu müssen, doch ich weiß nicht, was. Also folge ich Eric die Treppe hinunter. »Ich brauche noch meine Tasche aus dem Poolhaus.«

»Ich warte im Auto.« Er verschwindet in Richtung Auffahrt.

Ich beeile mich, meine Tasche zu holen und dann nachzukommen, damit er nicht länger hier sein muss als nötig. Ich kann mir nicht einmal ansatzweise vorstellen, wie er sich jetzt fühlen muss. Auf dem Weg vom Poolhaus zu Eric hole ich mein Handy aus der Tasche und sehe, dass ich eine Nachricht von meiner Mutter habe.

Heiliger Bimbam, schreibt sie. *Was wir gerade bei den Tildens erlebt haben ... Sei froh, dass du segeln warst. Ruf mich an, sobald du kannst.*

In der Sekunde, in der die Beifahrertür ins Schloss fällt, legt Eric den Rückwärtsgang ein und schießt in einer Staubwolke vom Grundstück.

Ich habe so viele Fragen. Ich will wissen, ob er eine Ahnung hatte, dass es in der Ehe seiner Eltern Probleme gab, oder dass seine Mutter eine Serienfremdgeherin war. Ich will wissen, was er denkt und wie ich helfen kann, aber die Luft im Wagen ist so dick, dass ich kaum atmen, geschweige denn reden kann.

Eric hält das Lenkrad derart fest umklammert, dass seine Fingerknöchel weiß hervortreten. Der Puls an seinem Hals pocht heftig. Er blinzelt kaum einmal, sondern blickt konzentriert auf die Straße und fährt schneller, als er sollte. Auf der gesamten einstündigen Fahrt in die Stadt sagt er kein einziges Wort. Als wir uns Tribeca nähern, halte ich es nicht mehr aus.

»Ich komme mit zu dir. Du solltest heute Abend nicht allein sein.«

»Mir ist nicht nach Gesellschaft.«

»Tja, Pech gehabt. Ich lass dich mit all dem nicht allein.«

»Ava ...«

»Würdest du mich umgekehrt heute Nacht allein lassen, wenn es meine Eltern wären?« Ich kenne ihn bereits gut genug, um mir sicher zu sein, dass er das niemals tun würde.

Ein unergründlicher Ausdruck legt sich über sein Gesicht, doch er widerspricht mir nicht. Ein paar Straßenzüge weiter biegt er ein paar Mal ab, bis wir vor einer Garageneinfahrt stehen. Mit seiner Schlüsselkarte öffnet er das Tor, das scheppernd hochgezogen wird. Drinnen fährt er ein paar Etagen nach unten und parkt dann auf einem gekennzeichneten Stellplatz. Wir sammeln unsere Sachen ein, er schließt den Wagen ab, und wir steigen eine Treppe hoch, die auf die Straße führt.

Dort nimmt Eric meine Hand, und wir schlagen die entgegengesetzte Richtung zu meiner Wohnung ein.

Ich habe mehr Fragen, beiße mir aber auf die Zunge und beschließe, ihm einfach zu folgen. Was auch immer er heute braucht, wird er von mir bekommen.

Seinen Schmerz kann ich fast spüren, und mein Herz zieht sich zusammen. Er hat eigentlich schon genug für ein ganzes Leben gelitten

und nun das. Ich will meine Arme um ihn schlingen und dafür sorgen,
dass es ihm besser geht. Wenn er mich denn lässt.

ERIC

Das kann nicht wahr sein. Wenn jemand mir erzählt hätte,
dass so etwas heute passiert, hätte ich gelacht. Meine Mom, die
Ehebrecherin. Das ist *absurd*. Nur ... über die Jahre hat es Anzeichen
dafür gegeben, dass ihre Ehe nicht das war, was sie hätte sein können.
So etwas wie den Vorfall heute hätte ich mir allerdings in meinen
wildesten Träumen nicht ausgemalt.

Ich merke, dass Ava Schwierigkeiten hat, mit mir Schritt zu halten,
also werde ich ein wenig langsamer.

Ava ... Ich will sie dem nicht aussetzen, vor allem nicht, nachdem
wir heute einen so großen Schritt in unserer Beziehung gemacht
haben. Nach dem Segeltörn wollte ich sie bloß so schnell wie möglich
nach Hause bringen, damit wir zu Ende bringen konnten, womit wir
auf dem Boot angefangen hatten. Aber dann sind wir in die Katastrophe hineingelaufen, die sich in der Zwischenzeit in meiner Familie
ereignet hatte, und nun ... nun weiß ich nicht, was ich will.

Das erinnert mich alles viel zu sehr an das Grauen nach Brittanys
Verrat. Mir ist übel, und ich bin verschwitzt und angeekelt. Warum tun
die Menschen denen weh, von denen sie behaupten, sie zu lieben? Das
werde ich nie verstehen. Vielleicht bin ich ein Weichei, doch für mich
bedeutet, jemanden zu lieben, dass man bleibt. Man investiert Zeit
und Arbeit. Man geht nicht einfach oder betrügt den anderen oder
plant sein eigenes Verschwinden.

An dem Gebäude mit meinem Apartment angekommen halte ich
Ava die Tür auf. Wenn es nach mir ginge, hätte ich sie nach Hause
gebracht und wäre dann allein hierhergefahren. Aber davon wollte sie
nichts wissen. Auch wenn ich ihre Unterstützung zu schätzen weiß,
wäre ich jetzt lieber allein mit der Flasche Wodka, die im Eisfach liegt.

Es ist das erste Mal, dass Ava in meiner Wohnung ist, doch ich
nehme mir nicht die Zeit, ihr alles zu zeigen, sondern begebe mich
direkt zum Kühlschrank, um die eiskalte Flasche herauszuholen und

mir ein ordentliches Glas einzuschenken und halb herunterzustürzen, bevor ich ihr etwas anbiete.

Sie schüttelt den Kopf.

Ich schenke mir noch einmal ein. Als die zweite Dosis ihre Wirkung entfaltet, fange ich langsam an, mich zu beruhigen. Ich verzichte auf ein drittes Glas. Die Hände auf die Arbeitsplatte gestützt, lasse ich den Kopf hängen und hoffe, so ein wenig von dem Druck loszuwerden, der sich in meinem Nacken aufgebaut hat.

Und dann ist Ava da, massiert mir die Schultern und lindert den Schmerz in meinem Inneren mit ihrer besonderen, süßen Art. »Was kann ich tun?«

»So weitermachen.« Ich bin dankbar, dass sie meinen Nacken und meine Schultern massiert, aber nicht den Drang verspürt, das Schweigen mit sinnlosen Plattitüden zu füllen, wie viele Frauen es getan hätten. Wie Brittany es getan hätte. Sie hat langes Schweigen nicht aushalten können. Es war ihr unbehaglich. Im Rückblick habe ich erkannt, dass es sie verunsichert hat. »Das fühlt sich gut an.« Ich drehe mich zu Ava um, und sie legt ihre Arme um mich. Ich klammere mich an sie wie an einen Rettungsring in stürmischer See. »Es tut mir so leid, dass du Zeugin von so etwas Hässlichem werden musstest.«

»Bitte entschuldige dich nicht. Du wusstest doch nicht, was passieren würde. Keiner von euch wusste das.«

»Sie hat es so arrangiert, dass wir alle da sind, um das spektakuläre Ende ihrer Ehe mitzuerleben. Es muss sie schwer enttäuscht haben, dass ich segeln gegangen bin.«

»Sie hat sich wirklich etwas seltsam benommen, als du meintest, wir würden mit dem Boot rausfahren. Angespannt war das Wort, was mir in dem Moment in den Sinn kam.«

»Sie wollte, dass wir alle da sind, wenn es passiert, aber ich verstehe nicht, warum. Was haben wir je getan, um solche Grausamkeit zu verdienen?«

»Wenn ich raten müsste, würde ich vermuten, sie war so von ihrem großartigen Abgang gefangen, dass sie an niemanden außer sich gedacht hat.«

»Das würde zu ihr passen.« Ich ziehe mich ein wenig zurück, damit ich Avas Gesicht sehen kann. »Tut mir leid, dass unsere Pläne ins Wasser gefallen sind.«

»Du sollst dich doch nicht entschuldigen. Das ist wirklich nicht nötig.«

»Tja, das hier ist also meine Wohnung«, sage ich und lächle schwach.

»Das habe ich mir fast gedacht, als ich gemerkt habe, dass du einen Schlüssel hast. Sie ist schön. Es gefällt mir hier.«

Ich mochte die Wohnung auch, bevor ich hier Zeit mit Brittany verbracht habe und sie sie mir verleidet hat. »Danke.« Ich nehme Avas Hand und ziehe leicht daran. »Komm, setz dich mit mir hin.« Das Loft besteht aus einem großen Raum mit sechs Meter hohen Decken voller auf Putz verlegter Industrierohre und Balken. Badezimmer und Schlafzimmer befinden auf der anderen Seite hinter einer Abtrennung. Ich führe Ava um die Kücheninsel herum ins Wohnzimmer, wo über einem gemauerten Kamin ein Flachbildfernseher an der Backsteinwand hängt. Uns immer noch an den Händen haltend setzten wir uns eng nebeneinander aufs Sofa.

Ich wünsche mir mehr als alles andere, dass wir vom Boot direkt zum Auto gegangen wären und das Familiendrama übersprungen hätten. Ich will die Magie wiederherstellen, die ich vorher mit Ava empfunden habe, doch die Bombe ist geplatzt und hat mich mit so vielen emotionalen Splittern getroffen, dass ich gar nicht weiß, wo ich anfangen soll, das alles zu verarbeiten.

»Willst du darüber reden?«, fragt sie.

»Ich wüsste nicht, was ich dazu sagen sollte.«

»Du hattest keine Ahnung, dass die beiden Probleme hatten?«

»Nicht diese Art von Problemen. Aber ich verbringe nicht mehr so viel Zeit mit ihnen. Meinem Vater habe ich immer nähergestanden, doch seitdem er gewählt worden ist, hat er einen randvollen Terminkalender, und ich arbeite auch so viel ... Zusammen sind wir meistens als Familie. Wenn etwas nicht gestimmt hat, war es schwer, das unter den gegebenen Umständen zu bemerken.«

Ich gehe in Gedanken alle Treffen des vergangenen Jahres durch – Feiertage, Geburtstage, ab und zu eine politische Veranstaltung, die ich besucht habe, um meine Unterstützung zu zeigen, die Hochzeit ...

»Die Hochzeit.«

»Was ist damit?«

»Sie hat gewartet, bis die vorbei ist, um ihren Zug zu machen.«

»Du meinst, das war mit Absicht?«

»Auf jeden Fall. Amy meint, Mom plant immer alles bis hin zur letzten Kartoffel. Sie ist die Königin der Tabellen und Checklisten. Auf keinen Fall war das heute etwas, was nicht komplett durchdacht und geplant war.«

»Ich verstehe nicht, wie man so etwas jemandem antun kann, den man liebt.«

»Nein, das kannst du nicht verstehen, weil du nicht so berechnend bist wie sie.« Mein Handy platzt förmlich vor neuen Nachrichten, und obwohl ich es lieber ignorieren würde, nehme ich an, dass meine Geschwister über das reden wollen, was heute passiert ist.

Ich entsperre das Telefon und finde sechsunddreißig neue Nachrichten in unserem Gruppenchat. Wie erwartet haben mein Bruder und meine Schwestern einen totalen Zusammenbruch und fragen sich, wo ich bin. Ich bin froh, zu sehen, dass Jules und Amy sich entschieden haben, heute Nacht bei Dad zu bleiben, selbst wenn er behauptet hat, er würde klarkommen. Rob ist wütend und will wissen, wer der andere Kerl ist. »Was macht das für einen Unterschied«, will ich ihn am liebsten fragen. Ich halte mich jedoch zurück, schreibe nichts und schalte mein Handy aus. Dieser neue Albtraum wird auch morgen noch da sein.

Ich richte meine Aufmerksamkeit wieder auf Ava. »Ich hasse es, dass uns das diesen tollen Tag versaut hat.«

»Es wird andere tolle Tage geben, keine Sorge.«

Ich lege meinen Kopf gegen die Sofalehne und schaue Ava an. »Versprochen?« Sie zieht ihre Beine unter sich, und es gefällt mir, dass sie es sich bei mir gemütlich macht. »Du willst vermutlich nach Hause.«

»Ich würde lieber hier bei dir bleiben.«

»Wirklich?«

Sie nickt nur.

»Vermutlich bin ich eine ziemlich miese Gesellschaft.«

»Das ist okay. Außer, du möchtest wirklich lieber allein sein.«

»Nein.« Ich lege meine Hand auf ihre. »Ich wäre lieber mit dir zusammen. Ich habe sogar eine Zahnbürste für dich.«

»Das ist sehr nett von dir, aber ich verlasse das Haus niemals ohne meine Zahnbürste.«

»Nie?«

»Nie.«

»Das ist sehr ... obsessiv ...«

»Ich habe auch immer Zahnseide dabei.«

»Da denkt man, man würde ein Mädchen kennen ...«

Sie lacht, und es ist der süßeste Klang, den ich je gehört habe. »Ich hätte allerdings nichts dagegen, deine Dusche zu benutzen.«

»Hast du deine nicht dabei?«

»Die passte nicht in die Tasche.«

Ihre schlagfertige Erwiderung entlockt mir ein Lächeln. Ich sehe ihr in die Augen. Unglaublich, wie gern ich ihr wunderschönes Gesicht anschaue. »Ich fühle mich schlecht, weil unser Tag ruiniert wurde. Du hast mir etwas Wichtiges anvertraut, und wir müssten darüber reden, aber dann ist das passiert, und jetzt ...«

»Atmen, Eric. Alles ist gut. Ich habe mich gestern und heute ausgesprochen. Es war mir wichtig, dass du es weißt, und das tust du nun.«

»Es bedeutet mir viel, dass du es mir erzählt hast.«

»Und mir hat es viel bedeutet, als du mir das mit Brittany anvertraut hast. Danach habe ich mich schlecht gefühlt, weil ich nicht in der Lage war, genauso ehrlich zu dir zu sein. Ich schätze, ich war noch nicht bereit.«

»Darüber solltest du nicht weiter nachdenken. Mir ist schmerzlich bewusst, wie schwer es ist, solche Dinge in einer lockeren Unterhaltung anzubringen.« Ich gebe ihr einen Kuss auf den Handrücken. »Wie wäre es jetzt mit der erwähnten Dusche?«

»Ich folge dir unauffällig.«

KAPITEL 13

CAMILLE

Als wir zu Hause ankommen, geht Rob direkt zum Sofa, streckt sich aus und kümmert sich um die Flut an Textnachrichten, vermutlich von seinen Schwestern.

Ich beobachte ihn, unsicher, was ich tun soll. Seitdem wir das Haus seiner Eltern verlassen haben, hat er kein Wort mehr gesagt. Ich begebe mich in die Küche, schenke mir ein Glas Wein ein, trinke es zur Hälfte aus und gieße dann ihm eines ein. Von meinem etwas erhöhten Standpunkt aus sehe ich, dass er etwas in sein Handy tippt. Zumindest redet er mit jemandem.

Ich setze mich auf den Couchtisch und halte ihm das Glas Wein hin.

Er setzt sich auf, nimmt es und schüttet es beinahe in einem Zug hinunter. »Danke.«

»Was kann ich tun?«

»Nichts.« Er fährt fort, auf Nachrichten zu antworten, während ich hier sitze und mich dumm und handlungsunfähig fühle.

Ich stehe auf, stelle mein Glas in die Spüle und dusche rasch. In dem Handbuch für frisch gebackene Ehefrauen steht nicht, was man tun soll, wenn die Ehe der Schwiegereltern direkt vor der eigenen Nase implodiert. Und wenn dein Schwiegervater der Gouverneur von New York ist, müsste es ein Extra-Kapitel über die drohende PR-Katastrophe geben, wie sie garantiert folgen wird.

Einfach großartig.

Ich spüle mir das Salzwasser und die Sonnenmilch ab und gehe in Gedanken ein weiteres Mal die Szene auf der Terrasse durch. Anfangs hatte ich keine Ahnung, wer der Mann in dem hellblauen Oxford-Hemd war oder was er bei uns wollte. Und dann, als die Puzzlestücke langsam an ihren Platz fielen, schoss der Schock wie ein vergifteter Pfeil durch die Familie und veränderte jeden einzelnen von uns, sobald die Erkenntnis einsetzte.

Sarah Beth Tilden war noch nie eine warmherzige, liebevolle Frau gewesen, doch so eine Abgebrühtheit, wie sie heute gezeigt hat, hätte ich ihr nie zugetraut. Der Mann, mit dem sie verschwunden ist, war jünger als sie, attraktiv und ganz eindeutig entschlossen, das Haus nicht ohne seinen Siegespreis zu verlassen – wenn man sie denn so bezeichnen will.

Die Nachwirkungen ihres Abgangs erinnerten mich an die Menschen, die man im Fernsehen sieht, nachdem ihr Haus von einem Tornado hinweggefegt wurde. Und Rob ... Mein Gott, er ist ein Wrack. Er wollte seiner Mutter nachlaufen, aber sein Vater hat ihn zurückgehalten. »Lass sie gehen«, hatte Bob gesagt »Sie will es so.«

In dem Moment haben Rob, Amy und Jules erkannt, dass ihr Vater von der Affäre gewusst hatte, was ihren Schock nur verstärkte.

Ich erschauere vor Abscheu. Zuzusehen, wie die Menschen, die ich liebe, von jemandem überrollt werden, der sie auch lieben sollte, macht mich krank. Diese Frau wird die Großmutter meiner Kinder sein.

Ich steige aus der Dusche, trockne mich ab und ziehe einen Morgenmantel über. Mein Handy platzt förmlich vor Nachrichten von meiner Mutter und Ava. Die von Ava lese ich zuerst.

Wie geht es Rob? Eric ist so geschockt. Er tut mir so unendlich leid. Ich kann nicht glauben, dass jemand seiner eigenen Familie so was antut.

Rob ist ebenfalls am Boden zerstört. Ich kann es irgendwie schon glauben ... Er hat sie zwar nie wirklich als egoistisch bezeichnet, doch im Laufe der Jahre habe ich so einiges aufgeschnappt. Bist du bei Eric?

Ja, ich wollte nicht, dass er allein ist.

Es ist schön, euch beide zusammen zu sehen. Du hast glücklich ausgesehen.

Das bin ich. Oder ich war es, bis das passiert ist … Mom hat mir geschrieben. Hast du mit ihr gesprochen?

Noch nicht. Kurz nachdem das alles passiert ist, sind sie gegangen. Ich werde sie morgen anrufen.

Melde dich bei mir, nachdem du mit ihr gesprochen hast.

Das mach ich. Ich hoffe, ihr könnt ein wenig schlafen.

Das hoffe ich für euch auch. xo

Ich schlüpfe in eines der sexy Nachthemden, die ich als Hochzeitsgeschenk erhalten habe, und lege mich ins Bett. Ich frage mich, ob Rob zu mir kommen oder auf dem Sofa einschlafen wird. Kurz erwäge ich, zu ihm zu gehen, aber dann entscheide ich mich, ihm ein wenig Raum zu lassen. Wenn er mich braucht, weiß er, wo er mich findet.

Die Nachttischlampe lasse ich für ihn an und drehe mich zu seiner Bettseite. Obwohl ich müde und ausgelaugt bin, will der Schlaf nicht kommen. Welchen Einfluss wird das Ende der Tilden-Ehe auf Robs und meine Pläne haben? Wird die Presse durchdrehen, weil die Frau des Gouverneurs ihn für einen anderen Mann verlassen hat? Vermutlich ja … Schon allein bei dem Gedanken an die widerlichen Schlagzeilen, die garantiert in der *New York Post* erscheinen werden, verspüre ich Übelkeit, denn Sarah Beth hat bestimmt damit gerechnet.

Irgendwann muss ich doch eingeschlafen sein. Als ich mitten in der Nacht aufwache, liegt Rob wach neben mir und starrt zur Decke.

»Hey.« Ich strecke meine Hand nach ihm aus.

Er legt seine darauf.

»Geht es dir gut?«

»Klar, ging mir nie besser.« Seine Worte werden von einem bitteren Lachen begleitet.

Ich rücke zu ihm herüber und kuschle mich an ihn. »Ich wünschte, es gäbe etwas, was ich tun oder sagen könnte, um dir zu helfen.«

»Ich weiß, Baby. Ich wollte das nicht an dir auslassen.«

»Ist schon gut. Das kannst du ruhig.« Ich streichle seine nackte Brust und versuche, ihm Trost zu spenden. »Woran denkst du?«

»Ich denke an meinen Dad. Die Sache wird ihn auf mehr als nur eine Weise treffen. Die Partei bedrängt ihn schon seit einiger Zeit, sich für eine zweite Amtszeit zur Verfügung zu stellen, aber er war nicht einmal gewillt, sich mit ihnen zu treffen. Jetzt weiß ich, es liegt daran, dass seine Frau ihn betrügt und er versucht, einen Weg zu finden, damit im Zuge der Wiederwahlkampagne umzugehen.«

»Der Arme.«

»Der Arme hat sich das scheinbar eine ganze Weile gefallen lassen.«

»Bist du böse auf ihn?«

»Um Himmels willen, nein. Es bedeutet bloß einen Albtraum für unsere Arbeit. Ich mag mir die Schlagzeilen gar nicht vorstellen.«

»Ich habe vorhin noch daran gedacht, was die *Post* wohl schreiben wird.«

Ein Schauer überläuft ihn und dann auch mich. »Ich glaube, mir wird übel.«

»Setz dich auf.« Ich helfe ihm hoch und streichle seinen Rücken, während Rob ein paar tiefe Atemzüge nimmt.

»Wie kann sie ihm das antun? Und uns?«

»Das frage ich mich auch, seitdem es passiert ist.«

»Das ist wie ein riesiges ›Fickt euch‹ an ihre gesamte Familie. Ich hasse es, dass du und Ava und eure Eltern ebenfalls dabei wart.«

»Mach dir um uns keine Sorgen. Wir denken nur an dich und deinen Dad und deine Geschwister. Wir verurteilen nicht.«

»Meine Mutter hat uns geschrieben.«

»Was hat sie gesagt?«

»Dass es ihr fürchterlich leidtut, sie aber nicht länger eine Lüge leben kann.«

»Das ist so surreal.«

Er hebt den Kopf und sieht mich an. »Das könnte auch uns alles vermasseln.«

»Warum? Das Verhalten deiner Mutter hat nichts mit dir zu tun.«

»O doch. Der Name Tilden wird durch den Schmutz gezogen, und wenn die Schlammschlacht vorbei ist, werden unsere politischen Erfolge nicht mehr ganz so glänzend aussehen wie vorher.«

Enttäuschung und Desillusion färben seine Worte.

»Was auch immer passiert, wir finden einen Weg, so wie wir es immer tun.«

Er senkt seinen Kopf auf meine Brust.

Ich streiche mit den Fingern durch seine dunklen Haare und wünsche mir, es gäbe etwas, das ich sagen oder tun könnte, damit er sich besser fühlt. Ich möchte ihm versichern, dass es nicht so schlimm wird, wie er denkt. Doch das kann ich nicht, denn wenn die Leute erfahren, mit was für einem Paukenschlag seine Mutter ihre Ehe beendet hat, wird das ein Skandal epischen Ausmaßes.

AVA

ICH BINDE MIR DIE HAARE ZU EINEM KNOTEN ZUSAMMEN UND steige in Erics Dusche. Die winzigen Glasmosaiksteine sind wunderschön, genau wie der Waschtisch aus Schiefer und die tiefen Waschbecken. Seine Wohnung passt zu ihm. Sie ist hip und hat Stil. Mit dem Duschgel, das nach ihm riecht, schäume ich mich im Eiltempo ein, um möglichst schnell wieder zu ihm zurückgehen zu können.

Die Ereignisse der letzten vierundzwanzig Stunden sorgen dafür, dass ich mich seltsam entfernt fühle von meinem Leben der letzten fünf Jahre. Die Frau, die nackt in Eric Tildens Dusche steht, hat keinerlei Ähnlichkeit mit der Frau, die ich gestern war. Auf meinem Weg im Leben habe ich einen riesigen Schritt nach vorne gemacht. Ich bin stolz auf meinen Fortschritt, auch wenn mir Eric und seine Familie leidtun.

Ich möchte ihn gern unterstützen, mich aber gleichzeitig weiterhin auf diesen positiven neuen Weg konzentrieren, den ich für mich gefunden habe. Bei Eric zu übernachten ist ein großer Schritt für mich, und den will ich genießen. Ich will Eric genießen und meine neu gewonnene Freiheit und …

Mein Gott, ich bin so eine Idiotin, in so einer Zeit nur an mich zu denken. Eric ist am Boden zerstört, und heute Nacht geht es nicht um mich. Es kann nicht um mich gehen.

Doch vielleicht kann es um *uns* gehen, darum, diesen Schritt nach vorne gemeinsam zu tun. Egal, was es kostet, ich bin dabei.

Ich stelle das Wasser aus, trockne mich ab und ziehe mir ein blassgelbes T-Shirt von einem Wohltätigkeitslauf an, das Eric mir zum Schlafen gegeben hat. Es riecht nach Weichspüler und reicht mir bis zu den Oberschenkeln. Schnell putze ich mir die Zähne und kämme mir die Haare, dann nehme ich mir eine Minute, um meine Gedanken zu sammeln, bevor ich Erics Schlafzimmer betrete.

Er sitzt nur mit Joggingshorts bekleidet auf dem Bett und starrt ins Nichts. Als ich aus dem Badezimmer komme, steht er auf. »Ich spring auch noch schnell unter die Dusche. Mach es dir bequem.« Er gibt mir einen Kuss auf die Wange und verschwindet im Bad.

Ich setze mich auf die Bettkante und lese eine E-Mail von meinem neuen Chef, in der er mir grob den Ablauf meines ersten Arbeitstages am Montag mitteilt. Er heißt Trevor und klingt ganz nett. Seine E-Mail endet mit den Worten: *Wir haben ein aufregendes Projekt, in das wir dich gerne einbinden würden. Mehr dazu bald. Ich freue mich, dich am Montag zu sehen!*

Ich schreibe ihm zurück und danke ihm für die Informationen. *Ich bin schon gespannt, mehr über das Projekt zu erfahren. Bis Montag!*

Ich überlege gerade, nachzugucken, ob das Pentagon die Namen der gefallenen Soldaten veröffentlicht hat, als Eric aus dem Bad kommt. Seine Haare sind feucht, und er ist frisch rasiert. Mein Blick gleitet über seine bloße Brust und den muskulösen Bauch.

Er kommt ins Bett und legt sich neben mich. »Alles okay?«, fragt er und nickt in Richtung meines Handys.

»Ja. Ich habe nur eine E-Mail von meinem neuen Chef beantwortet.« Ich lege das Handy auf den Nachttisch und richte meine Aufmerksamkeit auf Eric. »Wie fühlst du dich?«

»Besser, weil du hier bist.« Er streicht mir die Haare aus dem Gesicht. »Ich will zurückkehren zu der Zeit auf dem Boot, bevor uns das alles um die Ohren geflogen ist. Kriegen wir das hin?«

»Ich kann das, wenn du es auch kannst.«

»Wo genau waren wir noch mal stehen geblieben?« Er streichelt mir mit dem Daumen über die Unterlippe, den Blick fest auf meinen Mund gerichtet.

»Ich denke, es war irgendwo hier ...« Ich beuge mich vor, um ihn zu küssen. »Und hier.« Ich küsse ihn erneut. »Kommt die Erinnerung zurück?«

»Noch nicht ganz.«

Lächelnd verlängere ich den Kuss.

»Ava.« Seine Finger graben sich in mein Haar, um mich bei ihm zu halten. »Du bist so süß und so sexy.«

Als er mich leidenschaftlicher küsst, habe ich plötzlich einen Flashback zu John, der beinahe genau die gleichen Worte in dem gleichen verzweifelten Tonfall zu mir gesagt hat. Ich will nicht an ihn denken, während Eric mich küsst, aber auf einmal ist er da.

»Was ist los?«, fragt Eric ganz nah an meinem Mund.

»Nichts.« Ich ziehe ihn wieder an mich, öffne meinen Mund seiner Zunge und versuche, mich im Augenblick zu verlieren. Doch es klappt irgendwie nicht, egal, wie sehr ich mich bemühe.

»Du bist ganz verkrampft, Süße. Verrat mir, was los ist.«

»Ich ... ich weiß es nicht.« Ich weiß es schon, allerdings kann ich ihm ja schlecht erzählen, dass John mich während dieses wichtigen Augenblicks mit ihm verfolgt.

Er zieht meinen Kopf an seine Brust und streichelt meinen Rücken. »Entspann dich. Es ist okay. Zwischen uns muss nichts passieren, bis du es willst.«

»Ich will es ja.« Tränen steigen mir in die Augen und machen mich wütend. Ich will nicht diese weinerliche, traurige Version von mir sein. Ich bin es so leid, traurig zu sein. »Ich will dich.«

»Ich will ich auch, aber ich habe keine Eile, ehrlich nicht. Alles ist gut.« Seine Hand bewegt sich in beruhigenden Kreisen über meinen Rücken, und ich fange an, zu relaxen. »So ist es gut. Ganz locker und entspannt. Wir haben alle Zeit der Welt.«

»Eigentlich sollte ich dich heute Nacht trösten, nicht anders herum.«

»Du tröstest mich, indem du einfach hier bist.«

»Eric?«

»Hm?«

»Ich will dir dafür danken, dass du so ein guter Kerl bist. Von Anfang an hast du auf mich aufgepasst, und das weiß ich mehr zu schätzen, als du dir vorstellen kannst.«

»Es ist schön, dass du das sagst, doch mich um dich zu kümmern ist mir ein Vergnügen. Du hast keine Ahnung, wie viel es mir bedeutet, endlich nach vorn zu gehen und Zeit mit dir zu verbringen. Mir ist es egal, was wir machen. Ich weiß einfach, dass ich mich besser fühle, wenn ich mit dir zusammen bin.«

»Ist für mich genauso.«

»Das reicht mir für heute Nacht.«

Ich beschließe, dass es mir ebenfalls reicht. Aber im Hinterkopf ist immer noch Johns Stimme, wie er mir sagt, dass er mich liebt, dass ich das schönste Mädchen bin, das er je getroffen hat. Ich fange aktiv an, ihn zu hassen.

———

ERIC UND ICH VERBRINGEN DEN SONNTAG ZUSAMMEN. WIR GEHEN zum Brunch in ein Lokal in seinem Viertel, wo die Leute ihn mit Namen ansprechen und herzlich begrüßen. Sie scheinen froh zu sein, ihn mit einer Frau zusammen zu sehen.

»Wissen sie von Brittany?«, frage ich ihn bei einer Bloody Mary.

»*Jeder* weiß von Brittany.« Verlegenheit klingt aus seinen Worten. »Ich habe die Situation genau gegensätzlich behandelt wie du deine. Du hast es niemandem erzählt, ich hingegen allen. Ich glaube, ich hatte gehofft, wenn ich es nur genügend Menschen erzähle, würde mir jemand helfen, einen Sinn darin zu erkennen.«

»Grausamkeit hat keinen Sinn, Eric. Vor allem nicht, wenn sie in Liebe gehüllt daherkommt.«

»Du hast recht. Das habe ich in den letzten acht Monaten auch herausgefunden. Sobald ich erkannt habe, dass es niemals Sinn ergeben wird, habe ich aufgehört, mit jedem darüber zu reden, der zugehört hat. Ich war so ein jämmerliches Häufchen Elend. Bei dem Gedanken daran zucke ich heute noch innerlich zusammen.«

Ich nehme seine Hand. »Du warst nicht jämmerlich.«

Er grinst. »Woher willst du das wissen? Du warst nicht dabei.«

»Ich kenne dich und kann mir vorstellen, dass du verwirrt und verletzt bist, aber nicht jämmerlich. Niemals. Du hast es überstanden. Das ist alles, was zählt.«

»Mir gefällt, wie du mich siehst. Ich will dieser starke, unverwüstliche Kerl sein, für den du mich hältst.«

»Wir sind ein Paar emotionale Krüppel, die wieder laufen lernen.«

Er lacht. »Das ist eine gute Beschreibung.«

»Nach vorn geht es nur, wenn man einen Fuß vor den anderen setzt.«

»Sehr wahr.«

»Ich wollte noch sagen ... Tut mir leid, was gestern Nacht passiert ist ... Ich wollte keine widersprüchlichen Signale aussenden.«

»Stopp. Das hast du nicht. Vermutlich wird es auf unserem Weg nach vorn ein paar Rückschritte geben. Du musst dich nicht bei mir entschuldigen. Ich verstehe das.«

»An dem Tag nach der Hochzeit, als du mir von Brittany erzählt hast ... Damals dachte ich, ich bin vermutlich der schlimmste Mensch, an dem du Interesse haben könntest.«

»Warum denn?«

»Wegen dem, was ich bis dahin weder dir noch irgendjemandem sonst erzählt hatte. Ich glaubte nicht, dass es fair wäre, mich nach allem, was dir passiert ist, mit dir einzulassen. Du brauchtest jemanden, der nicht tausend Kilo Gepäck mit sich herumschleppt. Aber jetzt ...«

»Was jetzt?« Er klingt ein wenig atemlos und schaut mich fragend an.

»Jetzt sehe ich, dass wir vielleicht perfekt füreinander sind, weil wir besser begreifen als jeder sonst, was der andere durchgemacht hat.«

»Da stimme ich dir vollkommen zu. Es ist tröstlich, zu wissen, dass es jemand versteht. Auch wenn ich mir wünschte, du wärst nicht so schlimm verletzt worden.«

»Das wünsche ich mir für dich auch.«

Wir sind so ineinander vertieft, dass uns die Ankunft der Kellnerin mit unserem Essen erschreckt. Und noch mehr erschrecken wir, als auf einmal Rob, Camille, Amy und Jules hereinkommen, sich Stühle von anderen Tischen nehmen und sich zu uns setzen.

»Äh, hallo?«, sagt Eric. »Das hier ist eine Privatparty.«

»Pech gehabt.« Amys Augen sind rot gerändert, und die dunklen Ringe darunter zeugen von einer harten Nacht. »Wenn du während einer Familienkrise dein Handy ausschaltest, riskierst du, aufgespürt zu werden.«

»Was zum Teufel sollte das, Eric?« Robs gereizter Ton sorgt dafür, dass Eric sich anspannt. »Wie kannst du in so einer Zeit einfach abtauchen?«

Eric nimmt einen Bissen von seinen Eiern Benedict. »Bin ich ein Mistkerl, weil ich mich entschieden habe, mich nicht in das Drama um das Ende der Ehe meiner Eltern zu stürzen?«

»Das hat niemand gesagt«, beschwichtigt Jules ihn. Sie sieht ebenfalls aus, als wäre sie die ganze Nacht auf gewesen. »Aber du kannst nicht einfach auf Tauchstation gehen.«

Camille beißt sich auf die Unterlippe, ein Zeichen, dass sie nervös ist. Mit einer Hand auf Robs Arm erwidert sie meinen Blick mit einer Grimasse.

»Hört mal«, erklärt Eric. »Ich weiß, dass alle traurig sind. Dad tut mir unendlich leid, und das werde ich ihm auch sagen, sobald sich die Gelegenheit ergibt. Doch ich bin gerade erst aus meinem eigenen persönlichen Albtraum wieder zurück. Ich habe nicht die Kraft, mir jetzt ihren aufzuladen. Endlich fühle ich mich wieder gut. Ich will mich nicht runterziehen lassen. Es tut mir leid, wenn ich wie ein unsensibler Idiot klinge, aber so empfinde ich es nun mal. Lasst mich da raus.«

»Du hast leicht reden«, entgegnet Rob. »Du musst nicht mit ihm arbeiten.«

»Das musst du auch nicht«, antwortet Eric. »Du bist Anwalt. Du kannst dir einen anderen Job suchen, wenn du dich mit dem, was passiert ist, nicht herumärgern willst.«

»Ich kann ihn jetzt nicht einfach im Stich lassen«, widerspricht Rob. »Er braucht mich und uns alle, um ihn zu stärken. Die Presse wird sich gnadenlos drauf stürzen, sobald was davon an die Öffentlichkeit dringt.«

»Er bezahlt ein ganzes Team von Leuten, sich darum zu kümmern«, hält Eric dagegen. »Ich habe genug mit meinem Kram zu tun.«

Rob explodiert. »Um Himmels willen, Eric! Das mit Brittany ist beinahe ein Jahr her. Komm endlich drüber hinweg, okay?«

Ich keuche auf, und alle sehen mich an. Ohne nachzudenken, ziehe ich ein paar Geldscheine aus meinem Portemonnaie, werfe sie auf den Tisch und stehe auf. »Lass uns gehen«, sage ich zu Eric.

KAPITEL 14

AVA

Wie ein Roboter lässt Eric seine Serviette auf den Tisch fallen und ergreift meine ausgestreckte Hand.

»Eric ... Es tut mir leid. Das hätte ich nicht sagen sollen.«

Ich funkle meinen Schwager an. »Nein, das hättest du nicht. Es ist leicht, selbstgefällig zu sein, wenn du glücklich wie ein Schweinchen im Schlamm neben deiner neuen Frau sitzt und nie auch nur annähernd etwas Ähnliches durchmachen musstest.«

»Es tut mir leid«, wiederholt Rob, und ich glaube ihm. »Verzeih mir, Eric.«

»Sicher«, erwidert Eric tonlos.

Ich gehe zur Tür und ziehe ihn mit mir. Ich bin so unglaublich wütend. Draußen laufe ich einfach los. Ich habe keine Ahnung, wohin, ich will ihn einfach bloß von dort wegbringen.

»Ganz ruhig, Tiger«, meint er, nachdem wir ein paar Blocks gegangen sind.

»Ich fasse es nicht, dass er so etwas zu dir gesagt hat. Er hat Glück, dass ich ihm nicht eine gescheuert habe.«

Eric lacht. Ich bleibe stehen und schaue ihn grimmig an. »Was bitte ist so lustig?«

»Du.« Er schlingt seine Arme um mich und sieht mich an.

»Ich bin nicht lustig! Ich bin wütend. Wie konnte er so was zu ...«

Eric küsst mich – direkt hier, auf der Straße, wo alle uns sehen können. Und seltsamerweise macht mir das überhaupt nichts aus.

»Er ist mein Bruder. Er sagt ständig dumme Sachen zu mir. Ich sage ständig dumme Sachen zu ihm. Das ist okay. Er meint es nicht böse.«

»Tut mir leid, aber das war zu viel.«

»Du bist sehr sexy, wenn du mich verteidigst.« Er küsst mich auf den Hals und unter den Gefühlen, die wie warmer Honig durch meinen Körper strömen, möchte ich am liebsten schnurren. »Vor allem, wenn du es mit dem Ehemann deiner Schwester aufnimmst.«

»Dafür wird sie mich vermutlich hassen.«

»Nein, wird sie nicht. Er war ein Idiot, und du hast ihm den Marsch geblasen.«

»Ich habe ihn ganz schön zurechtgestutzt, oder?«

»O ja, das hast du.«

Wir setzen uns wieder in Bewegung, dieses Mal in Richtung seiner Wohnung. Einen Arm lässt er um meine Schultern gelegt, und er streichelt weiter mit dem Daumen meinen Hals, während er uns durch den dichten Verkehr auf dem Bürgersteig lotst. In den paar Minuten, die wir zu seiner Wohnung brauchen, hat er mich praktisch dazu gebracht, dass ich mich lustvoll an ihn klammere. Drinnen gehen wir aneinandergeschmiegt die Treppe hinauf.

Das erinnert mich an einen Drei-Bein-Lauf, den ich mal mit Camille bestritten habe. Eric und ich sind genauso, als wir die Stufen zu seinem Loft im ersten Stock hochgehen. Er greift um mich herum, um die Tür aufzuschließen, dirigiert mich dann weiter vor sich her durch die ganze Wohnung, bis wir sein Schlafzimmer erreichen, in dem das Bett von letzter Nacht immer noch ungemacht ist.

Ich drehe mich zu ihm um, und er verschlingt mich förmlich mit einem tiefen, leidenschaftlichen Kuss. Dann fallen wir in einem Wust aus Armen und Beinen und Zungen und gierigem Verlangen aufs Bett. Ich bin von ihm und der Euphorie des Augenblicks so überwältigt, dass ich keine Zeit habe, an etwas anderes zu denken als an das, was gerade passiert.

Mein Kleid verschwindet über meinen Kopf. Ich zupfe am Saum von Erics T-Shirt und versuche, es aus dem Weg zu kriegen. Er schiebt mir den BH hoch, um meinen Busen zu befreien, und saugt eine Spitze in seinen heißen Mund, während seine Hände zu meiner Unterwäsche gleiten. Ein Stöhnen entringt sich ihm, als er die feuchte Hitze zwischen meinen Beinen spürt. Und dann schiebt er zwei Finger in mich hinein und saugt an meiner Brust, und ich komme so schnell, dass wir beide schockiert sind.

Der Rest unserer Kleidung wird beiseitegeschoben, und ich komme immer noch, als ich das Knistern einer Kondomverpackung höre. Dann schiebt er sich in mich hinein, geht es ganz langsam an, um sicherzustellen, dass ich bei ihm bin.

»Ava«, flüstert er, als er mich ganz ausfüllt. »Du fühlst dich so gut an.«

Ich klammere mich an ihn, atme seinen köstlichen Duft ein und schlinge meine Beine um seine Hüften.

Er behält mich fest im Arm, während er sich in mir bewegt, mich ohne Unterbrechung küsst und mir keine Gelegenheit lässt, mich aus der Gegenwart zu entfernen, um in die Vergangenheit abzutauchen.

Es fühlt sich so gut an, so unglaublich gut … Ich stehe für ihn in Flammen, fortgetragen von dem Verlangen, das wie ein zweiter Herzschlag, der nur ihm gehört, in jeder Faser meines Körpers pulsiert.

Eric umfasst meinen Po und bewegt sich schneller, immer noch ohne den niemals endenden Kuss zu unterbrechen.

Ich verliere mich in ihm und der Lust, die er in mir wiedererweckt hat. Als ich komme, löse ich meine Lippen von seinen und schreie auf.

Er folgt mir in den Orgasmus, stößt fest in mich hinein und lässt sich gehen. Danach bricht er auf mir zusammen, sein Schweiß vermischt sich mit meinem, während das Nachbeben mich atemlos und erschöpft zurücklässt. »Alles klar bei dir?«, fragt er sofort.

»Alles super. Und bei dir?«

»Auch.« Er atmet weiter schwer. »Mehr als super sogar. Ich fühle mich spektakulär.« Er hebt den Kopf und schaut auf mich hinunter.

»Ich dachte, das erste Mal nach dem, was passiert ist, würde für mich
…«

»Schrecklich sein?«, frage ich lächelnd.

»Ja, aber das war es nicht.« Er küsst mich. »Es war umwerfend, weil
du umwerfend bist.«

Ich umfasse sein Gesicht und küsse ihn weiter. Jetzt, wo ich einmal
damit angefangen habe, will ich nicht mehr aufhören. Die Küsse
wandeln sich innerhalb von wenigen Sekunden von sanft zu heiß.

Stöhnend zieht er sich aus mir zurück, achtet dabei darauf, das
Kondom mitzunehmen. »Bleib genau so.« Er steht auf, um ins Badezimmer zu gehen. Ich sehe ihm nach, betrachte ausführlich seinen
nackten Hintern und die Muskeln, die sich unter seiner Haut bewegen.

Ich nehme einen tiefen Atemzug, halte ihn kurz und stoße die Luft
dann langsam aus. Ich warte auf den Schmerz, der jedoch nicht
kommt. Um die Pflaster-Metapher zu verwenden: Es schnell abzu-
ziehen tut weniger weh, und so, wie das hier passiert ist, war es für
mich genau richtig. Keine Zeit, nachzudenken. Keine Zeit für Zweifel.
Keine Zeit, um um das zu trauern, was gewesen ist.

Eric kommt aus dem Bad und legt sich wieder neben mich ins Bett.
Er zieht mich an sich, und ich kuschle mich in seine warme Umarmung. »Hey, du.«

»Wie fühlst du dich?«

»Prima und du?«

»Sehr, sehr gut.«

»Hmm, das gefällt mir. Sehr gut ist *sehr* gut.« Mit einer Hand
streicht er über meinen Arm, und die Berührung fühlt sich gleichzeitig
behaglich und erregend an.

Ich gebe ihm einen Kuss auf die Brust, und er hält mich noch
fester. Ich hatte vergessen, wie Zufriedenheit sich anfühlt, und sehr
lange hatte ich gute Gründe, mich zu fragen, ob ich jemals wieder
zufrieden sein würde. Aber dann habe ich Eric kennengelernt, und
einen kleinen Schritt nach dem anderen hat er mir geholfen, den
Punkt zu erreichen, an dem es wieder möglich ist. Ich bin ihm
unglaublich dankbar dafür, dass er genau der und das ist, was ich
brauche.

»Hast du heute etwas vor?«, fragt er.

»Nichts, das nicht warten könnte.«

»Das ist gut, denn ich würde dich gerne den ganzen Tag hierbehalten – und die ganze Nacht.«

»Den ganzen Tag kriege ich hin, heute Nacht muss ich allerdings etwas schlafen. Morgen fange ich in meinem neuen Job an, und da kann ich nicht wie eine schlafwandelnde Leiche aussehen.«

»So würdest du nicht einmal aussehen, wenn du es wolltest.«

»Netter Versuch, aber ich werde heute Nacht in meinem Bett schlafen – allein.«

»Und ich dachte, du magst mich.«

»Ich mag dich auch. Das ist ja das Problem.«

»Das ist kein Problem. Es – und du – könnte sich als das Beste herausstellen, was mir je passiert ist.«

Wie gut, dass es mir mit ihm genauso geht.

———

UM PUNKT NEUN UHR AM NÄCHSTEN MORGEN MELDE ICH MICH IN meinem Büro in der Innenstadt. Ich bin leider nicht halb so ausgeruht, wie ich gehofft hatte. Nachdem Eric mich nach Hause begleitet hat, ist er über Nacht geblieben, weil ich es nicht ertragen habe, ihn wegzuschicken. Ich bin müde und wund, doch das war es so was von wert. Wir hatten einen fabelhaften Tag zusammen, und auch wenn ich unter Schlafmangel leide, vibriere ich förmlich vor Aufregung und Vorfreude.

FergusonMaine, Inc. ist eine der heißesten PR-Agenturen in der Stadt, und ich freue mich, dass sie mich aufgrund meiner Erfahrungen eingestellt haben. Ich hätte zwar einen Job, den ich über die Tildens bekomme, auch nicht abgesagt, aber es erfüllt mich mit besonderer Zufriedenheit, zu wissen, dass ich das hier allein geschafft habe.

Trevor, der Senior Account Executive, der mein direkter Vorgesetzter sein wird, holt mich am Empfang ab und führt mich zu den Büros, in denen sein Team sitzt. Er stellt mich den anderen vor, und ich versuche, mir ihre Namen zu merken. Alle sind sehr nett und freundlich und heißen mich herzlich willkommen.

Ich fülle die Formulare für die Personalabteilung aus, richte meinen E-Mail-Account und meinen Anrufbeantworter ein. Auf meinem Tisch liegen bereits meine Visitenkarten, und ich bekomme die Akten der aktuellen Kunden. Ich beginne sofort und arbeite mich durch den Stapel, als Trevor an meiner Tür auftaucht und mir einen Kaffee anbietet. Trevor ist groß und attraktiv, mit schwarzem Brillengestell und ernster Ausstrahlung. Ich schätze, er ist ungefähr fünf oder sechs Jahre älter als ich.

Ich nehme den Kaffee. »Danke.«

»Er ist mit Milch, ohne Zucker.« Er hält je ein Päckchen Zucker und Süßstoff hoch. »Was ist dir lieber?«

»Einfach nur Milch ist perfekt, aber danke für die Auswahl.«

Er setzt sich auf den Stuhl vor meinem Schreibtisch. »Wie läuft es bisher?«

»Bei all dem, womit ihr es hier zu tun habt, fühle ich mich wie im PR-Himmel.«

»Ja, bei uns ist es niemals langweilig, das steht fest. Ich wollte mit dir über das Sonderprojekt sprechen, das ich am Wochenende erwähnt habe.«

»Gerne.«

»Wie du vermutlich bereits weißt, hat Miles Ferguson, unser geschäftsführender Partner, seine Verlobte und ihre Eltern auf der *Star of the High Seas* verloren.«

Ich falle innerlich zusammen wie ein Ballon, in den man eine Nadel hineingestochen hat. Ich hoffe, er sieht mir meine Betroffenheit nicht an. Natürlich weiß ich von Miles und seinem tragischen Verlust. Ich kenne seine Geschichte auswendig, hatte jedoch nicht erwartet, bereits an meinem ersten Tag mit diesem Verlust konfrontiert zu werden. Ich war davon ausgegangen, wenig Kontakt mit dem großen Boss zu haben, aber als Trevor fortfährt, erkenne ich, dass das Gegenteil der Fall sein wird. Guter Gott, worauf habe ich mich hier bloß eingelassen?

»Miles ist sehr aktiv in der Selbsthilfegruppe für die Familien der Opfer, und jetzt, wo sie die Klage gegen die Regierung eingereicht haben, wollen sie ihre Aktivitäten verstärken, um eine breitere Öffentlichkeit auf den Fall aufmerksam zu machen. Und da kommen wir ins Spiel.« Er hält inne, beugt sich vor und fragt: »Ava? Geht es dir gut? Du bist ganz blass geworden. O Gott! Du hast doch nicht ebenfalls jemanden auf dem Schiff verloren, oder?«

Eine Schweißperle rinnt mir über den Rücken, und für eine kurze, furchterregende Sekunde glaube ich, mich vor meinem neuen Chef übergeben zu müssen.

»Ava?«

Ich merke, dass er auf eine Antwort von mir wartet. »Ich habe niemanden auf dem Schiff verloren, ich bin davon allerdings ebenfalls betroffen gewesen, so wie wir alle.«

»Sicher. Das war einer der schlimmsten Tage meines Lebens, dabei kannte ich niemanden von denen, die gestorben sind.«

»Ich ... ich hatte einen ... einen Freund beim Militär, der nach dem Anschlag abberufen wurde. Soweit ich weiß, könnte er immer noch im Einsatz sein. Oder aber tot.« Die Worte sind raus, bevor ich auch nur eine Sekunde darüber nachdenken kann, welche Konsequenzen es haben könnte, so etwas meinem neuen Chef zu sagen.

»Meine Güte, Ava.« Seine Stimme ist kaum ein Flüstern. »Das ist verrückt. Du hast keine Möglichkeit, herauszufinden, was aus ihm geworden ist?«

Ich schüttle den Kopf, weil ich meiner Stimme nicht traue. Ich fasse es nicht, dass das an meinem ersten Tag hier passiert.

»Ich übertrage dir eine andere Aufgabe.«

»Nein!« Das Letzte, was ich will, ist eine Sonderbehandlung. »Nein«, wiederhole ich etwas weniger heftig. »Dafür gibt es keinen Grund. Es wird mir eine Ehre sein, für die Hinterbliebenengruppe zu arbeiten.«

»Bist du sicher? Denn es wäre vollkommen okay, zu sagen, wenn du dich damit nicht wohlfühlst.«

»Nein, es ist wirklich gut, Trevor, aber danke, dass du gefragt hast.« Ich weigere mich einfach, an meinem ersten Tag als Opfer rüberzukommen. Ich bin kein Opfer. Nicht so wie Miles und die anderen Familienangehörigen es sind.

»Okay. Dann begleite ich dich zu Miles.«

»Darf ich eine Sache fragen?«

»Natürlich.«

»Warum ich? Warum soll jemand, der ganz neu ist, mit einem der Partner an einem so wichtigen Fall arbeiten?«

Vor Verlegenheit laufen seine Wangen rot an. »Äh, nun, du stehst auf der Gehaltsskala ganz unten, also kostet es uns weniger, dich auf einen Pro-Bono-Job anzusetzen.«

»Ah, ich verstehe.«

»Nimm das nicht persönlich.«

»Nein, das tue ich nicht. Jeder muss irgendwo anfangen.«

»Es ist außerdem eine tolle Gelegenheit für dich, den großen Boss mit deiner Genialität umzuhauen.«

»Bloß kein Druck.« Ich lächle.

»Überhaupt nicht«, erwidert er und grinst.

Ich dränge die Panik zurück, die mich überfallen will, nehme meinen Laptop vom Schreibtisch und folge Trevor durch mehrere verschachtelte Flure zu den nebeneinanderliegenden Büros von Miles Ferguson und Alexander Main. Seitdem sie die Firma vor zwölf Jahren gegründet haben, haben sie daraus eine der besten PR- und Marketing-agenturen der Stadt und sich außerdem einen Namen für ihre philan-thropischen Bemühungen gemacht.

»Guten Morgen, Keith«, begrüßt Trevor den jungen Mann, der an dem Schreibtisch vor den beiden Büros sitzt. »Darf ich dir Ava Lucas vorstellen, die neue Kontakterin in meinem Team.«

Keith steht auf und schüttelt mir die Hand. »Schön, dich kennen-zulernen. Willkommen an Bord.«

»Gleichfalls und danke.«

»Miles erwartet euch schon. Geht einfach durch.«

»Danke«, sagt Trevor.

Ich folge Trevor in ein riesiges Büro mit Panoramablick über den Hudson River und New Jersey.

Miles, der seit dem letzten Foto, das ich von ihm gesehen habe, vollkommen ergraut ist, erhebt sich und kommt um seinen Schreib-tisch herum, um uns zu begrüßen. Seine grauen Haare stehen in starkem Kontrast zu seinem sonst jugendlichen Aussehen. Am Revers trägt er den Anstecker der Hinterbliebenen.

»Miles, das ist Ava Lucas. Ava, Miles Ferguson.«

»Es ist mir ein Vergnügen.« In seinen Augen liegt eine Traurigkeit, die ich nur zu gut nachempfinden kann. Mein Herz zieht sich für ihn zusammen. »Willkommen im Team.«

»Danke. Ich freue mich sehr, hier zu sein.«

»Kommt«, fordert er uns auf und zeigt auf eine Sitzgruppe mit dick gepolsterten Sofas. »Setzt euch.«

Als ich den Raum durchquere, lasse ich meinen Blick verstohlen über die Wand gleiten, an der Auszeichnungen und Fotos mit Prominenten hängen. Er hatte eine illustre Karriere. Auf der Anrichte hinter seinem Schreibtisch steht ein einzelnes gerahmtes Foto von ihm mit seiner verstorbenen Verlobten Emerson Philips.

Sobald wir Platz genommen haben, taucht Keith mit einem Tablett auf und serviert Kaffee und Gebäck.

»Danke, Keith«, sagt Miles.

»Ja, danke«, schließe ich mich an.

»Gern geschehen.« Keith lächelt uns zu und zieht sich zurück.

»Bedient euch«, bittet Miles.

Obwohl ich meinen täglichen Koffeinschuss schon hatte, schenke ich mir eine Tasse ein und gebe Milch hinzu.

»Also«, beginnt Miles, nachdem auch er und Trevor sich einen Kaffee genommen haben. »Trev hat dir von dem Hinterbliebenenprojekt der *Star of the High Seas* erzählt?«

»Das hat er. Ich hoffe, es ist angemessen, wenn ich sage, wie leid mir Ihr Verlust tut.«

»Danke.«

Ich habe so viele Fragen. Ich will wissen, wie es ihm geht, ob er eine neue Liebe gefunden hat oder immer noch Single ist. Ich will alles über ihn und Emerson wissen. Ich habe über sie gelesen, die Einzelheiten sind allerdings verschwommen. Sobald ich kann, werde ich meine Erinnerungen auffrischen.

Ich sehe, wie er versucht, die Trauer abzuschütteln und sich auf die Gegenwart zu konzentrieren. »Du hast von der Klage gehört, die die Hinterbliebenengruppe eingereicht hat?«

»Ja, ich habe davon gelesen.« Der Moment auf dem Times Square kommt in Übelkeit erregenden Wellen zu mir zurück, und ich muss mich zusammenreißen, um nicht die Fassung zu verlieren.

»Unser Ziel über die nächsten Wochen und Monate ist es, so viel

Öffentlichkeit wie möglich für die Klage zu schaffen. Wir werden Dawkins, mich und einige andere leitende Personen der Gruppe überall dort buchen, wo wir können. Wir wollen erreichen, dass die Menschen im ganzen Land wieder darüber sprechen und die Klage unterstützen. Wir hoffen, die Regierung zwingen zu können, zu den Fehlern zu stehen, die gemacht wurden und die zu dieser Katastrophe geführt haben.«

Ich klappe meinen Laptop auf und fange an, mir Stichpunkte zu notieren, während er über die Hintergründe der Klage spricht, das Timing, die Risiken, den Aufhänger, um die Medien mit an Bord zu holen, und andere Aspekte des Projekts. Die Aktivität hilft mir, mich auf die Gegenwart zu konzentrieren und mich nicht in die Vergangenheit ziehen zu lassen.

»Wie ihr euch vorstellen könnt, wird es ab und zu ein schwieriges Projekt sein, aber ich glaube auch, dass es für alle Beteiligten sehr befriedigend sein kann. Wir glauben, wir haben einen wasserdichten Fall gegen die Regierung, der lange, bevor es zu einer Gerichtsverhandlung kommt, über einen Vergleich beigelegt werden wird. Der ehemalige nationale Sicherheitsberater Hartley hat in vergangenen Interviews bereits mehr oder weniger zugegeben, dass sie es vermasselt haben. Sie haben eine glaubhafte Drohung nicht ernst genommen, und das Ergebnis war, wie ihr wisst, katastrophal.«

Miles beugt sich vor und stützt die Ellbogen auf die Knie. Seine Miene ist erst und eindringlich. »Bei der Klage geht es uns nicht um Geld. Wir wollen diese Leute zur Rechenschaft ziehen für ihr Versagen bei ihrer Aufgabe, viertausend amerikanische Staatsbürger zu schützen. Wir wollen aktuellen und ehemaligen Regierungsbeamten vor Augen führen, dass sie sich für ihre Taten – oder ihre Untätigkeit – im Amt verantworten müssen.« Er lehnt sich zurück, und aus seinen Schultern weicht etwas von seiner Angespanntheit. »Ihr Versagen hat unser Leben zerstört.«

Ich schlucke den massiven Kloß herunter, der in meiner Kehle steckt. Mich hat es ebenfalls zerstört, auch wenn ich ihm das nicht sagen kann, denn um zu reden, müsste ich atmen, und damit habe ich gerade Probleme. Anstatt zu sprechen, konzentriere ich mich also weiterhin darauf, mir umfangreiche Notizen zu machen. Ich werde alles tun, was ich kann, um ihm und den anderen Angehörigen dabei zu helfen, Unterstützung für ihr Anliegen zu erhalten.

Er reicht mir einen Stapel Papiere. »Das sind alles Interviewanfragen, die wir seit Einreichung der Klage erhalten haben.«

Ich blättere sie durch und bemerke, dass alle großen Sender, Zeitschriften und Websites dabei sind, genau wie die Nachrichtensendungen am Morgen, die Late-Night-Shows, und selbst Ellen DeGeneres hat um ein Interview gebeten. Das hier wird riesig. Eine PR-Kampagne, von der ich in meinem alten Job nur träumen konnte.

»Die Sache ist die ...«

Ich richte meine Aufmerksamkeit wieder auf Miles, der gequält aussieht.

»Dawkins ist ein guter Kerl, aber er kann ab und zu unberechenbar sein. Ich habe der Hinterbliebenengruppe die Dienste meiner Firma kostenlos angeboten im Austausch dafür, dass ich ihn bei allen Interviews begleite. Du musst diese Termine also für uns beide arrangieren und mitkommen, um dich vor Ort um die Logistik zu kümmern. Vorausgesetzt, du bist damit einverstanden.«

Meinen Boss zur *Today*-Show, *Jimmy Fallon, Ellen* begleiten? Äh ... »Das ist überhaupt kein Problem. Wie schnell möchten Sie anfangen?«

»So schnell wie möglich. Die Koordination überlasse ich dir, doch ich schlage vor, wir beginnen regional und ziehen die Termine an der Westküste dann in einem durch.«

Ich habe noch nie allein eine landesweite Medienkampagne gemanagt, aber ich schätze, da alle ganz wild auf die Geschichte sind, sollte es nicht schwer sein, das ziemlich schnell auf die Beine zu stellen.

Miles reicht mir ein weiteres Blatt. »Das sind Dawkins' Kontaktinformationen. Er ist auf Stand-by und wartet bloß auf den Marschbefehl.«

»Ich werde alles vorbereiten und Ihnen und Mr Dawkins dann den Terminplan schicken.«

»Danke. Ich weiß, es ist viel für deinen ersten Tag. Trevor hat mir allerdings gesagt, du wärst mehr als bereit für die Herausforderung.«

»Das bin ich. Ich fühle mich geehrt, für diese Aufgabe ausgewählt worden zu sein.«

Miles steht auf und reicht mir die Hand. »Ich freue mich darauf, mit dir zusammenzuarbeiten.«

Ich schiebe mir den Laptop unter den Arm und ergreife Miles' Hand. »Ich mich auch. Danke für die Chance.«

»Wenn du mich am Ende eines jeden Tages auf den neuesten Stand bringen könntest, wäre ich dir sehr dankbar.«

»Das mache ich.«

Trevor und ich verlassen das Büro und kehren in unsere Ecke der riesigen Etage zurück. Es ist ein offener Grundriss, in dem die Bereiche für die verschiedenen Teams mit Glaswänden abgetrennt sind.

»Er mag dich«, bemerkt Trevor.

»Freut mich, das zu hören.«

»Ava ... Ich will nur sicher sein können, dass du dich angesichts dessen, was du vorhin erzählt hast, dieser Aufgabe gewachsen fühlst. Wir stehen hier nicht auf emotionale Folter. Ich würde es dir niemals vorwerfen, wenn du sagst, dass du das nicht schaffst.«

»Ich bin dir dankbar für deine Rücksicht, aber mir geht es gut. Wirklich.«

»Okay. Dann überlasse ich dich jetzt deiner Arbeit. Melde dich, wenn du irgendetwas brauchst. Meine Tür steht immer offen.«

»Danke. Ich halte dich auf dem Laufenden.«

»Klingt gut.« Er nickt mir kurz zu und lässt mich dann allein, um mit den anderen aus unserem Team zu sprechen.

KAPITEL 15

AVA

Ich setze mich an meinen Schreibtisch und halte einen Moment inne, um zu Atem zu kommen. Quer durch den Raum sehe ich, dass eine Frau aus einem der anderen Teams mich finster mustert. Was zum Teufel hat sie für ein Problem? Ich erwidere ihren Blick und weigere mich, zu blinzeln, bis sie es tut. Als sie ihre Aufmerksamkeit wieder auf den Monitor vor sich richtet, sind ihre Lippen weiß vor Wut. Ich werde sie im Auge behalten müssen.

»Was geht ab?« Ein junger Mann hispanischer Abstammung lehnt am Türrahmen zu meinem Büro.

»Nur der übliche Wahnsinn am ersten Arbeitstag. Und bei dir?«

»Ich bin Carlos Alvarez, stets zu Diensten«, sagt er mit einer tiefen Verbeugung. »Die Frau, die vorher dieses Büro hatte, war meine Arbeitsehefrau, und ich führe gerade Bewerbungsgespräche für ihren Ersatz. Ich frage mich, ob du an der Stelle interessiert wärst.«

Ich finde ihn echt lustig. Er ist ein totaler Hipster mit eng sitzenden Khakihosen, einem taillierten Oberhemd und abgefahrener Brille. Seine dunklen Haare sind oben zu einer dramatischen Tolle gekämmt und an den Seiten kurz rasiert. »Wie lautet denn die Jobbeschreibung?«

Er kommt herein und setzt sich auf meinen Besucherstuhl. »Morgendliche Besprechung bei einem Kaffee, regelmäßige gemeinsame Mittagspausen, Büroklatsch, Happy Hour am Freitag und emotionale Unterstützung bei allen persönlichen und beruflichen Krisen.«

»Die wievielte Ehefrau wäre ich?«

»Die zweite«, antwortet er mit düsterer Miene. »Tanya hat sich nach fünf Jahren Ehe von mir scheiden lassen, als sie ein besseres Angebot von einer anderen Firma angenommen hat. Sie ist einfach abgehauen, ohne noch einmal zurückzuschauen.«

Ich presse meine Lippen aufeinander, um nicht zu lachen. »Wenn du mir eine Frage beantwortest, denke ich über dein Angebot nach.«

»Alles, was du willst.«

»Die Blonde da drüben ... Nein, nicht hinsehen! Dann weiß sie, dass ich über sie rede. Ich dachte, du kennst dich mit Büroklatsch aus?«

»Darling, ich bin der *Meister* des Büroklatsches.«

»Warum schaut sie mich so grimmig an?«

Er beugt sich vor und senkt die Stimme. »Weil sie diejenige ist, die Miles' gebrochenes Herz heilen will, aber du bist auserwählt worden, um an seinem Herzensprojekt mitzuarbeiten.«

»Also sind die beiden zusammen?«

Er schnaubt. »Davon träumt sie vielleicht. Soweit ich weiß, ist Miles seit Emersons Tod mit keiner Frau ausgegangen.«

Das macht mich unglaublich traurig.

»Halte dich von Kratzbürste Caitlyn fern. Sie ist eine Giftschlange.«

»Gut zu wissen.«

»Was unsere Arbeitsehe angeht ...«

Ich weiß bereits, dass ich nichts lieber täte, als mich mit diesem unterhaltsamen, witzigen Mann anzufreunden, doch so einfach werde ich es ihm nicht machen. »Ich denke über eine dreißigtägige Probezeit nach. Also gib dein Bestes, mein Freund.«

»Oh, eine Herausforderung! Ich bin dabei.«

Ich lache schnaubend. »Und jetzt raus hier. Ich muss Interviews mit der *Today*-Show und der *Late Show with Stephen Colbert* arrangieren.«

»Ich habe ja nicht geahnt, dass du eine bist, die mit Promi-Namen um sich schmeißt. Jetzt, wo ich deine gemeine Seite gesehen habe, muss ich noch mal über mein Angebot nachdenken.«

»Oder ich könnte dir anbieten, dich zur *Today*-Show mitzunehmen ... Wenn du bereit bist, meine Handtasche zu tragen.«

Er grinst breit. »Wie nimmst du deinen Kaffee, Liebes?«

»Groß und mit viel Milch.«

Er erschaudert dramatisch, bevor er aus meinem Büro flieht. »Dieser Bund wurde im Himmel geschlossen.«

Abgesehen von Kratzbürste Caitlyn mag ich die Firma bisher. Schnell schicke ich Eric eine kurze Nachricht.

Rate mal, welchem Projekt ich zugeteilt wurde? Der PR-Betreuung für die Sammelklage der Hinterbliebenen von der Star of the High Seas. So etwas kann man sich gar nicht ausdenken!

Er antwortet innerhalb weniger Sekunden. *O verdammt. Bist du sicher, dass du das tun solltest?*

Definitiv nicht, aber es ist eine tolle Gelegenheit, also versuche ich, mich darauf zu konzentrieren.

Solltest du vielleicht deine Seelenklempnerin fragen, ob das eine gute Idee ist?

Ja, vermutlich. Ich werde mit ihr darüber reden.

Klingt gut. Ich kann nicht aufhören, an dich und das beste Wochenende aller Zeiten (abgesehen vom Zusammenbruch der Ehe meiner Eltern) zu denken.

Ich auch nicht.

Dinner heute Abend, um deinen neuen Job zu feiern?

Klar. Ich melde mich, wenn ich Feierabend mache.

Kann es kaum erwarten.

Unser Austausch lässt mich glücklich zurück, und ich freue mich darauf, ihn zu sehen. Seine Besorgnis berührt mich. Die Erleichterung, meine Last nicht länger allein tragen zu müssen, hält auch drei Tage, nachdem ich es bislang drei Menschen erzählt habe, noch an. Jetzt, wo Eric es weiß, fühle ich mich tausendmal besser. Ich bin unendlich erleichtert, dass er nicht um sein Leben gerannt ist, nachdem er gehört hat, was mit John passiert ist. Ich hätte es ihm nicht verübeln können, wenn er es getan hätte.

Aber das hat er nicht, und egal, was sich zwischen uns entwickelt, dafür werde ich ihm ewig dankbar sein.

ERIC

Es bereitet mir Sorgen, dass Ava diesem Hinterbliebenenprojekt zugeteilt wurde. Ausgerechnet jetzt, wo sie gerade anfängt, ihr Trauma zu überwinden. Das Wochenende mit ihr war einfach himmlisch. So gut habe ich mich seit ... Ach was, so gut habe ich mich *noch nie* gefühlt. Selbst als mit Brittany alles toll war, war es nie so einfach wie mit Ava. Bei ihr muss ich nicht nachdenken, bevor ich etwas sage, oder die möglichen Auswirkungen erwägen, falls ich eine unpopuläre Meinung vertrete.

Es ist verdammt angenehm, bei Ava ganz ich selbst sein zu können.

Und ja, im Rückblick erkenne ich, dass ich bei Brittany nie wirklich ich selbst war, was ein ziemlich großes Alarmsignal hätte sein sollen. Es ist schön, zu glauben, dass ich aus dem Debakel etwas gelernt habe. Damit bekäme es eine Bedeutung, an der es bisher gemangelt hat. Wenn der Albtraum mit Brittany mich zu Ava geführt hat, erhält auch das eine Bedeutung.

Das Telefon auf meinem Schreibtisch klingelt. Es ist Taylor, meine Assistentin.

Ich drücke auf den Knopf. »Was gibt's?«

»Dein Bruder ist hier und möchte dich sehen.«

Wirklich? Rob hat mich bisher nie im Büro besucht. »Schick ihn rein.«

Ich stehe auf, als Rob durch die Tür kommt. Er hat zwei Kaffeebecher dabei und eine versöhnliche Miene aufgesetzt. Er reicht mir einen der Becher. »Ich komme in Frieden, um mich aufrichtig dafür zu entschuldigen, dass ich ein Arschloch war.«

Ich nehme ihm den Becher ab. Obwohl ich Rob schon längst verziehen habe, bedeutet das nicht, dass ich ihn so leicht vom Haken lasse. Wo bliebe da der Spaß? »Ich weiß, du kannst manchmal nicht anders.«

»Das behauptet meine Frau auch immer.« Er macht es sich auf dem Sofa am Fenster bequem und legt die Füße auf den Couchtisch.

Ich setze mich zu ihm. »Ich dachte, du müsstest heute bei der Arbeit Feuerwehr spielen.«

»Das Feuer ist noch nicht ausgebrochen. Die Presse hat bislang nichts vom Ende der Ehe des Gouverneurs mitbekommen. Ich glaube, wir befinden uns in dem, was allgemein die Ruhe vor dem Sturm genannt wird.« Er schaut mich an. »Was ich über Brittany gesagt habe, tut mir wirklich aufrichtig leid. Das war total unangebracht.«

»Ja, das war es, aber es steckte ein Körnchen Wahrheit darin.«

»Wirklich?«

Ich nicke. »Ich habe mir lange genug erlaubt, in diesem Loch zu leben.«

»Was sie getan hat, war wirklich gemein. Das hattest du nicht verdient.«

»Nein, allerdings nicht, doch es gab Warnsignale, die ich ignoriert habe.«

»Bitte sag mir nicht, dass du dir in irgendeiner Weise die Schuld an dem gibst, was passiert ist.«

»Auf keinen Fall. Ich weise nur darauf hin, dass ich mich entschieden hatte, Dinge zu ignorieren, die im Rückblick fette rote Warnsignale hätten sein sollen.«

»Ich bin nicht hergekommen, damit du den Albtraum noch einmal durchmachen musst, und es tut mir leid, wenn ich etwas gesagt habe, das alles wieder an die Oberfläche geholt hat. Das ist das Letzte, was ich wollte. Ich hoffe, das weißt du.«

»Klar. Das ist dir in der Hitze des Augenblicks rausgerutscht. Ich bin drüber hinweg.«

»Ich würde es verstehen, wenn du mir einen Kinnhaken verpassen wolltest, so wie wir es früher immer getan haben.«

»Nein. Heutzutage habe ich mit meinen Händen Besseres zu tun, als dich zu verprügeln.«

»A. Du hast es nicht ein einziges Mal geschafft, mich zu verprügeln. B. Bedeutet das, dass du deine Hände an meiner Schwägerin einsetzt?«

»A. Doch, habe ich, und das weißt du auch. B. Das geht dich einen Scheißdreck an.«

»Ich wusste es. Ich habe Camille erklärt, dass ihr beide schwer miteinander beschäftigt seid.«

Ich grinse ihn an. »Wir waren erst schwer miteinander beschäftigt, nachdem mein Bruder meine Gefühle verletzt hatte und sie mich trösten musste.«

Er verschluckt sich an seinem Kaffee und schafft es gerade noch, ihn nicht rauszuprusten und sein weißes Hemd zu retten, das er zu einem blauen Nadelstreifenanzug und roter Krawatte trägt.

»Also danke dafür. Und wenn du auch nur ein Wort davon zu ihrer Schwester oder sonst wem sagst, werde ich dir *wirklich* eine reinhauen. Und das wird *wirklich* wehtun. Darauf kannst du dich verlassen.«

»Meine Lippen sind versiegelt. Versprochen.«

Ich vertraue Rob, Amy und Jules mehr als allen anderen auf der Welt und glaube ihm, wenn er sagt, dass er mein Geheimnis für sich behält.

»Jetzt sieh uns an«, erwidert er. »Der eine verheiratet und der andere geht mit der Schwester aus. Schon lustig, wenn man so darüber nachdenkt.«

»Ein potenzielles Minenfeld.«

»Was meinst du damit?«

»Ich habe das Gefühl, das Risiko für Ava und mich ist wegen Camille und dir höher.«

»Macht euch deswegen bloß keinen Druck. Wir freuen uns, dass ihr beide euch so gut versteht. Wenn es aus irgendeinem Grund nicht funktioniert, ist das eine Sache zwischen euch.«

»Das behauptest du jetzt, aber wenn ich es irgendwie vermassle und deiner Schwägerin wehtue, wird das Probleme mit deiner Frau nach sich ziehen.«

»Hast du vor, es zu vermasseln oder ihr wehzutun?«

»Verdammt, nein. Allerdings wissen wir beide, dass so etwas schiefgehen kann.«

»Es muss nicht immer schiefgehen, Eric. Das weißt du genauso gut wie ich. Lass dir nicht von einer einzigen Frau deinen Optimismus versauen. Ava ist ein toller Mensch. Sie ist überhaupt nicht wie Brittany. Und du bist auch ein ziemlich guter Kerl. Ich habe meiner Frau erklärt, sie könnte sich für ihre Schwester keinen besseren Mann wünschen als dich.«

»Wirklich? Das hast du gesagt?«

»Natürlich. Ava hat Glück, dich zu haben, und ich glaube, inzwischen hat sie das ebenfalls erkannt.«

»Tu mir einen Gefallen und übe nicht zusätzlich Druck auf uns aus, indem du das hier zu etwas machst, das es nicht ist. Zumindest im Moment noch nicht.«

Er hebt abwehrend die Hände. »Kein Druck von meiner Seite.«

»Was gibt es Neues von den Eltern?«

»Ich habe von keinem von ihnen etwas gehört. Amy war letzte Nacht bei Dad und meinte, ihm ginge es erstaunlich gut. Sie glaubt, er hat es schon seit geraumer Zeit kommen sehen und ist nicht so kalt erwischt worden wie wir.«

»Der Glückliche.«

»Ja, oder? Ich kann mir nur immer noch nicht vorstellen, warum sie das Ganze auf diese Weise durchgezogen hat.«

»Vielleicht hat sie es in der Vergangenheit vergeblich mit einem subtileren Ansatz versucht.«

»Ja, vielleicht«, überlegt er. »Es ist ja nicht gerade *die* große Neuigkeit für uns, dass die beiden nicht wirklich glücklich waren.«

»Zumindest wissen wir jetzt, warum er an einer Wiederwahl oder einem höheren Amt nicht interessiert ist.«

»Das stimmt.«

»Wie schlimm wird es, wenn die Presse Wind davon bekommt?«

»So schlimm, wie es nur werden kann.«

AVA

ICH BESCHLIEẞE GERADE MEINEN ERSTEN TAG BEI FERGUSONMAIN, als ich eine Textnachricht von Camille erhalte.

Ruf mich sofort an.

Was zum Teufel ist da los? Ich finde ihre Nummer ganz oben in meiner Favoritenliste und wähle.

»Gott sei Dank, du hast meine Nachricht erhalten.«

»Was ist los?«

»Ich bin gerade von einem Reporter der *New York Post* angerufen worden, der wissen wollte, ob etwas an den Gerüchten dran ist, dass meine Schwiegermutter, die First Lady von New York, meinen Schwiegervater, den Gouverneur, wegen des Tennislehrers aus ihrem Golfclub verlassen hat.«

»Heilige Scheiße. Woher haben die deine Nummer?«

»Ich habe keine Ahnung, aber ich kriege hier die Krise. Ich kann Rob nicht erreichen und habe keine Ahnung, was ich machen soll.«

»Was hast du zu dem Reporter gesagt?«

»Ich habe einfach aufgelegt, nur dass er seitdem minütlich wieder anruft.«

»Nimm den Anruf an und erklär ihm, dass du nicht autorisiert bist, Kommentare über die Familie Tilden oder irgendetwas im Zusammenhang mit dem Gouverneur abzugeben. Alle Anfragen müssen über das Büro des Gouverneurs laufen. Sag nichts anderes als das.«

»Kannst du das noch mal wiederholen? Ich will es mir notieren für den Fall, dass mein Gehirn einfriert.«

Ich diktiere es ihr so langsam, dass sie mitschreiben kann. »Es ist wirklich wichtig, dass du dich von ihm nicht dazu verleiten lässt, irgendetwas sonst zu sagen.«

»Okay.«

»Du schaffst das, Camille. Atme ein paar Mal tief durch.«

»Er ruft wieder an.«

»Geh ran, wiederhole, was ich gesagt habe, leg auf und blockiere seine Nummer.« Das wird ihn nicht davon abhalten, es von einem anderen Telefon aus weiter zu versuchen, aber wenigstens ist damit seine aktuelle Nummer schon mal aus dem Rennen. »Ruf mich danach wieder an.«

»Okay.«

Sie beendet das Gespräch. Ich lege das Handy weg und wünschte, ich könnte mich für Camille um den Reporter kümmern.

»Miles und Alex mögen es gar nicht, wenn wir während der Arbeitszeit private Anrufe annehmen.« Ich schaue auf und sehe Kratzbürste Caitlyn an meiner Tür stehen. Sie hat die Arme vor ihrem üppigen Busen verschränkt und die Lippen zu einem gehässigen kleinen Grinsen verzogen.

»Das war ein Kunde, der einen dringenden Rat im Umgang mit den Medien brauchte. Nicht, dass dich das irgendetwas angeht.«

»Welche Kunden hast du denn, die mediale Notfälle haben? Du hast gerade erst hier angefangen.«

»Das würdest du gerne wissen, was?«

»Ich bin sicher, *Miles* würde es gerne wissen.«

»Ich berichte ihm gerne, dass ich Mitglieder der Familie Tilden in Medienfragen berate, aber wenn du es ihm zuerst sagen willst, nur zu.«

Ihr bleibt für einen Moment der Mund offen stehen, dann klappt sie ihn schnell zu, bevor sie sich umdreht und davonstakst. Diese Runde ging definitiv an mich, allerdings habe ich das Gefühl, dass es bloß die erste von noch vielen mit ihr war.

Mein Handy klingelt, und ich nehme den Anruf von Camille entgegen. »Hast du es gemacht?«

»Ja. Alles klar. Meine Hände zittern wie wild.«

»Du musst Rob finden und ihn so schnell wie möglich darüber informieren. Wenn ein Reporter es weiß, wissen es auch andere. Sie müssen bereit sein.«

»Ich rufe ihn sofort an. Danke für deine Hilfe.«

»Kein Problem. Du hast mir dafür geholfen, eine passiv-aggressive Runde mit der Zickenkönigin der Firma zu gewinnen.«

»Hat ja nicht lange gedauert, bis du dir Feinde gemacht hast.«

»Zu meiner Verteidigung muss ich sagen, dass sie angefangen hat.« Camille lacht.

»Wie war dein Tag?«

»Wesentlich ereignisloser als deiner. Zumindest bis die *Post* angerufen hat.«

»Lass uns später weiterreden. Versuch jetzt erst einmal Rob zu erreichen.«

»Okay.«

Ich lege mein Handy weg und tippe noch schnell den Bericht zu Ende, den ich Miles für das Ende des Tages versprochen habe. Bislang habe ich ihn und Dawkins für die *Today*-Show, *Good Morning America*, *CBS This Morning* und *Morning Joe* gebucht. Dazu habe ich dreißig E-Mails an andere Sender und Netzwerke geschickt und werde sie dem Terminplan hinzufügen, sobald ich eine Rückmeldung der verschiedenen Producer habe, die sich um die Gästebuchungen kümmern.

Ich schicke die E-Mail an Miles und in Kopie an Trevor, dann sammle ich meine Habseligkeiten ein. Auf dem Weg nach draußen bleibe ich an Trevors offener Tür stehen, um ihm zu sagen, dass ich jetzt gehe.

»Ich hoffe, du hattest einen guten ersten Tag«, antwortet er.

»Ich bin jetzt mit einem der Producer der *Today*-Show per Du. Ich glaube, das kann man einen guten Tag nennen.«

»Ausgezeichnet. Heißt das, du kommst morgen wieder?«

»Auf jeden Fall.«

»Dann bis dann.«

Ich trete aus dem Gebäude in den strömenden Regen und beschließe, mir ein Taxi zu gönnen. Auf der Fahrt nach Hause schicke ich Jessica eine Nachricht, erzähle ihr von meinem Projekt bei der Arbeit und bitte sie um ihre Meinung.

Sie antwortet, indem sie mich anruft.

»Hallo, Jessica.«

»Hey. Ich habe deine Nachricht erhalten und bin gerade auf dem Sprung, also dachte ich, ich melde mich besser gleich direkt. Hast du eine Minute?«

»Ja, ich sitze im Taxi.«

»Wie lustig! Ich auch. Also, erzähl mir mehr von dem Projekt, das man dir zugeteilt hat.«

Ich berichte ihr von Miles, von seiner Verlobten, die er verloren hat, und meiner Aufgabe, mich um die Publicity rund um die Hinterbliebenengruppe und ihre Sammelklage zu kümmern.

»Wusstest du, als du den Job angenommen hast, dass einer der Partner bei dem Angriff auf das Kreuzfahrtschiff einen Verlust erlitten hat?«

»Ja. Ich habe heute meinem direkten Vorgesetzten Trevor erzählt, dass der Mann, mit dem ich zum Zeitpunkt des Angriffs zusammen war, an dem Tag entsendet wurde und ich seitdem nichts mehr von ihm gehört habe. Er hat mir angeboten, mich nicht dem Projekt von Miles zuzuteilen, aber ich meinte, dass ich das nicht möchte. Ich will keine Sonderbehandlung, schon gar nicht an meinem ersten Tag.«

»Das verstehe ich, doch bist du sicher, dass dieses Projekt gut für dich ist, wo du gerade angefangen hast, Fortschritte zu machen?«

»Auf gewisse Weise fühlt es sich so an, als würde ich die Sache unterstützen, indem ich der Hinterbliebenengruppe helfe, wenn auch nur auf kleine Weise. Ergibt das einen Sinn?«

»Das tut es.«

»Aber ich will an diesem Punkt keinen Rückschlag. Wie du schon gesagt hast, ich habe angefangen, mich besser zu fühlen, und ... und das mit Eric hat sich ziemlich bedeutungsvoll weiterentwickelt.«

»Wirklich?«

»Ich habe ihm von John erzählt, und er war so verständnisvoll und süß. Wir haben am Wochenende miteinander geschlafen, und es war toll.«

»Ich freue mich für dich, Ava. Das sind alles Schritte in die richtige Richtung.«

»Es fühlt sich gut an, wieder optimistisch zu sein.«

»Ja, das glaube ich.«

»Also was meinst du? Werde ich das alles wieder verlieren, wenn ich ein Projekt annehme, das mir persönlich etwas bedeutet?«

»Die Entscheidung kannst nur du treffen. Ich würde dem Ganzen ein paar Wochen geben und gucken, ob es für dich schlimmer wird. Dein Boss hat dir einen Ausweg angeboten. Wenn du ihn brauchst, zögere nicht, ihn anzunehmen.«

»Das werde ich nicht. Vielen Dank für deine Einschätzung.«

»Ich helfe gerne jederzeit. Steht unser Termin am Donnerstag?«

»Ja, ich werde da sein. Danke noch mal.«

Nachdem wir aufgelegt haben, checke ich meine Nachrichten und sehe eine von Eric.

Ich gehe gerade aus dem Büro. Wie sieht es bei dir aus?

Ich bin beinahe zu Hause.

Treffen wir uns bei dir?

Klingt gut.

Bin in fünfzehn Minuten da.

Ich fahre mit dem Fahrstuhl zu meiner Wohnung hoch und gehe direkt ins Badezimmer, um mir die Haare zu kämmen und die Zähne zu putzen, bevor Eric kommt. Als ich mir gerade die Hände und Arme mit einer duftenden Creme einreibe, meldet sich der Portier und lässt mich wissen, dass Eric da ist. Innerlich vor Vorfreude vibrierend erwarte ich ihn an der Tür.

KAPITEL 16

AVA

Er kommt aus dem Fahrstuhl und bleibt ein paar Zentimeter vor mir stehen. »Hmm, die professionelle Ava ist sehr, sehr sexy.« Dann schlingt er einen Arm um meine Taille, hebt mich hoch und trägt mich in die Wohnung. Die Tür stößt er mit dem Fuß hinter uns zu. »Skylar ...«

»Ist nicht zu Hause.«

»Oh, gut, denn das hier könnte laut werden.«

Ich erwarte, dass er mich absetzt, aber er geht direkt in mein Schlafzimmer und tritt auch diese Tür zu.

Ich umfasse sein Gesicht und küsse ihn. Es ist so schön, ihn nach dem langen Tag wiederzusehen.

Dem Druck seiner Erregung an meinem Bauch nach zu urteilen, scheint er darüber genauso glücklich zu sein. Ohne den Kuss zu unterbrechen, legt er mich aufs Bett und rollt sich auf mich. »Hmm«, sagt er. »Ich habe den ganzen Tag an deine süßen Lippen gedacht. In der Firma habe ich nichts zustande bekommen, und das ist allein deine Schuld.«

»Wieso das?« Ich schaue ihn gespielt unschuldig an. »Was habe ich denn getan?«

Lächelnd küsst er mich erneut. »Du hast es mit mir getan. Und zwar sehr, sehr gut.«

Ich haue ihn gegen die Schulter. »Ich kann nicht glauben, dass du das gerade wirklich gesagt hast.«

Lachend vergräbt er sein Gesicht an meinem Hals und atmet tief ein. »Ich liebe es, mit dir zusammen zu sein, Ava. Und jedes Mal, wenn ich bei dir bin, will ich noch mehr von dir.«

Ich schiebe meine Finger in sein dunkelblondes Haar. Er hat gerade gut zusammengefasst, was ich für ihn empfinde.

Er hebt den Kopf und sieht mich an. »Sag mir, dass ich nicht der Einzige bin, der so empfindet.«

»Das bist du definitiv nicht.«

»Oh, das sind gute Nachrichten.« Mit geschlossenen Augen küsst er mich sanft und zupft dabei am obersten Knopf meiner Bluse.

Meine Brüste spannen und fühlen sich in meinem BH eingeengt an. Doch nicht lange, denn mit einer geschickten Bewegung seiner Finger öffnet Eric den Verschluss. Die Erleichterung hält nur kurz an, denn er schiebt mein Hemd und den BH beiseite, um mit der Zunge über eine meiner Brustspitzen zu fahren. Sofort schießt ein Blitz von dort zwischen meine Beine, und ich winde mich unruhig, sehne mich nach mehr.

»Dieses Mal machen wir es ganz sanft und langsam«, flüstert er an meiner Brust. »Ich will jeden Zentimeter deiner Haut kosten.«

Seinen Worten lässt er Taten folgen. Als er endlich in mich eindringt, ist es im Zimmer schon dunkel geworden. Ich bin bereits zwei Mal gekommen und schwebe am Rande des dritten Höhepunkts.

Eric überwältigt mich. Seine Zärtlichkeit reißt alle meine Verteidigungswälle ein, und als wir uns gemeinsam bewegen, kann ich nicht mehr leugnen, dass ich mich immer mehr in ihn verliebe. Vielleicht fing das schon auf der Hochzeit meiner Schwester an, als er sich an einem Tag, der für mich die reine Folter hätte sein können, so gut um mich gekümmert hat.

Er ist loyal und hingebungsvoll und anbetungswürdig und sexy. Ich kenne seine Familie und seine Geheimnisse, was mir so unglaublich viel bedeutet. Bei Eric erhält man, was man sieht, und angesichts meiner Vergangenheit kann man das nicht hoch genug bewerten.

Ich klammere mich an ihn, während er sich in mir bewegt und mit seinen Lippen meinen Hals liebkost.

»Du fühlst dich so gut an, Ava. So heiß und süß.«

Bei den Worten streicht sein Atem über meine Haut, und ich erschauere.

Seine Bewegungen beschleunigen sich, sein Griff um meine Hüften wird fester. Dann berührt er eine Stelle tief in meinem Inneren, was den Orgasmus auslöst, der sich unter seinen tiefen Stößen langsam aufgebaut hat.

Mit einem Schrei komme ich. Eric folgt mir mit einem tiefen Stöhnen.

Ich lasse meine Arme unter seinem Sakko, das er nie ausgezogen hat, um ihn geschlungen und will ihn nie mehr loslassen. Er sinkt in meine Arme.

»Ava ...«

»Ich weiß. Ich auch.«

Er stößt einen Seufzer der Zufriedenheit aus, der mich glücklicher macht, als ich es in den letzten Jahren je gewesen bin.

»Danke, dass du genau das bist, was ich brauche.« Ich hatte nicht vorgehabt, das zu sagen, aber die Worte sind raus, bevor ich sie zurückhalten kann.

»Das Gleiche gilt für dich, meine Süße.«

In diesem Sommer verbringen Eric und ich jede Nacht zusammen, außer wenn ich mit Miles auf Reisen bin. Die Presseberichte über die Scheidung von Erics Eltern nehmen kein Ende, und abgesehen von einem Dinner mit seinem Vater alle paar Wochen bemühen wir uns, uns von all dem fernzuhalten. Camille und Rob haben nicht so viel Glück, weil Rob für seinen Vater arbeitet und gezwungen ist, sich weit öfter mit der Sache auseinanderzusetzen als wir anderen.

Wir unterstützen ihn, indem wir regelmäßig zusammen ausgehen oder uns zum Essen treffen, wobei wir den Kreis um die vier Tildens schließen, die dem Sturm trotzen, den ihre Mutter ausgelöst hat. Geschichte nach Geschichte wird über den Mann geschrieben, für den sie den Vater ihrer Kinder verlassen hat. Wie sich herausgestellt hat, reicht sein Vorstrafenregister bis in die Achtzigerjahre zurück.

Nach allem, was ich so höre, steht Sarah Beth zu diesem Mann, von dem sie behauptet, seine Weste wäre schon »seit Jahrzehnten« weiß.

Niemand ist überrascht, als Gouverneur Tilden verkündet, nicht für eine zweite Amtszeit zu kandidieren.

Ich fühle mich schuldig, weil ich in einer Zeit, in der in Erics Familie ein solches Chaos herrscht, so glücklich bin. Aber Eric scheint sich gut zu halten, und je mehr Zeit wir miteinander verbringen, desto mehr verliebe ich mich in ihn. Ja, das habt ihr ganz richtig gehört. Ich bin verliebt. Und er ist es ebenfalls. Noch haben wir die Worte nicht laut ausgesprochen, aber das müssen wir auch nicht. Wir wissen es beide.

Ich bin mehr oder weniger bei ihm eingezogen, weil wir dort ungestört sind, doch ich pflege weiterhin meine Freundschaft mit Skylar, und wir treffen uns regelmäßig zum Lunch oder auf einen Drink zur Happy Hour. Außerdem gehe ich zweimal in der Woche zu Jessica, um sicherzustellen, dass ich mich weiter in die richtige Richtung bewege.

Manchmal überfallen mich noch Trauer und Verzweiflung, wenn ich an John denke, allerdings passiert es nicht mehr so oft wie früher, und ich verbringe nicht mehr Stunden am Tag damit, das Internet nach Neuigkeiten über ihn zu durchforsten. Im Rückblick erkenne ich, wie ungesund dieses Verhalten war.

Ich bin nicht nur in meinem Privatleben glücklich, sondern ich liebe auch meinen Job. Carlos ist mein bester Freund und Arbeitsehemann geworden, und Miles ... Er ist ein absolut großartiger Mensch. Auf unseren Reisen den Sommer über habe ich ihn ziemlich gut kennengelernt und würde sogar sagen, wir sind enge Freunde geworden.

Mitte Oktober sind wir in Los Angeles und genehmigen uns nach der Arbeit einen Drink in der Hotelbar, als er überraschend offen mit mir über den Verlust seiner Verlobten spricht.

»Ich hätte eigentlich mit dabei sein sollen«, bemerkt er und meint damit die Kreuzfahrt. Bisher hat er, abgesehen von den kleinen Schnipseln in den Interviews, nicht viel darüber geredet. »Mein Vater hatte Probleme mit dem Herzen, also bin ich in letzter Minute heim nach Minneapolis geflogen und habe Emmie und ihre Eltern gedrängt, ohne mich in See zu stechen. Sie wollte mich begleiten, aber ich wollte nicht, dass sie diese Reise verpasst, auf die sie sich schon so lange gefreut hatte.«

Davon hatte ich vorher noch nie etwas gehört. Diese Einzelheiten standen in keiner der Geschichten, die über die beiden geschrieben worden waren. Ich lausche wie gebannt, während die Worte aus ihm hervorsprudeln, als wäre ein Damm in ihm gebrochen.

»Lustig, oder, dass die Angst um die Gesundheit meines Vaters mir das Leben gerettet hat.« Seine leichthin gesprochenen Worte enthüllen eine Welt des Schmerzes.

»Wie war sie so?« Aufgrund meiner eigenen Erfahrung ist mir klar, dass es ihm wichtig ist, zu wissen, dass ich mich für sie interessiere.

»Sie war ...« In Erinnerungen verloren lächelt er. »Sie war das Leben selbst. Lustig und offen, ungeschickt und gleichzeitig elegant. Sportlich, allerdings nicht übertrieben ehrgeizig. Und schön. So wunderschön, innerlich wie äußerlich.«

»Ich wünschte, ich hätte sie kennenlernen können.«

»Ja, ich auch. Sie hätte dich gemocht.«

»Es ist nett von dir, das zu sagen.« Es gibt Zeiten, in denen ich mich frage, ob Miles wohl an mir interessiert wäre, wenn ich keinen Freund hätte – den er schon ein paar Mal getroffen hat. Heute ist wieder so ein Moment. Mein Herz weitet sich für ihn, und ich wünschte, ich könnte etwas tun, um seinen Schmerz zu lindern – natürlich ohne irgendwelche Grenzen zu überschreiten. »Ich möchte dir etwas über mich anvertrauen.«

»Okay ...«

Ich habe schon lange auf eine Gelegenheit erwartet, ihm die Sache mit John anzuvertrauen, und heute scheint dieser Moment gekommen zu sein. »Ich hatte in San Diego einen Freund. Einen Offizier vom Militär namens John West. Zumindest glaube ich, dass das sein Name war.«

Er zieht die Stirn kraus. »Du weißt es nicht?«

Ich schüttle den Kopf. »Was ihn betrifft, weiß ich gar nichts mit Sicherheit.« Ich erzähle ihm den Rest, die ganze elende Geschichte, und er hört mir aufmerksam zu, ohne mich zu unterbrechen.

»Meine Güte, Ava«, erklärt er, als ich geendet habe. »Ich weiß nicht, was ich darauf erwidern soll. Es tut mir leid, dass du das alles ganz allein durchstehen musstest.«

»Ich habe mich dafür entschieden, es allein zu machen. Und ich habe es immer noch nicht über mich gebracht, meiner Schwester oder meinen Eltern davon zu erzählen.«

»Trotzdem ...«

»Das ist nichts im Vergleich zu dem, was dir passiert ist.«

»Es ist mit Sicherheit nicht *nichts*, und du bist die Letzte, die mit der PR für die Hinterbliebenengruppe hätte betraut werden sollen.«

Ich lege meine Hand auf seinen Arm. »Trevor weiß es und hat mir angeboten, das Projekt abzulehnen. Aber es ist mir eine Ehre, für dich und die anderen zu arbeiten. Ob du es glaubst oder nicht, es hat mir in meinem Heilungsprozess geholfen.«

»Ich kann mir nicht vorstellen, fünf Jahre oder länger mit der Ungewissheit zu leben, was mit Emmie passiert ist. Wie hältst du das nur aus?«

»Sehr lange war es unerträglich, doch irgendwann habe ich den Punkt erreicht, an dem ich mich nicht länger davon vereinnahmen lassen konnte. Ich musste akzeptieren, dass ich vielleicht nie erfahren werde, was aus ihm geworden ist. Nach New York zu ziehen hat mir geholfen. Eric zu treffen hat mir geholfen. Der Job hat mir geholfen. Übrigens danke dir dafür.«

»Du musst mir nicht danken. Du leistest fabelhafte Arbeit.«

»Freut mich, das zu hören. Ich weiß es wirklich zu schätzen, dass ich mit einem so wichtigen Projekt betraut wurde.«

»Ich hatte keine Ahnung, dass wir jemanden gefunden haben, der über eine derart einzigartige Qualifizierung verfügt.«

»Was für ein Club, um in ihm Mitglied zu sein, was?«

»Ja. Freiwillig wäre ich ihm nie beigetreten, so viel ist sicher.«

»Kann ich dich etwas fragen, was mich absolut nichts angeht?«

Er lässt sein seltenes, jungenhaftes Grinsen aufblitzen, das seine ernste Miene verwandelt und mir einen Blick darauf erlaubt, wie er vor der Tragödie war. »Warum sollten wir jetzt aufhören? Schieß los.«

»Glaubst du, du wirst dich jemals wieder mit einer Frau verabreden?«

»Ich wünschte, ich hätte jedes Mal einen Dollar bekommen, wenn jemand mir diese Frage gestellt hat. Dann könnte ich mich jetzt in der Karibik zur Ruhe setzen und meine Tage im Luxus verbringen.«

»Tut mir leid.«

Er winkt ab. »Es ist eine gute Frage. Man sollte meinen, dass ich der Antwort nach fünfeinhalb Jahren näher wäre, als ich es bin. Wenn ich jemanden treffen sollte, der mich interessiert, wäre ich nicht abgeneigt, aber ich fange jetzt nicht an, durch die Bars zu ziehen.«

»Ich habe eine Freundin ...« Die Idee schießt mir auf einmal durch den Kopf. Skylar.

Er stöhnt. »Wenn ich jedes Mal einen Dollar bekommen hätte, wenn ich *diesen* Satz gehört habe, könnte ich mir eine Privatinsel kaufen.«

»Nur ist es dieses Mal anders, weil meine Freundin Skylar großartig ist. Du würdest sie mögen. Sie ist meine Mitbewohnerin und der erste Mensch, dem ich von John erzählt habe. Sie kam eines Tages nach Hause, genau als ich nach dem ersten Kuss mit Eric meinen großen Zusammenbruch hatte, und da ist bei mir ein Damm gebrochen. Sie hat die Verbindung zu ihrer Therapeutin hergestellt, die mir eine so unglaublich große Hilfe ist. Skylar ... versteht Verlust. Ihre jüngere Schwester ist bei einem Unfall ums Leben gekommen, als Skylar noch studiert hat. Das hat sie ziemlich aus der Bahn geworfen.«

»Das ist so traurig.« Er wirkt ernsthaft berührt. »Wenn du denkst, dass ich sie mögen könnte, hätte ich nichts dagegen, mich mit ihr zu treffen. Aber kein Blind Date. Organisier etwas mit einer Gruppe von Leuten, dann ist es nicht so unangenehm. Und sorg dafür, dass sie weiß, worum es an dem Abend geht.«

»Ich darf das wirklich machen?«

Er zuckt mit den Achseln, doch in dieser Geste liegt eine Hilflosigkeit, die mir zu Herzen geht. »Emmie wird nicht zurückkommen, und ich bin meine eigene Gesellschaft langsam leid. Es könnte an der Zeit sein, meinen Zeh ins haiverseuchte Wasser zu tauchen.«

Ich strahle ihn an. »Das wird super!«

Er stöhnt. »O mein Gott, worauf habe ich mich da nur eingelassen.«

ZWEI WOCHEN SPÄTER GEBEN ERIC UND ICH IN SEINER WOHNUNG eine Dinnerparty. Wir haben Rob, Camille, Amy, Jules, Miles und Skylar eingeladen. Skylar war einverstanden, Miles kennenzulernen, wenn ich dachte, dass sie ihn mögen würde. Natürlich war sie tief betroffen, als sie gehört hat, wie er seine Verlobte verloren hat.

»War er seitdem mal wieder auf einem Date?«

»Nein.«

»Nun, zumindest zerrst du mich nicht auf ein emotionales Minenfeld oder so.«

»Hatte ich erwähnt, dass er ultrasexy ist?«

Sie verdreht die Augen. »Du kannst aufhören, ihn anzupreisen. Ich komme ja, wenn auch nur, weil du mich darum bittest. Keine Erwartungen, okay?«

»Ich verstehe dich laut und klar. Aber ich glaube, du wirst ihn wirklich mögen.«

»Ava! Hör auf. Es gibt nichts Unangenehmeres in der Welt, als verkuppelt zu werden.«

»Äh, wenn der Rock in der Unterhose hängen bleibt, ist das schlimmer. Oder wenn man auf dem Bürgersteig stolpert und hinfällt. Oder ...«

»Es reicht. Ich tue das für dich, also bring mich nicht dazu, es zu bereuen.«

»Das wirst du nicht. Versprochen.«

Jetzt, wo der große Abend bevorsteht, bin ich nervös wegen der zwei Menschen, die meine Freunde geworden sind. Ich will, dass sie beide so glücklich sind, wie ich es mit Eric bin.

Wo wir gerade von dem Mann sprechen, der mich so glücklich

macht. Ich stehe in seiner Küche und kümmere mich um die Bruschetta, die ich als Vorspeise reichen will, als er von hinten die Arme um mich legt und mich auf den Nacken küsst. Er kommt frisch aus der Dusche und riecht himmlisch.

»Mir läuft das Wasser im Munde zusammen«, meint er. »Hier riecht es wie in einem italienischen Bistro.«

»Ich fürchte, ich habe zu viel Knoblauch genommen. Falls Miles Skylar anbietet, sie nach Hause zu bringen, wird sie ihn bestimmt nicht küssen, wenn er nach Knoblauch riecht.«

Eric lacht. »Du hast dich wegen des heutigen Abends in eine ganz schöne Panik reingesteigert.«

»Er hat so viel Leid erlebt. Stell dir doch mal vor, zwischen den beiden würde es funken.«

»Bist du darauf vorbereitet, dass es zwischen ihnen vielleicht *nicht* funkt?«

»Nein! Sag so etwas nichts. Ich will, dass er verrückt nach ihr ist.« Ich beiße mir auf die Unterlippe, als mir ein weiterer Gedanke durch den Kopf schießt.

»Was ist? Immer, wenn du deine arme Unterlippe quälst, weiß ich, dass sich die Rädchen in deinem Kopf drehen.«

Ich presse meinen Po an seine Erektion. »Hör auf, so zu tun, als würdest du mich gut kennen.«

»Ich kenne dich gut, also kannst du mir genauso gut verraten, was du gerade denkst.«

»Ich mache mir bloß Sorgen, weil Sky eine gewisse Ähnlichkeit mit seiner verstorbenen Verlobten hat.«

Eric verspannt sich. »Das fällt dir erst jetzt auf?«

»Ach, das wird kein Problem werden«, erwidere ich überzeugter, als ich bin. »Die Ähnlichkeit ist nur flüchtig, und außerdem ist Sky toll. Jeder würde sie lieben.«

»Ich hoffe, du weißt, was du tust, Süße.«

Ich drehe mich zu ihm um und lasse meine Hände über seine Brust zu seinem Nacken gleiten. »Danke, dass ich heute deine Wohnung benutzen darf.«

»Meine Wohnung ist deine Wohnung.« Er küsst mich. »Das weißt du.« Vor einem Monat hat er mir einen Schlüssel gegeben, damit ich kommen und gehen kann, wie ich will.

»Du hast Rob und deinen Schwestern gesagt, dass sie sich normal benehmen und die beiden nicht anstarren sollen, oder?«

»Ja, Liebste. Ich befolge alle deine Anweisungen, wie es sich für einen wunderbaren Freund, wie ich es nun einmal bin, gehört.«

»Ich will bloß, dass es für sie perfekt wird. Vor allem für ihn. Er ist so ein toller Kerl und hat es verdient, wieder glücklich zu sein.«

»Wenn ich es nicht besser wüsste, würde ich mir Sorgen machen, weil du so große Stücke auf ihn hältst.«

»Du weißt genau, dass du keinen Grund zur Sorge hast. Nach all der Zeit, die ich mit Miles verbracht habe, ist er mir nur sehr ans Herz gewachsen.«

»Ganz zu schweigen von den ähnlichen Erfahrungen, die ihr gemacht habt.«

»Ja, das auch.«

»Ich verstehe das, Baby, und ich weiß, dass ich mich nicht sorgen muss. Seine Geschichte ist herzzerreißend. Es wäre toll, wenn er jemanden findet, mit dem er neu anfangen kann, so wie es mir gelungen ist.«

»Und mir.« Ich küsse ihn ein wenig inniger, weil er es verdient hat, nachdem er mir heute die Wohnung zur Verfügung stellt.

»Das war unfair«, sagt er, als wir aufhören. Er atmet schwer, weil der Kuss mal wieder zu einer leidenschaftlichen Umarmung geführt hat, so wie meistens. Er reibt sich an mir. »Willst du, dass ich den ganzen Abend so herumlaufe?«

Auf der Uhr am Herd sehe ich, dass wir noch eine halbe Stunde haben, bevor unsere Gäste kommen. Ich schalte die Hitze unter den Töpfen herunter. Dann packe ich Eric bei der Hand und ziehe ihn hinter mir her.

»Äh, entschuldige? Was passiert hier bitte?«

»Komm mit, dann zeige ich es dir.«

»Geh voran, ich folge dir.«

Im Wohnzimmer drücke ich ihn aufs Sofa. Er fällt so hart, dass ich lachen muss. Dann knie ich mich vor ihn, öffne seinen Gürtel und den

Reißverschluss, wobei ich vorsichtig um die große Beule in seiner Hose herumarbeite.

»Ava«, stöhnt er. »Du bringst mich um.«

»Das dürfen wir doch nicht zulassen, oder?« Ich beuge mich vor und nehme ihn in den Mund. Ich bin entschlossen, ihn innerhalb von fünf Minuten kommen zu lassen, damit ich wieder an den Herd zurückkehren kann. Es dauert nur vier, bevor er unter den Nachwirkungen eines beinahe brutalen Höhepunkts aufkeucht.

»Heilige Scheiße. Das war ... Heilige Scheiße.«

Ich tätschle sein Bein, beugte mich für einen Kuss vor und stehe auf, um mein Make-up zu reparieren, bevor der Besuch kommt. »Vergiss nicht, den Reißverschluss hochzuziehen, Baby.« Ich liebe es, dass seine Hände zittern, während er sich die Hose zumacht.

Im Badezimmer putze ich mir schnell die Zähne und schminke mir die Lippen neu.

Eric kommt zu mir und legt von hinten die Arme um mich, so wie er es in der Küche getan hat. »Du bist umwerfend, und ich liebe dich. Nicht nur, weil du mir den besten Blowjob meines Lebens gegeben hast, sondern weil du inzwischen alles für mich bist und ich mir ein Leben ohne dich nicht länger vorstellen kann.«

Meine Knie geben unter mir nach, und einzig Erics Arm um meine Taille bewahrt mich davor, zu Boden zu gleiten. »Eric ...«

»Es ist okay, wenn du noch nicht so weit bist, aber ich bin es schon seit einer ganzen Weile. Es war beinahe schmerzhaft, mich zurückzuhalten, um es nicht zu früh zu sagen.«

Im Spiegel fange ich seinen Blick auf. »Es ist nicht zu früh. Und ich liebe dich auch. Vermutlich tue ich das schon seit dem Tag, an dem ich dich kennengelernt habe und du mir das Leben mit einem Stück Käsepizza gerettet hast.«

Sein Lächeln ist aufgeregt und voller Freude. Sein Glück ist meines. »Du hast mir auf Millionen Arten das Leben gerettet, vor allem mit deiner Ehrlichkeit. Du hast keine Ahnung, was es mir bedeutet, jedem deiner Worte trauen zu können.«

»Ich glaube, ich kann es mir vorstellen.«

»Ja, vermutlich kannst du das.« Er dreht mich zu sich und sieht mich an. »Ich liebe dich, Ava.«

»Ich liebe dich auch, Eric.«

Es fühlt sich dieses Mal, so von Angesicht zu Angesicht, offizieller an.

Er küsst mich sanft und liebevoll. »Und der Blowjob war *episch*.«

Darüber muss ich so sehr lachen, dass ich ihn nicht weiter küssen kann. Aber das ist okay. Es wird später viele weitere Küsse geben, auf die ich mich schon einmal freuen kann.

AVA

Zwischen Miles und Skylar funkt es vom ersten Moment an gewaltig. Der Rest von uns verbringt den Abend damit, so zu tun, als würden wir die beiden nicht beobachten. Noch nie habe ich Miles so lebhaft, angeregt oder interessiert gesehen, und Skylar wirkt total fasziniert. Wenn das hier nicht der Anfang einer Liebesbeziehung ist, dann werde ich das Verkuppeln an den Nagel hängen.

Der Abend ist insgesamt sehr schön. Alle lieben meine Lasagne, und die Tildens sind so unterhaltsam wie immer, vor allem jetzt, wo sich der Wirbel um die Trennung ihrer Eltern ein wenig gelegt hat. Eine Weile hatte ich mich gefragt, ob sie wohl je wieder diese unbeschwerte, lustige Truppe sein würden, als die ich sie kennengelernt hatte, aber wie es aussieht, kehrt langsam die Normalität zurück – oder das, was heutzutage als Normalität durchgeht.

»Gestern war ich mit Dad zum Mittagessen«, berichtet Jules, als wir uns nach dem Essen auf einen Drink ins Wohnzimmer setzen. »Es scheint ihm so gut zu gehen wie lange nicht mehr.«

»Das ist mir in letzter Zeit auch aufgefallen«, pflichtet Rob ihr bei.

»Seitdem Mom ihn verlassen und er verkündet hat, nicht wieder zu kandidieren, wirkt er wie von einer Last befreit.«

»Stell dir mal vor, seit Jahren zu wissen, dass deine Frau dich betrügt, und es zu ertragen, weil auf einem die Verantwortung für den gesamten Staat New York lastet«, sagt Amy und erschauert. »Es ist ein Wunder, dass er keinen Zusammenbruch erlitten hat.«

»Ich habe mit ihm darüber gesprochen, sich bei einem Datingportal anzumelden«, wirft Jules ein.

»Das kann er nicht machen!«, ruft Rob entsetzt. »Er ist der verdammte Gouverneur.«

»Aber nicht mehr lange.«

»Noch fast ein ganzes Jahr«, erwidert Rob. »Er kann sich nicht auf solchen Seiten tummeln, während er im Amt ist, Jules.«

»Weiß ich doch. Ich habe die Idee nur schon mal für später in seinen Kopf gepflanzt.«

Rob entspannt sich ein wenig. Er sagt es nicht, doch wir sind uns alle darüber im Klaren: Der Name Tilden hat seit dem Skandal ein wenig von seinem Glanz verloren. Rob glaubt, seine Geschwister wüssten nicht, dass er seinem Vater in die Politik folgen will. Die schmutzige Trennung ihrer Eltern hat seinen Weg mit Hürden gepflastert, die vorher nicht da gewesen sind. Eric hat mir erzählt, dass Rob große Pläne hat, über die er allerdings nicht redet.

»Dad hat genügend schlechte Presse für den Rest seines Lebens erhalten. Das Letzte, was wir brauchen, ist, dass die *Post* Wind von seinem Online-Datingprofil bekommt.« Rob windet sich förmlich. »Ich kann mir nicht mal vorstellen, was sie damit anstellen würden – und das will ich auch gar nicht.«

»Ich habe dich verstanden, großer Bruder«, erklärt Jules.

»Aber nichts verbietet ihm, es damit zu versuchen, wenn er nicht mehr im Amt ist«, wirft Camille ein.

»Vielleicht lernt er ja auch, schon lange bevor es so weit ist, auf die altmodische Art jemanden kennen«, schlage ich von meinem Platz neben Eric auf dem Sofa vor. Er hat einen Arm um mich gelegt, und meine Hand ruht auf seinem Oberschenkel. Seine Körperwärme strahlt auf mich ab, und ich fühle mich sicher, während draußen die

Temperaturen sinken und es im Loft etwas kühler wird. Nicht mehr lange, und wir müssen die Heizung einschalten. »Zu schade, dass es so bald keine weitere Hochzeit in der Familie gibt. Ich habe gehört, das sei eine großartige Gelegenheit, um jemanden kennenzulernen.«

Die anderen lachen, und Eric verstärkt den Griff um meine Schulter.

Robs Handy vibriert, und die Nachricht sorgt dafür, dass er sich gerade aufsetzt. »Heilige Scheiße«, sagt er in einem Ton, der mir eine Gänsehaut über den Rücken jagt. »Bei einem Einsatz einer Sondereinheit in Afghanistan haben sie Mohammed Al Khad gefasst.«

Amy springt auf. »Wir müssen sofort den Fernseher anmachen. Eric, wo ist die Fernbedienung?«

Miles und Skylar, die immer noch am Esstisch sitzen, nachdem wir anderen schon lange ins Wohnzimmer umgezogen sind, gesellen sich zu uns, und wir versammeln uns um den Fernseher, um CNN zu schauen. Sie berichten, dass ein Eliteteam der US Special Forces das Gelände in einer entlegenen Ecke Afghanistans infiltriert hat, auf dem sich Al Khad, seine Familie und seine engsten Vertrauten versteckt hielten.

»Das Pentagon berichtet von mehreren Todesopfern unter Al Khads Familienangehörigen und Vertrauten«, liest der Nachrichtensprecher von einem Blatt ab. Am unteren Rand des Bildschirms läuft ein Nachrichtenband mit dem gleichen Inhalt. »Wir haben bisher keine Informationen, ob es auf amerikanischer Seite ebenfalls zu Opfern gekommen ist.«

Ich erstarre. Mir ist so kalt, dass mein Körper unkontrolliert zittert. Ich weiß nicht, ob John bei dem Einsatz dabei war, doch ich zittere trotzdem.

Eric merkt meine Reaktion und legt mir eine Decke über.

»Was ist los, Ava?« Camille sieht mich besorgt an.

Ich kann weder reden noch denken. Ich kann kaum atmen und frage mich, ob ich mich gleich übergeben muss.

»Sie hat in San Diego mit einem Mann zusammengelebt, der am Tag des Anschlags entsendet wurde«, erklärt Eric, weil ich nicht sprechen kann. Ich höre die Unsicherheit in seinem Ton. Er weiß nicht, ob ich will, dass er es erzählt, aber es ist in Ordnung. Es macht mir nichts,

wenn er meiner Schwester etwas anvertraut, was ich ihr schon vor
langer Zeit hätte sagen sollen. »Sie hat seitdem nie wieder etwas von
ihm gehört oder gesehen.«

»O mein Gott«, ruft Camille. »Glaubst du ... Ist er ...«

»Sie weiß es nicht«, erwidert Skylar.

»Du warst auch eingeweiht?« Die Wut strahlt in Wellen von
Camille aus. »War es etwas Ernstes?«

»Ja«, antwortet Eric und streichelt weiter meinen Arm. »Das
war es.«

Camille, die gestanden hatte, setzt sich neben Rob. Sie sieht
verwirrt aus und hat Fragen, die sie zum Glück nicht jetzt stellt, wo ich
keine Antworten habe.

Ich vergrabe mich tiefer in der Decke und sehe, wie sich die
Geschichte im Fernsehen entfaltet. Man weiß bis jetzt nichts über die
Soldaten, die ihn gefasst haben. Sie wissen ebenfalls nicht, wie viele
Menschen getötet wurden. Weil es noch keine Einzelheiten gibt, lassen
sie eine Reihe von Experten zu Wort kommen, die spekulieren,
während der Nachrichtensprecher immer wieder dieselben Fragen
stellt.

»Wie viel Planung ist für eine solche Mission notwendig?«

»Die Vorbereitungen könnten schon seit Jahren laufen.«

Seit Jahren ...

Der Nachrichtensprecher unterbricht mit einem Update. »Wir
hören gerade, dass bei dem Einsatz mindestens zwei amerikanische
Soldaten ums Leben gekommen sind.«

Mir dreht sich der Magen um, und ich renne zum Badezimmer,
bevor ich überhaupt bemerke, dass ich mich bewegt habe. Ich muss
mich übergeben. Die Galle brennt in meiner Kehle und treibt mir die
Tränen in die Augen.

Eric ist bei mir, hält mir die Haare aus dem Gesicht und tröstet
mich, wie er es von Anfang an getan hat.

Ich zittere so stark, dass ich mich fühle, als wäre ich an eine Elek-
troschockmaschine angeschlossen.

»Ganz ruhig, meine Süße«, murmelt er, und dann ist der Übelkeits-
anfall endlich vorüber. Er wischt mir mit einem feuchten Waschlappen

über das Gesicht und zieht mich fest an sich. »Atmen. Mehr musst du im Moment nicht tun. Einfach atmen.«

Ich schließe die Augen und konzentriere mich darauf, Luft in meine Lungen zu bekommen. Zu mehr bin ich derzeit nicht in der Lage.

Dann tritt Camille zu uns, kniet sich neben mich und streicht mir die Haare aus dem verschwitzten Gesicht. Wie kann ich schwitzen, wenn ich bis auf die Knochen friere? »Kann ich etwas für dich tun?«

Ich schüttle den Kopf. Ich weiß es nicht. Ich weiß gar nichts. War John Teil der Truppe, die Al Khad gefasst hat? Ist er damit die ganze Zeit beschäftigt gewesen? Ist er einer der toten Soldaten? Werde ich je eine Antwort auf diese oder die hundert anderen Fragen bekommen, die ich habe?

Mir fällt wieder ein, dass Miles da ist, den diese Nachrichten vermutlich mehr betreffen als mich. Ich zwinge mich, mich zusammenzureißen, löse mich aus Erics Umarmung und stehe mit zitternden Beinen auf. Dann putze ich mir die Zähne und bürste mir die Haare. Meine bebenden Hände erschweren diese simplen Aufgaben.

Eric steht auf und legt mir eine Hand auf die Schulter. »Ava, Liebes … Nimm dir noch eine Minute.«

»Ich muss mit Miles sprechen.« Auf dem Weg zur Tür drücke ich Camilles Arm und gehe dann zurück ins Wohnzimmer, wo Miles auf dem Sofa sitzt. Sein Blick klebt am Fernseher. Skylar hockt auf der Armlehne neben ihm. Sie wirkt etwas unsicher, welche Rolle sie nun einnimmt, wo die Nachrichten über Al Khad unseren Abend auf den Kopf gestellt haben.

Ich nehme neben Miles Platz und berühre ihn am Arm. »Geht es dir gut?«

»Ich bin ehrlich gesagt wie betäubt.« Er schaut mich kurz an. Der Schmerz in seinem Blick verrät mir, dass er alles andere als betäubt ist.

Er ist mein Chef. Der große Boss. Aber er ist auch mein Freund. Und deshalb lege ich meine Hände auf seinen Arm und lehne meinen Kopf an seine Schulter. Obwohl wir uns in einem Raum voller Freunde befinden, könnten wir genauso gut allein auf einer Insel sein. Überlebende in einem Meer von Menschen, die sich die Reise, auf der wir beide uns, schon lange bevor wir uns kennengelernt haben, befunden haben, nicht einmal ansatzweise vorstellen können.

»Das wühlt alles wieder auf«, murmelt Miles.

Ich nicke. Ich verstehe ihn. Uns ging es besser, und jetzt werden wir wieder in den Albtraum zurückgestoßen, der uns nie wirklich losgelassen hat, selbst wenn wir unser Bestes gegeben haben, ihn in die Vergangenheit zu verbannen.

»Glaubst du, er war dabei?«, fragt er.

»Ich habe keine Ahnung. Und ich werde es möglicherweise nie erfahren.«

In angespanntem Schweigen verfolgen wir noch eine Weile die Berichte, bis Miles sich schließlich räuspert. »Ich muss ... Ich muss mal raus, frische Luft schnappen.«

»Soll ich mitkommen?«, biete ich an.

»Nein, schon gut.« Er zieht mich kurz an sich und gibt mir einen Kuss auf den Scheitel. »Danke für das Essen.«

Als er aufsteht, tut Skylar es ihm gleich. »Würde es dir etwas ausmachen, wenn ich dich begleite?«, fragt sie.

Er zögert, aber nur ganz kurz. »Nein, überhaupt nicht. Es wäre nett, etwas Gesellschaft zu haben.«

Ich hole ihre Mäntel und umarme die beiden ein weiteres Mal, während Eric danebensteht, um sie zu verabschieden.

»Ich melde mich morgen bei dir«, sagt Miles an der Tür.

»Ruf mich an, wenn du mich vorher brauchst.«

»In Ordnung.« Er schüttelt Eric die Hand. »Danke für die Einladung.«

»Jederzeit wieder.«

Skylar umarmt mich, verspricht, dass sie mir später schreiben wird, und folgt Miles ins Treppenhaus.

Ich schließe die Tür hinter ihnen und lehne meine Stirn für eine volle Minute dagegen, bevor ich mich umdrehe, um mich den Fragen zu stellen, die die anderen sicher an mich haben.

Eric legt einen Arm um mich.

Ich lehne mich auf dem Weg zum Sofa an ihn.

Niemand sagt etwas, doch ich weiß, sie warten nur auf mich. Ich versuche, die passenden Worte zu finden, aber mein Kopf ist leer, meine Aufmerksamkeit wird schon wieder von dem Drama im Fernsehen angezogen.

»Ava war zwei Jahre mit John zusammen, bevor er entsendet wurde. Das war an dem Tag des Attentats auf das Kreuzfahrtschiff.« Eric hält meine Hand und spricht mit leiser, ruhiger Stimme. Die anderen hängen an seinen Lippen. »Wie schon gesagt, sie hat seitdem weder etwas von ihm gehört noch gesehen.«

»Ava«, keucht Camille. »Du hast das die ganze Zeit *allein* durchlitten?«

»Ja, bis vor Kurzem wollte sie das allein durchstehen«, erklärt Eric. Seine feste Stimme verrät Camille, dass er es nicht zulassen wird, dass sie mich auseinandernimmt. Zumindest nicht im Moment.

Camille schaut zum Fernseher. »Glaubst du, er könnte ...«

»Das kann sie unmöglich wissen. Sie wird es vielleicht nie mit Sicherheit erfahren.«

Nach einem langen Schweigen ergreift Jules das Wort. »Es tut mir wirklich leid, dass dir das passiert ist.«

»Mir auch«, schließt sich Amy an. »Ich kann mir gar nicht vorstellen ...«

»Ich wünschte, ich hätte es gewusst.« Camille wischt sich verstohlen die Tränen von den Wangen. »Ich hätte versucht, dir irgendwie zu helfen.«

Ich lächle sie an. »Das bedeutet mir viel. Aber es gab nichts, was irgendjemand hätte tun können.«

»Äh, wir sollten uns verabschieden und dir ein wenig Raum lassen.« Rob steht auf und hält Camille eine Hand hin, die sie etwas widerstrebend ergreift, wie mir scheint. Vermutlich will sie bleiben, doch er hat recht. Ich könnte jetzt etwas Raum zum Atmen gebrauchen.

Ich umarme sie alle, meine Schwester zum Schluss. »Es tut mir leid, wenn ich dich verletzt habe. Das war nicht meine Absicht.«

»Es geht hier nicht um mich«, sagt sie resolut. »Rufst du mich morgen an?«

»Das mache ich.«

Während Eric sie zur Tür begleitet, gehe ich in die Küche und fange an, das schmutzige Geschirr in die Spülmaschine zu räumen.

»Lass mich das übernehmen, Süße«, erklärt er, als er zurückkommt.

»Du solltest ein heißes Bad nehmen oder so, um dich ein wenig zu entspannen.«

»Ist schon gut. Es stört mich nicht, hier noch Ordnung zu schaffen.«

Er legt eine Hand auf meine. »Ich möchte mich um dich kümmern.« Er zieht ein wenig an meiner Hand und überzeugt mich, ihm ins Badezimmer zu folgen, wo er mir ein heißes Bad mit meinen liebsten Badeperlen einlässt, die er mir gekauft hat, nachdem ich ihm einmal mein Faible für Lavendelduft gestanden habe.

Was ich an ihm so liebe, ist, dass er auf kleine Dinge wie so was achtet. Nachdem er die Wassertemperatur geprüft hat, hilft er mir, mich auszuziehen und ins dampfende Wasser zu steigen. Es fühlt sich herrlich an.

Als ich ganz in der Wanne liege, greife ich nach Erics Hand. »Danke.«

»Es ist mir ein Vergnügen.«

»Es tut mir leid, dass ich heute Abend so ein Drama veranstaltet habe.«

»Du musst dich für nichts entschuldigen. Ich verstehe total, was für ein Schock es für dich gewesen sein muss, diese Nachrichten zu hören.«

Ich ziehe ein wenig an seiner Hand. »Willst du nicht mit reinkommen?«

Er gibt mir einen Kuss auf den Handrücken. »Genieß du dein Bad, während ich mich um alles hier kümmere.«

»Okay.«

Ich sehe ihm nach, als er den Raum verlässt. Mir fällt auf, dass seine Schultern ein wenig hängen, und ich weiß, dass ich nicht die Einzige bin, die von den Neuigkeiten über Al Khads Gefangennahme aus der Bahn geworfen worden ist.

ERIC

ICH VERLASSE DAS BADEZIMMER UND GEHE DIREKT ZU DER BAR, DIE wir früher am Abend auf einer Anrichte im Wohnzimmer aufgebaut haben. Ich bin mir nicht sicher, was ich mir da ins Glas schütte, aber das ist auch egal. Avas Zusammenbruch vorhin hat mich verstört und aus dem Gleichgewicht gebracht.

In meinem Kopf schießen die wildesten Szenarien hin und her, eines grauenhafter als das andere. Was, wenn John bei dem Einsatz dabei war und jetzt nach Hause kommen kann, um das Leben wieder aufzunehmen, das er vor über fünf Jahren auf Pause gestellt hat? Was, wenn er sie zurückwill? Würde sie gehen? Was, wenn er einer der Soldaten ist, die bei dem Angriff getötet wurden? Wird Ava jemals wieder eine Minute wahren Friedens finden, wenn sie nicht erfährt, was aus ihm geworden ist?

Ich ertrage die Spekulationen nicht. Ich war in den letzten Monaten mit ihr so verdammt glücklich. Selbst der Zusammenbruch der Ehe meiner Eltern hat mir kaum etwas anhaben können, weil ich zu sehr damit beschäftigt war, selig verliebt in Ava zu sein. Jetzt, wo ich weiß, wie es sich anfühlt, sie zu lieben, habe ich Gründe, mich zu fragen, ob ich je wirklich in Brittany verliebt war. Sie ist überhaupt kein Vergleich zu Ava, die nämlich, ganz einfach gesagt, der beste Mensch ist, den ich kenne.

Sie ist süß und liebevoll und lustig und klug und so unglaublich sexy. Meine Lust auf sie treibt mich schier in den Wahnsinn. Meine Gedanken kehren zum frühen Abend zurück, als sie vor mir auf die Knie gegangen ist ... Bei dem Gedanken, sie jetzt, wo ich sie gefunden habe, wieder zu verlieren, stöhne ich innerlich auf. Das, was Brittany getan hat, habe ich irgendwie überlebt, aber wenn Ava mich verlassen sollte ...

Guter Gott, ich wüsste nicht, was ich ohne sie tun würde. Und ich bin angeekelt von mir, weil es in dieser Sache nicht um mich gehen sollte. Es geht um sie und die Männer, die alles riskiert haben, um den Bastard zu finden, der so viele unschuldige Menschen getötet hat. Es geht um die Familien, denen das Herz gebrochen wurde, deren Wunden neu aufgerissen werden, die gezwungen sind, das Grauen erneut zu durchleben. Es geht um die Familien der getöteten Soldaten und um das Land, das den Atem anhalten und darauf warten wird, ob die Terroristen auf den Sturz ihres Anführers mit einem Vergeltungs- schlag reagieren.

Ganz sicher geht es nicht um mich. Und doch schmerzt es mich, mir ein Leben ohne Ava vorzustellen. Wir brauchen mehr Zeit. Wir hatten erst ein paar Monate. Er hatte zwei Jahre mit ihr …

»Hör auf. Hör einfach auf.« Ich trinke das Glas in einem Zug aus – Wodka, von dem ich immer Sodbrennen bekomme – und nehme es mit in die Küche, wo ich einen Sauvignon Blanc für Ava einschenke und ihr ins Badezimmer bringe. Sie starrt an die Wand, und Tränen laufen ihr über die Wangen.

Ihr Herzschmerz trifft mich. Ich würde alles geben, um ihn ihr zu ersparen.

Ich will sie nicht stören, also ziehe ich mich mit dem Weinglas wieder zurück. Eine nie gekannte, nervöse Energie vibriert in mir. Ich fange an, die Küche aufzuräumen. Ich muss etwas tun, um mich abzulenken, während die hektische Berichterstattung stundenlang fortgesetzt wird. Ich sollte den Fernseher ausschalten, tue es aber nicht. Er bleibt an, und ich sauge jedes neue Detail zu dem Einsatz auf, sobald es veröffentlicht wird.

Ich habe die Küche in der Zwischenzeit auf Hochglanz gebracht, als Ava aus dem Bad kommt. Sie trägt ihren Morgenmantel, den sie an unserem dritten gemeinsamen Wochenende mitgebracht hat. Seitdem ist er hier, genau wie ihre Kleidung, Schuhe und Make-up. Ich liebe es, ihre Sachen in meiner Wohnung zu haben und zu wissen, dass sie an den meisten Abenden, wenn ich von der Arbeit komme, gemütlich auf dem Sofa sitzt und die Nachrichten schaut.

Einmal habe ich sie mit ihrer Nachrichtenbesessenheit aufgezogen, doch als ich den Schatten von Bestürzung auf ihrem Gesicht gesehen habe, habe ich meinen Fehler erkannt. Sie ist von den Nachrichten besessen, weil sie nach irgendeinem Zeichen von *ihm* sucht. Seitdem habe ich mich nie wieder darüber lustig gemacht.

Sie kommt zu mir, das Gesicht gerötet von der Wärme des Bades, die Haare an den Spitzen feucht.

»Geht es dir besser?«

»Sehr viel besser.« Sie schlingt ihre Arme um mich, und ich ziehe sie fest an mich und wünsche mir, sie könnte für immer dableiben. Das kann ich ihr aber nicht sagen. Zumindest *noch* nicht, und ganz sicher nicht jetzt, wenn meine Motive dahinter infrage gestellt werden könnten. Trotzdem stimmt es. Ich will Ava heiraten und Kinder mit ihr kriegen und mir ein Leben mit ihr aufbauen. Ich will alles mit ihr, und ich habe fürchterliche Angst, dass dieser Mann aus ihrer Vergangenheit zurückkommen und sie mir wegnehmen könnte.

Was das betrifft, geht es sehr wohl um mich.

KAPITEL 18

MILES

Skylar und ich verlassen das Haus, in dem Eric wohnt, und schlendern ohne ein konkretes Ziel im Sinn durch Tribeca. Es ist ein kühler Samstagabend im Herbst, und die Straßen sind voller Menschen, die lächeln, lachen, irgendwohin unterwegs sind. Ab und zu schnappe ich den Namen Al Khad auf, wenn Leute an uns vorbeigehen. Jemand erzählt uns, dass es auf dem Times Square eine spontane Feier gibt.

Seine Festnahme wird die Geschichte des Jahres werden, und die Berichte über das Attentat auf das Kreuzfahrtschiff in einem Moment wieder auf die Tagesordnung bringen, in dem mein Leben endlich wieder einigermaßen zur Normalität zurückgekehrt war – oder zumindest zu der Normalität, die ich in den Jahren nach Emmies Verlust gefunden hatte.

Heute war ein guter Abend. Ein großartiger Abend. Bis die Vergangenheit ihr Haupt gehoben hat, um mich daran zu erinnern, dass ich ihr nicht entkommen kann.

Ich sollte etwas zu Skylar sagen, aber ich weiß nicht, was. Unsere

Unterhaltung plätscherte stundenlang problemlos dahin, und jetzt fällt mir nichts ein, was ich sagen könnte.

»Sieh mal.« Sie zeigt zum Empire State Building, das in Rot, Weiß und Blau erleuchtet ist.

Der Anblick dieses Zeichens der Unterstützung für unser Land, unsere Armee und die Opfer des Schiffsattentats berührt mich zutiefst.

»Es ist schön, zu wissen, dass die Menschen es nicht vergessen haben«, bemerke ich.

»Wir werden es niemals vergessen.«

Ich nicke, um zu zeigen, dass ich sie gehört habe. Gefühle schnüren mir die Kehle zu und machen es mir unmöglich, zu sprechen.

Emmie hätte Skylar gemocht. Das ist ein seltsamer Gedanke, doch in meinem Kopf herrscht das reinste Chaos.

Wir gehen sehr lange umher. In der Nähe des Times Squares hören wir die Feiernden und sehen über die Großbildschirme die Berichte über den Kommandoeinsatz flackern, der zur Ergreifung von Al Khad geführt hat. Ich schaue seltsam entfremdet zu und spüre, dass die Leute über die Nachrichten froh sind.

Skylar lenkt mich mit ihrer Hand auf meinem Arm von den Massen weg.

»Ich habe so lange darauf gewartet«, sage ich. »Und nun bin ich mir nicht sicher, was ich mit der Energie anstellen soll, die ich dem Wunsch nach Rache gewidmet habe.«

»Nachdem du die Gelegenheit hattest, das alles zu verarbeiten, wirst du diese Energie in etwas Produktives stecken.«

»Ja, vermutlich.«

»Das hast du doch schon die ganze Zeit getan, oder? Du hast dich auf deine Firma und deine Arbeit und die Unterstützung der Hinterbliebenen konzentriert.«

»Das habe ich zumindest versucht.«

»Und zwar sehr erfolgreich, wenn ich nach dem gehe, was Ava mir von dir erzählt hat.«

»Was hat sie dir noch erzählt?« Die beiden haben tatsächlich vor dem heutigen Abend über mich geredet?

»Dass sie dich sehr bewundert und wir beide sehr viel gemeinsam haben.«

»Das mit deiner Schwester tut mir leid.« Wir haben bisher nicht über ernste Themen gesprochen, aber jetzt, wo die Stimmung des Abends sich verändert hat, kommt es mir angemessen vor, es zu erwähnen.

»Danke.«

»Wie hieß sie?«

»Teegan. Sie war fünf Jahre jünger als ich, und ich habe sie so sehr geliebt. Sie zu verlieren hat mich beinahe gebrochen.«

»Das Gefühl kenne ich.«

Sie schaut zu mir hoch. »Ich sollte ehrlich mit dir sein und dir sagen, dass ich schon lange, bevor ich Ava kennengelernt habe, von dir wusste.«

»Wirklich?«

Sie nickt. »Ich hatte über dich und Emerson gelesen und von deiner bewundernswerten Mission, ihr Andenken zu bewahren.«

»Sie hätte das Gleiche getan, wenn ich auf dem Schiff gestorben wäre.«

»Es tut mir so unendlich leid, dass du sie auf diese Weise verloren hast.«

»Danke. Mir auch. Jedes Mal, wenn es in der Geschichte eine neue Entwicklung gibt, fühlt es sich für mich wieder ganz frisch an.«

»Ich weiß nicht, wie du es erträgst, das immer wieder durchmachen zu müssen.«

»Manchmal ertrage ich es gar nicht. Versteh mich nicht falsch, ich bin froh, dass sie Al Khad gefasst haben, aber ich will heute Abend nicht über diese Sache nachdenken. Ich will mich darauf konzentrieren, das erste Mal seit dem Verlust von Emmie jemanden kennengelernt zu haben, der mich interessiert.«

Sie senkt den Blick, und ich sehe, wie ihre Wangen sich mit einer leichten Röte überziehen.

»War das zu offen?«

»Nein, gar nicht. Es war sehr süß.«

»Ich bin ziemlich außer Übung.«

»Du machst das ganz gut.« Sie nimmt meine Hand und schaut zu mir hoch. »Nur damit du es weißt, ich bin auch interessiert.«

»Das ist sehr viel wert. Ich freue mich, dass es nicht bloß mir so geht.« Wir schlendern weiter, und ich bin für ihre Gesellschaft und Ehrlichkeit sehr dankbar. »Wollen wir irgendwo etwas trinken?«

»Gerne.«

Ich schaue auf und merke, dass wir den ganzen Weg bis Murray Hill gelaufen sind. Wir kehren in einem irischen Pub ein und finden Plätze an der Wand. Es ist sehr voll, also müssen wir eng beieinandersitzen. Was mir überhaupt nichts ausmacht. Nachdem wir jeder ein Bier vom Fass bestellt haben, lege ich einen Arm um Skylar, damit sie nicht von dem rüpeligen jungen Mann neben ihr vom Hocker geschubst wird.

»Die Atmosphäre ist für eine Unterhaltung nicht gerade förderlich«, bemerke ich mit den Lippen ganz nah an ihrem Ohr, damit sie mich über das Trio, das laut irische Musik spielt, hören kann.

Sie lächelt breit. »Ich beschwere mich nicht.«

Anfangs fand ich, dass sie Emmie ähnelt, aber nach eingehender Betrachtung habe ich festgestellt, dass diese Ähnlichkeit bei Haar- und Augenfarbe endet. Ich atme den einzigartigen Duft von Skylars Haar ein. So nah bin ich seit Emmies Tod keiner Frau mehr gewesen. Ich hoffe, sie ist einverstanden damit, dass ich nach all dieser Zeit einen Schritt nach vorn gehe.

Ehrlich gesagt wäre sie wütend, weil ich so lange gebraucht habe. Meine Emmie war ein sehr praktisch denkender Mensch.

Ich sehe, dass auf den Fernsehern in der Bar die Nachrichten über Al Khad laufen.

Skylar folgt meinem Blick, legt dann eine Hand an meine Wange und dreht mein Gesicht langsam vom Fernseher weg. »Sieh lieber mich an.«

Ich schaue in ihre braunen Augen mit den goldenen Lichtern darin und verspüre eine sofortige Erleichterung von all dem Wahnsinn, der durch die Ergreifung von Al Khad entfesselt wurde. Der Lärm um uns herum verblasst zu einem dumpfen Dröhnen. Ohne den bewussten Entschluss zu fassen, beuge ich mich zu Skylar vor. Meine Lippen berühren ihre, und sie legt ihre Hände an meinen Nacken. Ganz lange atmen wir einfach bloß die gleiche Luft, existieren in unserer eigenen kleinen Blase, in der außer uns beiden nichts wichtig ist.

Sie unterbricht den Kuss, lässt aber ihre Hände in meinem Nacken liegen.

Mir fällt der rosige Hauch auf ihren Wangen auf, die schimmernden Haare, die Feuchtigkeit auf ihrer Unterlippe, und mich überkommt eine Welle des Verlangens, die mich völlig überrascht. Es ist so lange her, dass ich so etwas verspürt habe, dass ich beinahe vergessen habe, wie es sich anfühlt.

Eine zweite Runde Bier wird uns gebracht, und wir trennen uns, um der Kellnerin die Gläser abzunehmen.

Ich reiche ihr einen Zwanziger und sage ihr, sie könne den Rest behalten.

Skylar und ich lauschen der Musik und trinken unser Bier, doch ich kann nur daran denken, wie lange es wohl dauert, bis ich sie erneut küssen kann.

Als ihr Glas halb leer ist, stellt sie es ab. »Wollen wir woanders hingehen?«

Ich stelle mein Glas neben ihres. »Sehr gerne.«

Sie steht auf und streckt mir die Hand hin.

Ich ergreife sie und lasse mich von ihr durch die Menge lotsen. Die kühle Luft auf der Straße ist nach der Hitze in der Bar eine echte Erleichterung. Ich sehe mich zur Orientierung um, da kommt mir ein Gedanke. »Willst du mein Büro sehen?« Es ist näher als unsere jeweiligen Wohnungen.

»Sehr gerne.«

Hand in Hand gehen wir schweigend die sechs Blocks. In der Lobby zeige ich dem Sicherheitsmann meinen Ausweis, und er schließt uns den Fahrstuhl auf.

»Danke sehr.«

»Gern geschehen, Mr Ferguson.«

»Wenn die Nachtschicht deinen Namen kennt, arbeitest du eindeutig zu lang«, zieht Sky mich auf, als wir den Fahrstuhl betreten. Wir halten uns weiter an den Händen.

»Ich arbeite wirklich zu viel, aber vermutlich kennt er mich wegen der Publicity im Zusammenhang mit der Klage.«

»Ich arbeite auch zu viel.«

Ich mag es, dass sie mir hilft, mich auf das Hier und Jetzt zu konzentrieren. »Ich weiß, warum ich es tue. Wie lautet deine Entschuldigung?«

»Meistens habe ich einfach nichts Besseres vor.«

Ich trete näher an sie heran, bis unsere Körper einander beinahe berühren. »Was, wenn du etwas Besseres zu tun hättest? Würdest du dann trotzdem so viel arbeiten?«

Sie schaut zu mir auf und schüttelt den Kopf. »Auf keinen Fall.«

Ich habe ganz vergessen, wie es ist, sich zu einer Frau hingezogen zu fühlen. Mein Körper ist wie ein eingeschlafenes Bein, das plötzlich zum Leben erwacht. Kleine Nadelstiche kriechen über meinen Rücken und meine Beine. Mein Herz schlägt einen langsamen, steten Rhythmus. Ich fühle mich atemlos und etwas schwindelig. Und ich bin hart. Eine ganze Weile habe ich mich gefragt, ob meine Männlichkeit gemeinsam mit Emmie gestorben ist. Die Erkenntnis, dass ich noch sehr lebendig bin, erleichtert mich.

Das Klingeln des Fahrstuhls beendet den aufgeladenen Moment. Ich führe Skylar zu den Glastüren mit unserem Logo darauf.

Dann schließe ich auf und schalte die Alarmanlage ab. »Hier passiert die Magie«, sage ich. Vom Empfang aus gehen wir in mein Büro, das ganz hinten links liegt. »Das Büro meines Partners Alex ist dort.« Ich zeige auf die Tür zu meiner Rechten. »Aber er reist so viel, dass wir ihn nur selten zu Gesicht bekommen. Er kümmert sich um die Entwicklung der Firma, während ich mich den Kampagnen widme.«

Der Schein der Lichter von den umstehenden Gebäuden sorgt dafür, dass ich keine Lampe anschalten muss, damit sie mein Büro sehen kann. »Willkommen in meinem zweiten Zuhause.«

»Wo ist dein echtes Zuhause?«

»In Chelsea.«

»Das ist ja ganz in der Nähe von Tribeca.«

»Schön, wie das passt, oder?«

Ich möchte, dass sie den Ausblick sieht, doch sie ist mehr daran interessiert, mich anzuschauen.

»Normalerweise hasse ich Verkupplungsversuche«, erklärt sie.

»Wirklich?«

Sie nickt. »Die sind immer eine Katastrophe.«

»Immer?«

»Sie *waren* immer eine Katastrophe.«

»Wenn du wüsstest, wie viele Leute seit Emmies Tod versucht haben, mich zu verkuppeln, würdest du lachen.«

»Sie wollen helfen.«

»Ich weiß. Ich wurde von meiner Familie und meinen Freunden sehr dabei unterstützt, die dunkelsten Tage meines Lebens zu überstehen. Ich weiß nicht, wo ich heute ohne sie wäre.«

»Und wo bist du heute?«

»Ich befinde mich in der Gesellschaft einer wunderschönen, sexy Frau, die mich am heutigen Abend daran erinnert hat, dass ich trotz meiner schmerzhaften Vergangenheit noch sehr lebendig bin.«

»Über wie lebendig reden wir hier?«

Ich lege meine Arme um sie und ziehe Skylar eng an meine Erektion.

»Oh. Das ist wirklich sehr lebendig.«

Ich habe in den vergangenen Stunden so viel gelächelt, dass mein Gesicht schmerzt. Eine weitere Erinnerung daran, wie lange es her ist, dass ich einen Grund zum Lächeln hatte.

Skylar schlingt ihre Arme um meinen Hals und zieht mich für einen sanften Kuss zu sich heran, der in mir den Wunsch nach mehr weckt. Als könnte sie meine Gedanken lesen, öffnet sie den Mund und lädt mich mit ihrer Zunge ein, den Kuss zu vertiefen. Alles Blut rauscht in meine Lenden, und mir wird fast schwarz vor Augen.

Mein Mantel landet auf dem Boden. Skylar unterbricht den Kuss, um sich ihren ebenfalls abzustreifen. Er fällt neben meinen.

»Sofa?«, fragt sie.

Mein unter Blutmangel leidendes Gehirn braucht einen Moment, um ihr zu folgen, aber dann nicke ich, und wir landen in einem Knäuel aus Armen und Beinen auf dem dick gepolsterten Ledersofa, ohne den Kontakt unserer Lippen zu unterbrechen. Ich merke erst, dass sie mein Hemd aufgeknöpft hat, als ich ihre warme Hand auf meiner Brust spüre.

Ich erzittere unter ihrer Berührung. Die Erinnerungen strömen auf mich ein. Die letzte Nacht mit Emmie, bevor sie mit ihren Eltern auf das Kreuzfahrtschiff gegangen ist und ich nach Minneapolis fuhr, um bei meinem Dad zu sein. Daran will ich im Moment nicht denken, doch die Erinnerungen sind gnadenlos.

Ich ziehe mich zurück.

»Miles? Geht es dir gut?«, fragt sie.

»Ich ...« Ich weiß nicht, was ich darauf erwidern soll. Ich will das hier. Ich will es wirklich. Aber ich bin mir nicht sicher, ob ich dafür schon bereit bin.

»Komm her.« Sie streckt die Arme nach mir aus.

Ich bette meinen Kopf an ihre Brust, und Skylar streicht mir beruhigend mit den Fingern durch die Haare. »Es tut mir leid.«

»Das muss es nicht. Ich habe jede Minute des heutigen Abends genossen – oder sollte ich sagen des gestrigen, denn es ist schon nach Mitternacht.«

»Was machst du heute Abend?«, frage ich sie.

»Ich habe bisher keine Pläne.«

»Dann hast du jetzt welche. Also natürlich nur, wenn du willst.«

»Ja, das will ich.«

Zu wissen, dass es mehr geben wird, hilft mir, mich in ihrer Umarmung zu entspannen. Anstatt die Erinnerungen zu bekämpfen, die sich in unsere gute Zeit drängen, heiße ich sie willkommen. Ich will Emmie und meine Liebe für sie nicht vergessen. Ich will mich wieder so fühlen.

Vielleicht kann ich jetzt, wo Al Khad gefangen genommen wurde, meinen Rachedurst in etwas Produktiveres umwandeln, so wie Sky es vorgeschlagen hat.

Vielleicht kann ich diese Energie in eine neue Beziehung investieren.

Es ist vermutlich an der Zeit. Nein, wenn ich ehrlich bin, ist es schon lange überfällig, und wenn der heutige Abend ein Vorbote dessen ist, was noch kommen wird, habe ich endlich jemanden gefunden, der die Anstrengungen wert ist, die es für mich bedeutet, es ein weiteres Mal zu versuchen.

KAPITEL 19

AVA

Ich bin mir nicht sicher, was ich erwartet hatte, nachdem Al Khad gefasst wurde, aber selbst Wochen später existiere ich in einem bizarren Schwebezustand und warte auf etwas. Doch nichts passiert, und mein Leben geht weiter wie vor jenem Abend. Die Namen und Bilder der bei dem Angriff getöteten Soldaten wurden endlich veröffentlicht, und keiner von ihnen ist John. Nach einer Woche, in der rund um die Uhr über den Einsatz und die Festnahme des meistgesuchten Mannes auf Erden berichtet wurde, mussten selbst die Nachrichtensender sich anderen Themen zuwenden, weil es einfach nichts mehr darüber zu sagen gab.

Die Regierung der Vereinigten Staaten hat sich geweigert, preiszugeben, wo Al Khad gefangen gehalten wird oder was als Nächstes passiert. Abgesehen von einer erhöhten Terrorwarnstufe und Bürgern in höchster Alarmbereitschaft wegen möglicher Vergeltungsmaßnahmen wird über Al Khad kein Wort mehr verloren.

Bei einer meiner Sitzungen mit Jessica rede ich über meinen Schwebezustand. »Jedes Mal, wenn das Telefon klingelt und ich die

Nummer nicht kenne, bleibt mir fast das Herz stehen, weil ich denke: Ist er es? Wird das der lang ersehnte Anruf von ihm sein?«

»Also erwartest du immer noch, von ihm zu hören.«

»Vom Kopf her nicht. Aber meine Telefonnummer ist weiter die gleiche. Es ist nicht komplett unmöglich, dass er mich anruft.«

»Hoffst du darauf, Ava? Willst du, dass er zurückkommt, damit du wieder mit ihm zusammen sein kannst?«

»Nein. Ich hoffe nicht mehr so darauf, wie ich es mal getan habe. Mehr als alles andere will ich Antworten. Wenn er lebt, will ich wissen, wo er die ganze Zeit über war. Warum er mir nie erzählt hat, dass er möglicherweise Hals über Kopf für mehrere Jahre verschwinden muss. Oder warum er unter diesen Umständen überhaupt zugelassen hat, dass wir eine Beziehung beginnen.«

Ich wische mir die Tränen ab, die mir über die Wange laufen und mich wütend machen. In den letzten Wochen habe ich mehr geweint als am Anfang, als ich meinen Freunden von John erzählt habe. So sehr ich es leugnen möchte, die Ergreifung von Al Khad war für mich ein Rückschlag.

Eric ist es ebenfalls aufgefallen, aber er unterstützt mich ganz liebevoll.

»Das sind sehr vernünftige Fragen«, erwidert Jessica sanft. Sie ist immer so unglaublich nett zu mir, auch wenn sie weiterhin Dinge ausspricht, die nicht leicht zu ertragen sind. »Jeder würde diese Antworten haben wollen. Du bist zu hart zu dir, wenn du glaubst, es wäre unvernünftig, diese Dinge wissen zu wollen.«

»Ich mache mir Sorgen wegen Eric.«

»Wieso?«

»Das Ganze ist sehr schwer für ihn. Er versucht, es zu verbergen, doch er hat Angst, ich könnte ihn verlassen, so wie seine Ex-Verlobte es getan hat.«

»So etwas würdest du ihm niemals antun«, entgegnet Jessica entschieden. Als ich ihr anfangs erzählt hatte, was Brittany ihm angetan hat, war sie sprachlos vor Schock gewesen. »Ich höre in diesem Raum sehr viele schreckliche Dinge, aber das ist eine Klasse für sich. Er muss wissen, dass sich so etwas mit dir nicht wiederholen wird.«

»Ich glaube, er malt sich alle möglichen anderen schrecklichen Dinge aus, die passieren könnten.«

»Lass mich dir eine Frage stellen: Was würdest du tun, wenn John dich jetzt anrufen und um Verzeihung bitten würde?«

»Ich ... Ich weiß es nicht. Ich wäre so froh darüber, dass er in Sicherheit ist, dass ich vermutlich ausflippen würde.«

»Und danach? Was passiert dann? Würdest du ihn zurückhaben wollen?«

»Ich ... ich denke nicht. Nein. Definitiv nicht.«

Jessica hebt eine Augenbraue. »Du denkst nicht? Definitiv nicht?«

»Es wird nicht passieren, also was hat es für einen Sinn, sich hypothetisch damit zu befassen?«

»Was, wenn es trotzdem passiert, Ava? Du solltest einen Plan haben, wie du dann damit umgehen willst.«

»Es wird nicht passieren. Das Einzige, was er in der langen Zeit hätte tun können, wäre, Al Khad zu jagen. Aber den haben sie gefasst, und John ist immer noch verschwunden. Es hat keinen Sinn, das ›Was wäre, wenn‹-Spiel zu spielen.«

Sie wirft mir einen skeptischen Blick zu, verfolgt diesen Punkt jedoch zum Glück nicht weiter. Als die Sitzung zu Ende ist und ich auf die Straße hinaustrete, bin ich durcheinander und wütend. Nicht auf sie, sondern auf John. Wie wäre es, überlege ich, ein Leben zu leben, in dem der Schatten von John nicht über jeder Minute hängt? Ich frage mich schon so lange, wo er ist, dass dieses Fragen inzwischen zu einem Teilzeitjob geworden ist. Ich bin es so unendlich leid. Ich bin ihn leid, und ich bin die ganze Situation leid. Ich will nicht mehr darüber reden, denn das habe ich nun, wo die Leute von ihm wissen, viel zu oft getan.

Camille hat mich angefleht, unseren Eltern davon zu berichten, was ich dann auch sehr widerstrebend an Thanksgiving getan habe. Die mitfühlende Reaktion meiner Eltern hat mich überrascht.

»Ich wusste doch, dass etwas nicht stimmt«, hat Mom erklärt. »Eine Mutter spürt so etwas.«

»Es tut mir leid, dass du es uns nicht eher erzählt hast«, sagte Dad. »Ich wünschte, wir hätten dich unterstützen können.«

»Du hast nicht daran gedacht, ihn zu fragen, was genau er beim Militär tut?«, wollte Mom zögernd wissen.

»Ich war einundzwanzig und das erste Mal in meinem Leben verliebt. Ich wusste nicht, dass ich Fragen stellen sollte.«

Ich habe ihnen versichert, dass es nichts gegeben hätte, was sie oder sonst jemand hätte tun können, um die Situation für mich leichter zu machen. Aber als ich nach dem Gespräch mit meinen Eltern am nächsten Tag in die Stadt und zu Eric zurückfuhr, war ich emotional noch aufgewühlter als vorher.

Nach einem tollen Feiertag mit seinem Vater und seinen Geschwistern war Eric bester Stimmung und half mir wieder einmal, mich zu erden, ohne den Anschein zu erwecken, dass er sich dafür anstrengen muss. Jetzt haben wir unser erstes gemeinsames Weihnachtsfest vor uns mit einem riesigen Baum für das Loft, den wir gemeinsam geschmückt haben. Wir haben auch eine Party für unsere Freunde und Familien gegeben, die ein großer Erfolg war.

Miles kam mit Sky, die jedes Mal wenn sie ihn ansah, vor Glück übers ganze Gesicht strahlte. Jeder im Büro spricht über die Veränderung in ihm, und nur ich weiß, dass er jemand Besonderes gefunden hat. Ich liebe es, dass niemand sonst das von unserem Chef ahnt, den wir alle so mögen.

Vor Kurzem habe ich ihn nach einem weiteren langen Tag bei ein paar Drinks gefragt, warum er nicht will, dass jemand von seiner Beziehung erfährt.

»Ich war so ein öffentliches Gesicht für die Hinterbliebenengruppe«, hat er geantwortet und dabei gequält geklungen. »So viele haben ihre Eltern und Geschwister und Kinder verloren. Menschen, die nicht ersetzt werden können.«

»Miles, niemand, der dich kennt, wird je denken, dass du Emmie ersetzt hast. Alle wissen, dass das nicht möglich ist.«

»Trotzdem, ich bin auf eine Weise wieder glücklich, die für so viele andere unerreichbar ist.«

»Das würde dir niemand übel nehmen, weil sie wissen, dass du mit ihnen gelitten hast.«

»Vielleicht nicht, aber ich würde trotzdem lieber warten, bis sich die Aufregung um die Klage gelegt hat, bevor ich das mit Sky öffentlich mache.«

»Das wird noch eine Weile dauern.«

»Wir haben keine Eile.«

Ich frage mich, ob sie das genauso sieht oder sich nur seinen Wünschen fügt.

An Heiligabend sind wir auf eine Party bei Rob und Camille eingeladen. Ich freue mich, dass sie auch Miles und Sky dazu gebeten haben, die inoffiziell unserem kleinen Kreis beigetreten sind. Mindestens an einem Abend am Wochenende unternehmen wir alle etwas zusammen, womit für Eric und mich ein Abend bleibt, den wir ganz für uns allein haben.

Ich liebe es, wieder Teil eines Paares zu sein, und vor allem liebe ich es, mein Leben mit Eric zu teilen. Wir leben quasi zusammen in seinem Loft, und in letzter Zeit lässt er häufiger Andeutungen fallen, dass ich meine Wohnung aufgeben und ganz zu ihm ziehen soll. Doch die Entscheidung haben wir bisher nicht getroffen – oder zumindest ich nicht. Irgendetwas hält mich noch davor zurück, mich voll auf ein Leben mit ihm einzulassen. Vielleicht liegt es daran, dass es beim letzten Mal, als ich zu einem Mann gezogen bin, so schrecklich geendet hat.

Eric und ich verbringen den Nachmittag damit, Geschenke einzupacken und uns zu lieben. In der letzten Minute quälen wir uns aus dem Bett, duschen und ziehen uns für die Party um.

»Maximal zwei Stunden, dann fahren wir wieder nach Hause«, verkündet er, als ich die Vorspeise einpacke, die ich vorhin zubereitet habe.

»Wieso die Eile?«

»Der Weihnachtsmann kann erst kommen, wenn wir schlafen«, antwortet er mit einem Augenzwinkern. Er trägt ein rot-kariertes Hemd, das an jedem anderen total kitschig aussähe. An ihm hingegen wirkt es stylish – zumindest, bis er eine Krawatte mit lauter kleinen Weihnachtsmännern umbindet.

»Wusste ich, dass du ein Weihnachtsfreak bist? Ich denke, das ist etwas, was man mir vorher hätte sagen müssen.«

»Ist mein Baby etwa insgeheim ein Weihnachtsmuffel? Das klingt wie etwas, das man *mir* vorher hätte sagen müssen.«

Ich richte seinen Krawattenknoten und lege ihm dann die Hände auf die Brust. »Die Feiertage waren in den letzten Jahren schwierig.

Ich hoffe, wir können dieses Jahr ein paar neue Erinnerungen schaffen.«

Er legt mir einen Arm um die Taille und küsst mich. »Das ist der Plan.«

Bei Rob und Camille treffen wir gleichzeitig mit Miles und Sky ein. Alle sind bester Laune, wir tauschen Scherzgeschenke aus und trinken Eierpunsch, der leider viel zu lecker ist.

»Pass mit dem Alkohol auf«, flüstert mir Eric ungefähr eine Stunde nach Beginn der Party ins Ohr. »Wir haben später noch was vor.«

»Was denn?«

Er gibt mir einen Kuss auf die Nasenspitze. »Das erzähle ich dir dann. Aber halte dich mit dem Eierpunsch zurück.«

»Spaßbremse.«

»Schauen wir mal, ob du das später auch noch sagst.« Dann beugt er sich zu meinem Ohr hinunter. »Und übrigens, der Pullover ist so sexy, dass ich dich nicht einmal ansehen kann, ohne mich in Verlegenheit zu bringen.«

»Das alte Ding?« Ich habe den weißen Kaschmirpullover mit Wasserfallkragen bei Nordstrom im Schlussverkauf erstanden und trage ihn heute zum ersten Mal.

Erics tiefes Knurren bringt mich zum Lachen. Das passiert mir dieser Tage oft. Eine ganze Zeit lang hatte ich guten Grund, mich zu fragen, ob ich je wieder lachen würde, doch mit Eric ist es unmöglich, mürrisch zu bleiben. Er ist so unendlich gut gelaunt und optimistisch und lustig. Ich locke ihn mit dem Finger zu mir.

»Was ist?« Er neigt den Kopf zu mir, um mich über den Lärm hinweg verstehen zu können.

»Du sollst nur wissen, dass ich dich liebe. Und ich wollte dir danken.«

»Wofür?«

»Dafür, dass du mir in diesem Jahr geholfen hast, wieder zu mir selbst zu finden.«

»Ach Süße«, sagt er leise. »Du hast das Gleiche für mich getan.« Er führt meine Hand an seine Lippen und haucht einen Kuss darauf. »Komm, lass uns verschwinden.«

»Wir sind erst seit einer Stunde hier.«

»Ich kann nicht länger warten.«

»Auf was?«

»Komm mit, dann erzähle ich es dir.«

Verblüfft von seiner Geheimnistuerei und erfüllt von brennender Neugierde, verabschiede ich mich von den anderen. Wir müssen uns für unser frühes Abrücken ordentlich was von unseren Freunden und unserer Familie anhören. Sobald wir draußen sind, legt Eric mir einen Arm um die Schultern. »Lass uns zu Fuß gehen.«

Ich habe die Teller, auf denen ich die Vorspeisen mitgebracht habe, bei Camille gelassen, sodass wir auf dem Nachhauseweg nichts schleppen müssen. Es ist ziemlich kalt, aber ich empfinde die Luft als erfrischend. Leichter Schneefall verstärkt die magische Atmosphäre.

»Was kann man an Weihnachten in der Stadt nicht mögen?«, fragt Eric und summt »It's Beginning to Look a Lot Like Christmas«.

»Ich muss zugeben, die festlich geschmückten Fenster, die Girlanden, der Schnee und die Erwartung, die in der Luft liegt, haben mich überzeugt.«

»Ich will, dass dieses das beste Weihnachtsfest wird, das du je hattest.«

»Ist es bereits.«

Er küsst mich auf die Wange und beschleunigt seine Schritte, bis ich ihm sagen muss, er solle langsamer machen, weil ich nicht mit ihm mithalten kann. Sofort versetzt er mir den Schock meines Lebens, indem er mich hochhebt und den letzten Block zu seiner Wohnung trägt, wo ich mit meinem Schlüssel aufschließen muss.

»Lass mich runter, bevor du dich verhebst und dir die Feiertage versaust – und mir auch.«

»Noch nicht.« Er trägt mich ins Loft und setzt mich auf dem Sofa ab.

Dann hilft er mir aus dem Mantel und kniet sich vor mich. Die funkelnden Lichter am Weihnachtsbaum sind die einzige Beleuchtung im Raum. Eric nimmt meine Hände, setzt je einen Kuss darauf und dann einen auf meinen Mund. »Du bist das Beste, was mir je passiert ist, Ava. Ich habe mich so sehr in dich verliebt, dass ich nur an dich denken kann, selbst wenn ich mich um etwas anderes kümmern sollte. Es gibt für mich nur dich. Gerade als ich die Hoffnung aufgegeben hatte, dich jemals zu finden, bist du auf der Hochzeit meines Bruders aufgetaucht – so wunderschön und süß, und alles, was ich mir je gewünscht habe.«

Tränen rinnen mir über die Wangen, als ich lausche, wie er mir sein Herz öffnet. Ich streichle sein Gesicht und seine Haare und küsse ihn.

»Ich will das hier«, fährt er fort. »Nur das – du und ich für immer. Willst du mich heiraten, Ava?«

»Ja.« Ich zögere nicht mal eine Sekunde, seinen Antrag anzunehmen. »Ich liebe dich so sehr, und ich habe jede Minute geliebt, die wir zusammen verbracht haben.«

Er legt seine Stirn an meine und atmet tief aus.

»Du hast doch nicht befürchtet, dass ich Nein sage, oder?«

»Nein, aber ich bin sehr erleichtert, dass du Ja gesagt hast.«

»Was das betrifft, musst du dir nie Sorgen machen. Ich gehöre ganz dir.«

Wir umarmen einander und küssen uns, als würde es demnächst verboten. Und als wir schließlich wieder Luft holen, keucht er auf. »Ich habe ja den wichtigsten Teil vergessen!« Er schiebt eine Hand zwischen die Sofakissen und holt eine türkisfarbene Schachtel von Tiffany heraus, in der ein umwerfender Brillantring liegt.

Ich schlage mir die Hand vor den Mund. Mehr Tränen laufen mir über die Wangen, als ich zusehe, wie er ihn mir auf den linken Ringfinger steckt. »Jetzt ist es offiziell. Ich hoffe, er gefällt dir. Wenn nicht …«

Ich gebe Eric einen Kuss. »Ich liebe ihn. Und ich liebe dich. Ich kann es kaum erwarten, deine Ehefrau zu sein.« Meine Schwester und ich werden mit Brüdern verheiratet sein. Wie großartig ist das bitte? Meine Eltern werden vor Freude ausflippen. Sie sind Erics größte Fans. Wir können unsere frohen Neuigkeiten gleich morgen persönlich verkünden, denn wir sind zum Abendessen in Purchase, zusammen mit Rob, Camille, Amy, Jules und Mr Tilden.

Eric umarmt mich so fest, dass ich kaum Luft bekomme, und doch will ich nicht, dass er mich je wieder loslässt. Dann kommt er zu mir aufs Sofa, und wir feiern unsere Verlobung bis in die frühen Morgenstunden.

»Frohe Weihnachten, süße Ava«, flüstert er, bevor ich mich endgültig dem Schlaf ergebe.

»Frohe Weihnachten, Eric.«

Ich schlafe mit einem Lächeln auf dem Gesicht ein, träume aber von einem dunkelhaarigen Soldaten mit intensiven blauen Augen, der mich durch ein Labyrinth ohne Anfang, ohne Ende und ohne Ausweg jagt.

KAPITEL 20

ERIC

Die Definition von Glück lautet: »Zustand der inneren Befriedigung und Hochstimmung«. Das weiß ich, weil ich es am Tag, nachdem Ava und ich uns verlobt haben, nachgeschlagen habe. Einst dachte ich, nie wieder zu wahrem Glück fähig zu sein, aber Ava hat mir das Gegenteil bewiesen. Ich werde ihr für immer dankbar sein, dass sie mir mein Vertrauen in die Menschheit wiedergegeben hat.

Es passt, dass Rob und Camille die Ersten sind, die unsere großen Neuigkeiten hören, weil sie ja der Grund waren, warum wir uns überhaupt kennengelernt haben. Wir holen sie für die Fahrt nach Purchase ab. Als sie es sich auf der Rückbank meines Wagens bequem gemacht haben, dreht Ava sich zu ihnen herum und lässt ihren Ring aufblitzen.

Camille stößt einen markerschütternden Schrei aus, der uns alle zum Lachen bringt.

»Meine Güte, Weib«, murmelt Rob und reibt sich das Ohr.

Camille greift nach Avas Hand und mustert den Ring ganz genau. »Sehr schön, Eric. Er ist umwerfend.«

»Ich liebe ihn.« Ava strahlt mich an.

Ich freue mich so, dass sie mit dem Ring glücklich ist. Ich habe hin und her überlegt, welchen ich kaufen soll, und dann habe ich einen Monat lang die Tage bis Weihnachten heruntergezählt, damit ich ihn ihr endlich überreichen kann. Männern wird immer geraten, keine Verlobungsringe zur Weihnachten zu kaufen, weil sie dann als Geschenk gelten, das die Frau behalten kann, sollte die Beziehung zerbrechen. Wenn diese Beziehung zerbricht, kann Ava den Ring gerne haben, denn das wäre die letzte meiner Sorgen.

Doch heute will ich nicht an den schlimmstmöglichen Fall denken. Heute will ich mich in der Freude darüber sonnen, meine Seelengefährtin gefunden zu haben, meine perfekte Partnerin und die Frau meiner Träume.

Rob drückt mir die Schulter. »Glückwunsch, Kumpel. Ich freu mich für euch.«

Ava und Camille reden den ganzen Weg nach Purchase über Hochzeiten und Hochzeitsplaner und Orte, an denen die Feier stattfinden könnte.

»Richte dich schon mal darauf ein«, murmelt Rob, als die beiden mal eine kurze Pause einlegen. »Bis zum großen Tag wird es kein anderes Thema mehr geben.«

»Halt den Mund, Rob«, weist Camille ihn zurecht. »Wenn man derjenige ist, der lediglich in einem Smoking aufkreuzen und ›Ja, ich will‹ sagen muss, darf man sich nicht über die Vorbereitungen lustig machen.«

»Sei froh, dass du keine Anwältin heiratest«, bemerkt Rob zu mir. »So hast du zumindest die Chance, mal einen Streit zu gewinnen.«

»Ava und ich streiten uns nicht.« Ich drücke ihre Hand. Der größte Streit, den wir in unserer bisherigen Beziehung hatten, war darüber, wie man die Spülmaschine richtig einräumt. Ava ist eine Sortiererin – in ihrer Welt gehört das Besteck nach Typ geordnet in den Besteckkorb, während ich das für reine Zeitverschwendung halte. Wo zum Teufel besteht der Unterschied, ob ich es beim Einräumen oder beim Ausräumen sortiere?

Doch meiner Geliebten ist es sehr wichtig. Ich weigere mich trotzdem, und sie wiederum weigert sich, das Besteck einfach so, wie es kommt, in den Korb zu stecken, wie ich es tun würde, wenn ich allein wäre. Ich habe sie schon dabei ertappt, wie sie es neu einordnet, was zu weiteren kleinen Reibereien geführt hat.

Offensichtlich schnarche ich auch, nachdem ich etwas getrunken habe, weswegen sie mich mit dem Finger in die Seite sticht, bis ich aufwache und mich umdrehe.

Wie man sehen kann, ist es fürchterlich schwierig, mit Ava zusammen zu sein, aber wir schaffen es, unsere »Differenzen« gemeinsam zu lösen. Wir sind in allem, was von Bedeutung ist, einer Meinung und haben die gleichen Prioritäten. Unsere Familie und Freunde sind uns wichtig, genau wie unsere Gemeinde und unsere Karriere. Wir genießen es beide, in unserer Freizeit gute Zwecke zu unterstützen, wie zum Beispiel die örtliche Tafel oder außerschulische Programme für unterprivilegierte Kinder. Ava hat ihre gesamte Firma, sogar Kratzbürste Caitlyn, dazu gebracht, einen Samstag zu opfern, um ein Gemeindehaus zu streichen, in dem Programme für gefährdete Jugendliche angeboten werden. Ich habe ebenfalls geholfen, doch hauptsächlich deshalb, weil ich nicht einen ganzen Tag ohne Ava verbringen mochte.

Ja, so sehr liebe ich sie, aber was soll's. Sie macht mich glücklich, und ich bin gerne glücklich. Es ist so weit von dem entfernt, wo ich letztes Jahr um diese Zeit war, als ich nicht wusste, wo oben und unten ist oder wie ich das überleben sollte, was Brittany mir angetan hatte. Nach den Monaten, die ich mit Ava verbracht habe, fühlt sich Brittany wie ein schlechter Traum an, der jemand anderem passiert ist.

Wir kommen bei Avas Eltern an und teilen unsere Neuigkeiten mit dem Rest unserer Familien, die sich wahnsinnig für uns freuen.

»Auf Schwestern, die Brüder heiraten«, sagt ihr Dad beim Toast vor dem Essen.

»Hört, hört.« Mein Dad erhebt sein Glas in unsere Richtung. »Ich freue mich für euch.«

»Wann ist der große Tag?«, will Jules von Ava wissen.

»Darüber haben wir noch nicht gesprochen, aber vielleicht nächsten Sommer?« Sie schaut mich fragend an.

»Was immer du willst, ich bin dabei.«

»Vorsicht«, mahnt Rob. »Ein Satz wie dieser schafft einen gefährlichen Präzedenzfall.«

Seine Frau gibt ihm einen Klaps auf den Hinterkopf, was alle zum Lachen bringt. »Halt den Mund, Rob.«

»Ich sollte auch wieder auf Dates gehen«, erklärt Amy während des Nachtischs. »Das ist das Einzige, was ihr beide besser gemacht habt als ich.«

»Pffft.« Rob verdreht die Augen. »Wir haben *alles* besser gemacht als du.«

»Äh, nein?«, widerspricht Amy entrüstet. »Das stimmt nicht. Wer hat aus unserer Klasse den besten Highschoolabschluss hingelegt? Wer war für die Olympischen Spiele der Junioren in Bodengymnastik qualifiziert? Wer war die Erste, die genug Geld verdient hat, um sich ein Auto kaufen zu können?« Amy hält sich eine Hand hinter das Ohr. »Wie bitte? Keine Kommentare von meinen Gebärmutterkumpels?«

Ich verziehe das Gesicht. »Bitte keine Gespräche über Gebärmütter beim Weihnachtessen.«

»An Weihnachten geht es um nichts anderes als die Gebärmutter.«

»Wenn wir jetzt über die weibliche Anatomie reden«, setzt Rob an, und seine Augen funkeln amüsiert. »Dann ...«

Was auch immer er sagen will, wird von Camilles Hand erstickt, die sie ihm auf den Mund presst. »Ich habe keine Ahnung, wie der Satz enden sollte, und zum ersten Mal will ich es auch gar nicht wissen.«

Rob knabbert an ihrer Hand, und Camille bricht kichernd zusammen.

Es ist ein sehr guter Tag. Eines der besten Weihnachtsfeste, die ich je hatte, auch wenn es durch die Abwesenheit meiner Mutter ein ganz anderer Feiertag ist, als ich es gewohnt bin. Doch heute kann mich nichts runterziehen.

Das glaube ich zumindest.

AVA

Ich schwebe noch auf Wolken von letzter Nacht und einem wunderbaren Tag mit unseren Familien. Die Aufregung über unsere Verlobung und die Gespräche über die Hochzeit haben mich heute voll in Anspruch genommen. Ich merke erst zu Hause, dass ich Eric gar nicht die Geschenke gegeben habe, die nun schon seit Wochen unter unserem Baum liegen.

»Komm, mach deine Päckchen auf«, fordere ich ihn auf und führe ihn an der Hand zum Sofa.

»Ich habe auch etwas für dich.«

»Du hast mir schon einen Ring geschenkt! Das ist mehr als genug.«

»Das war ein Geschenk fürs Leben, nicht für Weihnachten.«

Er liebt den digitalen Bilderrahmen, den ich ihm für sein Büro gekauft und auf dem ich jede Menge Fotos von uns beiden gespeichert habe. Er will jedes Foto sehen, bevor er sich dem nächsten Geschenk zuwendet – eine gerahmte Kalligrafie mit den Worten:

Als ich an meinem Tiefpunkt war, warst du da, um mir hochzuhelfen.

»Das ist wunderschön, Ava.« Seine Stimme klingt ehrfürchtig. »Ich könnte das Gleiche über dich sagen.«

»Ich dachte, wir finden vielleicht einen Platz dafür, wo wir uns beide daran erfreuen können.«

»Im Schlafzimmer.«

»Das ist eine tolle Idee.«

Er legt einen Arm um mich und küsst mich. »Danke. Nicht nur hierfür, sondern für alles.«

Lächelnd erwidere ich seinen Kuss. »Gleichfalls.«

Mein weiteres Geschenk an ihn sind Karten direkt am Spielfeldrand für das Spiel seiner geliebten Knicks gegen die Lakers im Madison Square Garden.

»Wie hast du die denn ergattert?«, fragt er. Er freut sich unverkennbar über das Geschenk.

»Nur ein Wort: Miles.«

»Ich liebe ihn – beinahe so sehr, wie ich dich liebe. Die sind super. Vielen Dank!«

Sein Glück ist mein Glück. Es ist wirklich so einfach.

Er schenkt mir Tickets für »Hello, Dolly« am Broadway, und mein erstes »I Love NY«-T-Shirt, das ich laut seiner Aussage als offizielle Einwohnerin von New York City unbedingt haben muss. Das Letzte, was er mir gibt, sind die erotischsten Dessous von La Perla, die ich je besessen habe.

»Ich kann es kaum erwarten, dich darin zu sehen.«

»Mir würde nicht im Traum einfallen, dich warten zu lassen.« Mit einem aufreizenden Blick in seine Richtung stehe ich auf, nehme die Dessous mit und gehe ins Badezimmer, um mich umzuziehen. Das lavendelfarbene Baby-Doll-Nachthemd mit der schwarzen Spitze überlässt wirklich nichts der Fantasie, was natürlich der Sinn der Sache ist. Ich schlüpfe in den dazu passenden String und peppe das Ganze noch zusätzlich auf, indem ich in meine High Heels schlüpfe. Als ich zu Eric zurückgehe, wackle ich extra ein wenig mehr mit den Hüften.

Er starrt mich mit Feuer in den Augen an. Dann bedeutet er mir mit einer Geste, mich einmal um mich selbst zu drehen, damit er mich von allen Seiten betrachten kann.

Ich werfe ihm einen Blick über die Schulter zu. »Und, was meinst du?«

»Ich meine«, sagt er langsam, »dass ich der glücklichste Mann bin, der je gelebt hat.«

Ich schlendere zu ihm hinüber und setze mich ihm rittlings auf den Schoß. Langsam fahre ich ihm mit den Fingern durch die Haare. »Wie gut, dass du die dazu passende glücklichste Frau der Welt gefunden hast.«

Er packt meinen Hintern und zieht mich gegen seine Erektion. »Nein, ich habe wesentlich mehr Glück gehabt als du.«

»Auf keinen Fall.«

»Hmm.« Er küsst mich. »Doch.«

Der »Streit« endet in einem Unentschieden, denn wir beide gewinnen, als wir gleich hier Liebe machen. In jedem seiner Küsse, jeder Berührung, jedem Eindringen spüre ich seine Liebe für mich. In seinen Armen kann ich alles loslassen und mich ihm komplett hingeben. Ich kann es kaum fassen, dass unser Liebesspiel seit der Verlobung noch intensiver geworden ist, aber genau das ist die Wirkung unseres Versprechens.

Danach liegen wir auf dem Sofa, und die Lichter vom Weihnachtsbaum werfen einen sanften, romantischen Schimmer auf uns. Draußen heult der Wind, und der Schnee, der für heute Abend vorhergesagt war, fängt an zu fallen.

»Das war das beste Weihnachten, das ich je hatte«, erkläre ich und streiche mit meiner Hand über Erics Arm.

»Den gleichen Gedanken hatte ich vorhin auch. Wir werden hart daran arbeiten müssen, das zu übertreffen.«

»Ich bin bereit für die Herausforderung, wenn du es bist.«

»Wir haben ein ganzes Leben voller Weihnachtsfeste vor uns. Ich nehme die Herausforderung nur zu gerne an.«

Ich bin kurz davor, wegzudösen, als mein Handy mit einem Vibrieren den Eingang einer neuen Nachricht meldet. Ich ignoriere es. Was auch immer es ist, es kann bis morgen warten. Dann summt es dreimal kurz hintereinander, und ich fürchte, dass irgendetwas passiert ist. »Lass mich nur mal kurz nachsehen.«

Eric gibt mich frei, damit ich das Handy vom Couchtisch angeln kann. Die Nachrichten kommen von Miles.

Ava? Bist du noch auf?

Hast du die Nachrichten gesehen?

Ava?

Schalte den Fernseher ein.

Lange starre ich auf das Handy, hin und her gerissen zwischen dem Wunsch, zu erfahren, was los ist, und dem, genau das nicht wissen zu wollen. Heute war der beste Tag meines Lebens. Ich will nicht, dass er durch irgendetwas kaputt gemacht wird. Vor nicht allzu langer Zeit hätten mich diese Nachrichten sofort nach der Fernbedienung greifen lassen. Jetzt hingegen will ich es nicht wissen. Aber Miles weiß, dass ich seine Nachrichten gelesen habe, also antworte ich ihm.

Bin gerade auf dem Weg ins Bett. Was ist passiert?

Er antwortet sofort: *Al Khads Verbündete haben ein Video des Übergriffs veröffentlicht, auf dem zu sehen ist, wie amerikanische Soldaten seine Familie und andere Zivilisten angreifen. Sie haben die US-Kommandos geoutet, die den Angriff durchgeführt haben. Es ist überall in den Nachrichten. Man kann ihre Gesichter erkennen ...*

»Ava?« Erics Stimme ist schläfrig rau. »Was ist los?« Als ich nicht antworte, stützt er sich auf einen Ellbogen. »Süße, du zitterst ja. Was ist passiert.«

Ich reiche ihm mein Handy, damit er die Nachrichten von Miles selbst lesen kann.

»O mein Gott. Willst du das Video sehen?«

»Ich ... ich weiß es nicht. Ein Teil von mir will es, aber ein größerer Teil will es nicht.«

»Soll ich es mir für dich anschauen?«

Ich hatte ihm mal ein Foto von John gezeigt, sodass er ihn vermutlich erkennen würde. »Ich ... Ich weiß einfach nicht, was ich tun soll.«

»Ich tue, was auch immer du willst.«

»Dann halt mich einfach fest. Das ist das Einzige, was ich im Moment brauche.«

»In Ordnung, nichts lieber als das.«

Ich drehe mich zu ihm, und er umfängt mich mit seiner Liebe und Wärme, was hilft, dieses außer Kontrolle geratene Zittern zu beruhigen, von dem ich mich schon ganz schwach fühle.

»Ich bin hier, Süße. Und ich werde immer hier sein, egal, was passiert. Ich liebe dich so sehr. Solange ich noch einen Atemzug in mir habe, wird nichts dir je wieder wehtun.«

Als ich die Lider schließe, laufen mir die Tränen aus den Augenwinkeln. Es bringt mich um, mir vorzustellen, dass ich den Fernseher einschalten und ihn sehen könnte, dass die meisten der Fragen, die mich seit Jahren verfolgen, innerhalb weniger Minuten beantwortet werden könnten. Diese Möglichkeit lähmt mich förmlich.

»Sag mir, was ich für dich tun kann«, bittet mich Eric nach einem langen Schweigen.

Innerhalb weniger Minuten wird mir klar, dass ich keine Ruhe finden werde, bis ich es mir nicht angeschaut habe. Selbst wenn ich mich davon zu überzeugen versuche, dass was immer auch zu sehen ist, morgen auch noch da sein wird. Vielleicht stimmt das, aber so sehr ich mich vor dieser neuesten Entwicklung verschließen will, ich muss es einfach wissen.

»Hättest du was dagegen, wenn ich den Fernseher anmache?«

»Natürlich nicht.« Er hilft mir auf und breitet eine Decke über uns beide, während ich nach der Fernbedienung greife.

Mit zitternden Händen schalte ich CNN ein, wo die Eilmeldung in riesigen roten Buchstaben über den Bildschirmrand läuft.

Nachdem ein paar Minuten lang Experten zu Wort gekommen sind, verkündet der Nachrichtensprecher: »Für diejenigen unter Ihnen, die gerade erst eingeschaltet haben: Die Al-Khad-Organisation hat ein

Überwachungsvideo veröffentlicht, das die Durchsuchung auf dem Gelände zeigt, wo der Terrorist sich mit seiner Familie und seinen engsten Vertrauten verschanzt hatte. Wir müssen Sie warnen, dass Teile des Videos sehr schwer mitanzusehen und nicht für Kinder geeignet sind.«

Sie zeigen lediglich Ausschnitte aus dem Video, was einfach nur ärgerlich und nicht hilfreich ist.

»Ich habe das komplette Video im Internet gefunden«, sagt Eric und dreht den Laptop zu mir herum.

Erfüllt von Grauen und Erwartung schaue ich mir das Video an. Ich sehe Männer in Kampfanzügen und schweren, kugelsicheren Westen. Im Gesicht haben sie irgendeine Farbe, und sie tragen die Waffen im Anschlag, als sie das Gebäude von mehreren Seiten zugleich stürmen. Es ist ein geplanter, präziser Angriff, der die Bewohner des Hauses überrumpelt.

Schüsse ertönen in einem Gewirr aus Schreien und Lärm.

Frauen werfen sich schreiend über ihre Kinder.

Eine Frau kommt mit einem Messer in der Hand auf die Soldaten zu und wird erschossen.

Weitere Schreie, Wörter in einer Sprache, die ich nicht kenne, das Flehen um Gnade, das in jeder Sprache zu verstehen ist.

Ich greife nach Erics Hand und halte sie ganz fest, während ich zusehe, wie der Einsatz mit der methodischen Durchsuchung eines jeden Zimmers weitergeht. Weitere Schüsse, Rufe auf Englisch, mehr Schreie ... Wenn ich es nicht besser wüsste, würde ich glauben, einen Actionfilm zu schauen und nicht ein echtes Drama. Es wirkt so irreal.

Von den Amerikanern kann ich nicht die Gesichter, sondern nur die Rücken sehen. Es passiert alles so schnell, dass ich kaum etwas erkennen kann.

Eine Frau schießt auf einen amerikanischen Soldaten und wird daraufhin schnell von einem seiner Kameraden exekutiert.

»Bringt ihn hier raus«, ruft jemand.

Noch ein Soldat dreht sich um, und ein Gesicht, das ich nicht kenne, wird der gesamten Welt präsentiert, während er sich um seinen gefallenen Bruder kümmert.

Die anderen dringen weiter vor, stürmen eine Treppe hinauf und erwidern das Feuer mit Maschinengewehrsalven.

Ich habe solche Angst, ich kann kaum atmen. Habe ich all die Zeit darauf gewartet, zu erfahren, was mit John geschehen ist, nur um jetzt zuzusehen, wie er getötet wird? Ich bin mir nicht sicher, ob ich das überleben würde. Ich will überall hinschauen, nur nicht auf den Bildschirm, aber ich schaffe es nicht, den Blick abzuwenden.

»Atmen, Ava.« Erics Lippen streifen über meine fiebrige Wange.

Ich zwinge Luft in meine Lungen, während ich weiter die systematische Durchsuchung des ersten Stockwerks verfolge.

Ein Kommando wird gebrüllt, weitere Schüsse ertönen, noch ein Soldat wird getroffen, und jemand ruft: »Ich hab ihn! Er ist hier drin!«

Ein paar Sekunden lang ist der Bildschirm nur mit Gewehrfeuer und Schreien und Explosionen gefüllt, die das Gebäude und die Kamera erschüttern, die die ganze Aktion filmt. Als der Staub sich legt und der Rauch sich verzieht, tauchen zwei Männer aus dem Zimmer auf, in dem alles passiert ist. Sie schleppen einen dritten Mann mit sich: Al Khad.

Einer der beiden Männer an seiner Seite ist John.

Ich stoße einen gequälten Schrei aus.

»O mein Gott«, flüstert Eric und verstärkt seinen Griff um mich.

Schluchzer schütteln mich, als ich zusehe, wie John und sein Kamerad Al Khad durch den Flur zu der Treppe schleppen, wo sie von weiteren Schüssen empfangen werden.

John geht zu Boden, und ich schreie.

Eric ist da, nimmt mich in den Arm, flüstert leise, tröstende Worte, die den Nebel in meinem Kopf jedoch nicht durchdringen.

Habe ich gerade zugesehen, wie er getötet wurde? Ist er tot, und wird sein Name nie veröffentlicht werden? Ist John West überhaupt sein richtiger Name? Ich ertrage es nicht mehr, hinzusehen. Hysterisch schluchzend und untröstlich vergrabe ich mein Gesicht an Erics Brust.

Im Hintergrund höre ich die Reporter das Gezeigte auseinandernehmen, als bräuchten wir ihre Hilfe, um es zu verstehen. Doch das Einzige, was ich wissen will, ist gleichzeitig das Einzige, was sie mir nicht sagen können.

KAPITEL 21

AVA

Die nächsten Stunden vergehen in einem Nebel aus Tränen und Verwirrung und Panik. Ich bin ein absolutes Wrack.

Irgendwann muss Eric meine Schwester angerufen haben, denn sie und Rob stehen mitten in der Nacht auf einmal vor mir.

Camille setzt sich neben mich, während Eric sich mit seinem Bruder bespricht.

»Kann ich dir irgendetwas bringen?«, fragt Camille.

Ich schüttle den Kopf. Ich wüsste nicht, worum ich sie bitten sollte. Ich bin betäubt und verängstigt und von Schmerz geplagt und habe Angst, dass meine Reaktion auf diese neuesten Nachrichten meine Beziehung mit Eric zerstört. Bei dem Gedanken fange ich wieder an zu schluchzen. Ich darf ihn nicht ebenfalls verlieren. Das geht einfach nicht.

»Ava, Liebes.« Camille klingt verzweifelt. »Wir wissen doch noch gar nichts. Es könnte ihm auch gut gehen.«

»Eric ...«

»Was ist mit ihm?«

»Das Ganze ist zu viel für ihn. Das weiß ich.«

»Nein«, erwidert sie. »Auf keinen Fall. Er betet dich an. Für dich würde er durchs Feuer gehen.«

Das möchte ich gerne glauben, aber keine vierundzwanzig Stunden nachdem ich seinen Antrag angenommen habe, weine ich schon wieder über meinen Ex-Freund. Das könnte mehr sein, als jeder Mann ertragen kann, selbst einer, der mich anbetet.

Er kommt herüber und setzt sich vor mir auf den Couchtisch. Seine Miene ist angespannt, seine Augen gerötet und müde. »Rob hat eine Idee, über die ich gerne mit dir sprechen würde«, sagt er.

»W-was für eine Idee?« Ich wische mir das Gesicht ab und versuche, nicht daran zu denken, wie rot und verquollen es sein muss. Haben wir uns wirklich vor wenigen Stunden noch auf diesem Sofa geliebt?

»Unser Dad kennt den Vizepräsidenten. Sie haben in der Vergangenheit gemeinsam Wahlkampf betrieben und sind in Kontakt geblieben. Rob will Dad bitten, den Vizepräsidenten zu kontaktieren, um zu sehen, was wir für dich herausfinden können. Aber nur, wenn du das möchtest.«

Möchte ich das? Ich habe keine Ahnung.

»Ava«, beginnt Camille mit der sanften Stimme, mit der sie seit ihrem Eintreffen hier mit mir spricht. »Lass Rob anrufen. Es wird besser sein, wenn du Gewissheit hast – so oder so.«

»Wirklich?«, frage ich in einem Ton, den sie nicht verdient hat. Ich kann einfach nicht anders. »Wird es besser, wenn ich es weiß?«

Camille schaut zu Eric auf der Suche nach einer Antwort, die keiner von uns hat.

»Es tut mir leid«, sage ich zu ihr. »Ich will nicht so zickig sein.«

»Sei, was immer du jetzt sein musst. Mach dir um mich keine Sorgen.«

Irgendwann, eines fernen Tages, werde ich mich bei ihr für ihre Unterstützung angemessen bedanken.

»Was sollen wir tun, Süße?«, fragt Eric und nimmt meine Hände.

»Ich ... Ruft euren Dad an. Guckt, was er in Erfahrung bringen kann.«

Er gibt mir einen Kuss auf die Stirn. »Okay.« Dann lässt er meine Hand los und steht auf, um mit Rob zu reden.

Ich lehne mich gegen Camille und frage mich, wie lange ich warten muss, bevor ich weiß, was mit John passiert ist.

Es ist schwer, Antworten zu erhalten, wenn die ganze Welt über die Feiertage geschlossen hat. Da auch meine Firma die ganze Woche über zu hat, habe ich nichts, womit ich meinen rastlosen Geist beschäftigen kann, während ich auf eine Rückmeldung bezüglich der Anfragen warte, die Gouverneur Tilden gestellt hat.

Twitter hat leider über die Feiertage nicht geschlossen. Hier wird wild über den Einsatz spekuliert, über die Männer, deren Gesichter veröffentlicht wurden, und das alles spiegelt das unersättliche Verlangen nach Informationen wider, das im digitalen Zeitalter herrscht. Auf den Rat meiner Schwester und Eric hin halte ich mich von allen sozialen Medien fern.

Während ich warte, bin ich von wohlmeinenden Familienmitgliedern und Freunden umgeben, die helfen wollen. Doch sie können nichts tun, um die Spannung zu mildern, die es mir unmöglich macht, zu essen, zu schlafen oder normal zu funktionieren.

Sky ruft Jessica an, die für mich ihre Familie für ein paar Stunden allein lässt, um mir durch diesen neuesten Rückschlag zu helfen. Wie immer tut es gut, mir ihr zu reden, aber es lindert nicht den Stress, der mich jeden wachen Moment des Tages begleitet. Selbst wenn ich mal in einen unruhigen Schlaf falle, werde ich von verstörenden Träumen verfolgt, in denen ich vergeblich versuche, John in einem endlosen Labyrinth zu finden.

Ich verbringe unangemessen viel Zeit damit, mir die verschiedensten Szenarien auszumalen.

Im ersten Szenario wurde John in jener Nacht in Afghanistan getötet.

Im zweiten Szenario hat er überlebt, wurde jedoch so schwer verletzt, dass es ihm unmöglich ist, mich zu kontaktieren.

Im dritten Szenario wurde er verwundet, hat sich allerdings in den darauffolgenden Monaten erholt und sich entschieden, keinen Kontakt zu mir aufzunehmen.

Seltsamerweise bereitet mir die letzte Alternative den größten Kummer. Dass er irgendwo da draußen sein könnte, zurückgekehrt von seiner fünf Jahre dauernden Mission, und sich nicht die Mühe macht, mich darüber zu informieren, ist irgendwie schlimmer als die Möglichkeit, dass er tot sein könnte.

Ich bin es so leid, die Szenarien in meinem Kopf durchzugehen. Ich bin es leid, von ihm besessen zu sein. Ich bin es leid, dass die Gedanken an ihn alles andere überschatten. Ich sollte eine Hochzeit planen und mich auf die Zukunft mit meinem wundervollen Verlobten freuen, aber wieder einmal sitze ich hier, gefangen im Albtraum meiner Vergangenheit. Ich schleppe mich zum ersten Mal seit Tagen aus dem Bett und unter die Dusche.

Das heiße Wasser löst die Verspannungen in meinem Körper. Ich wasche mir die Haare, rasiere meine Beine und fühle mich danach so gut wie seit Weihnachten nicht mehr.

Eric und ich hatten vor, uns diese Woche gemeinsam freizunehmen für »Urlaub zu Hause«. Wir haben eine Liste an Filmen, die wir anschauen, an Restaurants, die wir ausprobieren wollen, und wir hatten vor, erste Pläne für die Hochzeit zu schmieden. Ich föhne mir die Haare, schminke mich ein wenig, um halbwegs präsentabel auszusehen, und ziehe mir einen Pullover und die Jeans an, von der Eric mal gesagt hat, sie würde fabelhafte Dinge mit meinem Hintern anstellen.

Ich finde Eric am Küchentresen vor dem geöffneten Laptop. Neben ihm steht ein Becher Kaffee. Ich merke, dass es ihn überrascht, als ich meine Arme von hinten um ihn schlinge und ihm einen Kuss auf den Nacken gebe.

»Hey, Baby. Du riechst gut.«

»Es tut mir leid.«

»Was tut dir leid?«

»Wie ich reagiert habe, dass ich mich zurückgezogen, nicht geduscht und den ganzen Tag geschlafen habe ... Ich habe uns die Ferien versaut, und das hört jetzt sofort auf. Lass uns ins Kino gehen.«

»Das müssen wir nicht, Ava, wenn dir nicht danach ist.«

»Aber mir ist danach. Ich will hier mal raus und die Pläne in die Tat umsetzen, die wir für diese Woche hatten. Hier herumzusitzen und mich im Elend zu wälzen hilft auch nicht. Gehst du bitte mit mir ins Kino?«

Er dreht sich zu mir um und streichelt mein Gesicht. »Mir dir würde ich bis ans Ende der Welt gehen.«

Zum ersten Mal seit Tagen lächle ich. »Und wenn wir wieder zu Hause sind, zeige ich dir, wie viel mir deine Liebe und Unterstützung bedeutet.«

Er hebt eine Augenbraue. »Wie genau wirst du mir das zeigen?«

»Warte ab. Du wirst es erfahren, wenn es so weit ist.«

»Das ist nicht fair.«

Erfreut von seiner Reaktion und der Rückkehr von etwas Normalität zwischen uns, schlendere ich davon und werfe ihm einen Blick über die Schulter zu. »Je eher wir ins Kino gehen, desto eher sind wir wieder daheim ...«

Er springt vom Barhocker, der laut krachend umfällt. »Verdammt«, murmelt er, während ich laut loslache.

Es fühlt sich gut an, zu lachen, mit ihm herumzuwitzeln. Er sorgt immer dafür, dass ich mich gut fühle. Selbst in den schlimmsten Zeiten.

»Tust du mir einen Gefallen?«, frage ich, nachdem er den Hocker wieder aufgestellt hat und sich seinen Mantel anzieht.

»Jeden.«

»Kannst du dein Handy zu Hause lassen?« Ich schalte meins aus und lege es auf den Tisch in der Diele, auf dem wir immer unsere Schlüssel aufbewahren.

»Sehr gern.« Er macht seins ebenfalls aus, legt es neben meins und folgt mir nach draußen, um dem Stress des Wartens ein paar Stunden lang zu entkommen.

Ich darf den Film auswählen, und ich entscheide mich für das Lustigste, was ich finden kann. Der Humor ist ziemlich albern, aber das Lachen ist therapeutisch. Danach gehen wir zu dem neuen Italiener in unserem Viertel, über den wir nur Gutes gehört haben. Lachen, Essen, Wein und gute Gesellschaft helfen enorm, meinen Schmerz zu lindern. Während des Essens führen wir die erste richtige Unterhaltung über unsere Hochzeit. Ich bin nicht überrascht, dass wir beide eine kleine, intime Feier wollen, vielleicht am Strand, und spätestens nächsten Sommer.

Bester Laune kehren wir nach Hause zurück. Da wir weiter in der Blase bleiben wollen, in der wir uns seit unserem Aufbruch vorhin befinden, lassen wir unsere Telefone auf dem Tisch im Flur und gehen ins Bett. Wir können es beide nicht erwarten, uns endlich wieder körperlich und emotional nahe zu sein.

Eric ist unendlich zärtlich zu mir, als wüsste er, wie zerbrechlich ich trotz meiner heutigen Bemühungen noch bin. Er verwöhnt mich mit Händen und Lippen und Worten, die mich dazu bringen, mich an ihn zu klammern – mein Fels in der Brandung.

»Ich habe dir eine Belohnung versprochen, also ist das hier nicht fair«, sage ich zu ihm.

»Mit dir Liebe zu machen ist die einzige Belohnung, die ich je brauchen werde.« Er packt meine Hüften und dringt langsam in mich ein. Sein Blick ist heiß vor Liebe und Zuneigung und einem so intensiven Verlangen, dass es mir den Atem raubt. »Ich liebe dich so sehr. Viel mehr, als du dir vorstellen kannst.«

»Ich liebe dich auch.«

Er scheint erleichtert, das zu hören, und es schmerzt mich, dass er die letzten Tage an meiner Seite gelitten hat. Er hatte Gründe, sich zu fragen, ob ich mich ihm weiter verbunden fühle. Ich möchte ihn wissen lassen, dass sich das nie ändern wird, dass nichts und niemand jemals ändern könnte, was ich für ihn empfinde.

Ich gebe ihm alles, was ich habe. Es gehört alles ihm. Alles von mir ist sein.

Wir kommen gemeinsam, keuchen, klammern uns aneinander, halten uns an dem Einzigen fest, das für uns beide einen Sinn ergibt. Danach, geschützt in Erics liebevoller Umarmung, falle ich in einen tiefen, traumlosen Schlaf.

ERIC

ICH WACHE AUF, WEIL JEMAND AN MEINE WOHNUNGSTÜR hämmert. Ich habe so tief geschlafen, dass mein Körper eine Sekunde braucht, um mit meinem Gehirn schrittzuhalten. Dann löse ich mich aus Avas Umarmung und ziehe eine Jogginghose über, bevor ich nach vorn gehe, um zu gucken, wer zum Teufel da klopft – und wie zur Hölle derjenige reingekommen ist, ohne dass ich ihn hereingelassen habe.

Durch den Spion sehe ich die säuerliche Miene meines Bruders und schließe auf.

»Verdammt noch mal, Eric!« Er stürmt an mir vorbei ins Loft. »Warum sind eure Handys aus?«

Verschlafen reibe ich mir übers Gesicht. »Wir haben sie gestern ausgeschaltet, weil Ava mal eine Pause von allem brauchte.«

»Ich versuche seit gestern Abend, euch zu erreichen.«

Mein Magen zieht sich zusammen. Ich will meinen Bruder aus der Tür schieben und alle Riegel vorlegen, um das, was auch immer er uns mitteilen will, auszusperren.

»Ihr Typ ... Er lebt.«

Ich will schreien, dass er nicht *ihr* Typ ist. Aber das tue ich nicht. Ich sage gar nichts, während ich verarbeite, was diese Nachricht bedeutet. Er lebt, hat jedoch nicht versucht, Ava zu kontaktieren. Was wird das für sie heißen? Was wird es für uns heißen?

»Was noch?«

»Das ist alles. Mehr verraten sie uns nicht. Dad hat versucht, weitere Informationen zu erhalten, aber der Vizepräsident hat gemeint, alles, was den Einsatz angeht, unterliege der strengsten Geheimhaltung, selbst wenn die andere Seite das Video veröffentlicht hat. Offenbar musste der Vizepräsident eine besondere Anfrage an die Oberkommandierenden stellen, um überhaupt so viel zu erfahren.«

»Also verraten sie uns nicht, wo er ist?«

Rob schüttelt den Kopf. »Nein.«

»Das ist doch Scheiße.«

»Da gebe ich dir recht.«

Ich schaue zum Schlafzimmer, wo Ava schläft. Mir graut davor, ihr das zu erzählen. Es war so eine Erleichterung, sie gestern einigermaßen normal zu erleben. Das hier wird sie wieder zurückwerfen, und das ertrage ich nicht – weder für sie noch für mich.

»Alles in Ordnung?« Rob scheint mich auf eine Weise zu durchschauen, die nur entstehen kann, wenn man ein Leben lang aufeinander aufgepasst hat.

»Ich ... Ich weiß nicht, wie es mir geht. Ich will sie unterstützen, verstehst du?«

Er nickt. »Natürlich willst du das.«

»Aber ich habe solche Angst, dass er in ihr Leben zurückkommen könnte und sie mit ihm verschwindet, als hätte es mich nie gegeben.« Es ist das erste Mal, dass ich meine größte Angst in Worte fasse, und ich hasse, wie egoistisch ich bin, weil ich mir um mich Sorgen mache, anstatt meine ganze Aufmerksamkeit auf sie und das, was sie durchstehen muss, zu richten.

»Eric ... Mein Gott. Das wird nicht passieren.«

»Und woher willst du das wissen?«

»Sie *liebt* dich. Das merkt jeder, der euch kennt. Sie ist verrückt nach dir. Sie wird nirgendwo hingehen.«

»Früher war sie auch mal verrückt nach ihm.«

»Seitdem ist viel Wasser den Hudson hinuntergeflossen. Sie kann unmöglich die gleichen Gefühle für ihn haben wie damals.«

»Der Kerl ist ein Nationalheld. Wie soll ich da mithalten können?«

»Du musst nicht mithalten. Das ist kein Wettbewerb. Er hat sie verlassen. Du nicht. Du gewinnst.«

»Wenn es nur so einfach wäre. Er ist ja nicht aus eigenem Antrieb gegangen. Er hat Jahre seines Lebens geopfert, um diese Welt für alle zu einem sichereren Ort zu machen. Verdammt, ich bin wegen dem, was er da getan hat, selbst Fan von ihm.«

Rob lacht humorlos auf.

»Sag mir, dass sich das hier nicht zu Brittany 2.0 entwickelt«, bitte ich, weil ich seine Versicherung brauche.

»Auf keinen Fall. Ava hat mit ihr nicht das Geringste gemein. Wenn das Schlimmste passieren würde, hätte sie wenigstens die Größe, es dir persönlich beizubringen.«

Seine Worte bohren sich wie ein Pfeil in mein Herz, was Rob sofort bemerkt.

»Hey, das wird nicht passieren, Bruder.« Er sagt, was ich hören muss, aber ich sehe, dass auch er besorgt ist, was nun wiederum überhaupt nicht hilfreich ist.

»Danke, dass du vorbeigekommen bist. Und sorry, dass du dich um uns gesorgt hast.«

»Keine Ursache. Was passiert jetzt weiter?«

»Ich werde Ava erzählen, was du herausgefunden hast, und dann sehen wir, was geschieht.« Ich hoffe, stark und selbstbewusst zu klingen, denn innerlich bebe ich.

Ich kann vielen Leuten etwas vormachen, doch Rob gehört nicht dazu. Er legt seine Hände auf meine Schultern und zwingt mich, ihm in die Augen zu sehen. »Sie liebt dich. Es wird vielleicht erst schlimmer, bevor es besser wird, aber am Ende wird alles gut. Verstanden?«

Ich nicke, weil er das braucht, bevor er gehen kann.

In einer für Rob sehr untypischen Anwandlung umarmt er mich. »Ich bin immer da, wenn du mich brauchst.«

»Danke.« Ich bin von dieser seltenen Zurschaustellung von Zuneigung tief berührt.

Auf dem Weg zur Tür dreht Rob sich noch mal kurz um. »Oh, und schaltet eure verdammten Handys wieder ein.« Die Tür fällt hinter ihm ins Schloss, und ich bleibe allein mit meinen Ängsten zurück. Ich bemühe mich, sie unter Kontrolle zu bekommen, bevor ich ins Schlafzimmer zurückkehre. Ich will nicht, dass Ava merkt, wie aufgewühlt ich bin. Sie soll Selbstvertrauen und Stärke sehen, wenn sie mich anschaut, keine Angst. Niemals werde ich ihr meine Angst zeigen.

Ich lege mich wieder neben sie ins Bett, ziehe ihren warmen Körper an mich und gebe ihr einen Kuss auf die Schulter. Ich hasse es, das tun zu müssen, aber ich kann ihr die Wahrheit nicht vorenthalten, auch wenn sie ihr wehtun wird.

»Wo warst du?«, murmelt sie schläfrig. Letzte Nacht war das erste Mal seit Weihnachten, dass sie wirklich tief und fest geschlafen hat.

»Rob war eben hier.«

»Wieso?«

»Unsere Handys waren aus, und er hatte Neuigkeiten.«

Als hätte man ihr einen Elektroschock versetzt, versteift sich ihr Körper. Dann schaut sie mich an und schiebt sich die Haare aus ihrem wunderschönen Gesicht. »Was auch immer es ist, raus damit. Spuck es einfach aus, Eric. Bitte.«

»Er lebt noch.«

<hr>

KAPITEL 22

JOHN

Schmerz ist die einzige Konstante in meinem Leben. Jeder Teil von mir tut weh, vor allem der, der weg ist. Der Phantomschmerz – etwas, das ich einst als Unsinn abgetan hätte – ist die schlimmste körperliche Qual, aber selbst die ist nichts im Vergleich zu der emotionalen Verzweiflung, die mich plagt wie ein Fieber, das ich nicht loswerde.

Fünf Jahre, neun Monate und achtzehn Tage.

So lange ist es her, dass ich Ava gesehen, sie in den Armen gehalten, ihre Lippen geküsst, mich in ihrem süßen Körper verloren habe und mich auf eine Weise ganz fühlte, die ich davor und danach nie wieder erlebt habe.

Ich bin gefangen in einem selbst gemachten Albtraum, der an jenem Abend seinen Anfang nahm, an dem ich sie in dieser schäbigen Kneipe neben dem Stützpunkt kennengelernt habe. Und er setzt sich seitdem in jeder Nacht fort, vor allem in den über zweitausend Nächten, die ich von ihr getrennt verbracht habe. Jede Minute quälen mich die Fragen, ob es ihr gut geht, ob sie mich hasst, ob sie einen anderen hat.

Ich könnte es ihr nicht vorwerfen, wenn sich mich hasst. Das habe ich verdient, und dazu stehe ich. Doch der Gedanke an sie mit einem anderen bringt mich auf eine Weise um, wie es die Kugel eines Feindes niemals vermocht hat, selbst wenn es knapp war.

In der Nacht des Zugriffs wurde ich in den Oberschenkel getroffen. Die Kugel hat meine Oberschenkelarterie zerfetzt, und nach dem, was man mir später erzählt hat, wäre ich im Hubschrauber beinahe verblutet. Eine Aderpresse, die mir einer der Sanitäter angelegt hat, hat mir das Leben gerettet, aber am Ende habe ich das Bein verloren und wäre als Nächstes beinahe an einer Infektion gestorben, die einen vollen Monat in mir gewütet hat.

Ich habe keinerlei Erinnerungen an all das. Man sagt mir, das sei ein Segen. Wir haben Al Khad gefasst. Das ist das Erste, was man mir mitgeteilt hat, als ich wieder bei Bewusstsein war. Es sollte das Einzige sein, was zählt, mir ist es jedoch nicht mehr wichtig. Ich habe diesem Hurensohn so viel Zeit meines Lebens geschenkt, wie er kriegen konnte. Ich habe gehört, dass wir ihn am Leben gelassen haben, aber für mich ist er gestorben.

Ein weiterer Monat verstrich, bis ich kräftig genug war, um mit der Physiotherapie zu beginnen. Was die reinste Folter ist. Schlimmer als alles, was ich je durchgemacht habe, einschließlich Ava zu verlassen und zu wissen, dass ich sie vielleicht nie wiedersehe.

Ich weigere mich, Kontakt zu ihr aufzunehmen, bevor ich wieder stark genug bin, um zu stehen. Jeden Tag komme ich diesem Ziel ein bisschen näher. Meine Kraft kehrt zurück, allerdings nur langsam, so verdammt langsam. Mit jedem Tag, der vergeht, fühle ich mich weniger wie ein Invalide. Mit jedem Tag, der vergeht, komme ich dem Tag näher, an dem ich für sie bereit sein werde.

Der Verbindungsoffizier der Navy, der mir zugeteilt wurde, hat mir ein neues Handy vorbeigebracht, das nun auf dem Tisch in meinem Zimmer in der Rehaklinik liegt und mich damit quält, wie leicht es wäre, es in die Hand zu nehmen, die Nummer einzutippen, die ich noch auswendig kenne, und ihre Stimme zu hören – ein Licht am Ende des langen, dunklen Tunnels.

Aber ich will nicht, dass sie mich so sieht. Ein Schatten des Mannes, der ich einmal war. Ich will in Gänze zu ihr zurückkehren –

oder so ganz, wie man sein kann, wenn man ein Bein verloren hat. Ich will stark und fähig und bereit sein, ihr meinen Fall darzulegen.

Ich mache mir keine Illusionen. Was sie betrifft, stehe ich auf ziemlich verlorenem Posten. Ich habe ihr etwas Grausames, Schreckliches angetan, indem ich was mit ihr angefangen habe, obwohl ich wusste, dass ich sie womöglich eines Tages würde verlassen müssen. Ich hatte allerdings nicht mit einer Mission gerechnet, die über fünf Jahre dauert und mich in die zerklüfteten Berge der feindseligsten Umgebung auf Erden führen würde.

Wenn ich vor sechs Jahren gewusst hätte, was ich jetzt weiß, wäre ich an dem süßen Mädchen im Flur vor den Toiletten der Bar vorbeigegangen. Ich hätte mich für meine Ungeschicklichkeit entschuldigt und mein Leben weitergelebt, ohne zu wissen, was mir entgeht. Ich hätte ihr mich und das, was ich letzten Endes angerichtet habe, erspart.

Doch ich bin nicht an ihr vorbeigegangen, sondern habe uns beide stattdessen einer Folter ausgesetzt, die man eigentlich nur von der Hand eines Feindes erlebt. Ich kann mir nicht vorstellen, was sie während meiner Abwesenheit durchstehen musste, aber ich weiß verdammt gut, was ich mir für Sorgen um sie gemacht habe. Darüber, was aus ihr geworden ist, nachdem ich fortmusste ... und nicht wieder zurückgekommen bin.

Sie schuldet mir nichts. Nein, weniger als nichts, wenn ich ehrlich bin. Ich bin auf alles und nichts vorbereitet, rede ich mir ein. Sie könnte sich weigern, mich zu sehen, und ich will glauben, dass ich damit klarkommen würde. Aber in der Zwischenzeit ist sie meine Inspiration, der einzige Grund, aus dem ich so hart dafür kämpfe, meine Mobilität zurückzuerlangen.

Alles, was ich tue, ist für sie. Für die Möglichkeit, dass sie vielleicht – ganz vielleicht – noch einen Hauch dessen für mich empfindet, was sie damals für mich empfunden hat. Bevor ich uns zerstört habe. Ich weigere mich, zu ihr zurückzukehren, solange ich nicht in der Lage bin, mich um mich selbst zu kümmern. Ich bin bereits eine zu große Last für sie gewesen.

Die Vorhänge vor meinem Fenster sind zugezogen, um die späte Nachmittagssonne auszusperren. Ich liege im Bett und schließe die

Augen, versuche, meine Muskeln zu entspannen, die fast schon brutal zittern. Der Schmerz in meinem amputierten Bein ist nahezu unerträglich, in den letzten Wochen habe ich es allerdings abgelehnt, Schmerzmittel zu nehmen. Mir gefällt nicht, wie ich mich mit ihnen fühle oder wie inbrünstig ich mich nach mehr davon gesehnt habe.

Als es an der Tür klopft, öffne ich die Augen. Normalerweise stört man mich hier nach den quälenden Physiotherapiesitzungen nicht. Viele Abende verschlafe ich sogar das Abendessen, weil ich so erschöpft bin.

»Herein.«

Der Verbindungsoffizier, ein dunkelhaariger Lieutenant Commander namens Muncie, steckt seinen Kopf durch den Türspalt. Ich erinnere mich nicht an seinen Vornamen, obwohl er mir den mal gesagt hat. Er ist ein ganz netter Kerl und hat versucht, mir zu helfen, aber meistens nervt er mich einfach mit seinem grenzenlosen Optimismus und seinem Gerede über die Kameradschaft unter Soldaten.

Die United States Navy kann mich mal. Selbst wenn ich nicht ein Bein verloren hätte und mich nicht einer ehrenhaften Entlassung aus medizinischen Gründen gegenübersehen würde, wäre ich so was von fertig mit meiner Navy-Karriere. Nach allem, was ich gehört habe, wurde ich während meiner Abwesenheit zweimal befördert und bin jetzt offenbar ein Captain. Ein verdammter O-6. Früher einmal wäre es ein wahrgewordener Traum gewesen, diesen Dienstgrad zu erreichen. Jetzt interessiert es mich nicht mal mehr einen feuchten Kehricht.

»Ich dachte, Sie wären über die Feiertage nach Hause gefahren«, sage ich.

»Das bin ich, ich bin jedoch früher zurückgekommen, Sir.«

Ich verspüre ein leichtes Unbehagen. Was hat ihn früher zurückgebracht – und was hat es mit mir zu tun? »Was wollen Sie?«

»Haben Sie eine Minute, Sir?«

Die Frage nervt mich. Ich habe alle Zeit der Welt, und das weiß er. »Hören Sie auf, da herumzulungern. Kommen Sie rein oder verschwinden Sie.«

Er tritt ein. »Ich hab gehört, Sie wären heute guter Stimmung, Sir.«

»So bin ich, wenn ich gute Laune habe, und hören Sie auf, mich ›Sir‹ zu nennen, wenn wir beide allein sind.« Ich mache ihn nervös, und ein kranker Teil von mir genießt das. Ich hole mir die Aufregung, wo ich sie kriegen kann.

»Es tut mir leid, Sie zu stören, Sir, aber wir müssen reden.«

»Worüber?«

»Es hat ein paar, äh, Entwicklungen gegeben, und man hat mich gebeten, Sie darüber in Kenntnis zu setzen.«

Mir gefällt nicht, wie das klingt, doch ich weigere mich, ihm seinen Job leichter zu machen, also warte ich darauf, dass er fortfährt.

»Die Gruppe von Al Khad hat ein Video veröffentlicht«, erklärt er und wirkt aus Gründen, die ich nicht verstehe, nervös.

»Und?«

»Es zeigt den Einsatz. In Gänze.«

Als wäre ein Blitz aus dem Himmel niedergegangen und in meine Brust gefahren, wird mir bewusst, was er da gerade gesagt hat. Ich habe zwar einen Fernseher in meinem Zimmer, schalte ihn allerdings nie ein, was Muncie weiß. Ich schaffe es zwischen den Physiotherapiesitzungen gerade mal, zu essen, zu schlafen und zu atmen.

Ava ... O Gott, nein.

Mit zusammengebissenen Zähnen frage ich. »Wie lange ist die Veröffentlichung her?«

»Vier Tage.«

Ich schließe die Augen und atme durch die Nase, als Schmerz durch jede Zelle in meinem Körper wogt und ein neues, mir den Atem raubendes Ziehen in meiner Brust zurücklässt. »Ich nehme an, ich bin in dem Video zu sehen?«

»Ja, Sir.«

»Erkennt man, wie ich zu Boden gehe?«

»Ja, Sir.«

Ich atme scharf ein und stelle mir vor, wie Ava mich zum ersten Mal seit Jahren erblickt und dann zuschauen muss, wie ich angeschossen werde. Hat sie es gesehen? Hat sie mich erkannt? Macht es ihr etwas aus, dass ich verletzt wurde? Fragt sie sich, wo ich bin? Denkt sie immer noch jede Minute eines jeden Tages an mich, so wie ich an sie denke?

»Über offizielle Kanäle ist eine Anfrage bezüglich Ihrer Verfassung gestellt worden.«

Bei dieser Information bleibt mir fast das Herz stehen. »Was für eine Anfrage?«

»Sie kam vom Gouverneur von New York über den Vizepräsidenten und die Oberbefehlshaber.«

Ich versuche, zu begreifen, was er da sagt. »Welche Antwort wurde ihnen gegeben?«

»Dass Sie leben.«

»Das ist alles?«

»Die Mission unterliegt trotz der Veröffentlichung des Videos weiter der höchsten Geheimhaltungsstufe.«

Ava ist der einzige Mensch in meinem Leben, dem ich wichtig genug bin, um nachzufragen. Also muss die Anfrage von ihr gekommen sein. Und jetzt weiß sie, dass ich am Leben bin, dass meine Mission vor Monaten zu Ende gegangen ist, ich mir jedoch nicht die Mühe gemacht habe, mich bei ihr zu melden.

Verdammte Scheiße.

Ich konnte sie nicht auf meine leere Liste von Menschen setzen, die benachrichtigt werden sollten, falls mir etwas passiert, weil ich mich gar nicht erst mit ihr hätte einlassen dürfen. Aber ihr liegt noch genug an mir, um nachzufragen. Der Gedanke hebt meine Laune, wie es nichts anderes jemals könnte.

»War es das?«, frage ich Muncie, denn ich will, dass er verschwindet.

»Angesichts der Veröffentlichung des Videos«, antwortet er zögernd, »ist ganz oben beschlossen worden, die Gelegenheit zu nutzen und die Navy in ein positives Licht zu rücken.«

»Wovon zum Teufel reden Sie da?«

»Die amerikanische Öffentlichkeit verlangt nach weiteren Informationen über das mutige SEAL-Team, das Al Khad gefasst hat. Verschiedene Medienanstalten haben sich auf das Informationsfreiheitsgesetz berufen und weitere Angaben über die drei Angehörigen der Streitkräfte angefordert, die in dem Video zu sehen sind. Da Sie bereits enttarnt wurden, werden die Namen, Dienstgrade und Heimatstädte in den nächsten Tagen veröffentlicht werden. Das Pentagon bereitet sich darauf vor, einige Details der Mission als nicht mehr geheim einzustufen, um den Sieg feiern zu können, ohne andere, laufende Ermittlungen zu gefährden.«

»Mit anderen Worten, sie werfen mich und die anderen den Wölfen zum Fraß vor, um sich die Medien vom Hals zu halten.«

»So in der Art, Sir.«

»Was, wenn ich nicht zustimme?«

»Leider ist das keine Option, Sir.«

Die Navy hat mich immer noch an den Eiern, und das wissen wir beide.

»Das Ganze tut mir schrecklich leid. Wenn es nach mir ginge, hätte ich Sie nach den Opfern, die Sie bereits gebracht haben, niemals darum gebeten.«

Ich muss mich sehr zusammenreißen, um nicht den Boten zu erschießen und mich daran zu erinnern, dass es nicht seine Schuld ist. Nichts hiervon ist seine Schuld. Al Khads Organisation, ein Ableger von al-Qaida, war als eher unbedeutend betrachtet worden, bis ihr Anführer beschloss, der Welt eine unmissverständliche Botschaft zu senden, indem er ein US-Kreuzfahrtschiff in die Luft gejagt hat.

»Sonst noch was?«

Nach Wochen, in denen er meine einzige Verbindung zur Außenwelt war, kann ich seine Körpersprache gut lesen. Wenn seine linke Augenbraue zuckt, gibt es mehr. Meistens etwas, von dem er wünschte, er müsste es mir nicht erzählen. So wie an dem Tag, als er mir die Nachricht überbrachte, dass ich endlich kräftig genug wäre, um zu erfahren, dass Jonesy und Tito bei dem Einsatz getötet wurden. Ich habe ihn rausgeworfen, weil ich nicht wollte, dass er mich als schluchzendes Häufchen Elend sieht, das über zwei der wenigen Menschen weint, die ich auf dieser Welt geliebt habe.

»Also, äh, Ihr Gesicht ist so etwas wie eine Sensation in den sozialen Medien geworden. Die Leute wollen wissen, wer Sie sind. Sie wollen Ihre Geschichte hören. Es kommt so selten vor, dass jemand aus den Special Forces öffentlich über eine Operation wie diese sprechen kann.«

Das kommt nicht selten vor, sondern von so etwas hat man *noch nie* gehört. Wir werden darauf trainiert, mit *niemandem* über das zu reden, was wir tun. Schon gar nicht mit der Presse. Allein nur darüber nachzudenken läuft allem zuwider, woran ich glaube. Aber offensichtlich werde ich in dieser Angelegenheit nicht gefragt.

Nach einem langen, unangenehmen Schweigen – zumindest hoffe ich, dass es für ihn unangenehm ist – räuspert er sich. »Äh, Sir?«

»Was?«

»Was soll ich ihnen sagen?«

»Wollen wir etwa so tun, als hätte ich eine Wahl? Denn falls ja, lautet meine Entscheidung, mit niemandem über irgendetwas zu reden.« Der Gedanke daran, über den Einsatz zu sprechen, macht mich körperlich krank, und mir geht es so schon schlecht genug.

»Es wird, äh, sehr ... schwierig ... für Sie, sich nach Ihrer Entlassung hier aus der Klinik frei zu bewegen. Man wird Sie überall erkennen.« Er räuspert sich erneut. »Und damit meine ich *überall*.«

Verdammt ... Ich will einfach bloß zu meinem Mädchen nach Hause gehen und so tun, als hätte es die letzten fünf Jahre nicht gegeben.

Ich brauche länger, um meine Gedanken zu sortieren, als ich es vor dem Verlust meines halben Bluts und dem Kampf gegen eine lebensbedrohliche Infektion getan hätte. Ich versuche, zu verarbeiten, was er mir erzählt hat, und es in irgendeine Ordnung zu bringen, die Sinn ergibt.

Ich bin enttarnt worden. Die Navy will Profit aus dem »Erfolg« unserer Mission schlagen, wenn man das so nennen kann, nachdem wir zwei unserer besten Männer verloren haben. Vermutlich wollen sie mich für ein Rekrutierungsvideo haben, das sie ahnungslosen Jugendlichen vorführen können, die nach einer »Richtung« im Leben suchen, die nur die Navy ihnen geben kann.

Muncie verlagert sein Gewicht von einem Fuß auf den anderen. »Sir?«

Ich schließe die Augen und drehe meinen Kopf von ihm weg. »Sagen Sie ihnen, dass ich *ein* Interview mit dem Sender ihrer Wahl gebe, und dann nie wieder öffentlich darüber sprechen werde. Das Interview kann frühestens in dreißig Tagen stattfinden.«

Damit habe ich einen Monat, um auf die Beine zu kommen und Ava aufzuspüren, bevor ich gezwungen werde, mit meiner Geschichte öffentlich aufzutreten.

»Sie wollen sicher ...«

»Das ist mein einziges Angebot. Sie können es akzeptieren oder nicht.«

Nach einer langen Pause erklärt er: »Ich werde das so weitergeben, Sir.« Die Sohlen seiner Schuhe quietschen auf dem Linoleumboden, als er den Raum verlässt. Die Tür fällt leise hinter ihm ins Schloss. Als ich wieder allein bin, starre ich das Handy auf meinem Tisch an. Meine Angespanntheit steigt sprunghaft, als wäre das Handy eine aktivierte Handgranate.

Ich würde mein Leben dafür geben, ihre Stimme zu hören und ihre sanften Berührungen zu spüren. Sie war der erste Mensch, der mir Zärtlichkeit gezeigt und der mich aufrichtig geliebt hat. Der Gedanke an sie hat mich mehr als einmal am Leben erhalten.

Ich wünschte, es wäre mir nicht so wichtig, stark zu sein, bevor ich ihr gegenübertrete. Aber ich muss stark sein, um sie zu verdienen, und ich muss vor allem stark genug sein, um zu überleben, sollte sie mich nicht mehr wollen. Ich bin nicht sicher, ob ein Monat ausreichen wird, um mich auf diese Möglichkeit vorzubereiten, doch mehr habe ich nicht.

KAPITEL 23

AVA

John lebt. John lebt und hat sich nicht bei mir gemeldet. In den drei Wochen, seitdem ich erfahren habe, dass er nicht gestorben ist, haben mich diese Gedanken an unproduktiven Tagen und in schlaflosen Nächten gequält. Ich bin von Trauer überwältigt, so wie ich es wäre, wenn man mir erzählt hätte, dass er in jener Nacht auf Al Khads Gelände gestorben sei. Dem Mann, den ich sechs Jahre lang betrauert habe, liegt nicht genug an mir, um mir mitzuteilen, dass er noch lebt.

Neben der Trauer beherrschen mich Wut und Bitterkeit wegen der Jahre, die ich ihm geopfert habe. Jahre, die ich nicht zurückbekomme. Sein Name und die Namen der anderen beiden Soldaten aus dem Video werden veröffentlicht. Dazu ihr Alter und ihre Heimatstädte, aber sonst nichts. John, der jetzt siebenunddreißig ist, hat San Diego als Heimatstadt angegeben.

Während die Welt durchdreht, um herauszufinden, wer er ist, hasse ich ihn mit einer Inbrunst, die mir Angst macht. Ich habe bisher nie jemanden oder etwas so gehasst wie ihn.

Ich bin im Büro und zähle die Stunden bis zu meiner dringend

benötigten Sitzung mit Jessica, die mit ihrer Familie auf einer ausgedehnten Europareise war. Seitdem ich herausgefunden habe, dass John
lebt, haben wir einmal videotelefoniert, die Sitzung ist allerdings mehrmals von Jessicas Kindern unterbrochen worden, weil die sie brauchten. Ich brauche sie ebenfalls, sehr sogar, und kann es kaum erwarten,
nach Feierabend zwei ungestörte Stunden mit ihr zu haben.

Carlos taucht an meinem Tisch auf und präsentiert mir mit einer
leichten Verbeugung einen Latte macchiato. Ich nehme den Becher
mit einem dankbaren Lächeln an. Er weiß, dass irgendetwas mit mir
nicht stimmt, aber er ahnt nicht, was. Neben Miles ist er mein bester
Freund bei der Arbeit, doch ich habe ihm nie von John erzählt.

»Du siehst schrecklich aus.«

»Oh, danke.« Auch wenn ich mich sehr bemühe, mein Gefühlschaos für mich zu behalten, bin ich nicht überrascht, dass die Leute
merken, dass mir etwas auf der Seele liegt.

Mich in die Arbeit und die Hochzeitsvorbereitungen zu stürzen
hat geholfen. Ich habe allen, die davon wissen, klar gemacht, dass ich
nicht über John oder die Mission oder das Video reden will. Mir reicht
es. Zum Glück respektieren die, die mir am nächsten stehen, meinen
Wunsch und sprechen das Thema nicht mehr an.

Sie wissen allerdings, dass ich leide. Vor allem Eric, der mich wie
mit Adleraugen beobachtet, wenn er glaubt, ich merke es nicht. Er hat
Sorgen, und das hasse ich. Ich hasse John dafür, dass ich das seinetwegen dem Mann antue, der seit dem Tag unseres Kennenlernens mein
Fels in der Brandung ist. Dem Mann, der es nicht verdient hat, im
Schatten von jemandem zu leben, dem ich nie so wichtig war wie
er mir.

Das ist für mich am schwersten zu akzeptieren. Wieder einmal
ertappe ich mich dabei, jede Minute, die ich mit John verbracht habe,
erneut Revue passieren zu lassen, seine Worte und Taten auseinanderzupflücken, nach Hinweisen zu suchen, dass er mich benutzt hat oder
ich bloß ein Zeitvertreib für ihn war. Die Erinnerungen verblassen
langsam. Ich schätze, das ist nach beinahe sechs Jahren normal, doch
während ein Teil von mir vergessen will, verstärkt das Vergessen meine
Trauer nur.

»Ich hoffe, du weißt, dass ich für dich da bin, wenn du einen Freund brauchst«, erklärt Carlos. Seine Stirn ist besorgt gekraust. Carlos ist normalerweise nie ernst, deshalb wirkt diese Miene an ihm beinahe komisch.

»Das weiß ich sehr zu schätzen, aber ich bin okay. Wirklich.«

»In Ordnung.«

»Danke für den Latte.«

»Immer gerne.«

Entschlossen, heute noch etwas von meiner Arbeit zu schaffen, stürze ich mich in das Pressebriefing, das ich für die Hinterbliebenengruppe vorbereite. Selbst wenn ich inzwischen auch andere Kunden habe, verbringe ich den Großteil meiner Arbeitszeit damit, für Miles und die Hinterbliebenen tätig zu sein. Der Zivilprozess geht mit ungewöhnlicher Geschwindigkeit voran, und das Interesse an dem Fall ist seit der Veröffentlichung des Videos auf einem Allzeithoch. Nachdem ich so viele Monate so eng mit der Gruppe zusammengearbeitet habe, kann ich Fragen für sie beantworten, ohne zu sehr darüber nachdenken zu müssen. Ich verbringe ein paar Stunden vertieft in meine Arbeit, was eine willkommene Abwechslung zu meinen eigenen Gedanken ist.

Gerade als ich mich strecke, um die Verspannungen in meinem Nacken zu lösen, klingelt mein Telefon intern.

»Hey, Miles, was gibt's?«

»Kannst du bitte mal eine Minute herkommen?«

Ich schaue auf die Uhr und sehe, dass ich noch eineinhalb Stunden bis zu meiner Sitzung habe. »Klar. Bin sofort da.« Ich drucke das Briefing aus, schnappe mir mein Notizbuch und einen Stift und begebe mich zu seinem Büro. Keith sitzt nicht an seinem Tisch, also klopfe ich direkt an Miles' Tür.

»Komm herein, Ava.«

Miles steht auf und geht um den Tisch herum. Er deutet einladend auf die Sitzgruppe am Fenster. »Möchtest du etwas trinken?«

»Nein, danke.«

Seitdem er mit Sky zusammen ist, ist er ein ganz anderer Mensch. Mir gefällt es, diese neue Seite an ihm zu sehen, die glücklicher und irgendwie leichter wirkt. Außerdem bewundere ich ihn, weil er sich, obwohl er sich in Sky verliebt hat, nie aus seiner Arbeit im Namen von

Emerson und der Hinterbliebenengruppe zurückgezogen hat. Er setzt sich neben mich, sagt aber nichts.

»Was ist los?«

»Das wollte ich dich fragen.«

Mit diesem einen Satz erkenne ich, dass mein Freund Miles – und nicht mein Boss – dieses Treffen einberufen hat. Ich senke den Blick auf den Boden.

»Ava ...«

»Ich versuche, darüber hinwegzukommen, Miles. Ich würde lieber nicht darüber reden, wenn das für dich in Ordnung ist.« Mit Jessica darüber zu sprechen wird genug Folter für einen Tag sein.

»Ich mache mir Sorgen um dich. Du bist nicht mehr du selbst, seitdem du herausgefunden hast ...«

»Dass der Mann, den ich von ganzem Herzen geliebt habe, noch lebt und es nicht für nötig befindet, mir die gute Nachricht persönlich zu überbringen?«

Sein Blick ist voller Mitgefühl – und Mitleid. Ich hasse Mitleid beinahe so sehr, wie ich John hasse.

»Ich frage mich nur, ob es möglich ist, dass er sich aus irgendeinem Grund nicht bei dir melden *kann*.«

Daran habe ich auch gedacht. Doch die Veröffentlichung des Videos ist schon Wochen her, und wenn von seiner Seele irgendwas übrig ist, muss er wissen, wie schlimm es für mich ist, sein Gesicht gesehen zu haben. Wie konnte er *nicht* versuchen, mir eine Nachricht zukommen zu lassen, nachdem das Video an die Öffentlichkeit gelangt ist? »Alles ist möglich«, sage ich zu Miles.

»Ich wünschte, es gäbe etwas, das ich für dich tun kann. Ich habe alle meine Kontakte angesprochen, habe versucht, an weitere Informationen zu gelangen. Das Pentagon ist allerdings verschlossener als Fort Knox, wenn es um Details zu den am Einsatz beteiligten Soldaten geht.«

»Ich ... Ich wusste nicht, dass du das getan hast. Danke für deine Mühe.«

»Das war doch gar nichts.«

»Für mich ist es nicht nichts.«

Er wirkt ein wenig gequält, als er hinzufügt: »Wenn ich herausfinden würde, dass Emmie irgendwo da draußen ist und sich nicht gemeldet hat ...« Er schüttelt den Kopf. »Ich kann mir nicht einmal ansatzweise vorstellen, wie das wäre.«

»Es ist die reinste Folter«, antworte ich geradeheraus. »Ich wünschte, ich könnte ihn einfach vergessen und mit meinem Leben weitermachen, aber ...«

»Das kannst du nicht und wirst es nie können.«

»Richtig.«

»Ich habe wenigstens einen Abschluss, ich weiß, dass sie gestorben ist und nicht wiederkommen wird. Du steckst schon so lange in dieser Vorhölle fest.«

»Dafür hasse ich ihn«, erkläre ich leise. »Er hat behauptet, er liebt mich. Wie konnte er mir das dann antun?« Nun hasse ich mich dafür, weitere Tränen wegen jemandem zu vergießen, der bewiesen hat, dass er sie nicht wert ist.

Miles legt einen Arm um mich und versucht, mich zu trösten. »Es tut mir so leid, Ava. Jeder, dem etwas an dir liegt, würde alles tun, damit du ein wenig Frieden findest.«

»Das wäre schön.« Ich wische mir die Tränen ab und bemühe mich, meine Fassung zurückzugewinnen. »Sprechen wir über das Briefing.«

»Das müssen wir nicht, wenn dir nicht danach ist.«

»Mir geht es gut, und ich habe heute große Fortschritte gemacht.« Die nächste halbe Stunde verbringen wir damit, die Antworten der Hinterbliebenengruppe auf die neuesten Medienanfragen zu optimieren. Jedes Mal, wenn es eine neue Entwicklung gibt, verdreifacht sich unser Arbeitspensum. Seit der Gefangennahme von Al Khad und der Veröffentlichung des Videos ist es verrückter als je zuvor.

»Das sieht alles super aus. Sprich es nur noch mal mit Dawkins ab, um sicherzugehen, dass er damit einverstanden ist, bevor du es rausgibst.«

»In Ordnung.«

»Lass mich wissen, wenn er irgendwelche unsinnigen Forderungen stellt, dann pfeife ich ihn zurück.«

»Manchmal glaube ich, ihn unter Kontrolle zu halten ist deine wichtigste Aufgabe in dieser Organisation.«

»Definitiv.«

Miles ist die Stimme der Vernunft für die Familien, die auf ihn hören.

»Meinst du, wir werden den Tag erreichen, an dem diese Geschichte nicht mehr unser Leben bestimmt?« Ich bin mir nicht sicher, wo diese Frage herkommt, doch ich habe sie gestellt, bevor ich überlegen kann, ob das gut ist.

»Ja, ganz bestimmt, allerdings nicht sehr bald.« Was er meint, aber nicht ausspricht, ist, dass mit dem anstehenden Gerichtsprozess gegen Al Khad über die nächsten Jahre, der Zivilklage gegen das Vorgehen der Regierung und dem neu erwachten Interesse an einem Mahnmal für die Opfer die Geschichte »Beine« hat, wie wir in unserer Branche sagen.

»Ich weiß«, seufze ich.

Er legt mir eine Hand auf den Arm, damit ich ihn anschaue. Mir fällt der eindringliche Ausdruck in seinem attraktiven Gesicht auf. »Es muss nicht die Geschichte *deines* Lebens sein, Ava. Wir können dich von diesem Projekt abziehen, damit du nicht mehr jeden Tag damit zu tun hast. Sosehr ich es hassen würde, deine wertvollen Ideen zu verlieren, würde ich es vollkommen verstehen, wenn es dir zu viel ist.«

»Irgendwann werde ich vielleicht auf dein Angebot zurückkommen.« Die Arbeit, die mir am Anfang, als ich nichts über Johns Schicksal wusste, so bedeutungsvoll vorkam, hat jetzt, wo ich weiß, dass er noch lebt, etwas von ihrem Glanz eingebüßt. Ich habe die persönliche Verbindung zu dem Fall verloren, die mich zuvor angetrieben hat.

»Ein Ton von dir, und wir ändern etwas, ohne Fragen zu stellen.«

»Danke, Miles. Du bist mir in den letzten Monaten so ein guter Freund gewesen. Ich kann dir gar nicht genug für die berufliche Chance und die persönliche Unterstützung danken, die du mir gewährt hast. Das bedeutet mir sehr viel.«

»Ich könnte das Gleiche über dich sagen – und ich stehe für immer in deiner Schuld, weil du mich mit Sky bekannt gemacht hast.«

»Ich freue mich so, dass du mit ihr glücklich bist.«

»Ich bin mehr als glücklich. Ich bin total verliebt, und es fühlt sich so gut an, nach dieser langen, schrecklichen Zeit der Dunkelheit endlich wieder zu leben.«

Seine Worte durchdringen den Nebel der Trauer, der mich seit Wochen umfängt, und erinnern mich daran, dass ich auch schon angefangen hatte, wieder zu leben. Die Nachrichten über John haben an dem, was mir wirklich wichtig ist, nichts geändert. Ich bin in Eric verliebt, und es ist an der Zeit, die Vergangenheit dorthin zu packen, wohin sie gehört, und mich ganz auf die Zukunft mit ihm zu konzentrieren.

»Ja«, antworte ich Miles. »Es fühlt sich gut an, nach vorn zu schauen.« Ich spüre seine Überraschung, als ich mich vorbeuge, um ihm einen Kuss auf die Wange zu geben. »Ich danke dir.«

»Wofür?«

»Dafür, dass du genau das gesagt hast, was ich hören musste.«

»Okay ...«

»In den letzten Wochen habe ich der Vergangenheit erlaubt, mich wieder in das tiefe Loch der Verzweiflung zurückzuziehen. Aber genug ist genug. Es ist an der Zeit, die Dunkelheit zu überwinden und mich auf die Zukunft zu konzentrieren.«

»Ich bin froh, das zu hören.«

»Ich bin froh, dass ich es endlich begriffen habe. Sehen wir uns morgen?«

»Ich werde hier sein.«

Ich verlasse ihn mit einem Lächeln und kehre an meinen Schreibtisch zurück, wo ich mein Handy nehme und Jessica eine Nachricht schicke.

Es tut mir so leid – es ist etwas dazwischengekommen. Ich schaffe es heute Abend nicht.

Willst du den Termin verschieben? Wir können uns morgen zur gleichen Zeit treffen.

Ich denke eine Weile nach, bevor ich antworte. *Nein, danke. Ich habe entschieden, dass ich nicht länger darüber reden will. Ich bin mit dem Thema fertig.*

Ava ... Bist du sicher, dass das klug ist?

Es könnte das Klügste sein, was ich je getan habe. Mir geht es gut. Versprochen.

Ruf mich an, wenn sich das ändert.

Auf jeden Fall. Ich danke dir für alles. Du bist ein sehr wichtiger Teil des Teams gewesen, das mir geholfen hat, wieder ins Leben zurückzufinden.

Es war mir ein Vergnügen. Du sollst wissen, dass ich dich mehr bewundere als beinahe jeden, den ich kenne, und ich bin immer da, wenn du mich brauchst.

Ihre lieben Worte treiben mir die Tränen in die Augen. *Ich bin mir nicht sicher, ob ich das verdient habe, aber trotzdem danke.*

Du verdienst alles Gute. Sei lieb zu dir und werde glücklich.

Das ist der Plan. Wir bleiben in Kontakt.

Darauf freue ich mich. xo

Ich verlasse das Büro und gönne mir ein Taxi, weil ich es nicht erwarten kann, zu Eric nach Hause zu kommen. Während der Fahrt schicke ich ihm eine Nachricht. *Ich koche heute für dich. Was auch immer du willst ...*

Ich dachte, du hättest heute einen Termin mit Jessica?

Abgesagt.

Ist alles okay???

Japp! Also das Abendessen ...

Gibt es einen Anlass?

Nein. Kein Anlass.

Das ist mein Lieblingsanlass.

Lächelnd tippe ich meine Antwort. *Wann bist du zu Hause?*

Ich gehe jetzt, weil meine Verlobte heute für mich kocht.

Du bist ein echter Glückspilz.

Das weiß ich.

Wonach ist dir heute?

Überrasch mich.

Okay, bis gleich.

Ich liebe dich.

Ich liebe dich auch.

KAPITEL 24

ERIC

Ihre Nachricht ist das Beste, was in den letzten Wochen passiert ist. Sie klingt wieder wie früher und nicht mehr völlig verzweifelt, während sie so sehr versucht, ihren Schmerz vor mir und allen anderen, denen sie am Herzen liegt, zu verbergen. Ich schreibe rasch ihrer Schwester.

Ava scheint es besser zu gehen ... Bin mir noch nicht hundertprozentig sicher. Aber ich lasse es dich wissen.

Gott sei Dank. Halt mich auf dem Laufenden.

So weit ist es schon gekommen. Ich rede hinter Avas Rücken mit ihrer Schwester und ihren Freunden, weil wir uns alle solche Sorgen machen. Zu erfahren, dass John lebt, sich jedoch nicht bei ihr gemeldet hat, hat etwas in ihr zerbrochen. Sie hat das zwar nie ausgesprochen, aber das musste sie auch nicht. Trotz ihrer Bemühungen, es vor mir und den anderen zu verbergen, war es nur allzu offensichtlich, dass ihr Herz erneut gebrochen ist.

Zuzusehen, wie sie unter einem gebrochenen Herzen leidet, das sie einem anderen Mann verdankt, war für mich unerträglich. Aber ich sage mir ständig, dass es nicht um mich geht. Es geht allein um sie.

Rob meint, es geht wenigstens zum Teil um mich, aber das interessiert mich nicht. Mir ist nur Ava wichtig. Ich möchte ihr helfen, über diesen Rückschlag hinwegzukommen, damit wir zu unserem Leben zurückkehren können.

Rob hat beschlossen, für den Kongress zu kandidieren, und er hat mich gebeten, seine Kampagne zu managen. Ich habe ihm geantwortet, ich würde darüber nachdenken, allerdings war ich so auf Ava konzentriert, dass ich nicht einmal zwei Sekunden hatte, um das auch wirklich zu tun. Ein Teil von mir wünscht sich, er würde nicht antreten, aber das würde ich ihm nie sagen. Schon von klein auf hatte er politische Ambitionen, und ich will ihn nicht zurückhalten. Doch nach dem Skandal mit der Trennung unserer Eltern glaube ich, dass die Öffentlichkeit eine Pause von den Tildens gebrauchen könnte.

Ich fahre mit der U-Bahn nach Hause und bin schon kurz vor dem Haus mit unserem Apartment, als ich Ava aus der Bodega an der Ecke kommen sehe. Sie hat die Arme voll mit bunten, wiederverwendbaren Einkaufstüten. Ich jogge zu ihr, und als sie mich kommen sieht, strahlt ihr Gesicht vor Freude auf. Das ist ein so willkommener Anblick für mich, dass ich beinahe über meine eigenen Füße stolpere. Schon länger als ich zugeben mag, habe ich nichts mehr an ihr gesehen, das auch nur entfernt an Freude erinnert. Ich hatte angefangen, mich zu fragen, ob sie sich für immer in Trauer und Verzweiflung verloren hat. Sie nun lächeln zu sehen und zu wissen, dass sie für uns kochen will ... Ich finde keine Worte, um zu beschreiben, wie glücklich mich das macht.

Ich erlöse sie von den Tüten und gebe ihr einen Kuss. Ihr bezauberndes Gesicht ist von der Kälte gerötet, und ihre Augen strahlen vor Aufregung. Ich will wissen, was heute passiert ist, habe aber Angst, die Blase zum Platzen zu bringen. Deshalb halte ich mich zurück. Nachdem Ava die Tür aufgeschlossen hat, trage ich den Einkauf die Treppe hinauf und stelle sie auf den Küchentresen.

»Vielen Dank«, sagt sie. »Dein Timing ist wie immer perfekt.«

Ich lächle über den Insiderwitz, der darauf anspielt, wie gut wir darin geworden sind, gleichzeitig zum Höhepunkt zu kommen. Weil sie lächelt und glücklich ist und sich auf unsere gemeinsamen Orgasmen bezieht, lege ich einen Arm um sie und küsse sie inniger und ausdauernder als auf der Straße. Mein Herz beginnt zu singen, als sie sich meiner Zunge öffnet und ihre Arme um meinen Nacken legt.

Ich verliere mich in ihr und dem Kuss. Ich bin so dankbar, sie wieder in meinen Armen zu halten. Zu lange habe ich in der fürchterlichen Distanz gehangen, die sich zwischen uns aufgetan hatte, nachdem ich ihr die Wahrheit über John hatte beibringen müssen. Oder besser die Wahrheit über »Den, dessen Name nicht genannt werden soll« (DDNNGWS), wie ich ihn heimlich nenne. Mir wird warm, und das kommt nicht nur von dem Kuss.

Ohne meine Lippen von ihren zu lösen, ziehe ich meinen Mantel aus und lasse ihn zu Boden fallen. Dann kümmere ich mich um sie, wickle den bunten Schal von ihrem Hals und ziehe ihr ebenfalls den Mantel aus, den ich auf den Haufen auf dem Boden fallen lasse.

»Eric.« Sie klingt atemlos.

Ich öffne die Augen, um Ava zu betrachten. Ich sehe ihre geschwollenen Lippen und die rosigen Wangen. »Was ist, Liebes?«

»Lass uns ins Bett gehen.«

»Was ist mit dem Abendessen?«

»Später?«

»Später klingt gut.« Wir sollten die Lebensmittel wegräumen, aber ich verspüre auf einmal das dringende Bedürfnis, den Moment auszukosten, während sie bei mir ist. »Halt dich an mir fest.«

»Warum ...«

Ich umfasse ihren sexy Po und hebe sie hoch. Sie stößt einen überraschten Laut aus, dann schlingt sie die Beine um meine Taille. Sie fängt an zu lachen, doch ich ersticke es mit einem weiteren innigen Kuss, während ich sie ins Schlafzimmer trage. Sie erwidert die Liebkosung mit einem Enthusiasmus, der mir so vertraut ist.

Ich habe versucht, ihr Raum zu lassen, um ihre Trauer zu verarbeiten. Aber es war schwer, auf Distanz zu bleiben, vor allem so kurz nachdem wir einander ein so großes Versprechen gegeben haben. Sie wieder in meinen Armen zu haben ist das Einzige, was ich brauche, um glücklich zu sein. Ganz langsam ziehe ich sie aus, berühre sie beinahe ehrfürchtig und hoffe, ihr mit meinen Zärtlichkeiten und Küssen zu vermitteln, was sie mir bedeutet. Sie ist meine Welt geworden, und sie leiden zu sehen ist nahezu unerträglich, vor allem, weil ich nichts tun kann, damit sie sich besser fühlt.

Ich habe jeden Tag mit meinem Vater telefoniert, ihn angefleht, alle seine Kontakte zu nutzen, um mehr über DDNNGWS in Erfahrung zu bringen, damit Ava endlich die Antworten erhält, die sie braucht. Dad hat jeden Gefallen eingefordert, der ihm noch zustand, doch es ist ihm nicht gelungen, mehr zu erfahren, als allgemein bekannt ist. Mein Frust war nie größer als in den letzten paar Wochen, als ich mit ansehen musste, wie Ava mir mit jedem Tag, der verging, weiter entglitt.

Ich wurde immer verzweifelter in meinen Versuchen, sie zu erreichen, was mich viel zu sehr an die Zeit nach dem Brittany-Desaster erinnert hat.

Ich öffne den vorderen Verschluss von Avas BH und schiebe die Körbchen beiseite, um die vollen, runden Brüste und die rosigen Spitzen zu enthüllen, die sich zusammenziehen, als die kühle Luft über sie streicht. Langsam senke ich den Kopf und nehme die linke in den Mund, halte sie sanft zwischen meinen Zähnen und fange an, zu saugen.

Avas Hüften heben sich vom Bett, ihre Finger graben sich in mein Haar, und die Brustspitze wird unter meiner Liebkosung hart. »So süß«, flüstere ich. Ich liebe alles an ihr – die seidig weiche Haut, ihren Geschmack, ihren Duft, ihren Enthusiasmus. Nie zuvor habe ich eine Frau so gewollt wie sie, und ich mache mich daran, es ihr zu beweisen, indem ich sie küsse, bis sie sich fieberhaft unter mir windet.

Ich spreize ihre Beine und lege sie mir über die Schultern. Ich erkunde ihre empfindliche Mitte, während ich meine Finger in ihr bewege, was einen Orgasmus auslöst, der für mich eine süße Erleichterung ist, weil sie weiter bei mir ist, sich mit mir immer noch gehen lassen kann. Es erfüllt mich mit der Hoffnung, dass sie heute eine neue Seite aufgeschlagen und die Dunkelheit hinter sich gelassen hat.

»Eric«, flüstert sie atemlos nach ihrer Erlösung.

»Was ist, Liebste?«

»Ich brauche dich. Bitte ...«

Zu hören, dass sie mich braucht, erweckt etwas Animalisches in mir. Mit zitternden Fingern entledige ich mich meiner Kleidung und lege mich auf sie. Ich schaue in ihre großen, weit geöffneten Augen, während ich in ihre feuchte Hitze eindringe. »Ich liebe dich mehr als alles andere auf der Welt.«

»Ich liebe dich genauso sehr.«

Die Worte sind wie Balsam auf meiner Seele. Sie besänftigen die Ängste, die mich Nacht für Nacht wachgehalten und mit »Was wäre, wenn«-Fragen gequält haben. Sie ist hier, in meinen Armen, wo sie hingehört, und gibt sich mir rückhaltlos hin.

Als ich ihr in die Augen schaue, während ich mich in ihr bewege, spüre ich eine Verbindung mit ihr, die bis in meine Seele reicht. Sie berührt jeden Teil von mir und lässt mich wünschen, ich hätte die Worte, um ihr zu sagen, was sie mir bedeutet, wie essenziell sie für mich geworden ist. Da das jedoch nicht der Fall ist, versuche ich, es ihr zu zeigen. Ich gebe ihr alles von mir, bis sie mit einem erstickten Schrei den Gipfel erreicht. Inzwischen kenne ich die Anzeichen und weiß, wann ich die Beherrschung aufgeben muss, damit wir gemeinsam kommen.

Dieser Moment der totalen Einheit ist die ergreifendste Erfahrung meines Lebens. Er weckt in mir den Glauben an höhere Mächte und den Himmel und Engel hier auf Erden.

Lange danach liegen wir eng umschlungen da, während unsere befriedigten Körper langsam abkühlen. Nach so vielen Wochen der Unsicherheit habe ich in ihren Armen das Gefühl, endlich wieder nach Hause gekommen zu sein. »Ich habe über unsere Hochzeit nachgedacht«, unterbricht sie das lange Schweigen.

»Hast du?« Es ist das erste Mal seit jenem grauenhaften Morgen vor drei Wochen, dass sie unsere Pläne erwähnt.

»Mhm. Was hältst du von einem Zelt auf dem Rasen in Croton?«

Mir fällt auf, dass sie die Kurzform unserer Familie für »zu Hause« nutzt. Es freut mich, sie »Tilden« sprechen zu hören.

»Wäre es nach dem, was letzten Sommer mit deiner Mutter passiert ist, seltsam, dort zu feiern?«, fragt sie.

»Nein. Das ist nur eine von Millionen Erinnerungen dort, von denen die meisten gut sind.« Keiner von uns hat in den letzten Monaten mit unserer Mutter gesprochen. Ich hoffe, ihr neues Leben ist das wert, was sie dafür aufgegeben hat, aber ansonsten denke ich bloß selten an sie.

»Wo könnten dort die Autos der Gäste parken?«, will Ava wissen.

Ich streiche mit meiner Hand an ihrem Arm auf und ab. »Wir könnten den Parkplatz der Highschool nutzen und sie mit Shuttlebussen hin und her fahren.«

»Also gefällt dir die Idee?«

»Ich liebe sie.«

»Ich habe mir die Website der Stadt angesehen, und wenn wir die Hochzeit am dritten Juli feiern, bekämen wir noch ein Feuerwerk auf Kosten der Stadt dazu.«

»Das wäre lustig.«

»Hast du am dritten Juli schon etwas vor?«

»Klingt so, als ob ich da Pläne hätte.«

Ihr Lächeln erhellt ihr Gesicht und meine Welt. »Also ist es abgemacht?«

»Abgemacht.«

»Ich ... ich wollte dir nur danken für deine Geduld mit mir in den letzten Wochen. Und auch vorher. Ich weiß, dass es nicht leicht gewesen ist ... Du warst mein Fels in der Brandung.«

Es berührt mich tief, sie das sagen zu hören. »Ich will immer für dich da sein, Ava. Es war so schwer, mit anzusehen, wie du gekämpft hast.«

»Ich weiß. Und es tut mir leid, wenn ich dich außen vor gelassen habe oder nicht anwesend war oder ...«

Ich küsse sie. »Schh. Es gibt nichts, was dir leidtun müsste.«

»Von jetzt an wird es besser. Versprochen.«

Ich will immer noch wissen, was sich geändert hat, frage jedoch nicht nach. Was auch immer es war, sie scheint ihren Frieden mit der Situation gemacht zu haben. Es ist nicht wichtig, wie es dazu gekommen ist.

»Das Einzige, was mir wichtig ist, bist du. Wenn du glücklich bist, bin ich es ebenfalls.«

»Ich bin jeden Tag so unglaublich froh darüber, dass ich dich bei der Hochzeit meiner Schwester zur Seite gestellt bekommen habe. Aber nie war ich dafür dankbarer als in den letzten paar Wochen.«

»Egal, was passiert, Liebste, ich bin hier, bei dir, und ich werde nirgendwo anders hingehen.«

Sie zieht mich enger an sich. »Das bedeutet mir alles.«

AVA

Nun, da wir ein Datum festgesetzt haben und Erics Dad einverstanden ist, dass wir sein Haus und seinen Garten für den Tag übernehmen, stürze ich mich voller Elan in die Planung der Hochzeit. Daneben hat außer Eric und meiner Arbeit nichts mehr Platz. Ich vermeide es, die Nachrichten zu sehen oder im Internet zu surfen und sowieso alles, was einen Rückfall auslösen könnte. Ich fühle mich wieder stark, konzentriert und bin entschlossen, nach vorn zu schauen und den Schmerz der Vergangenheit hinter mir zu lassen.

Eine Woche nachdem wir das Datum festgelegt haben, laden wir Rob und Camille zum Dinner in ein Fünf-Sterne-Restaurant ein, das von Männern Anzug und Krawatte und von Frauen Cocktailkleider erwartet. So zurechtgemacht besprechen wir gut gelaunt die Hochzeitsfeier.

Nachdem unsere erste Runde an Getränken gebracht wurde, schaue ich zu Eric, der nickt. »Also, der Grund, warum wir euch heute hierhin eingeladen haben, ist, dass wir euch beide gerne bitten würden, uns den Gefallen zu erwidern und unsere Trauzeugen zu werden.«

Camille stößt einen spitzen Schrei aus, der ihr tadelnde Blicke von den anderen Gästen und den in Smoking gekleideten Kellnern einbringt.

Rob legt ihr eine Hand auf den Mund.

»Du schuldest mir fünfzig Dollar«, bemerkt Camille gedämpft hinter seiner Hand.

»Ihr habt darum gewettet, warum wir euch heute eingeladen haben?«, fragt Eric.

»Klar«, antwortet Camille. »Wir wetten auf alles. Normalerweise gewinne ich, und ich war noch nie so froh, recht zu haben, wie heute.«

»Heißt das, ihr macht es?«, will ich wissen.

»Na logo«, sagen beide gleichzeitig.

»Natürlich machen wir das«, antwortet Rob. »Es ist uns eine Ehre.«

»Wir sollten alle zusammen irgendwo hinfahren und ein Wochenende lang den Junggesellen- und -gesellinnenabschied feiern«, schlägt Camille vor.

»Auf keinen Fall«, erwidert Rob. »Keine Mädchen auf dem Junggesellenabschied, abgesehen von den Stripperinnen.«

Eric lacht und klatscht mit seinem Bruder ab.

»Wenn du das machst, bist du tot«, warne ich ihn.

»Sorry, Bruder, ich werde da wohl nicht dabei sein können.«

»Schon unter dem Pantoffel, dabei bist du noch nicht mal verheiratet.«

»Halt den Mund, Rob«, schaltet Camille sich ein. »Oder Eric ist nicht der Einzige, der bei bestimmten Sachen nicht dabei ist.«

Rob grinst seine Frau gespielt unterwürfig an. »Ja, Liebes.«

Camille verdreht die Augen und erhebt ihr Glas. »Auf Schwestern, die Brüder heiraten.«

»Auf unsere Kinder, die doppelte Cousins sein werden«, fügt Eric an.

Daran hatte ich bisher gar nicht gedacht, aber wie cool wäre das denn? Wir stoßen an und sprechen weitere alberne Toasts aus, die uns zum Lachen bringen. Ich fürchte, wenn wir so weitermachen, schmeißen sie uns hier noch vor dem Essen raus.

»Wo wir gerade von Schwestern sprechen, die Brüder heiraten«, beginnt Rob. »Ich habe einem der Reporter von der *New York Times*, der über Dad berichtet, gegenüber erwähnt, dass mein Bruder Camilles Schwester heiratet, und sie wollen einen Artikel über die Söhne des Gouverneurs bringen, die Schwestern heiraten.«

»Das ist so cool«, erklärt Camille. »Davon hast du mir ja gar nichts erzählt.«

»Ehrlich gesagt hatte ich es bis eben vergessen. Was meint ihr dazu?«

Ich schaue Eric an.

»Das wäre nach dem elterlichen Skandal aus der Hölle ein wenig positive Publicity für die Familie und unsere Kampagne«, meint er.

»Das war genau mein Gedanke«, bestätigt Rob.

»Aber nur, wenn Ava damit einverstanden ist.« Eric sieht mich an. »Ich weiß, wie wichtig dir deine Privatsphäre ist.«

»Ich hätte nichts dagegen«, antworte ich. »Wann soll das sein?«

»Der Reporter meinte, sie könnten loslegen, sobald wir unser Okay geben«, erläutert Rob. »Also ziemlich bald. Ich sage euch Bescheid.«

———

AM NÄCHSTEN TAG TREFFEN ERIC UND ICH UNS MIT ZWEI möglichen Cateringfirmen für die Hochzeit und entscheiden uns für die zweite. Sie scheinen die entspannte Atmosphäre zu verstehen, die wir suchen, wohingegen der erste unsere Hochzeit in ein gesellschaftliches Großevent verwandeln wollte.

Meine Mom kommt am folgenden Wochenende in die Stadt, um mit mir und Camille das Angebot an Brautkleidern zu sichten. Gleich im ersten Laden finde ich das Kleid, das ich haben möchte, und weigere mich, danach noch andere anzuprobieren. Es ist schlicht und elegant und stilvoll, und die kleinen, aufgestickten Perlen auf dem Oberteil machen es perfekt.

»Du musst heute nichts entscheiden«, erinnert mich Mom.

»Das ist es. Es ist genau, was ich will.« Ich stelle mir vor, wie ich in diesem Kleid auf Eric zugehe und sehe es ganz klar vor mir. Er wird es genauso sehr lieben wie ich.

»Nun«, meint Mom. »Das war leicht.«

»Du kannst es ruhig aussprechen, Mom«, wirft Camille ein. »Sie ist ganz anders als ich.«

»Das hast du gesagt.« Mom lächelt. »Nicht ich.«

»Da wir nun den Rest des Tages frei haben, können wir uns auf die Suche nach Camilles Kleid machen«, schlage ich vor. Ich habe von Camille, Jules, Amy und Sky lediglich verlangt, dass ihre Kleider marineblau sein und Cocktaillänge haben sollen, ansonsten können sie es ganz nach ihrem Geschmack auswählen.

»Dafür wird ein Tag nicht reichen«, bemerkt Mom und bringt uns zum Lachen.

Wir haben so viel Spaß, dass Mom beschließt, in Erics Gästezimmer zu übernachten, damit wir am Sonntag vor ihrer Heimfahrt noch gemeinsam die Einladungskarten auswählen können.

In dieser Nacht weigert sich Eric, im Bett auch nur in meine Nähe zu kommen, weil meine Mom im Nebenzimmer ist. Und wie es immer ist, wenn ich mich einer Herausforderung gegenübersehe, versuche ich alles, um ihn zu überzeugen, dass er albern ist.

»Sie weiß, dass wir uns ein Bett teilen und S-E-X haben.«

»Pst. Lass mich in Ruhe und schlaf endlich.«

Ich unterdrücke den Drang zu kichern. Er ist so verdammt süß. Ich setze mich auf und zupfe an dem Saum des T-Shirts, das ich seiner Meinung nach tragen soll, weil wir einen Gast haben. Er hat ebenfalls ein T-Shirt an, das er in den Bund der Hose seines Flanellpyjamas gesteckt hat.

»Was tust du da?«, flüstert er.

»Mir ist heiß.« Ich wedele mir effekthascherisch Luft zu.

»Dir, der mitten im Sommer kalt ist, ist auf einmal heiß.«

»Ich koche förmlich.« Ich ziehe mir das T-Shirt über den Kopf und werfe es zur Seite. »So ist es besser.« Dann nehme ich meine Haare zum Pferdeschwanz zusammen und halte sie mit einer Hand hoch, während ich mir mit der anderen weiter Luft zufächle. »Hast du die Heizung aufgedreht?«

»Glaub ja nicht, dass ich nicht weiß, was du vorhast.«

»Was habe ich denn vor?«

»Du versuchst, meinen Willen zu brechen.«

»Warum sollte ich das tun? Ich liebe dich, ich will dich heil und nicht zerbrochen.«

Er lacht leise. »O doch, das willst du.«

Ich lasse mein Haar fallen und krabble über den breiten Streifen zwischen uns, den er das erste Mal freigelassen hat.

In seinen Augen, die von dem von draußen hereinfallenden Straßenlicht beleuchtet werden, flammt Verlangen auf. »Geh weg.«

Lächelnd beuge ich mich über ihn und fange an, seinen Hals mit kleinen Küssen zu bedecken. »Nein.«

»Doch«, sagt er leicht verzweifelt, als ich mich zu seinem Bauch hinunterarbeite.

»Zwing mich doch.«

Er vergräbt seine Hände in meinen Haaren, unternimmt allerdings keinerlei Anstalten, mich von sich zu schieben. »Ava ...«

»Hmm?«

»Was gibt das?«

Ich zupfe an seinem T-Shirt. »Wonach sieht es denn aus?«

»Nicht mit deiner Mom im Nebenzimmer.«

»Aber so was von mit meiner Mom im Nebenzimmer.«

»Du weißt, dass ich dir nicht widerstehen kann.«

»Warum versuchst du es dann überhaupt?«

Er keucht auf, als ich ihn in den Mund nehme. »*Ava.*«

»Pssst, du willst doch nicht, dass sie uns hört, oder?«

»Ich dachte, du liebst mich.«

»Ich liebe dich so sehr. Mehr als alles andere.« Ich spüre, dass er sich ergibt, und mache mich daran, ihm ganz genau zu zeigen, wie sehr ich ihn wirklich liebe.

KAPITEL 25

ERIC

Ava hat sich mit einer fiebrigen Dringlichkeit in die Hochzeitsplanung gestürzt, die mich alarmiert. Ich sorge mich, dass sie unsere Hochzeit nutzt, um nicht mit dem *anderen* Thema umgehen zu müssen, über das wir nie sprechen. Versteht mich nicht falsch ... Ich freue mich wahnsinnig, dass sie wegen der Hochzeit so aufgeregt ist und sich um jedes Detail kümmert. Einzig ihr Glück ist mir wichtig und zu sehen, wie ihre Augen strahlen, wenn sie die Hochzeitsmagazine verschlingt und Punkte auf ihrer ellenlangen To-do-Liste abhakt. Aber ich fürchte, dass darunter das Thema, über das wir nicht sprechen, wie ein Monster im tiefen, dunklen Meer lauert und bloß darauf wartet, aufzutauchen und unser Leben erneut auf den Kopf zu stellen.

Meine Sorgen um sie nehmen kein Ende, sodass ich mich zu dem ungewöhnlichen Schritt entschließe, mich mit Camille zum Lunch zu treffen, weil ich mit jemandem darüber reden muss – und ich muss wissen, ob ich der Einzige bin, der sich sorgt, dass diese Hochzeitshektik nur Fassade ist.

Camille sieht etwas windzerzaust aus, als sie das Restaurant betritt. Ihre Wangen sind von der scharfen Märzbrise gerötet.

Ich winke ihr zu, und sie sucht sich einen Weg zwischen den Tischen zu mir. Ich stehe auf und küsse sie auf beide Wangen. »Danke, dass du dich mit mir triffst.«

»Kein Problem.«

»Was macht die Arbeit?« Ich will sie nicht gleich mit dem Grund für dieses Treffen überfallen.

»Sie ist sehr ... befriedigend. Sie gefällt mir wirklich gut. Sobald ich meine Zulassung habe und nicht mehr ständig weiter lernen muss, werde ich sie wirklich genießen können.«

»Das schaffst du schon.«

»Nun, wir werden sehen.«

Die Kellnerin kommt, um unsere Bestellung aufzunehmen. Ich entscheide mich für ein Pastrami-Sandwich, das ich eigentlich gar nicht essen will, und Camille wählt einen Salat.

»Was ist los, Eric? Ist alles in Ordnung?«

»Ja, alles ist super. Ich ...« Ich spiele mit meinem Wasserglas und zwinge mich, es laut auszusprechen. Meine Sorgen jemandem zu offenbaren, der Ava beinahe so gut kennt wie ich. »Wie wirkt Ava auf dich?«

»Sehr gut. Ich habe gerade erst gestern zu Rob gesagt, dass sie wieder ihr altes Selbst ist. Sie freut sich so auf die Hochzeit.«

»Ich weiß.« Ich schaue aus dem Fenster, wo die Leute vorbeieilen, wie man es bei kaltem Wetter tut. Der Winter hält uns bis zur letztmöglichen Minute in seinen Fängen.

»Glaubst du nicht, dass das gut ist?«

»Doch, doch. Ich frage mich nur, ob sie die Hochzeit dazu benutzt, sich nicht mit der anderen Sache auseinandersetzen zu müssen.« Da. Ich habe es ausgesprochen. Meine Angst ist nicht länger ein privater Gedanke. Sie liegt auf dem Tisch, um auseinandergenommen und analysiert zu werden.

Camille starrt mich mit offenem Mund an. »Glaubst du das wirklich?«

»Ich weiß nicht, was ich glauben soll.«

»Jede Braut dreht bei der Planung ihrer Hochzeit durch. Da ist Ava nicht anders.«

»Ava *ist* anders, und wir wissen beide, dass es untypisch für sie ist, sich so in jedes Detail der Planung einzubringen. Bei dir könnte ich mir das eher vorstellen – das ist nicht böse gemeint.«

Sie winkt ab. »Das habe ich auch nicht so verstanden. Und es stimmt.«

»Aber zu Ava passt es gar nicht, sich so leidenschaftlich um Tischgestecke und Beleuchtung zu kümmern, dass sie bis in die Nacht aufbleibt und sich alle Optionen genau anschaut.«

Darüber muss Camille kurz nachdenken. Als sie mich wieder ansieht, erkenne ich Sorge in ihrem Blick. »Das hat sie getan? Sie ist die ganze Nacht aufgeblieben?«

»Mehr als einmal.«

»Und du glaubst, das hat irgendwie etwas mit ... der anderen Sache zu tun?«

»Ich fürchte, das ist ihre Art, damit umzugehen, dass er noch lebt. Ich glaube nicht, dass sie merkt, was sie da tut, es kommt mir allerdings vor, als würde sie die Hochzeit benutzen, um alle Gedanken an ihn zu ersticken.«

»Eric ... Sie liebt dich. Sie kann es nicht erwarten, dich zu heiraten.«

»Das weiß ich. Ich zweifle keine Sekunde daran, dass sie mich liebt und sich auf die Hochzeit freut. Das meine ich auch nicht.« Ich nehme mir einen Moment, um meine Gedanken zu sammeln. »Ich finde, ihre tunnelblickartige Besessenheit mit der Hochzeit ist untypisch für sie. Andererseits frage ich mich, ob ich sie überhaupt gut genug kenne, um diesen Schluss zu ziehen. Was der Grund dafür ist, dass ich dich angerufen habe.«

»Du kennst sie so gut wie sonst niemand, aber es ist ... ungewöhnlich, könnte man sagen, dass sie sich so sehr um die Details kümmert.«

»Also stimmst du mir zu, dass es ein wenig besorgniserregend ist?«

»Ein wenig, ja.«

Unser Essen kommt, und ich schiebe mein Pastrami-Sandwich herum, während Camille in ihrem Salat herumstochert. Mein Magen schmerzt, und nichts interessiert mich im Moment weniger, als etwas zu essen.

Ich trinke einen Schluck Wasser und wünsche mir, es könnte den Kloß weg-spülen, der sich dauerhaft in meiner Kehle festgesetzt hat.

»Als sie erfahren hat, dass er lebt, war sie wochenlang nicht ansprech-
bar. Und dann, eines Tages, war es, als hätte sie entschieden, es sei ihr
vollkommen egal, dass er den Einsatz überlebt, aber sich nicht bei ihr
gemeldet hat. Sie kam eines Abends energiegeladen nach Hause und
wollte für uns kochen. Sie schien sehr darum bemüht, das mit uns
wieder auf die richtige Spur zu bringen. Seitdem hat sie nicht einmal
mehr seinen Namen erwähnt oder irgendetwas über ihn gesagt. Dabei
muss sie sich doch wundern, warum er sich nie bei ihr gemeldet hat,
verstehst du?«

Camille nickt. »Wie könnte sie sich das nicht fragen?«

»Ganz genau.«

Das Schweigen hängt schwer zwischen uns, während wir weiter so
tun, als würden wir essen.

Die Kellnerin kommt vorbei und bleibt stehen, als sie sieht, dass
wir unsere Speisen kaum angerührt haben. »Ist alles zu Ihrer Zufriedenheit?«

Nein, nicht wirklich. »Ja, alles gut. Danke.«

»Was sollen wir tun?«, erkundigt sich Camille mit einer dünnen
Stimme, die gar nicht zu ihr passt. Das verrät mir, wie besorgt sie um
ihre Schwester ist, und sofort fühle ich mich schlecht, weil ich meine
Befürchtungen bei ihr abgeladen habe.

»Ich weiß es nicht. Ich kann ja sie ja schlecht geradeheraus fragen,
ob sie unsere Hochzeit benutzt, um ihre Verzweiflung zu kaschieren.«

»Nein, das kannst du wirklich nicht.« Sie trommelt mit den Fingerspitzen auf den Tisch. »Aber was du tun könntest, ist, sie für ein
Wochenende zu entführen. Ohne Hochzeitspläne, ohne alles, nur ihr
beide zusammen.«

»Die Idee gefällt mir. Sie gefällt mir sogar sehr.«

»Es gibt in Upstate New York ein Inn, das sie liebt. Wir waren da
mal ein Wochenende mit unseren Eltern und Freunden. Ich schicke dir
die Infos.«

»Das wäre super. Danke.«

»Vielleicht kannst du sie dazu bringen, sich dir zu öffnen, während
ihr weg seid.«

»Das hoffe ich.« Ava hat ihre Gefühle für John ganz unten in einer
Kiste voller Hochzeitsdetails vergraben, die sie so in Atem halten, dass

sie keine Zeit hat, an ihn zu denken. Dessen bin ich mir sicher. Und auch wenn ich die Vorstellung liebe, sie für ein Wochenende von all dem zu entführen, habe ich große Angst davor, was passiert, wenn er aus dieser Kiste herauskommt.

CAMILLE

»Sie wird ihn zerstören«, erklärt Rob, als ich ihm von meinem Mittagessen mit Eric erzähle. »Ich habe es kommen sehen, und nun gibt es nichts, was wir tun können, um es zu verhindern.« Wir sitzen in einem Uber auf dem Weg zu einer Spendengala für seine Kampagne, die von langjährigen Unterstützern seines Vaters organisiert worden ist.

Ich schrecke vor seiner Gewissheit zurück. »Sie wird ihn *nicht* zerstören. Sag so etwas nicht.«

»Warum sollte ich es nicht aussprechen? Alle anderen denken es bereits.«

»*Wer* denkt das?« Ich bin geschockt, das zu hören.

»Jules, Amy, mein Dad. Seitdem wir gehört haben, dass der Kerl, dem sie die ganze Zeit nachgeweint hat, noch am Leben ist, machen wir uns Sorgen, dass sie Eric den Boden unter den Füßen wegziehen könnte.«

»Das wird nicht passieren.«

»Woher willst du das wissen, Camille? Was wird sie tun, wenn dieser Typ ... *John* ... wieder auftaucht und sie zurückhaben will? Er hat die ganze Zeit für unser Land gekämpft. Er ist ein verdammter Nationalheld. Wie kann Eric da mithalten?«

»Das ist kein Wettbewerb. Sie *liebt* Eric. Sie würde dir selbst sagen, dass er ihr auf mehr als eine Weise das Leben gerettet hat.«

»Ich glaube ja, dass sie ihn liebt. Wirklich. Das kann man sehen. Doch das bedeutet nicht, dass sie bei Eric bleibt, wenn der andere sie zurückhaben will.«

Seine felsenfeste Überzeugung, dass Ava Eric nach allem, was sie gemeinsam durchgemacht haben und was sie einander bedeuten, einfach den Rücken kehren würde, lässt mich bis ins Mark frieren.

»Ava hat nur bewiesen, dass sie sehr loyal ist, wenn sie dem Mann, den
sie geliebt hat, über *fünf Jahre* lang treu war, obwohl sie nicht einmal
wusste, ob er noch lebt.«

»Ja, sie ist ein sehr loyaler Mensch, Baby. Das ist ja das Problem.«

»Du verstehst das alles falsch, Rob. So etwas würde sie Eric nie
antun.« Der Gedanke daran lässt mich erschaudern. Was würde es für
meine Ehe bedeuten, wenn meine Schwester dem Bruder meines
Mannes das Herz bricht? Von der Vorstellung wird mir ganz schlecht.

»Ich will Ava gegenüber nicht hart sein. Sie ist wirklich süß. Und sie
hat so viel hinter sich. Ich bewundere sie ebenso sehr, wie ich sie mag.
Aber in dieser Konstellation sorge ich mich um meinen Bruder. Du
hast ihn nach Brittany erlebt ...« Er schüttelt mit grimmiger Miene den
Kopf. »Du weißt, wie schrecklich es war. Wenn das mit Ava schiefgeht
...«

»Das wird es nicht.«

»Ich hoffe, du hast recht.«

Das hoffe ich auch. Die Alternative ist unvorstellbar.

AVA

ICH BIN SUPER AUFGEREGT, ALS ERIC AN EINEM FREITAGNACHMITTAG
Ende März mit mir aus der Stadt herausfährt. Wir haben beide einen
halben Tag freigenommen, um den Feierabendverkehr zu vermeiden.
Er hat mir nicht gesagt, wohin es geht, sondern nur, dass er mal ein
Wochenende raus will, um etwas Zeit allein mit mir zu verbringen.

Für mich klingt das gut. Wir hatten beide in den letzten Wochen
so viel zu tun, dass wir kaum Zeit füreinander gefunden haben. Letzte
Woche haben wir uns mit dem Reporter der *New York Times* getroffen
und mit Rob und Camille für den Fotografen posiert, den sie geschickt
hatten.

Der Artikel wird in der nächsten Sonntagsausgabe erscheinen.
Jeder in der Firma ist deswegen ganz aufgeregt, und Rob freut sich
nach dem harten Jahr für seine Familie über die positive Publicity für
seine Kampagne. Außerdem haben wir gefeiert, dass Camille ihr

Examen hinter sich gebracht und ein gutes Gefühl hat. Nun müssen wir bloß noch auf die Ergebnisse warten.

Eric hat mir die Musikauswahl für die Fahrt überlassen, und so dröhnt jetzt Nirvana aus den Lautsprechern.

Er dreht es ein wenig leiser. »Du bringst irgendwann meine Boxen zum Platzen.«

»Weichei.«

Sein Mund klappt so geschockt auf, dass ich lachen muss, während ich mich auf dem Beifahrersitz zu der Musik meiner Jugend wiege. Auf der Highschool war ich verrückt nach allem, was mit Grunge zu tun hatte.

Ich liebe es, dass Eric dieses Wochenende für uns arrangiert hat. Und ich liebe es, dass ich ihm alles sagen kann, ohne Angst haben zu müssen, dass er es falsch auffasst. Das hatte ich noch nie, nicht einmal mit John, der manchmal sehr empfindlich reagieren konnte.

John.

Warum denke ich an ihn, obwohl ich mich auf einem Wochenendtrip mit Eric befinde? Ich habe weder in meinem Gehirn noch in meinem Leben Platz für ihn. Diese Phase ist vorbei. Zu Ende. Ich habe jetzt ein ganz neues Leben, und darauf sollte ich mich konzentrieren.

»Sind wir bald da?«, frage ich, um mich von meinen Gedanken abzulenken, die auf gefährliches Terrain abdriften.

Er verdreht die Augen. »Ich habe dir doch erklärt, dass die Fahrt ein paar Stunden dauert.«

Das ist eine lange Zeit, wenn man nicht anderes zur Ablenkung hat als Musik und die vorbeiziehende Landschaft. Meine Haut fühlt sich mit einem Mal heiß an, wie damals, als ich einen Ausschlag bekommen habe. Ich war dreizehn und habe bei einer Freundin übernachtet, als meine Haut auf einmal rebelliert hat. Später stellte sich heraus, dass ich auf das Waschmittel reagiert habe, mit dem die Mutter meiner Freundin die Bettwäsche gewaschen hatte. Jetzt frage ich mich, ob das wirklich so war. Danach habe ich so etwas nie wieder gehabt, und auch diese kribbelige Hitze, die dem Ausschlag voranging, habe ich bis jetzt nicht wieder gespürt.

Ich nippe an meiner Wasserflasche und hoffe, dass die kühle Flüssigkeit hilft. Meine Kehle fühlt sich eng an – so eng, dass ich anfange, mir Sorgen zu machen. »Eric.«

»Was ist, Liebes?«

»Mir ist nicht gut.«

Er wirft mir einen Blick zu und zuckt zurück. »Was ist das in deinem Gesicht?«

Hastig klappe ich die Sonnenblende herunter und keuche auf, als ich mein Spiegelbild sehe. Mein ganzes Gesicht ist von roten Flecken übersät. »Benadryl«, sage ich, weil mir wieder einfällt, was man mir beim ersten Mal in der Notaufnahme gegeben hat. »Ich brauche Benadryl.«

Eric nimmt die nächste Ausfahrt, findet eine Apotheke und biegt auf den Parkplatz ein. Er springt aus dem Wagen und rennt in den Laden, während ich mich darauf konzentriere, zu atmen und nicht an meiner juckenden Haut zu kratzen. Innerhalb weniger Minuten ist er zurück und lässt ein paar Tabletten in meine Hand fallen, die ich gierig mit Wasser herunterspüle. Ich schließe die Augen und warte ungeduldig darauf, dass die Wirkung des Medikaments einsetzt.

Eric streicht mir über die Haare und versucht, mich zu trösten. »Soll ich dich ins Krankenhaus bringen, Süße?«

Ich schüttle den Kopf. »Mir geht es gut.«

Es dauert ungefähr eine halbe Stunde, bis meine Kehle sich wieder halbwegs normal anfühlt und der Drang, mich zu kratzen, nachlässt. Ich öffne die Augen und sehe die Sorge, die sich in Erics attraktives Gesicht gegraben hat. Ich hasse es, dass ich ihm ständig einen Anlass liefere, mich so anzusehen. »Tut mir leid.«

»Du musst dich nicht entschuldigen. Fühlst du dich besser?«

»Ja. Es wird allerdings eine Weile dauern, bis die roten Flecken verschwunden sind.«

»Was hat das ausgelöst?«

»Ich weiß es nicht«, erwidere ich, obwohl das nicht stimmt. Ich weiß genau, was es ausgelöst hat, aber ich verstehe es nicht. Das letzte Mal war es ein Waschmittel – zumindest haben wir das gedacht.

»Ist dir das schon mal passiert?«

»Einmal als ich dreizehn war.«

»Willst du nach Hause?«

»Nein! Auf keinen Fall. Außer ...«

»Was?«

»Nun, ich würde verstehen, wenn du nicht mit mir gesehen werden willst, während ich im ganzen Gesicht rote Flecken habe.«

»Das ist mir so was von egal. Mir ist nur wichtig, dass es dir gut geht.«

»Nun, das tut es.« Ich sage ihm, was er hören will, doch der Vorfall hat mich verstört. Ich habe mich so angestrengt, mein Leben weiterzuführen, nachdem ich gehört habe, dass John noch lebt. Allein der Gedanke an ein paar Tage ohne hektische Aktivitäten, die mich beschäftigt halten, hat bei mir einen Ausschlag ausgelöst. Diesen Zusammenhang kann ich nicht leugnen, so sehr ich es auch will. Ich hasse es, wie ich mich fühle, wenn ich an ihn denke. Ich hasse es, zu wissen, dass er irgendwo da draußen ist, zurück von seiner langen Mission, und sich nicht die Bohne für mich interessiert. Nicht, dass ich von ihm hören will. Das will ich nicht. Ich will nichts mehr mit ihm zu tun haben. Ich will, dass er weggeht und mich endlich in Ruhe lässt. Ich will frei von ihm sein.

Frei. Wie wäre das wohl? Ich bin schon so lange davon besessen, mich zu fragen, was aus ihm geworden ist, dass ich mich nicht mehr daran erinnern kann, wie es ist, anders zu leben.

Das Benadryl macht mich müde. Ich will diese Zeit mit Eric verbringen, aber ich schaffe es nicht, die Augen offen zu halten.

KAPITEL 26

AVA

Ich höre Eric meinen Namen sagen. Es klingt, als wäre er weit weg, aber dann fühle ich seine Hand an meiner Schulter, und er rüttelt mich sachte wach.

»Ava, Süße, wach auf.«

Meine Lider wiegen gefühlte hundert Pfund. Ich zwinge mich, sie zu öffnen, und blinzle ein paar Mal. Ein großes, viktorianisches Herrenhaus kommt in den Fokus. Irgendetwas daran ist mir vertraut.

»Wir sind da.«

»Wo ist da?«

»Das Fairlawn Inn. Camille hat mir verraten, dass du schon mal hier warst und es geliebt hast.«

»Ja! Einmal mit unseren Eltern. Stimmt, es war wunderbar. Das ist so toll, Eric. Vielen, vielen Dank.«

»Ich freue mich, dass du dich freust. Geht es dir besser?«

»Sehr viel besser. Tut mir leid, dass ich eingeschlafen bin. Das waren die Tabletten.«

»Kein Problem. Aber du hast mir gefehlt.« Er lächelt und gibt mir einen Kuss auf den Handrücken. »Wollen wir reingehen und gucken, ob es noch so ist wie in deiner Erinnerung?«

»Au ja.« Ich bin so gerührt von den Gedanken, die er sich gemacht hat, um mit mir irgendwo hinzufahren, wo es mir gefällt. Im Inneren des Hauses hat sich nichts verändert – es ist weiter gemütlich und willkommen heißend und mit Antiquitäten eingerichtet. Wir werden zu unserem Zimmer geführt, in dem ein riesiges Himmelbett mit floraler Überdecke steht. »Als ich das letzte Mal hier war, musste ich mir mit Camille ein Bett teilen.« Ich lege eine Hand an Erics Brust und fühle den steten Schlag seines Herzens unter meiner Handfläche. »Ich freue mich viel mehr darauf, dich als Bettgenossen zu haben.«

»Das hoffe ich doch.«

Bei seiner Antwort muss ich lächeln. Ich gelobe mir, an diesem Wochenende all meine Energie und Aufmerksamkeit auf ihn zu richten. Das ist das Mindeste, was er verdient hat, nachdem er sich so viel Mühe gegeben hat, für uns eine romantische Auszeit zu arrangieren.

Den Nachmittag verbringen wir damit, auf den Wegen rund um das Inn spazieren zu gehen, und abends genießen wir ein köstliches Dinner in einem nahegelegenen Restaurant in der Innenstadt von Hunter. Es ist ein zauberhafter, entspannter Tag, der mit einem Schaumbad in der auf Löwenfüßen stehenden Badewanne in unserem Bad endet. Wir sitzen einander gegenüber und Eric massiert mir die Füße.

»Danke für alles«, sage ich. »Das habe ich wirklich gebraucht.«

»Du hattest in letzter Zeit viel zu viel um die Ohren und hast nicht gut auf dich geachtet.«

»Ich weiß.« Es sollte mich nicht überraschen, dass es ihm aufgefallen ist. Was mich betrifft, entgeht ihm nichts. »Es tut mir leid, wenn du dich vernachlässigt gefühlt hast.«

»Das habe ich nicht. Mach dir um mich keine Sorgen. Aber ich mache mir Sorgen um dich.«

»Wirklich? Warum?«

Er scheint seine Worte sorgfältig zu wählen. »Du hast dich von der Hochzeit sehr ... vereinnahmen lassen.«

»Du weißt, dass Paare heutzutage meistens *mindestens* achtzehn

Monate verlobt sind? Eine sechsmonatige Verlobungszeit ist quasi unerhört. In so kurzer Zeit ist sehr viel zu tun.«

»Das weiß ich, und ich will, dass unser großer Tag für uns beide perfekt wird. Doch ich habe die leise Befürchtung, dass deine Begeisterung für die Hochzeit einen anderen Grund hat.«

»Was für einen anderen Grund?« Ich stelle mich dumm, verspüre allerdings einen Anflug von Panik. Er weiß es. Natürlich weiß er es. Er weiß alles.

Er neigt den Kopf und sieht mich forschend an. »Ava ...«

Ich habe keine Ahnung, was ich darauf erwidern soll.

»Bei mir muss du das nicht. Ich werde mich nicht bedroht fühlen, wenn du über ihn reden willst ...«

»Das will ich nicht.«

Eric sagt nichts, sondern sieht mich nur so lange an, ohne zu blinzeln, dass er mich mit seinem Mitgefühl bricht.

»Er ist *das Letzte*, worüber ich reden will. Ich bin es *leid*, über ihn zu reden. Ich bin es *leid*, sein Gesicht überall zu sehen, nachdem ich es jahrelang *nirgendwo* gesehen habe. Ich kann die Spekulationen nicht mehr hören, wer er ist und wo er ist. Ich habe mich lange genug wie eine Idiotin gefühlt, weil mir weiterhin so viel an ihm lag, wo ich ihn doch offensichtlich einen Scheiß interessiere. Wolltest du das hören?«

»Das ist ein guter Anfang.«

»Ich will nicht an diese Dinge denken. Ich will an dich und mich und unsere Hochzeit denken. Ich will mit dir darüber reden, die Pille abzusetzen, damit wir so schnell wie möglich versuchen können, ein Baby zu bekommen.«

Er wirft mir einen überraschten Blick zu. »Wirklich?«

»Ja. Ich will Mutter sein. Ich will mit dir eine Familie haben. Also, wenn du das auch noch willst.«

»Du weißt, dass ich das will.«

»Ich konzentriere mich so auf die Hochzeit, weil sie das Einzige ist, woran ich denken will. Nicht an all die anderen Sachen.«

»Das verstehe ich. Aber ich möchte nicht, dass du jemals das Gefühl hast, über die anderen Sachen nicht mit mir reden zu können oder sie vor mir verstecken zu müssen.«

»Du warst während der ganzen Zeit so großartig. Ich weiß nicht, wie ich mit all dem hätte umgehen können, wenn du mir nicht die Hand gehalten hättest.«

Er beugt sich vor und gibt mir einen Kuss. »Deine Hand halte ich am liebsten, und ich werde immer für dich da sein, Ava. In guten wie in schlechten Zeiten. Dafür habe ich unterschrieben.«

»Ich will keine schlechten Zeiten mehr«, flüstere ich, während sich meine Augen mit Tränen füllen. »Ich bin es so leid, traurig zu sein. Du machst mich glücklich. Die Hochzeit macht mich glücklich. Wenn ich mich mit diesen Dingen ausfülle, bleibt kein Platz für Traurigkeit.«

»Du weißt, dass ich immer bereit bin, dich mit mir auszufüllen.«

Ich lache auf, während ich mir die Tränen wegwische.

Er steht auf und greift nach mir. »Komm raus, bevor du noch zu einer alten Pflaume verschrumpelst.«

»Das können wir natürlich nicht zulassen. Ich werde demnächst heiraten.«

»Das wirst du, und dein Bräutigam hat sich nicht auf eine alte Pflaume eingelassen.«

Wir gehen ins Bett und bleiben bis zum nächsten Nachmittag dort. Wir lachen, unterhalten uns, lieben uns und schmieden Pläne. Hunger und Durst treiben uns schließlich raus, und wir fahren in die Stadt zum Brunchen. Den Rest des Tages schlendern wir durch Antiquitätengeschäfte, Buchläden und Galerien.

Im Kino der Stadt wird ein Film gezeigt, den wir beide schon immer mal sehen wollten, also kaufen wir uns Karten für die Fünf-Uhr-Vorstellung und gehen danach essen.

Es ist ein entspannter, anregender Ausflug, und als wir am Sonntagmittag wieder in die Stadt zurückfahren, bin ich entschlossen, die Hochzeit nicht mehr wichtiger zu nehmen als meine Beziehung zu Eric. Auf dem Weg aus Hunter hinaus kaufen wir uns eine Sonntagsausgabe der *New York Times* und saugen die schmeichelhafte Geschichte über uns vier förmlich auf.

»Das ist ein tolles Foto von uns«, meint Eric. »Wir sollten es für die beiden rahmen lassen.«

»Und für uns.«

»Natürlich, immer zwei von allem.«

Rob und Camille schicken uns eine Nachricht, in der steht, wie erfreut sie über den Artikel und die Fotos sind. *Nette Abwechslung in der Geschichte über unsere Familie*, schreibt Rob.

Ich antworte für uns beide, dass wir die Geschichte und die Bilder ebenfalls lieben.

»Danke für dieses Wochenende«, sage ich zu Eric, als wir auf dem Highway zurück in die Stadt sind. »Das war genau das, was ich gebraucht habe.«

»Gern geschehen. Es war mir ein echtes Vergnügen.« Er wackelt mit den Augenbrauen, damit mir die Zweideutigkeit seiner Worte auch ja nicht entgeht.

»Nach diesem Wochenende«, ich tätschle sein Bein, »solltest du für die nächsten ein bis zwei Monate ausreichend Sex gehabt haben.«

»Ähhhh ... warte mal. Was?«

Ich kann nicht mehr an mich halten und lache laut los. Seine Miene ist einfach zum Schießen. Ich lache so sehr, dass ich beinahe das Klingeln meines Handys überhöre. Ich nehme den Anruf von meiner Mutter gerade noch rechtzeitig an, bevor die Mailbox anspringt.

»Hey, Mom. Was gibt's?«

»Ava ...«

»Mom? Stimmt etwas nicht?«

»Liebes, gerade waren Leute vom NCIS hier.«

»Was? Wieso? Was will die Strafverfolgungsbehörde der Navy von dir?«

»Es geht um John, Liebes. Er versucht, dich zu finden.«

JOHN

Es hat siebenundzwanzig Tage gedauert, aber jetzt bin ich dank der Prothese, an die ich mich langsam gewöhne, in der Lage, fünf Minuten am Stück zu stehen. Man hat mir gesagt, dass ich im Laufe der Zeit länger stehen können werde, im Moment sind fünf Minuten allerdings alles, was ich ertrage. Sie sagen mir auch, dass ich in meinem Heilungsprozess wesentlich schneller vorankomme als erwartet. Doch ich weiß nur, dass der Schmerz unerträglich ist, ich weiter aussehe wie der Tod auf zwei Beinen und mir die Zeit davonrennt.

Das Interview mit *60 Minutes* findet Sonntag in einer Woche statt.

Ich muss Ava sehen, bevor ich im landesweiten Fernsehen meine Geschichte erzähle. Vor ungefähr drei Wochen habe ich beschlossen, dass ich sie nach sechs Jahren nicht einfach so aus heiterem Himmel anrufen kann. Mehr als alles fürchte ich, dass sie mich zum Teufel schickt, auflegt und nie wieder mit mir redet. Dieses Risiko kann ich nicht eingehen.

Mit meinem Handy habe ich sie im Internet gesucht und nichts über eine Ava Lucas in San Diego gefunden. Sie hat sich privat nie groß in den sozialen Medien getummelt, weil sie in ihrem Beruf so viel damit zu tun hat, also ist das eine Sackgasse. Ich habe Muncie gebeten, zu unserem Apartmentgebäude zu gehen und herauszufinden, ob sie noch dort wohnt.

Muncie kam mit der Information zurück, dass sie vor knapp einem Jahr ausgezogen ist und keine Nachsendeadresse hinterlassen hat.

»Ich will, dass Sie sie finden«, verlange ich von Muncie. Es hebt meine Laune, zu wissen, dass sie *fünf Jahre* gebraucht hat, um aus unserer Wohnung auszuziehen.

»Wie soll ich das anstellen, Sir?«

»Setzen Sie das NCIS darauf an.«

»Ich glaube nicht, dass die dafür zuständig sind, Ex-Freundinnen aufzuspüren.«

»Sie wollen doch, dass ich *60 Minutes* ein Interview gebe, oder?«

»Sie meinen also …«

»Wenn sie mein Mädchen nicht finden, gibt es kein Interview.«

So habe ich es geschafft, dass das NCIS Ava aufspürt. Es hat nicht lange gedauert, weil ich wusste, dass sie aus Purchase, New York, kommt und ihre Eltern dort wohnen – zumindest taten sie das, als Ava und ich zusammen waren.

»Sie lebt in New York City, Sir«, berichtet Muncie eines Sonntag-abends per Telefon.

»Was sonst noch?«

»Sie haben uns gebeten, sie zu finden. Wir haben sie gefunden. Mehr habe ich nicht. Wollen Sie ihre Adresse haben?«

»Ja.«

Er rattert sie herunter, und ich schreibe sie auf. »Ich will, dass Sie hingehen.«

»*Wie bitte?* Sie wollen, dass ich nach New York fahre und Ihre Ex finde? Äh, wirklich, Sir?«

»Sie ist nicht meine Ex.« Zumindest war sie das nicht, als ich sie das letzte Mal gesehen habe. Nein, sie war die Sonne, der Mond, die Sterne, mein Leben. Das Beste, was mir je passiert ist. Daran ist nichts »Ex«. »Haben Sie nicht behauptet, die Navy hätte Sie beauftragt, mir bei allem zu helfen, was ich brauche?«

»Das stimmt, aber ...«

»Ich *muss* sie treffen und mit ihr reden, bevor ich mit meiner Geschichte an die Öffentlichkeit gehe. Es gibt Dinge ... die sie von mir hören sollte.« Ich brauche sie. Ich muss sie sprechen, um herauszufinden, ob das, was zwischen uns war, weiter da ist. Ich muss wissen, ob sie mich noch so liebt, wie sie es einst getan hat.

»Warum können Sie sie nicht einfach anrufen? Haben Sie ihre Nummer nicht?«

»Doch, aber ...« Ich kann ihm nicht erklären, dass ich fürchte, sie würde den Anruf nicht annehmen. »Es wäre besser, wenn Sie sie aufsuchen und ihr sagen, dass ich sie sehen muss. Dass es dringend ist.«

Er schweigt so lange, dass ich kurz befürchte, er hätte aufgelegt.

»Muncie?«

»Ja, ich bin hier.«

»Bitte. Ich würde nicht darum bitten, wenn es nicht wirklich wichtig wäre.«

»Morgen«, gibt er widerstrebend nach.

»Wirklich?«

»Ja, Sir. Ich habe gesagt, dass ich es tue, also tue ich es auch.«

»Sie richten ihr aus, dass ich sie sehen muss? Und arrangieren, dass sie hierhergebracht wird?«

»Ich tue, was ich kann, Sir«, antwortet er mit einem tiefen Seufzer. »Mehr kann ich nicht versprechen, bevor ich mit meinem Vorgesetzten gesprochen habe.«

»Natürlich. Vergessen Sie nicht, die wollen von mir, dass ich das Interview gebe ...«

»Ich verstehe Ihre Position, Sir.«

»Ich will nicht, dass sie mich im Krankenhaus sieht. Arrangieren Sie ein Treffen in einem Hotel oder so. Da fällt mir ein, ich weiß genau den richtigen Ort.« Ich gebe ihm den Namen eines Hotels. »Reservieren Sie dort eine Suite.«

»Kann ich sonst noch etwas für Sie tun, Sir?«

»Nein, das reicht. Aber bitte beeilen Sie sich, okay?«

»Ja, Sir. Ich verstehe Ihre Dringlichkeit.«

»Nein, das können Sie unmöglich verstehen, Muncie.«

»Nein, Sir, natürlich kann ich das nicht. Ich rufe Sie morgen Abend an.«

»Ich warte darauf.« Ich bin so aufgeregt, weil ich sie vielleicht – schon bald – sehen werde, dass ich in dieser Nacht nicht schlafen kann. Ich liege die ganze Zeit wach, starre an die Decke, durchlebe ein weiteres Mal jede Minute, die ich mit ihr verbracht habe, die Seligkeit, die ich in ihren Armen gefunden habe, die überwältigende Liebe, die ich für sie empfunden und von ihr erhalten habe. Nie zuvor habe ich so etwas erlebt, und die ganze Zeit ohne das, ohne *sie* zu leben, war die schlimmste Form von Folter. Ich würde es erneut tun, um Al Khad zu fassen, doch für diesen Sieg habe ich einen hohen Preis bezahlt, genau wie Ava.

Ich brauche die Chance, mich bei ihr zu entschuldigen, zu versuchen, es ihr zu erklären … Ich hoffe und bete, dass sie mich treffen und mir diese Chance geben wird.

KAPITEL 27

ERIC

Sie steht unter Schock. Seitdem sie den Anruf von ihrer Mutter entgegengenommen und gehört hat, dass John nach ihr sucht, hat sie kaum ein Wort gesagt. Weder zu mir noch zu ihrer Schwester oder ihren Freunden, die hergekommen sind, nachdem ich ihnen die Neuigkeiten mitgeteilt habe.

Wir wissen nicht, was wir für sie tun können.

Ich überlasse sie der Fürsorge ihrer Schwester, nehme mein Handy mit ins Schlafzimmer und rufe Jessica, die Therapeutin, an, um sie auf den neuesten Stand zu bringen.

»Ich weiß nicht, was ich tun soll. Niemand weiß das.«

»Ich würde ja rüberkommen, nur habe ich hier zwei Kinder, die sich einen Magen-Darm-Virus eingefangen haben, und das Letzte, was ihr jetzt braucht, ist, euch damit anzustecken.«

»Das stimmt.«

»Lass ihr Zeit, Eric. Rede mit ihr, wenn sie so weit ist.«

»Ich versuche, das nicht persönlich zu nehmen, doch ich würde lügen, wenn ich behaupte, dass mir diese Entwicklung keine Panik bereitet.«

»Das ist verständlich.«

»Ich weiß, du bist ihre Therapeutin und nicht meine, aber verrate mir eins: Was zum Teufel soll ich tun, wenn sie zu ihm zurückgeht?« Es laut auszusprechen, meine größte Angst in Worte zu fassen, verursacht mir Übelkeit.

»Ich denke nicht, dass du dir deswegen den Kopf zerbrechen musst.«

»Wirklich nicht? Sie hat beinahe sechs Jahre auf diesen Moment gewartet – auf die Möglichkeit, ihn wiederzusehen. Was, wenn sie einen Blick auf ihn wirft und mich sofort vergisst?« Dass ich meine Sorgen bei einer Frau ablade, die ich kaum kenne, ist ein Zeichen der Verzweiflung, das ich niemand anderem zu zeigen wage. Ich muss für Ava stark sein, und das werde ich auch. Sobald ich aufhöre, durchzudrehen bei dem Gedanken, was das für mich bedeuten könnte.

»So schwer es auch sein mag, du musst das eine Minute nach der anderen angehen. Kümmere dich um das, was direkt vor dir liegt, und nicht um das, was eventuell passieren könnte. Wie du weißt, darf ich nicht über Avas Behandlung reden, aber eines kann ich dir versichern: Sie liebt dich sehr und spricht immer wieder davon, wie wichtig du in ihrem Heilungsprozess gewesen bist.«

»Das ist schön zu hören.« Natürlich weiß ich das, doch ich frage mich trotzdem, ob ich nur eine Ablenkung war, bis der, den sie wirklich will, wieder zu ihr zurückkehrt.

»Es ist die Wahrheit, Eric. Halte dich daran fest, egal, was passiert.«

»Das mache ich. Danke für deine Zeit.«

»Bitte richte Ava aus, sie soll mich anrufen, wenn ich ihr irgendwie helfen kann. Ich stehe ihr jederzeit zur Verfügung. Es tut mir leid, dass ich nicht vorbeikommen kann.«

»Ist schon gut. Ich verstehe das. Und sie wird es ebenfalls verstehen. Wir bleiben in Verbindung.«

Lange, nachdem ich aufgelegt habe, sitze ich noch auf dem Bett, die Unterarme auf meine Knie gestützt, den Kopf gebeugt, um den Druck zu mildern, der sich in meinem Nacken aufgebaut hat. *John sucht nach mir*, hat sie gesagt. Vier Worte, die meine Welt auf den Kopf gestellt und Ava in den Albtraum zurückgestoßen haben, dem zu entfliehen sie sich so angestrengt hat.

Es ist für keinen von uns beiden fair. Welches Recht hat er, nach all dieser Zeit zurückzukehren und zu glauben, er müsse bloß mit den Fingern schnippen und schon käme sie angerannt? Ist ihm nie eingefallen, dass sie ein eigenes Leben haben könnte? Dass es Menschen gibt, die sie lieben? Dass sie nicht länger herumsitzt und auf ihn wartet?

Sobald diese Gedanken in mir aufsteigen, fühle ich mich wie ein Monster. Der Mann hat *Jahre* seines Lebens gegeben, um uns alle zu beschützen. Er hat mehr geopfert, als ich oder alle, die ich kenne, es jemals tun werden. Er sollte bekommen, was immer er will. Nur nicht Ava. Sie kann er nicht haben. Sie gehört mir.

Mein Handy vibriert mit einer Nachricht von einer Nummer, die ich nicht kenne. Ich klicke darauf.

Hab gehört, du bist verlobt. Freu mich riiiiiesig für dich. Niemand hat es mehr verdient, glücklich zu sein, als du.

Meine Finger fliegen über die Buchstaben. *Wer bist du?*

Brit. Sie hat ein Kuss-Emoji und ein Herz angefügt.

Ich lösche die Nachricht und blockiere die Nummer. Das Letzte, was ich jetzt gebrauchen kann, ist, von ihr zu hören. Was vor wenigen Monaten wie eine Bombe in mein Leben eingeschlagen hätte, registriere ich jetzt kaum.

»Eric?« Amy steht an der Tür. »Ist alles in Ordnung?«

Ich will ihr sagen, was sie hören will, aber die Worte bleiben mir im Hals stecken, werden gegen den riesigen Kloß gequetscht, der nicht verschwinden will, egal, wie sehr ich mich bemühe, meine Gefühle in Schach zu halten.

Amy betritt das Zimmer, schließt die Tür hinter sich und setzt sich neben mich aufs Bett. Sie legt einen Arm um meine Schultern, und ich lehne meinen Kopf an ihren. »Ich hasse es, dass ihr beide das durchmachen müsst.«

»Danke.«

»Ava fragt nach dir.«

Die Worte sind wie ein Stromschlag, der dafür sorgt, dass ich mich aufrichte, mich wappne und aufstehe, um zu ihr zu gehen.

Mit einem Blick zu meiner Schwester antworte ich: »Brittany hat mir geschrieben.«

»Was?«

»Sie hat mir zu meiner Verlobung gratuliert.«

»Was hast du gesagt?«

»Ich habe die Nachricht gelöscht und ihre Nummer blockiert.«

»Die Frau hat Nerven, das muss man ihr lassen.«

»Ja. Ihr Timing ist auch fabelhaft.«

»Das war es schon immer.«

»Ich kann das nicht noch einmal, Ames. Das schaffe ich einfach nicht.«

Sie steht auf und legt mir eine Hand auf den Rücken. Sie richtet mich auf, wie sie es schon unser ganzes Leben lang tut. »Alles an deiner Beziehung mit Ava ist anders.«

»Aber wird das Ende das gleiche sein?«

»Tu dir das nicht an, Eric. Sie ist mit *dir* verlobt.«

»Im Moment.« Mein Magen schmerzt, und mein Kopf pocht, als hätte ich einen Kater. Doch Ava fragt nach mir, also schiebe ich meine Sorgen beiseite, um mich um sie zu kümmern.

Camille sitzt mit ihrer Schwester auf dem Sofa. Sie steht auf, um mir ihren Platz zu überlassen.

Ich setze mich neben Ava und nehme ihre Finger, die eiskalt sind. Ich wärme sie mit meinen Händen, dabei wird mein Blick von ihrem Verlobungsring angezogen. »Was kann ich tun?«, frage ich sie.

»Ich ... ich weiß nicht, was als Nächstes passiert. Was auch immer es ist, ich will dich an meiner Seite haben. Ist das okay?«

»Ja, Baby. Das ist okay.« Ihre Worte erfüllen mich mit Erleichterung. Er sucht nach ihr, aber sie will mich. Ich lege meine Arme um sie und halte sie ganz fest, während Camille, Rob, Amy und Jules uns beobachten. Sie wollen helfen, doch es gibt nichts, was sie tun können.

Jetzt, da John weiß, wo Ava zu finden ist, warten wir auf seinen nächsten Zug.

Der kommt am folgenden Nachmittag in Form eines Navy-Offiziers namens Muncie. Ava und ich haben uns beide bei der Arbeit krankgemeldet und verbringen den Tag in rastloser Anspannung. Wir warten auf etwas, ohne zu wissen, auf was.

Keiner von uns hat letzte Nacht wirklich geschlafen, und wir sind müde und gestresst. Ich drücke den Summer für Muncie und warte an der offenen Wohnungstür auf ihn.

Er kommt die Treppe hinauf, und das Erste, was mir auffällt, ist die khakifarbene Uniform, die er unter einem blauen Wollmantel trägt. Er streckt mir die Hand hin. »David Muncie.«

»Eric Tilden.«

»Danke, dass Sie mich empfangen.«

»Ich würde am liebsten sagen, gern geschehen, aber ...«

Er besitzt den Anstand, gequält auszusehen. »Ist Ms Lucas zu Hause?«

»Ja. Kommen Sie herein.« Ich trete beiseite, um ihn einzulassen, und deute auf das Sofa, auf dem Ava mit untergezogenen Beinen und einer Decke auf dem Schoß sitzt. »Ava, das ist David Muncie.«

»Hi«, erwidert sie zögerlich.

»Danke, dass Sie bereit sind, mich zu empfangen.« Er setzt sich auf den Sessel neben ihr.

»Ich fürchte mich beinahe vor dem, was Sie mir mitzuteilen haben.«

Ich auch, und ich bin dankbar, dass sie die Worte für uns beide ausspricht. Ich kehre an Avas Seite zurück, berühre sie jedoch nicht.

»Ich bin auf Bitten von Captain John West von der United States Navy hier. Ich bin der Verbindungsoffizier, der ihm zugeteilt wurde, nachdem er bei der Erstürmung von Al Khads Aufenthaltsort verletzt wurde.«

»W-wo ist er seitdem gewesen?«, fragt sie.

»Im Krankenhaus, Ma'am. Ich bin autorisiert, Ihnen mitzuteilen, dass ihm ins Bein geschossen wurde und die Kugel seine Oberschen-kelarterie getroffen hat, was zu einer beinahe tödlichen Verletzung führte. Sein Bein war zu schwer beschädigt, um gerettet werden zu können.«

Ava entfährt ein leises Wimmern. Das Geräusch ist so zart, dass es kaum wahrnehmbar ist. Aber ich höre es.

»Ungefähr vier Wochen nach seiner OP hat er sich eine Infektion zugezogen, mit der er über einen Monat im Koma gelegen hat. Eine Zeit lang waren wir nicht sicher, ob er überleben wird, doch er hat sich erholt und befindet sich derzeit in einer Rehaklinik in San Diego.«

O mein Gott. Er war im Krankenhaus. Deshalb hat sie nichts von ihm gehört.

Sie greift nach meiner Hand und hält sich an mir fest.

»Darf ich fragen«, erkundigt sich Muncie, »ob Sie beide ...«

»Wir sind verlobt«, sage ich und sehe, wie seine Schultern vor Enttäuschung nach unten sinken.

»Verstehe«, antwortet er.

Wirklich? will ich ihn fragen. *Verstehen Sie, dass sie einen anderen liebt und dieser Kerl aus ihrer Vergangenheit kein Recht hat, nach all dieser Zeit aufzutauchen und sie treffen zu wollen?*

»Ist John ... Geht es ihm jetzt gut?«, will Ava zögernd wissen.

»Es geht ihm mit jedem Tag besser.« Nach einer langen Pause lässt er die Bombe platzen. »Er würde sich sehr gerne mit Ihnen treffen.«

AVA

DAS SIND DIE WORTE, AUF DIE ICH JAHRELANG GEWARTET HABE. *John will mich treffen.* Aber jetzt prallen sie wie Gummigeschosse von mir.

Eric spannt sich neben mir an. Er hält meine Hand so fest, dass es wehtut. Das hier bringt ihn um. Ich wollte ihm nie Schmerzen verursachen, doch zu hören, dass der Mann, den ich einst geliebt habe, im Dienst für unser Land nicht nur einmal, sondern zweimal beinahe gestorben wäre und mich jetzt sehen will, tut ihm weh.

Ich wollte dringend wissen, warum John mich nicht angerufen hat. Nun weiß ich es. Es lag daran, dass er es nicht konnte, und das ist so viel einfacher zu akzeptieren, als wenn er es nicht gewollt hätte.

»Ms Lucas«, sagt Muncie leise. »Ich bin darauf vorbereitet, Sie, wenn möglich, noch heute Abend nach San Diego zu bringen und für morgen ein Treffen mit Captain West zu arrangieren. Er soll später in der Woche ein Interview bei *60 Minutes* geben und hätte gerne vorher die Gelegenheit, mit Ihnen zu sprechen – bevor er mit seiner Geschichte an die Öffentlichkeit geht.«

Ich könnte John morgen sehen.

Ich schaue Eric an, der die Wand hinter Muncie anstarrt.

»Eric.«

Er blickt zu mir.

»Was soll ich tun?«

»Das kann ich dir nicht sagen, meine Süße, aber was auch immer du entscheidest, ich stehe hinter dir.«

»Würdest du mich nach San Diego begleiten?«

»Wenn du das möchtest.«

»Natürlich möchte ich das.«

»Würden Sie uns für eine Minute entschuldigen?«, bittet Eric Muncie.

»Sicher. Nehmen Sie sich alle Zeit, die Sie brauchen.«

Eric steht auf und zieht leicht an meiner Hand, damit ich mitkomme.

Meine Beine sind wie aus Gummi, als wir ins Schlafzimmer gehen und die Tür hinter uns zumachen.

Eric schließt mich in seine warme, tröstende Umarmung. »Ich brauche das gerade, daher dachte ich, du vielleicht auch.«

»O ja, ich brauche das gerade ganz doll.«

»Ich kann mir nicht vorstellen, was in diesem Moment in dir vorgeht.«

»Meine Gedanken rasen, genau wie mein Herz.«

Seine Hand gleitet über meinen Rücken. »Du musst nichts tun, was du nicht tun willst, Ava.«

»Ich weiß.«

»Und du musst auch in dieser Minute nichts entscheiden. Du könntest Muncie bitten, dich morgen früh anzurufen, damit du Zeit hast, in Ruhe zu überlegen, was es bedeutet, was du gerade gehört hast.«

»Ja, das wäre gut.«

»Soll ich es ihm sagen?«

Ich nicke. »Danke.«

»Was immer du brauchst.« Er gibt mir einen Kuss auf die Stirn. »Ich bin gleich zurück.«

Eric verlässt das Schlafzimmer und schließt die Tür hinter sich, aber ich höre ihre Stimmen nebenan. Dann geht die Wohnungstür auf und fällt wieder ins Schloss. Muncie ist fort, trotzdem wanke ich immer noch unter den Informationen, die er mir über John gegeben hat. Informationen, nach denen ich mich so lange gesehnt habe. Und jetzt ... O Gott, ich weiß nicht, was ich damit anfangen soll.

Eric kommt ins Schlafzimmer zurück und setzt sich neben mich.

Er nimmt meine Hand und hält sie so, wie er sie jetzt seit beinahe einem Jahr hält. Er schweigt, aber ich weiß, dass sich seine Gedanken auch überschlagen.

»Verrat mir, was ich tun soll.«

»Ich wünschte, das könnte ich, doch das musst du entscheiden. Ich kann dir nur immer wieder versichern, dass ich bei dir bin und nirgendwo hingehe.«

»Du wirst nicht böse, wenn ich ihn sehen will?«

»Guter Gott, nein, Ava. Dafür hätte ich vollstes Verständnis.«

Er sagt und tut das Richtige, allerdings sehe ich, welchen Tribut es von ihm fordert.

»Können wir uns eine Weile hinlegen?«

»Was immer du willst.« Er hilft mir hoch und hält die Decke für mich zurück, bis ich es mir darunter bequem gemacht habe.

Mir wird einfach nicht warm, egal, was ich tue.

Er streckt sich neben mir aus, hält mir die Arme hin.

Ich kuschle mich an ihn, den Kopf auf seine Brust gebettet. Der stete Schlag seines Herzens beruhigt und tröstet mich. »Es tut mir leid, dass das gerade jetzt passiert.«

»Ich bin hier nicht wichtig. Es geht um dich, Ava. Und um ihn.«

»Es gibt kein ›er und ich‹ mehr.« Das meine ich ernst, aber jedes Mal, wenn ich daran denke, wie es wäre, John wiederzusehen, pocht mein Herz. Ich bin mir nicht sicher, ob vor Vorfreude oder vor Angst, doch ist das wichtig? »Es könnte besser sein ... wenn ich ihn nicht treffe.«

»Willst du das?«

»Ich weiß es nicht. Ein Teil von mir will die Vergangenheit in der Vergangenheit lassen. Dann denke ich wieder daran, was ihm passiert ist und dass ich es ihm schulde, ihm gegenüberzutreten ...«

»Sprich im Zusammenhang von ihm nicht von Schuld«, unterbricht Eric mich schärfer, als ich ihn je gehört habe. »Er hat *dir* gegenüber nicht ein Mindestmaß an Rücksicht gezeigt, also bist du ihm nichts schuldig. Wenn du ihn sehen willst oder musst, um einen Abschluss zu finden, ist das eine Sache. Doch tu es nicht aus Schuldgefühlen ihm gegenüber.«

Sein angespannter Ton verrät mir, was er fühlt, und sein Schmerz bringt mich um.

»Es tut mir leid.«

»Das muss es nicht, Ava. Es ist nicht deine Schuld – und seine auch nicht. Es ist einfach eine schwierige Situation, egal, wie man es betrachtet.«

»Ich werde nicht zu ihm fahren.«

»Wirklich?«

»Wirklich. Das ist weder in meinem noch in deinem besten Interesse.«

»Es geht hier nicht um mich.«

»Es geht aber um *uns*. Ich habe so hart daran gearbeitet, über ihn hinwegzukommen. Ihn zu treffen wäre ein Riesenrückschritt.«

»Es könnte dir allerdings auch den Abschluss geben, den du bisher nicht hattest.«

»Ich weiß, dass er lebt und in Sicherheit ist, und das ist mehr, als ich bisher gewusst habe. Mehr Abschluss brauche ich nicht.«

»Willst du nicht wissen, *warum* er getan hat, was er getan hat?«

»Was hätte das für einen Sinn? Es würde für mich nichts ändern.« Ich hebe meinen Kopf, damit ich Eric ansehen kann. »Du stimmst mir doch zu, oder?«

»Das würde ich gerne.«

»Was soll das heißen?«

»So sehr ich dich davor beschützen möchte, jemals wieder verletzt zu werden, fürchte ich, du würdest es immer bereuen, dich nicht mit ihm getroffen zu haben. Warum gibst du ihm nicht eine halbe Stunde, damit du dieses Kapitel endgültig abschließen und hinter dir lassen kannst?«

Ich lege meinen Kopf wieder auf seine Brust und denke darüber nach. Wenn der Gedanke, John wirklich zu sehen, mir nur nicht solche Angst machen würde. Würde eine halbe Stunde mit ihm all die harte Arbeit des letzten Jahres vernichten? Das ist meine größte Befürchtung, aber Eric hat da ein gutes Argument vorgebracht. Werde ich jemals wirklich Frieden finden, wenn ich mich nicht mit ihm treffe?

KAPITEL 28

JOHN

Ich warte den ganzen Tag darauf, etwas von Muncie zu hören, und greife sofort zum Handy, als er sich gegen zehn Uhr am Abend meldet. »Waren Sie bei ihr?«

»Ja.«

Ich will alles wissen – wie sie aussieht, was sie gesagt hat, wo sie wohnt. »Und?«

»Sir ...«

So, wie er dieses eine Wort ausspricht, zieht sich mein Herz zusammen. »*Was?*«

»Sie ist verlobt und wird bald heiraten.«

Ich will aufheulen. *Nein, nein, nein.* Sie kann nicht mit einem anderen verlobt sein. Das will ich nicht hören. Obwohl ... Was hatte ich erwartet? Ava ist eine wunderschöne, großartige Frau. Natürlich hat sie nicht herumgesessen und auf mich gewartet. Aber trotzdem, ich hatte die Hoffnung, dass sie es vielleicht doch getan hat – eine Hoffnung, die nun zerschmettert worden ist.

»Sir? Sind Sie noch da?«

»Ja.« Ich beiße die Zähne zusammen. »Wer ist der Kerl?«

»Sein Name ist Eric Tilden. Er wirkt wie ein netter Mann. Ich habe ein wenig recherchiert. Er ist der Sohn des Gouverneurs von New York. Es gab einen Artikel in der *New York Times* über sie, weil ihre Schwester seinen Bruder geheiratet hat. So haben sie sich kennengelernt – auf der Hochzeit letzten Juni.«

Im letzten Juni. Dann war sie bis dahin Single. Sie sind noch nicht allzu lange zusammen. »Ist sie ... ist sie ... glücklich?«

»Ich war nur kurz dort, aber ich würde sagen, dass sie glücklich ist – wenn auch verstört darüber, zu hören, dass Sie sie sehen wollen.«

Mein Herz bricht. »Dann kommt sie also nicht?« Vorhin habe ich jemanden herbestellt, um mir die Haare zu schneiden und den Bart abzurasieren, den ich während meines Krankenhausaufenthalts wild habe wuchern lassen. Ich habe meiner Einheit die Nachricht übermitteln lassen, dass sie meine blaue Ausgehuniform mit den Abzeichen für meinen neuen Rang versehen und mir zuschicken sollen, damit ich Ava in Uniform gegenübertreten kann. Sie hat mich nie in meiner Ausgehuniform gesehen.

»Sie hat darum gebeten, eine Nacht darüber schlafen zu dürfen.«

Ich hatte diese Vorstellung, dass sie vor Freude aufschreit, wenn sie die Neuigkeiten von Muncie hört. Dass sie ihn anfleht, sie sofort zu mir zu bringen, damit wir mit dem Rest unseres Lebens beginnen können. Nun, wo ich weiß, dass sie nicht gerade aus dem Häuschen war, weil ich sie sehen will, fühlt es sich an, als hätte ich einen Felsen verschluckt.

»Es tut mir sehr leid, dass ich keine besseren Nachrichten habe, Sir.«

Ich ertrage sein Mitleid nicht. »Machen Sie sich darüber keine Gedanken. Geben Sie mir sofort Bescheid, wenn Sie morgen von ihr hören.«

»In Ordnung, Sir.«

Ich lege auf, bevor ich etwas sagen kann, mit dem ich mich noch schlechter fühle als sowieso schon. Ich bin wie ein Ballon, aus dem die Luft raus ist. Jede Minute, die ich in diesem Höllenloch verbracht und mich angestrengt habe, um meine Mobilität zurückzuerlangen, hatte ich sie im Kopf. Sie war das Licht am Ende des Tunnels, der Topf mit Gold am Ende des Regenbogens.

Mir ist nie in den Sinn gekommen, dass sie sich vielleicht nicht mit mir treffen will. Vielleicht hätte ich darüber nachdenken sollen. Ich weiß, was ich ihr angetan habe, ist unentschuldbar, aber nicht in einer Million Jahren hätte ich erwartet, dass mein Auftrag so lange dauert. Andererseits wusste ich, als ich die Einladung zum Sonderkommando angenommen habe, dass die entfernte Möglichkeit einer mehrjährigen Entsendung bestand.

Das war bevor Al Khad sich in unser aller Leben gedrängt und das Spiel verändert hatte.

Ich fahre den Rollstuhl zum Fenster, um die Welt zu betrachten, die sich ohne mich weitergedreht hat. Sechs Jahre sind eine lange Zeit, um weg zu sein. Ich komme mir vor wie ein Fremder in diesem Land, das ich nicht wiedererkenne. Aber ohne Ava habe ich keine Ahnung, wo ich hingehöre. Sie ist mein Zuhause, das einzige echte Heim, das ich je hatte. Und das einzige, zu dem ich seit dem Tag meiner Abreise zurückkehren wollte.

Ohne sie habe ich nichts.

Weniger als nichts.

Tränen brennen in meinen Augen, als der schlimmste Schmerz, den ich je erlebt habe, mein Herz erfasst und es mir beinahe unmöglich macht, zu atmen. Ich kann mir nicht vorstellen, es ohne sie zu schaffen. Sie war mein Grund, um weiterzuleben.

Ich habe seit dem Verlust meines Beines keine einzige Träne vergossen. Selbst während der schmerzhaften Reha bin ich nicht zusammengebrochen. Aber das hier ...

Es bringt mich um.

Ich rolle zurück zu dem Tisch neben meinem Bett und drücke den Knopf für die Krankenschwester. Dabei schaue ich weiter zum Fenster, damit sie mein Gesicht und meine Tränen nicht sieht.

»Hey, hey«, sagt die Schwester fröhlich, als sie ein paar Minuten später in mein Zimmer kommt. »Was kann ich für Sie tun, Captain West?«

»Ich hätte gerne etwas gegen die Schmerzen.«

»Ich dachte, Sie wollten keine Schmerzmittel mehr nehmen?«

»Ich habe meine Meinung geändert.« Ich will sie anschreien, mir einfach die *verdammten Pillen* zu bringen, aber ich tue es nicht. Irgendwie schaffe ich es, mich gerade noch so zusammenzureißen.

»Ich bin gleich wieder da.«

Sie ist nicht lange fort, aber es fühlt sich an wie eine Ewigkeit, bis sie zurückkehrt. Dieses Mal kommt sie um das Bett herum, reicht mir einen Becher und ein Glas Wasser und betrachtet mein Gesicht ein wenig zu genau.

Ich nehme die Tabletten und spüle sie mit dem Wasser hinunter. Dann schließe ich die Augen und bete um etwas Erlösung von dem stechenden Schmerz in meiner Brust.

»Geht es Ihnen gut?«, fragt die Schwester.

Ich nicke.

»Die neue Frisur und die Rasur gefallen mir. Sie sehen großartig aus.«

Das war alles umsonst, sollte Ava nicht kommen. »Danke.«

Sie drückt meine Schulter. »Ich lasse Sie jetzt ein wenig ruhen. Klingeln Sie, wenn Sie noch etwas brauchen.«

Ich nicke, um ihr zu zeigen, dass ich sie gehört habe. Das Einzige, was ich will oder brauche, ist etwas, das sie mir nicht geben kann.

AVA

ICH LIEGE DIE GANZE NACHT LANG WACH, WÄLZE MICH UNRUHIG hin und her. In der einen Minute bin ich mir sicher, es ist richtig, John nicht zu treffen. In der nächsten Minute stelle ich das wieder infrage. Die Fakten laufen wie ein Film, dem ich nicht entkommen kann, durch meinen Kopf.

Er hat ein Bein verloren.

Er wäre beinahe am Blutverlust gestorben.

Er wäre an einer Infektion beinahe ein zweites Mal gestorben.

Er will mich sehen.

Nach allem, was er durchgemacht hat – wie könnte ich seiner Bitte nicht nachkommen?

Aber was ist mit dem, was *ich* durchgemacht habe? Das zählt doch auch.

Und dann bin ich wieder an dem Punkt, wo ich nicht zu ihm will. Zumindest für diese Minute.

Die Dämmerung färbt den Himmel heller, den ich durch den Spalt zwischen den Gebäuden in unserem Viertel sehen kann. Ein Ort, an dem ich mich sicher genug gefühlt habe, um neu anzufangen. Wo wird John sich jetzt sicher fühlen? Wo wird er neu anfangen?

Mein Gott, ich muss ihn sehen, selbst wenn es nicht in meinem Interesse ist. Ich muss wissen, dass es ihm gut geht und dass es ihm weiterhin gut gehen wird. Wie soll ich jemals Frieden finden, wenn ich nicht mit der Vergangenheit abschließe?

Ich stehe vor den großen Fenstern, aus denen man auf den Hudson und in der Ferne New Jersey schaut, als Eric sich zu mir stellt, die Hände auf meine Schultern und sein Kinn auf meinen Kopf legt.

»Hast du überhaupt geschlafen?«, fragt er.

»Nein. Du?«

»Nicht viel. Was denkst du gerade?«

»Dass ich ihn treffen muss, auch wenn ich es vermutlich nicht sollte.«

Nach einer langen Pause erwidert er: »Dann werden wir genau das tun.«

Drei Stunden später werden Eric und ich in ein Militärflugzeug gesetzt und bereiten uns auf den Abflug von Teterboro vor. Wir werden wie VIPs behandelt, was mich überrascht. Ich sage etwas in der Art zu Muncie, der sofort in Aktion getreten ist, sobald Eric ihn heute Morgen angerufen hat. Ich habe es nicht über mich gebracht, selbst die Zusage zu geben, also hat Eric sich darum gekümmert. Er hat auch Trevor darüber informiert, dass ich nicht zur Arbeit komme, und unseren engsten Freunden mitgeteilt, wo wir hinfliegen und warum.

»Sie *sind* VIPs«, erwidert Muncie. »Die Navy hat mich damit beauftragt, mich um alles zu kümmern, was Captain West benötigt.«

Bevor ich diese Information verarbeiten kann – oder die Tatsache, dass ich zu dem für Captain West Nötigen gehöre –, erhalte ich eine Nachricht von Miles auf das Handy. *Ich bin in Gedanken bei dir, während du diese schwere Reise antrittst. Was auch immer passiert, du hast meine Freundschaft und Unterstützung.*

Seine Worte treiben mir Tränen in die Augen. Andererseits – was tut das derzeit nicht? Ich bin innerlich so aufgewühlt, dass ich sogar weine, wenn Eric mir einen Kaffee macht, weil mich seine unerschütterliche Fürsorge so berührt. Er spürt, dass ich auf einem schmalen Grat wandere und mich gerade noch so eben zusammenreißen kann.

Als der Pilot verkündet, dass wir die Freigabe für den Start erhalten haben, nimmt Eric meine Hand und hält sie ganz fest. Wir heben ab, und ich würde alles dafür geben, in diesem Moment auf dem Weg ins Büro zu sein. Ein langweiliger Routinetag, an dem nichts Außergewöhnliches geschieht, hat schon was für sich.

Kaum habe ich das gedacht, komme ich mir egoistisch vor. So viele Menschen, darunter mein Freund Miles, würden alles dafür geben, die Angehörigen, die sie auf dem Schiff verloren haben, und die Soldaten, die im Kampf gegen Al Khads Organisation gefallen sind, noch einmal sehen zu können. Ich erinnere mich an die Verkäuferin bei Bloomingdale's und wie sie den Anstecker an ihrem Revers berührt hat, den sie zu Ehren ihrer verstorbenen Eltern trägt. Ich denke an Dawkins und seine unermüdliche Suche nach Gerechtigkeit im Namen seiner Tochter und seines Schwiegersohns.

Sie würden mich um die Chance beneiden, die mir geboten wird. Ich habe kein Recht, mich von der Gelegenheit, John zu sehen, aus der Bahn werfen zu lassen. Ich sollte ein Freudenfest veranstalten, dass mir dieser Segen zuteilwird.

Beinahe habe ich mich davon überzeugt, dass alles gut wird. Dass ich ihn treffen und mit ihm reden kann, dass ich Antworten auf meine vielen Fragen erhalte, dass ich ihm danken und ihn vielleicht umarmen kann, um dann mit meinem Leben weiterzumachen – diesem neuen Leben, das aufzubauen ich mich gezwungen sah, nachdem er auf Nimmerwiedersehen verschwunden ist. Mit dem ich jetzt so glücklich bin.

Eric sitzt angespannt neben mir. Er starrt, ohne zu blinzeln, geradeaus, während er auf der Innenseite seiner Wange herumkaut. Das tut er immer, wenn ihm viel durch den Kopf geht.

Ich berühre sein Gesicht, um ihn wissen zu lassen, dass er das macht, und er schenkt mir ein kleines Lächeln. Er meint, er merke es immer gar nicht, bis es auf einmal wehtut, und ich will nicht, dass ihm irgendetwas wehtut. Bei dieser Achterbahnfahrt, auf der ich mich seit der Ergreifung von Al Khad befinde, leidet er schon genug. Sie verunsichert ihn in Bezug auf mich und unsere Beziehung. Das hasse ich. Für ihn. Für uns beide. Aber vor allem für ihn.

Ich will, dass er sich meiner sicher ist. Wir planen unsere Hochzeit. Es sollte die glücklichste Zeit unseres Lebens sein, aber wir sitzen in einem Flugzeug und fliegen dreitausend Meilen, um uns meiner Vergangenheit zu stellen. Das wäre von jedem zu viel verlangt, vor allem jedoch von jemandem, der so etwas durchgestanden hat wie er.

»Ich hasse es, dass das jetzt passiert«, flüstere ich ihm ins Ohr.

»Was meinst du?«

»Das hier sollte eine glückliche Zeit für uns sein.«

Er legt seinen Zeigefinger an meine Wange. »Ich bin glücklich, da zu sein, wo immer du bist.«

»Du weißt stets, was du sagen musst.«

»Weil ich dich liebe.«

»Ich liebe dich auch.«

»Das weiß ich, Baby.« Seufzend lehnt er seinen Kopf gegen den Sitz.

»Sagst du mir ehrlich, wie es dir geht?«

»Ich bin etwas müde nach der ruhelosen Nacht.«

»Und?«

»Das ist alles.«

Auf der anderen Gangseite sitzt Muncie mit Kopfhörern. Er hat die Augen geschlossen, aber ich spreche trotzdem leise weiter. »Sag mir die Wahrheit.«

Eric schweigt sehr lange, aber ich wende den Blick nicht ab. »Was willst du hören? Dass mich der Gedanke, du könntest einen Blick auf ihn werfen und mich vergessen, in helle Panik versetzt? Denn ich würde dir nicht noch mehr auflasten wollen, indem ich so etwas zugebe.«

Ich blinzle die gottverdammten Tränen weg. »Das wird nicht passieren.«

»Woher willst du das wissen?«

»Weil ich das nicht will.« Ich drücke seine Hand. »Ich habe das, was ich will, direkt hier bei mir.«

»Ich hoffe, du siehst das noch genauso, nachdem du ihn getroffen hast.«

»Das werde ich, Eric.« Nachdem ich seine Sorge gehört habe, möchte ich dem Piloten am liebsten sagen, er soll umdrehen und uns nach Hause bringen.

JOHN

Sie kommt.

Muncie hat mich vor Anbruch der Morgendämmerung mit den Neuigkeiten geweckt, dass er sie heute zu mir bringt. Ich weiß nicht, was sich zwischen gestern und heute verändert hat, aber es ist mir auch egal. Wichtig ist nur, dass ich Ava sehe.

Ich habe bereits geduscht und mich rasiert und warte darauf, dass eine der Krankenschwestern kommt, um mir beim Anziehen der Uniform zu helfen. Ich kann das meiste allein, aber ich brauche Unterstützung bei der Prothese und der Hose, was mich schier in den Wahnsinn treibt. Ich hatte mir nie vorgestellt, dass ich mal jemandes Hilfe benötigen würde, um eine Hose anzuziehen, aber so ist es jetzt nun mal. Zumindest für den Moment.

Das Duschen hat mich erschöpft. Da ich noch ein paar Stunden totzuschlagen habe, bis jemand aus meiner Einheit hier aufkreuzt und mich zu dem Hotel fährt, in dem ich mich mit Ava treffen werde, setze ich mich in den Sessel und versuche, meine Muskeln zu entspannen, damit sie aufhören, so stark zu zittern. Ich will nicht, dass Ava mich schwach oder krank sieht. Ich will, dass sie den starken, zuverlässigen Krieger sieht, der geholfen hat, den meistgesuchten Mann der Welt zu fassen.

Ich bin so aufgeregt, dass ich nicht gedacht hätte, schlafen zu können, aber ich döse doch weg und wache auf, als die Schwester das Zimmer betritt, um mir zu helfen.

»Ich habe gehört, Sie machen heute einen kleinen Ausflug«, bemerkt sie.

Sie heißt Hailey, und von den ganzen Schwestern mag ich sie am liebsten, weil sie mich nie behandelt, als wäre ich weniger wert als früher. Ihre sachliche Art, mit meiner Situation umzugehen, ist eine willkommene Abwechslung zu den anderen, die immer so tun, als wäre ich jemand Besonderes. Dabei weiß ich, dass ich das nicht bin. Ich bin nur ein Mann, der seinen Job erledigt hat. Ich habe weder um Ruhm noch um die Aufmerksamkeit gebeten, die ich erhalte, seitdem das Video von Al Khads blöden Jüngern veröffentlicht wurde.

Ich will nichts davon. Ich will nur Ava. Ich will in das Leben zurückkehren, das ich vor der Hölle der letzten sechs Jahre hatte. Ich will eine Zeitmaschine.

»Ja«, sage ich zu Hailey. »Zum ersten Mal seit sechs Jahren werde ich meine geliebte Ava sehen.«

»O mein Gott! Ich wusste ja gar nicht, dass es jemand Spezielles in Ihrem Leben gibt. Wo war sie, während Sie hier waren?«

»Ich habe damit gewartet, sie zu kontaktieren, bis ich mich stärker fühle.«

»Sie müssen sehr aufgeregt sein.«

»Das bin ich.« Ich verrate ihr nicht, dass Ava einen Verlobten hat. Für mich existiert er nicht. Mein Fokus liegt einzig und allein auf ihr.

»Nun, dann wollen wir mal.« Sie nimmt die Uniform, die meine Einheit mir geschickt hat, aus dem Schrank und hilft mir, sie anzuziehen.

Zum ersten Mal sehe ich die vier Streifen auf meinem Ärmel und verspüre einen Anflug von Stolz darauf, den Rang eines Captains erreicht zu haben. Erfreut betrachte ich den Dreizack, der mich als SEAL ausweist, und die Bandschnalle mit den Auszeichnungen für meine Dienste.

»Ich will mein Bein«, erkläre ich, und meine Wangen werden vor Verlegenheit ganz heiß.

»Natürlich.«

Es dauert ungefähr eine Viertelstunde, bis ich in meiner Uniform stecke. Danach bin ich zwar erschöpft, aber es wirkt Wunder für meine seelische Verfassung. Diese Uniform hat mein Leben auf mehr als eine Weise gerettet, und ich werde sie nie mit etwas anderem als Stolz betrachten, egal, wie meine Karriere geendet hat.

Ich schaue zu Hailey auf. »Darf ich Ihnen eine Frage stellen, auf die Sie bitte ganz ehrlich antworten?«

»Selbstverständlich.«

»Sehe ich sehr schlimm aus? Es ist okay, Sie können es mir sagen.«

»Überhaupt nicht. Sie sehen ziemlich attraktiv aus.«

»Ich wirke nicht krank oder schwach oder ...«

»Nein, gar nicht. Ich glaube, Sie haben keine Ahnung, wie sehr wir mit Ihnen mitfiebern. Nicht nur hier, sondern im ganzen Land. Alle sprechen über Sie und was Sie getan haben.«

»Das gefällt mir nicht.« Ich schüttle den Kopf. »Ich habe nur meinen Job gemacht. Mehr wollte ich nie tun.«

»Sie sind ein Nationalheld, Captain West. Vielleicht ein widerstrebender, aber trotzdem ein Held.« Sie hält inne und versucht offensichtlich, ihre Gefühle in den Griff zu bekommen. »Wenn ich an den Tag zurückdenke ... als das Schiff in die Luft gesprengt wurde. Dieses pure Grauen. Dann fallen mir wieder all die armen Familien ein, die ihre Liebsten verloren haben, und ihre furchtbare Trauer. Da bricht einem das Herz. Was Sie und Ihre Kameraden getan haben ... Sie haben diesen Menschen und denen, die gestorben sind, Gerechtigkeit verschafft. Wir sind Ihnen zu großem Dank verpflichtet und können das nie wiedergutmachen.«

»Ich danke Ihnen.« Ihre leidenschaftlichen Worte berühren mich.

»Das ganze Land empfindet so wie ich.«

»Ich weiß nicht, wie ich damit umgehen soll.«

»Das werden Sie einen Schritt nach dem anderen herausfinden. Der erste Schritt ist, Ihre Ava zu sehen.« Sie wischt mir ein paar Staubkrümel von der Uniformjacke und mustert mich dann von Kopf bis Fuß. »Ich denke, Sie sind bereit.«

In meinem Magen tanzen Schmetterlinge von der Größe von Möwen, als sie mir in den Rollstuhl hilft. »Ich brauche meine Krücken. Ich will, dass sie mich stehen sieht und nicht in einem Rollstuhl.«

Hailey holt die Krücken und reicht sie mir. »Ich werde kurz nachschauen, ob Ihr Fahrer schon da ist, und bin gleich wieder zurück.«

»Er ist besser da«, sage ich über den Fähnrich, den Muncie abbestellt hat, um mich zu fahren. »Er sollte unten auf mich warten.«

»Ich prüfe das kurz und komme dann wieder.«

Sie lässt mich für ein paar Minuten mit meinen Gedanken allein. Ich schließe die Augen und denke an Ava, reise zurück zu unserer

ersten Begegnung vor den Toiletten in dieser schrecklichen Bar, die
Sanchez sich für die Feier seiner Beförderung ausgesucht hatte. Zurück
zum letzten Mal, als ich sie gesehen habe, am Tag des Attentats, und
zu allem, was dazwischen passiert ist. Ich kann mich noch so genau
daran erinnern, wie ich zum ersten Mal ihr wunderschönes Gesicht
gesehen habe. Das ist ein Moment, den ich an jedem Tag, seitdem ich
sie zurücklassen musste, neu durchlebt habe.

Die zwei Jahre mit ihr waren die besten meines Lebens. Aber es
gibt auch einiges, was ich bedauere, und das werde ich ihr heute sagen.
Sie hat ein Recht darauf, die Wahrheit zu erfahren, selbst wenn es
mich umbringen wird, die Worte auszusprechen, die ihr das Herz
brechen werden – und mir.

Ich hätte das zwischen uns nie so weit kommen lassen dürfen.

Ich habe ihr Dinge über mich erzählt, die nicht wahr waren, und
ihr andere vorenthalten, die zu erfahren sie ein Recht gehabt hätte.
Meine große Liebe zu ihr hat mich egoistisch gemacht. Das bin ich
immer noch, was sie betrifft. Es ist mir scheißegal, dass sie einen
Verlobten oder ein neues Leben hat, in dem ich keine Rolle spiele. Ich
will sie zurück, und ich bin bereit, so hart dafür zu kämpfen, wie ich
darum gekämpft habe, Al Khad zu finden. Dieser Kampf – der um die
Liebe meines Lebens – ist der wichtigste Kampf von allen.

KAPITEL 29

JOHN

Hailey kehrt ein paar Minuten später zurück. »Fähnrich Bidlack ist hier. Sind Sie bereit?«

»Ja.« Ich bin so bereit, wie ich nur sein kann. Die Offiziersmütze klemme ich mir unter den Arm und halte meine Krücken mit der anderen Hand fest.

Hailey öffnet die Tür weit und schiebt mich dann im Rollstuhl auf den Flur hinaus, in dem Ärzte, Schwestern, Physiotherapeuten und andere Mitarbeiter des Krankenhauses Spalier stehen und bei meinem Anblick zu applaudieren beginnen.

Einige von ihnen haben Tränen in den Augen, als ich an ihnen vorbeikomme.

Ich bin total baff. Ich kann nicht glauben, dass sie das tun, vor allem, weil ich mich gegenüber vielen von ihnen in den letzten Monaten wie ein totales Arschloch verhalten habe. Doch das scheint keine Rolle zu spielen, als sie mich auf eine Weise verabschieden, die ich niemals vergessen werde.

Der Klang ihres Applauses folgt mir bis zu den Fahrstühlen.

Ich schaue zu Hailey hoch und ertappe sie dabei, wie sie sich ein paar Tränen abwischt. »Das haben Sie arrangiert.«

Sie schüttelt den Kopf. »Alle wollten für Sie da sein.«

»Vielen Dank.« Meine Stimme ist rau vor Emotionen. Zurzeit bin ich wie ein Kabel, das unter Strom steht. Innerhalb eines Tages durchlaufe ich so viele Gefühle, dass ich sie kaum verarbeiten kann, bevor schon der nächste Tag mit einer Million neuer Emotionen vor mir steht. Und der heutige verspricht, der emotionalste von allen zu werden.

In der Lobby treffen wir auf Fähnrich Bidlack, der mir die Hand schüttelt und mir für meine Dienste dankt, bevor er mir in den umgebauten Van hilft. Das ist jetzt mein Leben, denke ich, als ich mit einem Lift in den Wagen gehoben werde.

Sofort schiebe ich diesen Gedanken beiseite. Das hier ist mein Leben, bis ich mich an die Prothese gewöhnt habe und länger als ein paar Minuten am Stück stehen kann. Der Rollstuhl ist nur vorübergehend, genau wie die Krücken. Mein Physiotherapie-Team sagt mir, dass ich wieder in der Lage sein werde, zu laufen, Ski und Fahrrad zu fahren und all die Dinge zu tun, die ich vor der Amputation getan habe. Das kann ich mir allerdings nur schwer vorstellen, während ich noch daran arbeite, einfach nur zu stehen. Aber sie wissen sicher besser als ich, was zu erwarten ist.

Auf der Fahrt ins Hotel sauge ich die Szenerie in mich auf. Ich hungere nach dem Anblick der vertrauten Wahrzeichen von San Diego, der Stadt, in der ich länger als an jedem anderen Ort gelebt habe. Ava und San Diego sind für mich Heimat.

Wir erreichen das Fairmont Grand Del Mar. Einmal mussten wir für drei Tage aus unserer Wohnung ausziehen, weil sie gestrichen wurde. Ich habe Ava mit einem kleinen Wochenendtrip in dieses Fünf-Sterne-Hotel überrascht. Ich bin nicht vorbereitet auf die Emotionen, die mich überfallen, sobald das Gebäude in Sicht kommt – und damit die Erinnerungen an meinen Aufenthalt hier mit Ava auf mich einstürzen.

So etwas hätte mir früher nie einen Kloß in der Kehle verursacht, aber jetzt ...

»Captain?« Bidlack hat die Tür geöffnet. »Sind Sie bereit, Sir?«

»Ja, gehen wir.« Nachdem er mich auf die Straße gesenkt hat, sage ich: »Direkt zum Fahrstuhl. Halten Sie auf keinen Fall an.«

»Ja, Sir.«

Muncie hat mich unter seinem Namen eingecheckt und Bidlack instruiert, den Zimmerschlüssel abzuholen, bevor er mich herbringt. Ich will nicht, dass irgendjemand von meiner Anwesenheit erfährt, also halte ich den Blick gesenkt und hoffe, dass mich niemand erkennt. Wir kommen bis zu den Fahrstühlen, da keucht eine Frau auf.

»Sie sind dieser Navy SEAL.«

»Ma'am, bitte lassen Sie Captain West seine Privatsphäre«, schaltet sich Bidlack zu meiner großen Überraschung ein.

»Natürlich.« Sie zieht sich zurück. »Entschuldigen Sie. Danke für Ihre Dienste.«

Bidlack schiebt mich in den Fahrstuhl, und die Türen schließen sich hinter uns.

Ich schaue zu ihm auf. »Gut gemacht, Fähnrich.«

»Commander Muncie hat mir gesagt, er würde mich zum Gefreiten zurückstufen, wenn ich zulasse, dass Sie von irgendjemandem belästigt werden.«

Darüber muss ich lachen. Der gute alte Muncie. Nach allem, was er in den letzten Tagen für mich getan hat, bin ich ihm was schuldig.

»Das war kein Witz von ihm«, erklärt Bidlack ernst. Er ist so jung. Ich erinnere mich nicht daran, jemals so jung gewesen zu sein – vermutlich, weil ich es nie war.

Als wir auf unserer Etage ankommen, zieht er den Rollstuhl rückwärts aus dem Fahrstuhl und schiebt mich dann in Richtung des angemieteten Zimmers. Die Suite ist genau wie die, die Ava und ich bei unserem letzten Aufenthalt hier hatten.

»Ist alles zu Ihrer Zufriedenheit, Sir?«

»Ja, danke, Bidlack.« Ich zeige auf einen Sessel. »Helfen Sie mir, mich dorthin zu setzen, und dann verstauen Sie den Rollstuhl bitte im Schlafzimmer.«

»Ja, Sir.«

Als ich in dem Sessel sitze, die Krücken neben mir, schiebt er den Rollstuhl ins Schlafzimmer und außer Sicht.

Jemand klopft an die Tür, und mein Herz bleibt stehen. Es ist noch nicht so weit. Sie sollte noch nicht hier sein.

Bidlack öffnet, um einen Zimmerkellner hereinzulassen, der einen Krug mit Eiswasser bringt. Er stellt ihn auf den Tisch, schenkt mir ein Glas ein und lässt ein zweites, leeres Glas neben dem Krug stehen. Das ist für Ava.

Ava.

Mein Gott, Ava ... Bitte beeil dich. Ich muss dich so dringend sehen.

»Commander Muncie dachte, dass Sie ein wenig Wasser zu schätzen wüssten. Er hat mir auch aufgetragen, Ihnen alles zu besorgen, was Sie wünschen.«

»Das Wasser reicht. Vielen Dank.«

»Kann ich sonst noch irgendetwas für Sie tun?«

»Im Moment nicht.«

»Sie haben meine Nummer, wenn Sie bereit sind, zum Krankenhaus zurückzukehren?«

»Die habe ich.«

»Ich warte auf Ihren Anruf, Sir. Und darf ich die Gelegenheit nutzen, um Ihnen zu sagen, dass es eine Ehre und ein Privileg für mich ist, Sie kennengelernt zu haben.« Er salutiert und macht auf dem Absatz kehrt, bevor ich noch den Arm heben und den Salut erwidern kann. Ich erinnere mich nicht, wann das letzte Mal jemand vor mir salutiert hat. Die Höflichkeiten, die wir hier in den USA als selbstverständlich ansehen, waren im Einsatz die letzte unserer Sorgen.

Avas Flug soll innerhalb der nächsten paar Minuten landen. Die Fahrt vom Flughafen zum Hotel dauert eine halbe Stunde. Muncie soll mir eine SMS schicken, wenn sie gelandet sind. Ich hole mein Handy heraus und starre es an, bis es zehn Minuten später zum Leben erwacht.

Gelandet. Der Verlobte begleitet sie ...

»Fuck. Nein.« Ich schreibe ihm zurück. *Bitten Sie sie darum, allein zu mir zu kommen.*

Ich tu, was ich kann.

Geben Sie mir Bescheid, wenn Sie fast da sind.

Geht klar.

Ich will stehen, wenn sie das Zimmer betritt.

Die halbe Stunde vergeht so langsam, dass ich mich frage, ob die Uhr rückwärts läuft. Ich starre so konzentriert auf mein Handy, dass mein Blick verschwimmt. Nach beinahe sechs Jahren sind die letzten dreißig Minuten die schwersten, weil ich weiß, dass sie in der Nähe ist – sie ist mir so nah, wie sie es seit unserem Abschied nicht mehr war.

Das Handy leuchtet auf. Eine Nachricht von Muncie. *Lobby. Sie kommt allein.*

Ich stecke das Handy in die Tasche und greife nach den Krücken. Mühsam ziehe ich mich hoch, mit Muskeln, die nicht mehr so funktionieren, wie sie es einst getan haben. Etwas, das einmal so leicht war, erfordert nun all meine Kraft.

Den Hauptteil meines Gewichts verlagere ich auf mein gesundes Bein und halte mich an der Rückenlehne eines Sessels fest, bis ich mein Gleichgewicht gefunden habe. Vorsichtig lehne ich die Krücken in Reichweite gegen die Vorderseite des Sessels. Ich streiche die Falten aus meiner Uniform, während mein Herz hämmert und mein Mund ganz trocken wird.

Den Blick auf die Tür gerichtet, warte ich.

AVA

MUNCIE REICHT MIR DIE SCHLÜSSELKARTE UND NENNT MIR DIE Zimmernummer. »Er wird nicht in der Lage sein, die Tür zu öffnen, also benutzen Sie bitte die Karte.«

»Warum kann er die Tür nicht öffnen?«

»Er kann noch nicht wirklich gehen.« Er zögert und scheint dann eine Entscheidung zu treffen. »Es war ihm sehr wichtig, dass er stehen kann, bevor er Sie trifft. Mehr gelingt ihm im Moment noch nicht. Irgendwann wird er fähig sein, wieder alles zu tun, was er auch vorher konnte, aber derzeit ... Zu stehen ist schon ein großer Erfolg.«

Als ich die Schlüsselkarte entgegennehme, sehe ich, dass meine Hände zittern. Ich werfe einen Blick zu Eric. Seitdem Muncie mir mitgeteilt hat, dass John mich allein treffen will, hat Eric kein Wort mehr gesagt. Sein Körper ist so angespannt, dass ich Angst habe, ihn zu berühren.

Muncie reicht ihm eine Schlüsselkarte für ein Zimmer auf einer anderen Etage. »Ihr Gepäck wird dorthin gebracht. Wann immer Sie soweit sind«, wendet er sich wieder an mich, »können Sie hinaufgehen. Captain West wartet auf Sie.« Dann entfernt er sich.

Captain West wartet auf Sie.

Es ist so surreal, dass John in diesem Hotel ist und darauf wartet, mich zu treffen. Und dass er ausgerechnet diesen Ort für unser Wiedersehen gewählt hat. Ich erkläre Eric nicht, dass wir hier sind, weil John und ich hier einmal ein wunderschönes Wochenende verbracht haben, während unsere Wohnung neu gestrichen wurde.

Ich schaue Eric an. »Ich gehe jetzt. Nachher komme ich zu dir in das andere Zimmer, okay?«

Er nickt und legt mir die Hände auf die Schultern, bevor er seine Stirn an meine lehnt. »Geht es dir gut?«

»Ich weiß es nicht. Und dir?«

»Genauso. Ich wünschte, ich könnte bei dir bleiben.«

»Ich auch, aber es ist vielleicht besser, wenn ...«

»Ich verstehe das. Mach dir keine Sorgen. Tu einfach, was du tun musst, und dann komm zu mir, okay?«

»Okay.« Ich habe einen Kloß von der Größe von Texas in meinem Hals.

»Ich liebe dich, Ava.«

»Ich liebe dich auch.« Ich habe Angst, mich zu bewegen, Angst, ihn zurückzulassen, Angst, John zu sehen und mich den schmerzhaften Erinnerungen zu stellen. Ich habe Angst, zu atmen.

»Geh, solange ich dich noch gehen lassen kann.« Er lässt die Hände sinken und tritt einen Schritt zurück.

Ich will mich an ihn klammern, ihn anflehen, mich nicht loszulassen, aber das kann ich ihm nicht antun. Es ist auch so schon qualvoll genug für ihn. Ich versuche, mir vorzustellen, wie ich mich fühlen würde, wenn wir hergekommen wären, damit er Brittany treffen kann. Ich könnte damit nicht umgehen, und schon gar nicht so souverän wie er.

Ich schlucke den Kloß in meiner Kehle herunter und zwinge meine Füße, sich zu bewegen. Ich begebe mich zum Fahrstuhl, drücke auf den Knopf, steige ein und wähle die mir genannte Etage. Den Blick halte ich gesenkt, damit ich Eric nicht anschauen muss, aber ich weiß, dass er mich beobachtet.

Sein Schmerz zerreißt mich innerlich. Diese ganze Sache bringt ihn um, aber er ist trotzdem mitgekommen, hat auf dem Flug sechs Stunden meine Hand gehalten und mich losgelassen, als er es musste. Ich dachte, ich würde das Wort *Qual* verstehen, aber noch nie habe ich dieses Gefühl so stark empfunden wie in diesem Moment, in dem ich zusehe, wie die Zahlen auf dem Display über der Fahrstuhltür steigen. Jede Zahl bringt mich John näher.

Die Türen gleiten auf und schließen sich beinahe wieder, bevor ich es bemerke und reagieren kann. Eine Sekunde lang verspüre ich Panik, glaube, die Zimmernummer vergessen zu haben, doch dann fällt sie mir wieder ein, und ich folge der Ausschilderung. Als ich vor der Tür stehe, hinter der John auf mich wartet, kann ich mich weder bewegen noch atmen oder denken oder sonst irgendetwas tun, außer die Tür anzustarren.

Er kann die Tür nicht öffnen ...

Zu stehen ist ein großer Erfolg.

Ich halte die Schlüsselkarte an den schwarzen Kreis auf der Tür und sehe, wie das grüne Licht aufflammt. Grün bedeutet, ich kann eintreten. Ich drücke sie auf.

Er steht ungefähr drei Meter von mir entfernt.

Das Erste, was mir auffällt, ist die Uniform. Ich bin mir nicht sicher, was ich erwartet habe, aber auf keinen Fall diese offensichtliche Erinnerung daran, warum wir hier sind, warum das alles passiert ist, wo er gewesen ist, warum er mich hatte verlassen müssen. Innerhalb weniger Sekunden gleitet mein Blick von seiner Brust zu seinem Gesicht. Dann kommen mir die Tränen, und ich gehe auf ihn zu, werde von ihm angezogen, wie ich es immer wurde.

Ich bin in seinen Armen, und er hält mich so, wie er es früher getan hat – fest, liebevoll, perfekt. Er vergräbt sein Gesicht in meinen Haaren und atmet meinen Duft ein.

»Ava«, flüstert er. »Meine wunderschöne Ava. Es tut mir leid. Es tut mir so unglaublich leid. Ich liebe dich so sehr. Ich habe nie aufgehört, dich zu lieben. Nicht für eine Sekunde.« Die Worte strömen aus ihm heraus, als fürchte er, ich würde ihm nicht die Gelegenheit geben, alles zu sagen, was er sagen muss. »Ich habe jeden Tag an dich gedacht. Alles, was ich getan habe, hat nur dazu gedient, wieder zu dir zurückzukehren.«

Schluchzend klammere ich mich an ihn und höre zu. Ich lausche jedem Wort, das er sagt, und jedes einzelne trifft wie ein Pfeil in mein geschundenes Herz.

Sein Gesicht ist auch feucht, und diese Erkenntnis zwingt mich beinahe in die Knie. Ich habe ihn nie zuvor weinen sehen, wohingegen er mich immer damit aufgezogen hat, dass ich selbst über kitschige Werbespots Tränen vergießen kann.

Lange stehen wir so da. Ich habe keine Ahnung, wie lange, aber mit einem Mal spüre ich, dass er ermüdet. Ich will ihn nicht loslassen, doch sein Körper zittert.

»Setz dich«, bitte ich ihn.

»Dazu brauche ich Hilfe.«

Diese vier kleinen Worte fallen ihm schwer.

Ich lege ihm einen Arm um die Taille und stütze sein Gewicht auf dem kurzen Weg zum Sofa.

Als er schließlich sitzt, ist sein Gesicht vor Schmerzen ganz weiß. »Was kann ich tun?«, frage ich und nehme neben ihm Platz.

Er schüttelt den Kopf. »Ich wollte nicht, dass du mich so siehst.«

»Das einzig Wichtige ist, dass du am Leben bist.«

»Ist das wirklich immer noch wichtig, Ava?«

»Ja, es ist sogar sehr wichtig.« Ich vermute, dass das hier nicht so leicht wird, wie ich es gerne hätte. Wir finden nicht einen Abschluss, sondern öffnen kürzlich geschlossene Wunden wieder, die allerdings nie wirklich verheilt waren.

»Es gibt so viel, was ich dir sagen will.« Er nimmt meine Hand und schaut mir in die Augen. Sein Blick ist mir so vertraut wie nichts anderes in meinem Leben. »Ich möchte damit anfangen, wie leid es mir tut. Ich hasse es, dir das zugemutet zu haben. Du bist der letzte Mensch, der je so behandelt werden sollte, wie ich dich behandelt habe. Du bist das Kostbarste in meinem Leben.«

Die Tränen laufen mir ungehemmt über die Wangen. Ich kann sie nicht aufhalten. Das ist genau das, was ich seit Jahren hören wollte. Er bestätigt mir, dass es nicht verrückt von mir war, auf ihn zu warten oder ihn zu betrauern oder mich nach ihm zu sehnen.

»An dem Abend, an dem wir uns kennengelernt haben ... Ich hätte niemals mit dir gehen oder bei dir bleiben oder mich in dich verlieben dürfen. Aber es war bereits zu spät. Dieser erste Augenblick in dem Flur vor den Toiletten ... Danach war es zu spät.«

»Wofür zu spät?«

»Um mich abzuwenden. Für mich ging es so schnell. Es war, als wäre ich vom Blitz getroffen worden.«

Ich kann durch meine Tränen kaum etwas sehen.

»Es war mir nicht erlaubt, eine Freundin zu haben, Ava. Es verstieß gegen die Regeln. Und ich habe jede einzelne von ihnen gebrochen, weil ich es nicht über mich gebracht habe, dich zu verlassen.« Nach einer Pause fügt er an: »Obwohl ich es ein paar Mal versucht habe.«

Überrascht blicke ich ihn an. »Wann?«

»Erinnerst du dich an das Wochenende, als ich mit meiner Einheit nach Mexiko geflogen bin?«

Nickend wische ich mir die Tränen ab.

»Ich war nicht in Mexiko. Ich habe nach einer Wohnung gesucht. Ich war so nah dran, einen Mietvertrag zu unterschreiben, aber dann habe ich es nicht über mich gebracht. Ich bin zu dir nach Hause zurückgekehrt. Ein anderes Mal habe ich meine Sachen gepackt, während du bei der Arbeit warst. Ich wollte dir eine Nachricht hinterlassen und dir sagen, dass ich eine andere kennengelernt habe. Ich wollte dich wütend machen, damit du mich nicht suchen kommst.«

»Ich ... ich verstehe das nicht.«

»Wir sollten romantischen Verwicklungen meiden, aber das bist du für mich nie gewesen. Du warst *alles* für mich. Ich habe es nicht geschafft, dich zu verlassen, bis mir keine andere Wahl blieb, als zu gehen.«

»Ich habe versucht, dich zu finden. Nachdem du fort warst ... Ich war auf dem Stützpunkt und habe die Leute gefragt, aber niemand hatte je deinen Namen gehört. Ich konnte dich nirgendwo finden, nicht einmal im Internet.«

»Ich existiere im Internet nicht. Oder ich habe nicht existiert, bis das Pentagon nach der Veröffentlichung des Videos meinen Namen bekannt gegeben hat.« Die Worte sind von Bitterkeit durchdrungen. »Sie zwingen mich, *60 Minutes* ein Interview zu geben, das nächste Woche gesendet werden soll. Deshalb wollte ich dich jetzt sehen, damit ich es dir erzählen kann, bevor ich es der ganzen Welt erzählen muss.«

»Nach der Veröffentlichung des Videos hatte ich damit gerechnet, von dir zu hören. Warum hast du mich nicht angerufen?«

»Anfangs, weil es mir sehr schlecht ging, und dann, weil ich Angst hatte, du würdest den Anruf nicht entgegennehmen.«

»Das ist Monate her.« Ich zwinge mich, ihm ins Gesicht zu sehen. Es ist hager und eingefallen, aber es ist noch das gleiche Gesicht, das mich bis in meine Träume verfolgt hat. »Wieso hast du so lange gebraucht?«

»Ich wollte nicht als Krüppel zu dir zurückkehren.«

»Weil du geglaubt hast, das wäre mir wichtig?«

»Nein, weil es *mir* wichtig war.« Er greift nach meiner linken Hand und richtet den Blick auf meinen Verlobungsring. »Muncie hat mir gesagt, dass du verlobt bist.«

Ich nicke. Mein Herz schlägt so heftig, dass ich das Echo in meinen Ohren höre.

»Wer ist er?«

»Eric ... Er ist ...« Ich ziehe meine Hand zurück und schenke mir ein Glas Wasser aus dem Krug auf dem Tisch ein. Ich trinke einen Schluck und dann noch einen.

Sehr lange starrt er zu Boden, während ich mich frage, was er gerade denkt.

»Ich bin bis letzten Mai in San Diego geblieben. Ich ... ich habe uns fünf Jahre gegeben. Ich habe *dir* fünf Jahre gegeben, und dann ... dann konnte ich nicht mehr, John. Ich konnte einfach nicht mehr.«

Er nickt, sagt aber nichts.

»John ...«

Er richtet den Blick aus seinen strahlend blauen Augen auf mich. »Ich komme also zu spät?«

Seine niedergeschlagene Miene bricht mir erneut das Herz. »Ich ... ich liebe ihn. Und er war für mich da.«

»Und ich nicht.«

Ich kann nicht länger sitzen, also stehe ich auf und fange an, auf und ab zu laufen, während sein Blick mir folgt. »Ich wusste nicht, ob du überhaupt noch am Leben bist! Jahrelang habe ich jeden Tag die Nachrichten verfolgt und nach irgendeinem Hinweis gesucht, der mir Anlass zur Hoffnung gibt. Oder einen Abschluss ermöglicht. Oder irgendetwas. Aber es gab nie auch nur die kleinste Information über dich. Ich habe fünf Jahre gewartet. *Fünf Jahre*, John.« Meine Stimme bricht. »Ich war die ganze Zeit mit all dem allein, bis ich dachte, ich werde verrückt, wenn ich nichts ändere.«

»Komm her«, verlangt er.

Ich schüttle den Kopf. Ich habe Angst, mich in seine Nähe zu wagen. Er nimmt mein sorgfältig aufgebautes Leben mit einem Satz nach dem anderen auseinander.

Er streckt die Hand nach mir aus. »Bitte. Ich kann nicht zu dir gehen.«

Ich kehre auf meinen Platz auf dem Sofa zurück, ergreife aber nicht seine Hand, sondern verschränke die Arme, als könnte mich das irgendwie schützen.

»Ich verstehe das. Ich habe dich durch die Hölle geschickt. Das wird mir immer leidtun. Alles, was passiert ist, ist zu hundert Prozent meine Schuld.«

»Nein, es ist Al Khads Schuld.«

Schulterzuckend erwidert er: »Aber ein Großteil war auch meine Schuld.«

»Nicht alles mit uns war schlecht«, flüstere ich und wische mir weitere Tränen ab. »Lange Zeit war es das Schönste, das mir je passiert ist.«

»Bis es das nicht mehr war.«

Mir fällt nichts ein, was sich nicht falsch anhören würde. Es war ja nicht so, dass er mich verlassen hat, weil er es wollte. »Hast du gewusst, dass du über fünf Jahre weg sein würdest?«

»Verdammt, nein. Uns wurde gesagt, dass längere Einsätze möglich sind, aber nichts in dieser Größenordnung.«

»Dein ... dein Vater muss sehr stolz auf dich sein.«

Jeglicher Ausdruck verschwindet aus seinem Gesicht. »Ich weiß nicht, wer mein Vater ist, Ava.«

»Aber du hast mir erzählt, er wäre ein General und dass du überall auf der Welt aufgewachsen bist.«

»Ich bin überall aufgewachsen, weil ich in der Jugendfürsorge war. Ich hatte als Kind sehr viele Probleme, und ein Richter hat mich vor die Wahl gestellt, ich könne entweder ins Gefängnis oder zum Militär gehen. Ich habe mich für die Navy entschieden. Ich besitze keine Familie. Nur dich und die Leute, mit denen ich gedient habe. Mein Mangel an Bindungen hat mich zum idealen Kandidaten für das gemacht, was von mir verlangt wurde.«

Nur dich …

Nur dich …

Nur dich …

Zu hören, dass er niemanden sonst hat, lässt etwas in mir zerbrechen. »Du hast mich wegen so vieler Dinge angelogen.«

»Nur, weil ich es musste. Nie, weil ich es wollte.«

Auf gewisse Weise verstehe ich das, aber es gefällt mir nicht. »Meine Therapeutin sagt, du bist aufgrund dessen, was du getan und was du für uns alle geopfert hast, ein Nationalheld. Aber was du mir angetan hast, war kein bisschen heldenhaft.«

»Das gebe ich offen zu. Ich habe die ersten Berichte über das Attentat gesehen, und als ich den Marschbefehl erhielt, konnte ich nur an dich denken und daran, was aus dir wird. Es hat mich krank gemacht, aber unsere Mission und meine Rolle darin, alles, was mein Berufsleben betraf, unterlag und unterliegt der höchsten Geheimhaltungsstufe. Ich hätte es dir nicht verraten dürfen, selbst wenn ich es gewollt hätte.«

»Doch, das hättest du. Du hast dich nur entschieden, es nicht zu tun.«

»Nein, Baby«, widerspricht er mir sanft. »Ich habe mich entschieden, dich zu beschützen, indem ich dir keine Informationen gebe, die von den Leuten, die wir versuchten zu fassen, gegen dich verwendet werden konnten.«

Unter diesen Worten zucke ich zurück. »Wie hätten sie das gegen mich verwenden können? Sie wussten doch nicht einmal, dass ich existiere.«

»Was deine Sicherheit anging, wollte ich nicht das geringste Risiko eingehen.«

»Stattdessen hast du beinahe mein Leben zerstört.«

»Ich werde immer bedauern, welchen Schmerz ich dir zugefügt habe, Ava. Du hast alles Recht der Welt, mich zu hassen. Ich würde es dir nicht vorwerfen, wenn du es tätest.«

»Ich wünschte, ich würde dich hassen. Das würde es mir so viel leichter machen, dir zu sagen, dass du zur Hölle fahren sollst.«

»Wenn es das ist, was du willst, versuche ich, es zu verstehen. Aber wenn es nur den Hauch einer Chance gibt ... Irgendeine Möglichkeit, dass du mich immer noch so sehr liebst wie ich dich, dass du in deinem Herzen Vergebung findest und mir eine neue Chance gibst ... Nichts wünsche ich mir mehr, als das zwischen uns wieder geradezurücken. Die ganze Zeit, in der ich fort war, habe ich von dem Leben geträumt, das wir haben, wenn ich nach Hause komme. Ich bin aus medizinischen Gründen und mit vollem Pensionsanspruch aus der Navy entlassen worden. Wir hätten die finanziellen Mittel, zu tun, was immer wir wollen und wo immer wir es wollen. Alles, was ich brauche, um glücklich zu sein, bist du, Ava.«

»Nein.« Ich schüttle den Kopf, als würde das Wort allein nicht reichen, um meinen Standpunkt deutlich zu machen. Den Blick halte ich fest auf die vier goldenen Streifen an seinem Ärmel geheftet. »Das wirst du mir nicht antun. Endlich bin ich in einer guten Verfassung, endlich bin ich in einer gesunden Beziehung mit einem Mann, der mich anbetet. Er hat mir geholfen, ein ganz neues Leben zu finden. Es tut mir leid, aber nein. Ich kann nicht zurück.«

Nach einem endlos erscheinenden Schweigen sagt er. »Okay.« Aus seiner Tasche zieht er ein Stück Papier und reicht es mir. »Meine neue Handynummer.«

»Die werde ich nicht brauchen, John.«

»Nimm sie trotzdem. Falls du deine Meinung änderst ...«

Ich nehme den Zettel und stecke ihn in meine Tasche. »Ich ... ich sollte jetzt gehen.«

Er nickt, sieht mich aber nicht an.

Ich bin mir nicht sicher, ob ich ihn umarmen soll – oder ob es ihm überhaupt recht wäre.

»Darf ich dir eine Frage stellen?«

»Okay ...«

»Wenn du ihn nicht hättest, würdest du dann trotzdem gehen?«

»Es geht nicht um ihn, John. Es geht um *uns*, und es ist zu viel Zeit vergangen, als dass wir zu dem zurückkehren könnten, was wir vor sechs Jahren hatten.« Da kommen die verdammten Tränen schon wieder. »Sehr lange hätte ich alles gegeben, um die Dinge zu hören, die du mir heute gesagt hast. Aber jetzt ... Ich habe keine andere Wahl, als weiterzumachen.«

»Danke, dass du den ganzen Weg gekommen bist, um dich mit mir zu treffen.«

»Danke für deine außerordentlichen Opfer im Dienst an unserem Land. Ich werde weder dich noch unsere gemeinsame Zeit je vergessen.« Meine Stimme bricht. »Ich ... ich habe jede Minute davon geliebt.« Ich eile zur Tür, weil ich hier raus muss, bevor ich zusammenbreche. Und ich muss das schnell tun, damit meine Entschlossenheit nicht bröckelt.

»Ava.« Sein gequälter Ruf ist mehr, als ich ertragen kann. »Bitte, geh nicht. Verlass mich nicht.«

Ich öffne die Tür und warte, bis sie hinter mir zufällt, bevor ich zu Boden sinke. Meine herzerweichenden Schluchzer hallen durch den leeren Flur.

KAPITEL 30

ERIC

So muss sich Folter anfühlen. Beinahe eine Stunde vergeht, und Ava kehrt nicht zurück. Ich komme mir vor wie ein eingesperrtes Tier, während ich durch das Hotelzimmer tigere und versuche, den Drang zu unterdrücken, den großen Briefbeschwerer durch die Fensterscheibe zu schleudern.

Ich ertrage es nicht. Ich kann nicht noch eine weitere Minute in diesem Zimmer bleiben. Wenn sie zurückkommt und ich nicht hier bin, wird sie mich anrufen.

Ich nehme den Fahrstuhl zur Lobby hinunter und suche die Bar. »Maker's Mark« sage ich dem Barkeeper.

»Kommt sofort, Sir.«

Er stellt den Drink vor mich, und ich trinke das Glas mit einem Schluck halb aus.

»Soll ich das auf Ihr Zimmer schreiben, oder wollen Sie gleich bezahlen?«

Ich hole mein Portemonnaie heraus und schiebe meine Kreditkarte über den Tresen. »Buchen Sie es hierauf, bitte.«

Ich bin so angespannt, dass meine Muskeln sich anfühlen, als wären sie in Beton gegossen. Nicht einmal die schreckliche Zeit nach dem Ende der Beziehung mit Brittany ist mit dieser Hölle zu vergleichen. Was mache ich, wenn sie zu ihm zurückkehrt?

Ich hole mein Handy heraus, um zu schauen, ob ich neue Nachrichten habe. Dann rufe ich Rob an.

»Hey«, antwortet er nach dem ersten Klingeln. »Wie läuft es da unten?«

»Sie ist jetzt bei ihm.«

»Ach, Eric.« Er seufzt laut.

»Ich sterbe hier, Rob. Ich kann damit nicht umgehen. Dieser Kerl ist ein verdammter Nationalheld. Da kann ich nicht mithalten.«

»*Du* bist *ihr* Held gewesen.«

Das Telefon piept. Es ist Ava. »Ich muss auflegen. Sie ruft mich an.«

»Gib nicht auf.«

»Danke.« Ich wechsle zu Avas Anruf. »Baby.«

»Wo bist du?«

»In der Bar. Ich bin in einer Minute oben bei dir.«

»Ich will nach Hause, Eric.«

Ich bedeute dem Barkeeper, die Rechnung fertig zu machen. »Dann fahren wir nach Hause. Ich bin sofort da.« Ich unterschreibe den Beleg, schnappe mir meine Kreditkarte und renne zum Fahrstuhl. Ein paar Minuten später betrete ich das Zimmer und bleibe beim Anblick von Avas roten, geschwollenen Augen wie erstarrt stehen. »Baby.«

Sie kommt zu mir, und ich schließe sie in meine Arme.

Ich habe so viele Fragen, spreche aber keine davon aus. Ich will mich nach ihr richten.

»Können wir bitte nach Hause fliegen?«

»Ja. Gehen wir.« Ich schnappe mir unsere Taschen und lege einen Arm um Ava. Zusammen gehen wir in die Lobby, wo ich den Portier bitte, uns ein Taxi zu rufen. Ich frage mich, ob ich Muncie mitteilen soll, dass wir abreisen, entscheide aber, dass er nicht mein Problem ist.

»Wollen Sie auschecken?«, fragt der Portier.

»Ja, wir sind hier fertig.« Ich nenne ihm unsere Zimmernummer, und er schreibt sie auf, bevor er uns ein Taxi ruft.

»Bitte zum Flughafen«, sage ich dem Fahrer.

Im Auto ziehe ich Ava in meine Arme, und sie schmiegt sich an mich. Um diese Tageszeit herrscht dichter Verkehr, und ich bin mir nicht sicher, ob wir überhaupt einen Flug kriegen. Aber da wir in die größte Stadt des Landes wollen, bin ich einigermaßen optimistisch. Jede Fluggesellschaft fliegt nach New York.

Wenn ich mich auf diese Details konzentriere, werde ich nicht wahnsinnig bei dem Versuch, Ava nicht tausend Fragen zu stellen, die sie nicht beantworten will. Stattdessen tue ich das, was ich am besten kann: Ich halte sie und liebe sie und kümmere mich um sie. In nichts war ich im Leben je besser als darin, Ava zu lieben.

Wir kriegen schlussendlich einen Nachtflug nach JFK. Ich hasse es, diesen Flughafen anzufliegen und mich danach durch den Verkehr in die Stadt zu quälen, aber es gab keine Flüge nach LaGuardia, und meine Verlobte will nach Hause. Wir werden um halb sechs Uhr morgens landen. Hoffentlich können wir auf dem Flug ein wenig schlafen.

»Gibt es eine Chance auf ein Upgrade?«, frage ich die Frau am Schalter.

Sie tippt etwas in den Computer und findet für uns noch zwei Plätze in der ersten Klasse.

Ich reiche ihr meine Kreditkarte.

Ava steht neben mir. Ich ertappe die Frau am Schalter dabei, ihr verstohlene Blicke zuzuwerfen. Vermutlich wundert sie sich über ihr verheultes Gesicht. Ich ziehe Ava an mich und bedenke die Ticketfrau mit einem Blick, der sie hoffentlich dazu bringt, sich ein wenig zu beeilen.

»Gibt es hier eine Lounge, in der wir warten können?«, frage ich.

Sie überreicht mir einen Tagespass für den Airline-Club, in dem wir bleiben, bis unser Flug aufgerufen wird.

Ava schweigt die ganze Zeit über. Erst, als wir uns auf unseren Sitzen ganz vorne im Flugzeug angeschnallt haben, spricht sie. »Danke.«

»Was immer du brauchst.« Ich klappe die Lehne zwischen unseren Sitzen hoch und ziehe sie an mich.

»Ich habe noch keine Worte.«

»Das ist in Ordnung. Du hältst dich einfach an mir fest, dann wird alles gut.« Aber noch während ich sage, was sie hören muss, mache ich mir Sorgen, dass nie wieder alles gut sein wird.

JOHN

NACHDEM AVA FORT IST, KNÖPFE ICH MEINE UNIFORMJACKE AUF, ziehe sie aus und werfe sie über den Sessel, der mich aufrecht gehalten hat, während ich auf sie gewartet habe. Ich zerre an meiner Krawatte und öffne den obersten Knopf meines Hemds. Es war alles umsonst. Das ist der einzige Gedanke, der mir durch den Kopf schießt, nachdem sie nun weg ist und nur ihren Duft dagelassen hat, der mich quält.

Alles, was ich getan habe, um wieder fit zu werden, damit ich zu ihr zurückkehren kann, ist nicht mehr wichtig. Wird jemals wieder etwas wichtig sein, nun, wo ich sie verloren habe?

Ich schicke Muncie eine Nachricht. *Besorgen Sie mir eine Flasche Wodka und bringen Sie sie auf mein Zimmer.* Ich habe keine Ahnung, wo er ist, aber er ist besser irgendwo in diesem Hotel, sonst zerre ich ihn vors Militärgericht.

Das Handy summt bei seiner Antwort. *Bin gleich da, Sir.*

Eine Viertelstunde später höre ich das Türschloss klicken, ehe die Tür aufgeht und er eintritt. Er hat die geforderte Flasche dabei. Ich sehe, wie sich seine Miene verändert, als er sieht, dass Ava nicht da ist. Er stellt die Flasche auf den Tisch.

»Und jetzt gehen Sie.«

»Sir ...«

»Muncie, ich habe gesagt, Sie sollen verschwinden. Das ist ein Befehl.«

Er tut es.

Als die Tür hinter ihm ins Schloss fällt, öffne ich die Flasche und setze sie an die Lippen. Seit sechs Jahren habe ich keinen Alkohol mehr getrunken, abgesehen von dem Fusel, den Tito im Camp selbst gebraut hat und der uns beinahe alle umgebracht hätte. Der Wodka fließt mir leicht die Kehle hinunter – und steigt mir direkt in den

Kopf. Den schwachen Schwindel spüre ich sofort, die Erleichterung hingegen ... die braucht länger. Um ehrlich zu sein eine halbe Flasche.

Ich habe das Gefühl, als wäre ich gerade ohne Fallschirm aus einem Flugzeug gesprungen, und der Boden rauscht auf mich zu. Die Landung wird verdammt wehtun.

Was soll ich nun tun, wo mich der Gedanke an sie nicht länger antreibt? Wo finde ich jetzt Hoffnung, da sie mir ihre Antwort gegeben hat – und leider nicht die, um die ich die ganze Zeit gebetet habe? Selbst nachdem ich erfahren habe, dass sie verlobt ist, hatte ich immer noch die Hoffnung, dass es, sobald sie mich sieht, so ist, als wären die sechs Jahre, in denen wir getrennt waren, nicht gewesen.

Wunschdenken. Die sechs Jahre waren da. Und Ava hat ohne mich weitergemacht. Welche Wahl hatte sie auch, nachdem ich ihr nicht den kleinsten Grund geliefert hatte, bis in alle Ewigkeit auf mich zu warten?

Die zweite Hälfte der Flasche geht noch leichter runter als die erste.

Ich habe keine Erinnerung daran, wie ich mit dem Gesicht nach unten auf dem Sofa gelandet bin, aber so liege ich, als Muncie mich am nächsten Morgen weckt.

Die Erinnerungen an gestern kommen zurück und verraten mir, dass ich Ava für immer verloren habe. Ich will nicht ohne sie weitermachen. »Lassen Sie mich in Ruhe, Muncie.«

»Das kann ich nicht, Sir.«

»Ich befehle Ihnen, mich allein zu lassen.«

»Das verstehe ich, Sir, aber ich werde Sie nicht allein lassen. Die Leute machen sich Sorgen um Sie.«

»Was für Leute machen sich Sorgen um mich?« Ich habe keine Leute.

»Zum einen die Ärzte und Schwestern im Krankenhaus. Zum anderen Ihre Vorgesetzten.«

»Die sorgen sich nicht um mich, die wollen nur, dass ich das Interview gebe.«

»Sir, das gesamte Land sorgt sich um Sie. Das Pentagon hat mehr Anfragen zu Ihnen erhalten als zu jedem anderen zuvor. Dem amerikanischen Volk liegt sehr viel an Ihnen.«

Das Volk und die Leute sind mir egal. Die Einzige, die mir wichtig war, will mich nicht mehr, und jetzt muss ich einen Weg finden, damit zu leben ... Ohne *sie* zu leben.

Das kann ich nicht.

Ich schließe die Augen und sehne mich nach dem Vergessen, das der Wodka mir geschenkt hatte. »Bitte gehen Sie, Muncie.«

»Nein, Sir«, widerspricht er sanft, aber bestimmt. »Ich lasse Sie nicht allein.«

Ich bin mir durchaus bewusst, dass ich ein schlechtes Beispiel abgebe und dass mein Verhalten einem Offizier meines Ranges nicht angemessen ist. Aber das ist mir im Moment scheißegal. Ava ist für immer fort.

Mein Kopf pocht, in meinem Mund habe ich einen Geschmack, als läge eine tote Ratte darin, und der Schmerz in meiner Brust könnte das schaffen, was der Kugel in meinem Bein nicht gelungen ist.

Er könnte mich umbringen.

AVA

SCHNEETREIBEN UND EIN HEULENDER WIND EMPFANGEN UNS IN New York, was zu einer etwas holprigen Landung führt. Eric hält meine Hand, so wie er es die ganze Nacht lang getan hat, während wir quer über das Land nach Hause geflogen sind. Ich bin ihm sehr dankbar, dass er mir keine Fragen gestellt hat. Ich kann noch nicht darüber reden.

Die Stunde mit John verfolgt mich. Ich schließe die Augen und sehe sein Gesicht, diese außergewöhnlichen blauen Augen, die Spuren, die seine Verletzung hinterlassen hat. Ich höre seine Stimme, die mich anfleht, ihm die Chance zu geben, das mit uns wieder in Ordnung zu bringen.

Bitte, geh nicht. Verlass mich nicht.

Ich dachte, ich wüsste, wie sich ein gebrochenes Herz anfühlt, aber ihm den Rücken zu kehren, während er mich anbettelt, zu bleiben, hat mich neuerlich zerstört. Ich bin ausgehöhlt, ausgeweidet. Ich weiß nicht, wie ich von hier aus weitermachen soll, wie ich funktionieren soll. Ich kann kaum durch den Schmerz hindurchatmen.

Ich dachte, ich würde einen Abschluss finden, wenn ich ihn treffe, aber das ist nicht der Fall.

Ich werde immer bedauern, welchen Schmerz ich dir zugefügt habe, Ava.

Ich wollte nicht das geringste Risiko bezüglich deiner Sicherheit eingehen.

Wenn es eine Chance gibt … Irgendeine Möglichkeit, dass du mich immer noch so sehr liebst, wie ich dich liebe, dass du in deinem Herzen Vergebung findest und mir noch eine Chance gibst …

Nichts wünsche ich mir mehr, als das zwischen uns wieder geradezurücken.

Die ganze Zeit, in der ich fort war, habe ich von dem Leben geträumt, das wir haben, wenn ich nach Hause komme.

Alles, was ich brauche, um glücklich zu sein, bist du, Ava.

Bitte, geh nicht. Verlass mich nicht.

»Ava?«

Erics Stimme holt mich in die Gegenwart zurück, und ich sehe, dass wir an unserem Gate angekommen sind und es an der Zeit ist, das Flugzeug zu verlassen. Ich fummle an meinem Gurt herum, bis er endlich aufgeht.

Eric hat unsere Taschen in der Hand und wartet, bis ich meine Sachen eingesammelt habe. Dann bedeutet er mir, vorauszugehen.

Die Stewardess wünscht uns einen schönen Tag.

Ich habe dazu nichts zu sagen.

»Danke«, erwidert Eric. »Das wünsche ich Ihnen auch.«

Mit einer Hand an meinem Rücken geleitet er mich durch die Menge am Flughafen zum Gehsteig, wo wir uns in einer langen Schlange anstellen und auf ein freies Taxi warten.

Eisiger Wind schlägt mir ins Gesicht und treibt mir die Tränen in die Augen, aber ich bin so betäubt, dass ich die Kälte kaum spüre.

Der Berufsverkehr zieht die Fahrt endlos in die Länge.

Um halb acht erreichen wir Erics Wohnung und schleppen uns die Stufen hinauf wie zwei Flüchtlinge, die nach einem Treck ohne Wasser durch die Wüste wieder daheim ankommen. Ich will nur duschen und dann ins Bett. Vorher nehme ich mir kurz Zeit, um Trevor eine Nachricht zu schicken, dass ich auch heute nicht arbeiten kann.

Er weiß, was los ist, und schreibt sofort zurück. »Nimm dir alle Zeit, die du brauchst.«

Mein Handy ist voller Nachrichten von meiner Schwester, meiner Mutter, Jules, Amy, Miles und Skylar, die sich alle nach mir erkundigen. Sie wollen wissen, wie es mit John gelaufen ist, aber im Moment überfordern mich ihre Fragen noch.

Eric folgt mir ins Schlafzimmer und stellt meine Tasche in den Schrank. »Was brauchst du?«

»Eine Dusche. Danach lege ich mich ein wenig hin. Wenn du zur Arbeit musst, ist das in Ordnung.«

»Ich gehe nirgendwo hin.«

»Es ... es tut mir leid, dass ich nicht darüber reden kann ...«

»Das musst du nicht.« Er streichelt mein Gesicht und gibt mir einen Kuss auf die Wange. »Tu, was immer du tun musst. Ich bin hier.«

»Es bedeutet mir die Welt, dass du mich zu ihm begleitet hast.«

»Ich bin bei dir, Kleines.« Er zwingt sich zu einem Lächeln. »Immer und überall.«

»Danke.« Ich gehe ins Badezimmer und stelle die Dusche an, damit das Wasser heiß wird. Währenddessen ziehe ich die Sachen aus, die ich bei meinem Treffen mit John getragen habe. Die Tunika, die ich so geliebt habe, werde ich nie wieder auch nur ansehen können, ohne zu hören, wie er mich anfleht, nicht zu gehen.

Als ich unter die Dusche trete, gebe ich den Gefühlen nach, die sich in gequälten Schluchzern aus meiner Brust lösen.

KAPITEL 31

ERIC

Camille hat die ganze Nacht über versucht, mich zu erreichen, was der einzige Grund ist, warum ich ihren Anruf jetzt entgegennehme, während Ava unter der Dusche ist.

»Hey.«

»Oh, Eric. Gott sei Dank, dass du endlich rangehst. Ich werde hier noch verrückt vor Sorge um euch. Wie geht es ihr?«

»Nicht gut, Camille. Überhaupt nicht gut.«

»Was ist passiert?«

»Ich weiß es nicht. Seitdem sie von ihm zurück ist, hat sie nicht viel geredet.«

»Also hast du keine Ahnung, was vorgefallen ist?«

»Nein. Ich kann dir nur erzählen, dass sie nach Hause wollte, also sind wir nach Hause geflogen.«

»Und jetzt?«

»Ich habe keine Ahnung. Ich weiß gar nichts.«

»Das tut mir leid. Ich bin nur einfach so ...«

»Ich weiß. Ich auch.«

»Gibst du mir Bescheid, wenn ich irgendetwas tun kann?«

»Ja, mach ich.«

»Okay. Sag ihr, dass ich sie liebe.«

»Das mach ich auch. Wir hören uns.« Nachdem ich aufgelegt habe, schalte ich das Handy aus. So ein Gespräch kann ich nicht noch zehn weitere Male mit all denen führen, die wissen wollen, wie das Treffen zwischen Ava und John gelaufen ist. Camille kann alle auf den neuesten Stand bringen. Ich weiß nicht, was ich mit mir oder der Anspannung anfangen soll, die mich wie die Faust eines Riesen im Griff hat. Ich will für Ava da sein, aber sie hat sich so abgeschottet, dass ich sie nicht erreichen kann.

Die Dusche geht aus, und ein paar Minuten später wird es im Schlafzimmer dunkel, als Ava die Jalousien gegen die frühmorgendliche Sonne herunterlässt.

Ich gehe hinein, ziehe mir eine Jogginghose und ein T-Shirt an und strecke mich neben Ava auf dem Bett aus. »Kann ich irgendetwas für dich tun?«

»Nein, danke.«

Ich weiß nicht, was ich sonst noch sagen soll, also liege ich sehr lange einfach nur da und starre zur Zimmerdecke, während das Tageslicht durch die Spalten der Jalousie fällt. Ich bin zu aufgewühlt, um zu schlafen, also stehe ich auf und erledige einige Arbeit, bei der ich nicht groß nachdenken muss. Gegen Mittag schalte ich mein Handy wieder ein und fange an, mich mit der Flut an Nachrichten von Freunden und Familie zu befassen, die wissen wollen, wie es mir und Ava geht.

Ich weiß nicht recht, was ich antworten soll, also bedanke ich mich nur für die Nachfrage und schreibe, dass es uns beiden gut geht.

Ava schläft den ganzen Tag und bis in die Nacht hinein.

Ich bestelle eine Pizza, die ich allein esse, während ich mich frage, ob ich Ava wohl wecken soll, damit sie auch etwas zu sich nimmt. Aber ich beschließe, sie nicht zu stören.

Gegen zehn kehre ich ins Schlafzimmer zurück, doch Ava rührt sich nicht. Sie ist auf mehr als nur eine Weise erschöpft. Obwohl sie direkt neben mir im Bett liegt, ist sie so weit weg, dass sie genauso gut in Kalifornien sein könnte.

Ich rechne nicht damit, einschlafen zu können, aber um halb sieben weckt mich der Wecker wie an jedem Arbeitstag. Ich schaue neben mich und sehe, dass das Bett leer ist. Ich finde Ava in der Küche – bereit für die Arbeit in einem eng sitzenden Rock und einer taillierten Bluse. Die Haare fallen ihr in schimmernden Wellen über den Rücken, und sie macht sich gerade eine Portion Porridge, wie jeden Morgen.

Als ich eintrete, schaut sie auf und lächelt. »Guten Morgen. Ich habe schon Kaffee gekocht.«

»Danke.« Ich schenke mir eine Tasse ein und mustere Ava, suche nach Rissen in ihrer Rüstung, finde jedoch keine. Sie sieht aus, wie sie an Arbeitstagen morgens immer aussieht. »Du gehst heute in die Firma?«

Sie nickt. »Ich muss. Ich bin so weit hinterher. Vergiss nicht, wir haben heute um sechs einen Termin mit dem Konditor für die Torte. Das schaffst du doch, oder?«

Es ist so surreal, nach dem, was in den letzten achtundvierzig Stunden passiert ist, über die Hochzeit zu sprechen. Aber wenn sie so tun will, als wäre nichts passiert, werden wir das wohl so handhaben. Zumindest für den Moment.

»Ich werde da sein.«

AVA

MICH ZU BESCHÄFTIGEN HAT MICH IN DER VERGANGENHEIT gerettet, also stürze ich mich voll konzentriert in die Arbeit, um mit meinen Gedanken nicht in ungesunde Regionen abzudriften. Trevor hat mich gebeten, ein Angebot für einen potenziellen Neukunden zu erstellen – eine Kette von Juweliergeschäften, die hofft, eine Chance gegen die etablierten Marken zu haben.

Ich sammle Ideen, wie sie sich von der bekannteren Konkurrenz unterscheiden könnten, als Miles plötzlich vor meinem Schreibtisch steht. Die Veränderung der letzten Monate kann man nur als bemerkenswert bezeichnen. Er lächelt öfter und lacht und macht ab und zu einen Witz. Am Revers seines Anzugs trägt er immer noch das Abzeichen, um an Emmie zu erinnern, aber sein gesamtes Verhalten ist wesentlich entspannter als damals, als ich ihn kennengelernt habe.

»Was gibt's?«, frage ich.

»Das würde ich gerne wissen. Ich hätte nicht damit gerechnet, dich heute hier zu sehen.«

»Warum nicht? Ich arbeite hier.« Ich kann nicht darüber reden, und ich werde nicht darüber reden.

Als ihm das klar wird, räuspert er sich. »Ich habe Neuigkeiten bezüglich der Sammelklage.«

»Was für Neuigkeiten?«

»Die Regierung hat uns ein Angebot zur außergerichtlichen Einigung unterbreitet.«

»Ehrlich? Und taugt es was?«

»Es hat unsere Aufmerksamkeit erregt.«

»Das freut mich zu hören. Es ist ein Schritt in die richtige Richtung.«

»Du solltest stolz sein auf die Arbeit, die du geleistet hast, um uns an diesen Punkt zu bringen, Ava. Das hat sehr viel bewirkt.«

»Es war mir eine Ehre, dabei zu sein. Danke für das Vertrauen, das du in mich gesetzt hast.«

»Ich habe mit Trevor gesprochen, und wir sind uns beide einig, dass wir dich gerne zur Senior-Kontakterin befördern möchten. Also natürlich nur, falls du Interesse hast.«

Vor nicht allzu langer Zeit wäre eine Beförderung dieser Größenordnung eine fabelhafte Nachricht gewesen. Heute durchdringt sie kaum meine Taubheit. »Wow, das ist ... Das ist super. Danke.«

»Dank nicht mir. Du hast alles gegeben und uns gezeigt, dass du für wesentlich größere Projekte in diesem Haus gerüstet bist. Wie gesagt, wenn du das möchtest.«

»Ja, das möchte ich. Ich liebe es, hier zu arbeiten, und danke euch für die Chance.« Letzte Woche hätte ich mir eine Sekunde gegönnt, um mich hämisch darüber zu freuen, jetzt eine höhere Position als die Kratzbürste Caitlin zu haben. Aber jetzt? Jetzt ist es mir egal.

»Super. Ich werde ein Treffen zwischen dir und Trevor später in der Woche ansetzen, damit ihr alles besprechen könnt. Herzlichen Glückwunsch.«

»Ich danke dir, Miles. Für alles.«

»Ich dir auch. Ich schulde dir an verschiedenen Fronten enorme

Dankbarkeit – und wenn die außergerichtliche Einigung durch ist, werden wir feiern.«

»Das klingt gut.«

»Dann lasse ich dich jetzt mal weiterarbeiten.«

»Halt mich auf dem Laufenden.«

»Mach ich.«

Ich sehe ihm nach, und mir fällt auf, dass seine Körperhaltung eine ganz andere ist als damals, als ich ihn kennengelernt habe. Das freut mich. Er hat eine zweite Chance aufs Glück verdient.

Ich versuche, mich wieder auf mein Angebot zu konzentrieren, aber meine Gedanken wandern.

Bitte, geh nicht. Verlass mich nicht.

Wo ist er jetzt, frage ich mich. Geht es ihm gut? Hat er Freunde oder Kameraden oder sonst jemanden, der ihn unterstützt? Oder ist er allein? Ich ertrage es nicht, an ihn zu denken oder daran, was er gesagt hat, wie er mich angefleht hat, nicht zu gehen. Ich starre aus dem Fenster und drehe den Verlobungsring an meinem Finger, ohne es richtig zu merken.

Carlo taucht auf, stellt einen Kaffeebecher auf meinen Tisch und zieht sich langsam zurück, als fürchte er, ich könnte beißen. Ich nehme an, er hat von der Sache mit mir und dem gefeierten Captain gehört, der geholfen hat, ein Monster dingfest zu machen.

»Danke.«

»Gern geschehen. Wenn ich sonst noch etwas für dich tun kann …«

Lächelnd schüttle ich den Kopf.

»Okay.« Er winkt kurz und verschwindet.

Er hat mir einen Latte Macchiato gebracht, der mir runtergeht wie Öl. Auf der einen Seite bin ich gesegnet, weil meine Freunde und Familie sich so um mich kümmern, aber auf der anderen Seite verursacht mir ihre Aufmerksamkeit Unbehagen. Ich ertrage es nicht, an die Unterhaltung mit John zu denken, geschweige denn, sie hundert Male erneut zu durchleben, während ich sie mit jedem teile, der sich dafür interessiert.

Ich will wieder die sein, die ich war, bevor Muncie bei Eric aufgetaucht ist. Ich will mich auf meine Hochzeit konzentrieren und auf

Eric und meine Arbeit und unser Leben in der Stadt. Das ist das Einzige, was für mich einen Sinn ergibt.

Um halb sechs verlasse ich das Büro und nehme mir ein Taxi zu der Bäckerei, in der ich mich mit Eric treffe, um unsere Hochzeitstorte auszusuchen. Erst letzte Woche war ich in jedes Detail der Feier involviert. Jetzt muss ich mich zwingen, so zu tun, als ob es mich interessiert, während ich hoffe, dass das taube Gefühl irgendwann nachlässt.

Wenn ich mich weiter so antreibe, wie ich es seit meinem Umzug nach New York getan habe, werde ich diesen letzten Rückschlag überstehen – das rede ich mir zumindest ein.

Bitte, geh nicht. Verlass mich nicht.

Die Gedanken an ihn kehren zurück, und ich lasse mich gegen die Tür des Taxis sinken. Wie er in seiner Uniform ausgesehen hat. Die intensiv blauen Augen, die mich mit so viel Liebe angeschaut haben. Die Mühen, die er auf sich genommen hat, um mich im Stehen zu begrüßen. Die Worte, die er gesagt hat. Das Flehen.

Ich kriege ihn nicht aus dem Kopf, egal, wie sehr ich mich anstrenge, mich auf mein neues Leben zu konzentrieren.

»Ma'am?«

Die Stimme des Taxifahrers reißt mich aus meinen Gedanken.

»Wir sind da.«

Durch das Fenster erblicke ich den Eingang der Konditorei. Ich bezahle die Taxifahrt mit meiner Kreditkarte.

»Brauchen Sie eine Quittung?«

»Nein, danke.« Ich sammle meine Sachen zusammen und steige aus. Eric wartet schon im Empfangsbereich auf mich. Er scheint erleichtert zu sein, mich zu sehen. Ich hasse es, dass ich ihm Anlass gegeben habe, sich zu fragen, ob ich wohl kommen würde.

»Hi, Baby«, sagt er und begrüßt mich mit einem Kuss. »Wie war dein Tag?«

»Viel zu tun. Und deiner?«

»Das Gleiche.«

Es könnte genauso gut ein zwei Tonnen schwerer Elefant zwischen uns stehen. Der Elefant begleitet uns in den Konferenzraum, wo eine große Auswahl an Hochzeitstorten für uns aufgebaut ist. Davor stehen Kostproben der einzelnen Torten auf Tellern.

»Sie sind Amys Bruder, oder?«, fragt Deborah, die Besitzerin der Konditorei, Eric.

»Einer von ihnen.«

»Ich kenne sie über die Bensons.«

Während sie Neuigkeiten austauschen, wandere ich im Raum herum, versuche, mich auf die Torten zu konzentrieren und nicht auf die Stimme in meinem Kopf, die mich anfleht, nicht zu gehen. Lange Zeit stehe ich vor einer Torte, die mit echten Blumen dekoriert ist. Es ist die schönste Torte, die ich je gesehen habe, aber ich denke weder an die Hochzeit noch an die Torte oder an Eric.

Nein, ich bin wieder in einem Hotelzimmer in San Diego mit einem Mann in Uniform, der mit seiner neuen Prothese noch nicht lange stehen kann. Er bettelt mich an, ihm zu vergeben, was er mir angetan hat, und bittet mich, nicht zu gehen. Ich sehe seine blauen Augen, die so auf mich fokussiert sind wie damals, als wir zusammen waren.

»Ava?«

Ich merke, dass Eric mit mir spricht und versucht, meine Aufmerksamkeit zu erregen. »Tut mir leid.« Ich lächle ihn an. »Was hast du gesagt?«

»Deborah möchte uns die verschiedenen Optionen vorstellen. Willst du dich zu uns setzen?«

Nein. Nein, das will ich nicht. Ich will weder sitzen noch über Torten oder andere Trivialitäten wie eine Hochzeit reden, wenn John irgendwo da draußen ist und versucht, das Gehen neu zu lernen. Nachdem ich ihn gesehen habe, ergibt nichts in meinem Leben mehr einen Sinn.

Aber das sage ich nicht. Stattdessen trete ich um den Tisch herum und nehme neben Eric Platz, der mich besorgt und vielleicht mit einem Hauch von Furcht ansieht, als fühlte er, dass ich langsam zerbreche, ohne zu wissen, wie er es aufhalten soll.

Deborahs Präsentation ist sehr ausführlich und hätte mich noch vor einer Woche wirklich interessiert. Heute bringe ich den Enthusiasmus einfach nicht auf.

Sie schlägt vor, dass wir die verschiedenen Geschmacksrichtungen probieren, aber ich kann nicht. Ich kann es einfach nicht.

»Ich fühle mich nicht gut«, erkläre ich ihr.

»Oh, das tut mir leid.«

»Wäre es möglich, die Kostprobe zu verschieben?«, erkundigt sich Eric.

»Ich bin für die nächsten sechs Wochen ausgebucht.«

Genauso lange haben wir auf diesen Termin gewartet.

»Dann müssen wir vielleicht jemand anderen finden«, erwidert er. »Unsere Hochzeit ist am 3. Juli. Für die Tortenfrage haben wir also keine sechs Wochen mehr Zeit.«

»Lassen Sie mich mit meiner Assistentin Rücksprache halten und sehen, was wir tun können.« Sie steht auf und verlässt den Raum.

»Was ist los, Ava?«, fragt Eric, als wir allein sind.

»Ich weiß es nicht, aber der Geruch hier drin verursacht mir Übelkeit.«

»Willst du draußen warten, während ich einen neuen Termin ausmache?«

»Ja bitte.« Ich schnappe mir Mantel und Handtasche und gehe hinaus, trete in die kühle Brise, die nach der übersüßen Luft in der Bäckerei eine willkommene Erleichterung ist.

Ich lehne mich an die Wand des Gebäudes und nehme ein paar tiefe Atemzüge.

Eric tritt aus der Konditorei und zieht sich im Gehen seinen Mantel an. »Was war das da drin? Ich dachte, du würdest dich darauf freuen, die Torte auszusuchen.«

»Das habe ich auch. Das *tue* ich auch. Es war da drin nur so heiß, und der Geruch war … überwältigend.«

»Nein, das war er nicht. Es hat so gerochen, wie es in einer Konditorei riechen soll.«

Ich merke, dass er zum ersten Mal verärgert ist.

»Werden wir darüber reden, was wirklich los ist, oder tun wir weiter so, als ob dir von dem Geruch der Torten übel wurde?«

»Ich … ich habe dir gesagt …«

»Du hast mir genau genommen rein gar nichts gesagt. Stattdessen lässt du mich seit zwei Tagen im Ungewissen über das, was in San Diego passiert ist, und tust dabei so, als wäre alles gut. Dabei wissen wir beide, dass es das nicht ist.«

Mir fällt nichts ein, was ich darauf erwidern könnte.

Mit einem entnervten Schnauben – zumindest empfinde ich es so – winkt er ein Taxi herbei und hält mir die Tür auf.

Ich rutsche über den eingerissenen Vinylbezug der Rückbank, um Eric Platz zu machen.

Er steigt ein und nennt dem Fahrer seine Adresse.

Wir reihen uns in den Verkehr ein.

Eric sitzt ein ganzes Stück von mir entfernt und starrt die ganze Zeit über aus dem Seitenfenster. Als wir in Tribeca ankommen, bezahlt er den Fahrer, hält mir wieder die Tür auf und folgt mir die Treppe hinauf.

Im Loft hängen wir unsere Mäntel auf.

»Eins muss ich wissen«, durchbricht er unser langes und ungewöhnliches Schweigen.

»Was?«

»Willst du mit ihm zusammen sein? Hast du mich deshalb ausgeschlossen, seitdem du ihn getroffen hast?«

»Nein! Das will ich nicht. Und ich habe dich nicht ausgeschlossen.«

»Doch, Ava, das hast du. Körperlich bist du zwar hier, aber auf alle anderen Arten nicht. Du bist eine Million Meilen von mir entfernt.«

»Ich versuche, das alles zu verarbeiten. Es tut mir leid, dass ich noch nicht mit dir darüber reden konnte und dass du solche Gedanken hast.«

In versöhnlicherem Ton entgegnet er: »Du musst mir von San Diego erzählen. Ich werde verrückt bei dem Versuch, zu verstehen, was mit uns passiert.«

»Es tut mir leid, dass ich dir das angetan habe. Es war wirklich … schwer, ihn zu treffen und zu sehen, wie sehr er von seiner Verletzung beeinträchtigt ist.«

Eric nimmt meine Hand und führt mich zum Sofa.

»Er hat ein paar Dinge gesagt …«

»Was für Dinge?«

Ich schaue zu Boden. »Ihm tut es leid, was er mir angetan hat. Er meinte, er hätte das zwischen uns nie so weit kommen lassen dürfen und sogar ein paar Mal versucht, mich zu verlassen, es dann aber nicht über sich gebracht.«

Ich blinzle die Tränen fort und zwinge mich, weiterzureden, weil Eric es verdient hat, es zu erfahren. »Während er fort war, hat er jeden Tag an mich gedacht. Er liebt mich immer noch und will eine Chance, alles wiedergutzumachen. Ich habe ihm von dir und unserer Beziehung erzählt. Und dass wir verlobt sind. Ich habe ihm erzählt, wie du mir geholfen hast, das mit ihm zu verwinden, und dass mein Leben jetzt hier bei dir ist. Und als ich dann gehen musste, hat er gesagt ... Er hat mich gebeten ...«

»Was, Liebes? Was hat er gesagt?«

»Er hat mich angefleht, ihn nicht zu verlassen.« Ich fühle mich innerlich tot, als ich diese Worte ausspreche und dabei seine Stimme in meinem Kopf höre.

»Mein Gott, Ava.« Eric legt einen Arm um mich. »Kein Wunder, dass du seitdem so traurig bist.«

»Ich will nicht traurig sein. Ich will nicht mehr an ihn denken. Ich will an dich denken und an unsere Hochzeit und unser Leben, aber ich höre immer nur seine Stimme, die mich anfleht, nicht zu gehen. Ich ... ich wusste nicht, dass er in Pflegefamilien und Heimen aufgewachsen ist. Ich glaube, er hat niemanden sonst.« Ich presse die Augen fest gegen die drohenden Tränen zusammen. »Er hat mir erneut das Herz gebrochen.«

Eric hält mich fest und streichelt mir über den Rücken. »Wir werden einen Weg finden, das gemeinsam durchzustehen. Alles wird wieder gut. Das verspreche ich dir.«

»Wie? Wie soll es gut werden?«

»Ich weiß es nicht, aber wir werden es herausfinden. Vielleicht sollten wir uns mit Jessica treffen. Sie könnte uns helfen.«

»Okay.«

»Soll ich sie anrufen?«

»Würde es dir etwas ausmachen?«

»Überhaupt nicht.«

Er nimmt mein Handy und gibt den Code ein, den ich ihm schon vor langer Zeit verraten habe. Eric und ich haben keine Geheimnisse voreinander, und so ist es eine Erleichterung, ihm zu erzählen, was mit John vorgefallen ist, auch wenn es uns beiden wehtut.

Ich lehne mich auf dem Sofa zurück und schließe die Augen. Ich höre ihn telefonieren, achte aber nicht darauf, was er sagt. Ich kenne die Geschichte bereits, ich muss sie nicht noch einmal hören. Ich bin so müde, ich könnte eine Woche durchschlafen, und es wäre immer noch nicht genug.

Eric kehrt zum Sofa zurück. »Sie ist in dreißig Minuten hier.«

»Wirklich?«

Er nickt. »Sie meinte, du wärst eine ihrer VIP-Patienten. Wenn du anrufst, lässt sie alles für dich stehen und liegen – außerdem ist ihr Mann heute Abend mit den Kindern im Kino, also hat sie sowieso frei.«

»Und sie hat vermutlich Besseres zu tun, als sich meine rührselige Geschichte anzuhören.«

»Es ist keine rührselige Geschichte, Ava. Du hast eine der schwierigsten Situationen, von denen ich je gehört habe, mit Anmut und Klasse und Entschlossenheit überstanden. Jeder, der dich kennt, bewundert dich für die Art, wie du mit dieser unvorstellbaren Lage umgegangen bist.«

»Es ist nett von dir, das zu sagen, aber ich fühle mich dieser Form der Bewunderung nicht würdig.«

»Tja, sorry«, erwidert er und lächelt. »Da musst du jetzt durch.«

»Ich will mich nicht mehr so fühlen, Eric.«

»Ich weiß, meine Süße.«

KAPITEL 32

AVA

Wir sitzen beieinander, bis die Klingel Jessicas Eintreffen verkündet. Eric steht auf, um sie hereinzulassen.

Jessica kommt sofort auf mich zu und umarmt mich wie eine alte Freundin.

»Danke, dass du hergefahren bist.«

»Ich habe es dir doch gesagt: Wenn du mich brauchst, bin ich da.«

»Hat Eric dir das Neueste erzählt?«

»Das hat er. Auf dem Weg hierher habe ich versucht, mir vorzustellen, wie es für dich gewesen sein muss, John wiederzusehen und die Dinge zu hören, die er gesagt hat.« Sie seufzt. »Es ist mir nicht gelungen.«

Eric setzt sich neben mich und nimmt meine Hand.

»Ich kriege ihn nicht aus dem Kopf.«

»Und das wird vermutlich auch noch eine Weile so bleiben.«

Das sind nicht gerade gute Neuigkeiten.

»Erzähl mir, was passiert ist. Ich muss die Einzelheiten hören.«

Ich durchlebe meine Stunde mit John noch einmal – von dem Moment, in dem ich angekommen bin, bis zu der Sekunde, in der ich das Hotelzimmer verlassen habe. »Ich habe Dinge über ihn erfahren, die ich vorher nicht wusste. Er hatte mir damals erzählt, sein Vater wäre ein ranghoher Offizier beim Militär, aber das stimmt gar nicht. John ist bei Pflegefamilien aufgewachsen und von der Highschool direkt zur Navy gegangen, als ein Richter ihn vor die Wahl gestellt hat, das oder Gefängnis. Die Navy hat ihm eine Collegeausbildung ermöglicht und ihn dann wegen seines Mangels an persönlichen Bindungen für Spezialeinsätze rekrutiert. Bis ich ihn jetzt wiedergesehen habe, wusste ich nicht, dass ich alles bin, was er hat.«

»Und jetzt fühlst du dich schuldig, weil du ihn im Stich lässt, während eine lange, anstrengende Zeit der Rekonvaleszenz vor ihm liegt.«

Bei Jessica kann man sich darauf verlassen, dass sie immer direkt zum Kern der Sache vorstößt. »Ja, das stimmt. Ich fühle mich schrecklich.«

»Du bist nicht für ihn verantwortlich, Ava.«

»Ich weiß, aber ...«

»Kein aber. Du bist nicht für ihn verantwortlich. Ich möchte, dass du mir nachsprichst: Ich bin nicht für ihn verantwortlich.«

»Ich bin nicht für ihn verantwortlich.«

»Sag es noch einmal.«

»Ich bin nicht für ihn verantwortlich.«

»Musst du es noch mal wiederholen, oder kommt es langsam an?«

»Es fängt an, anzukommen.«

»Und du verstehst, dass hier niemand Schuld hat, außer die Terroristen, die beschlossen haben, ein Kreuzfahrtschiff und mit ihm das Leben von Tausenden von Menschen in die Luft zu jagen, darunter deines?«

Al Khad die Schuld zu geben ist wesentlich besser als John, weil er seinen Job erledigt und seinem Land gedient hat. »Ich versuche, das zu verstehen. Aber das ist ein Prozess.«

»Du hast dich gefragt, was aus John geworden ist. Nun weißt du es. Du hast dich gefragt, was er wirklich für dich empfindet. Nun weißt du es. Du hast dich gefragt, wie du dich fühlen würdest, wenn du ihn wiedersähest. Nun weißt du es. Was musst du noch wissen?«

»N-nichts. Ich habe alle Antworten, die ich brauche.«

»Dann ist es an der Zeit, weiterzugehen. Außer ...« Sie wirft Eric einen Blick zu. »Ich bin mir nicht sicher, wie ich das formulieren soll ...«

Es passt gar nicht zu ihr, so unentschlossen zu sein. »Sprich es einfach aus, was auch immer es ist.«

»Außer du wärst lieber mit John als mit Eric zusammen«, sagt sie und sieht Eric entschuldigend an. »Tut mir leid.«

Er wirkt, als wäre er geschlagen worden.

»Auf keinen Fall.«

»Bist du dir da sicher?«, hakt Jessica nach.

»Ja.« John ist die Vergangenheit. Eric ist die Gegenwart und die Zukunft. Das steht für mich außer Frage.

»Bist du dir wirklich sicher, Ava?«, fragt Eric mich. »Ich will nicht, dass du zwischen ihm und mir hin und her gerissen bist, während wir die Hochzeit planen. Wenn du sie verschieben willst, können wir das tun, aber du musst dir absolut sicher sein, dass du mich willst, bevor du dich mir versprichst.«

Ich schaue ihn an und sehe alles, was er seit jenem Tag im letzten Juni für mich gewesen ist, als er mein Leben mit einem Stück Käsepizza gerettet hat. Er hat mich gehalten und unterstützt, mir geholfen, mich wiederzufinden, und er hat in seiner Hingabe nicht ein einziges Mal gewankt, auch wenn ein anderer Mann sicher längst gesagt hätte, es wäre genug.

Ich sehe ihn, wie er vor mir kniet und die Weihnachtsbeleuchtung hinter ihm funkelt, als er mich fragt, ob ich den Rest meines Lebens mit ihm verbringen will. Ich sehe vor mir, wie er mir die Haare aus dem Gesicht hält, als ich mich übergeben musste, nachdem Al Khad gefangen genommen wurde. Wie er Gefallen eingefordert hat, um nach der Veröffentlichung des Videos herauszufinden, ob John noch lebt. Ich sehe ihn Erste-Klasse-Tickets kaufen, um mich so schnell und bequem wie möglich nach Hause zu bringen und nicht eine einzige Frage zu stellen, obwohl er davon Tausende haben musste. Er hat sich mir auf jede nur erdenkliche Weise bewiesen. Es ist nun an der Zeit, diesen Gefallen zu erwidern.

»Ich bin mir absolut sicher, dass ich dich will«, sage ich zu ihm.
Seine Erleichterung ist beinahe greifbar.

»Es tut mir leid, dass ich dir je Anlass gegeben habe, daran zu zweifeln.«

Eric zieht mich an sich. »Das muss dir nicht leidtun. Wenn du bei mir bist, habe ich alles, was ich will und brauche.«

Jessica tupft sich die Augen ab.

Ich schließe meine und danke meinem Glücksstern, dass Eric Tilden mich im richtigen Moment gefunden hat und mich so liebt, wie er es tut. Ich hoffe, dass ich mit der Zeit nicht mehr höre, wie Johns Stimme mich bittet, zu bleiben und ihm eine zweite Chance zu geben. Mein Dilemma mit Eric und Jessica zu teilen hat mir geholfen, es in die richtige Perspektive zu rücken und mich von den Fesseln der Vergangenheit zu befreien.

Ich will mich auf die zauberhafte Gegenwart und die wunderschöne Zukunft konzentrieren, die vor Eric und mir liegt.

»Ich glaube«, sagt Jessica, während Eric und ich einander weiter festhalten, »dass meine Arbeit hier beendet ist. Bleibt sitzen. Ich finde allein raus. Und ich melde mich morgen, um zu hören, wie es dir geht.«

Sie verlässt das Loft. Ich klammere mich weiter an Eric, meinen sicheren Hafen im Sturm, meine Liebe. »Ich liebe dich so sehr«, flüstere ich. »Ich werde nie die richtigen Worte finden, um dir meine Liebe auch nur annähernd zu beschreiben.«

»Ich denke, ich weiß es, weil es mir mit dir genauso geht.«

Ich mache mir keine Illusionen, dass unser Weg von hier aus leicht sein wird oder dass ich von jetzt auf gleich aufhören werde, an John zu denken. Und was er zu mir gesagt hat, wird auch noch eine Weile schmerzen. Aber ich habe meine Entscheidung getroffen, und darin liegt ein unendlicher Frieden.

EPILOG

AVA

Vier Tage vor meiner Hochzeit am dritten Juli komme ich früher von der Arbeit nach Hause – mein letzter Tag für zwei Wochen. Miles, Trevor und Carlos haben heute Nachmittag eine kleine Party für mich geschmissen, bei der es viel zu viel Champagner gab. Ich bin ein wenig beschwipst und freue mich wahnsinnig auf die anstehenden Feiern.

Seitdem die Hinterbliebenengruppe sich außergerichtlich mit der Regierung geeinigt hat, ist meine Arbeit der totale Wahnsinn. Verschiedene Regierungsbeamte mussten öffentlich eingestehen, dass sie mehr hätten tun können, um das Attentat zu verhindern, womit das eigentliche Ziel der Klage erreicht war. Die zweihundert Millionen Dollar Entschädigung, die den Hinterbliebenen zugesprochen wurden, sind für die Familien beinahe nebensächlich.

Im Mai bin ich bei Eric eingezogen – in der gleichen Woche, in der Skylar zu Miles gezogen ist. Doch Erics Loft hat sich schon lange vorher wie mein Zuhause angefühlt.

Ich bin jetzt stärker als noch vor ein paar Monaten. Es ist wirklich unglaublich, wie befreiend es ist, mir keine Gedanken mehr um John machen zu müssen. Ein enormes Gewicht ist von mir genommen, seitdem ich weiß, dass er in Sicherheit ist und sich wieder vollständig erholen wird. Ich denke immer noch regelmäßig an ihn und hoffe, dass es ihm gut geht, aber mein Herz und mein Kopf werden nicht mehr länger von einer Vergangenheit gefangen gehalten, über die ich keine Kontrolle hatte.

Nein, mein Herz und mein Kopf sind ganz bei Eric, bei unserer Hochzeit und den anschließenden Flitterwochen in Spanien und auf den Kanarischen Inseln. Wie Jessica prophezeit hat, ist das nicht über Nacht geschehen, aber während die Wochen vergingen, habe ich mich immer seltener dabei ertappt, über die Dinge nachzudenken, die John in dem Hotelzimmer zu mir gesagt hat. Seine Abschiedsworte verfolgen mich nicht mehr. Ich konnte das alles hinter mir lassen, indem ich mir wieder und wieder gesagt habe: So sehr ich ihn einst geliebt habe, ich bin nicht mehr für ihn verantwortlich.

Mein Handy klingelt mit einer unbekannten Nummer. Beinahe hätte ich es ignoriert, aber wegen der erneuten Medienaufmerksamkeit für die Hinterbliebenengruppe nach der Einigung gehe ich doch ran. »Ava Lucas.«

»Hier ist Lieutenant Commander David Muncie. Wir haben uns vor ein paar Monaten kennengelernt ...«

»Ja, ich erinnere mich.« Als ob ich das je vergessen könnte. »Was kann ich für Sie tun?«

»Entschuldigen Sie bitte, wenn ich Sie störe, aber ich war nicht sicher, wen ich hätte anrufen sollen. Captain West hat sonst niemanden.«

Mein Herz sackt mir in den Magen, und ich lasse mich aufs Sofa sinken. »Was ist los?« *Nicht meine Verantwortung. Nicht meine Verantwortung. Nicht meine Verantwortung.*

»Er hat seine Physiotherapie abgebrochen. Er spricht mit niemandem. An den meisten Tagen verlässt er nicht einmal sein Bett. Er hat sich geweigert, das Interview mit *60 Minutes* zu machen. Es geht ihm sehr schlecht.«

Ich hatte mich schon gefragt, warum das Interview, von dem er mir erzählt hat, nie gesendet wurde. Aber damit kann ich mich vier Tage vor meiner Hochzeit nicht beschäftigen. Das geht einfach nicht. »Was hat das alles mit mir zu tun?« *Nicht meine Verantwortung.*

»Ich habe mich gefragt, ob Sie wohl gewillt wären, ihn anzurufen. Es könnte helfen, wenn er von Ihnen hört.«

Nicht meine Verantwortung. »Ich ... ich werde in vier Tagen heiraten.«

»Es tut mir leid. Vergessen Sie es. Wir finden schon einen Weg.«

»Warten Sie ...« Meine Gedanken rasen, als ich über die Konsequenzen nachdenke, wenn ich noch einmal mit John rede. Vor allem jetzt. *Ich bin nicht für ihn verantwortlich, aber wie kann ich nichts unternehmen, wenn ich erfahre, dass es ihm nicht gut geht?* »Glauben Sie wirklich, es würde helfen, wenn ich ihn anrufe?« Ich wünschte, Eric wäre hier, um mir zu sagen, was ich seiner Meinung nach tun soll.

»Ja, das glaube ich, sonst hätte ich Sie nicht darum gebeten. Er ist nicht mehr der Gleiche, seitdem er Sie wiedergesehen hat.«

In meinen Augen brennen Tränen, und ich habe Angst – schreckliche Angst vor einem Rückschlag, nachdem ich so hart daran gearbeitet habe, dass es mir wieder gut geht. »Ich rufe ihn an. Wann wäre ein guter Zeitpunkt?«

»Was machen Sie jetzt gerade? Ich bin im Krankenhaus und könnte ihn ermutigen, den Anruf entgegenzunehmen. Er ist so überflutet worden mit Anfragen der Medien und allem, dass er nicht mehr an sein Telefon geht.«

Ich habe keine Ahnung, ob ich das Richtige tue oder nicht, aber ich kann mir nicht die Zeit nehmen, alles gründlich zu durchdenken. »Ja, jetzt wäre gut.«

»Haben Sie die Nummer?«

»Ja.« Ich stehe auf und hole den Zettel, den John mir gegeben hat, aus meinem Portemonnaie. Die ganze Zeit über habe ich gewusst, dass er da ist, aber ich habe ihn nie angerührt.

»Geben Sie mir fünf Minuten«, erwidert Muncie.

»Okay.«

Er legt auf, und ich kehre zum Sofa zurück, wo ich die längsten fünf Minuten meines Lebens auf mein Handy starre. Dann gebe ich die Nummer ein und höre es zweimal klingeln, bevor Muncie rangeht. »Ich übergebe an Captain West.« Im Hintergrund höre ich eine Diskussion, die damit endet, dass Muncie sagt: »Nehmen Sie diesen verdammten Anruf an.«

»*Was?*«, knurrt John.

»Ich bin's. Ava.«

»Ava?« Er klingt wie ein kleiner Junge an Weihnachten, und mein Herz zieht sich für ihn und alles, was wir einmal füreinander waren, zusammen.

Ich zwinge mich, mich auf den Zweck dieses Anrufs zu konzentrieren. »Ich habe gehört, du machst allen das Leben schwer.«

»Ava ...« Eine ganze Welt der Qual liegt in der Art, wie er meinen Namen sagt.

Ich kämpfe gegen die emotionale Überflutung an und konzentriere mich wieder. »John, hör mir zu. Du musst tun, was die Ärzte von dir wollen, damit du wieder gesund wirst und da rauskommst. Willst du denn nicht aus der Reha raus?« Die Frage trifft auf Schweigen. »John?«

»Ich bin hier.«

»Willst du nicht wieder selbstständig leben?«

»Doch.«

»Dann musst du tun, was sie dir sagen. Kannst du das?«

»Ja. Das kann ich.«

»Sagst du das nur, damit ich dich in Ruhe lasse?«

»Ich will nicht, dass du mich in Ruhe lässt. Ich habe sechs Jahre versucht, wieder zu dir zurückzukehren. Das Letzte, was ich will, ist, dass du mich in Ruhe lässt.«

Vielleicht bin ich das alles falsch angegangen. Vielleicht muss es nicht alles oder nichts sein. »Wenn ich dich ab und zu anrufe, um zu hören, wie es dir geht, wirst du dann aus dem Bett steigen und zur Physiotherapie gehen?«

»Du würdest mich wirklich anrufen?«

»Nur, wenn du tust, was sie dir sagen.«

»Das mache ich.«

»Das bedeutet nicht ... Ich werde immer noch heiraten. Sogar schon in vier Tagen.«

»Ich weiß. Ich habe es in der Zeitung gelesen.«

O Gott, die *New York Times*-Kolumne. Er hat sie gesehen. »Ich will, dass du wieder gesund wirst.«

»Seitdem sie meinen Namen veröffentlicht haben, will jeder etwas von mir. Ich weiß nicht, wie ich mit all dem umgehen soll. Die Presse

... ist einfach unbarmherzig. Ich hatte sogar Angebote für Werbung. Ich denke immer, du wüsstest, was zu tun ist.«

»Soll ich jemanden finden, der dir dabei helfen kann?« Ich denke sofort an Jules. FergusonMain kann diesen Job nicht übernehmen. Das geht einfach nicht.

»Würdest du das machen? Das wäre super.«

»Nächste Woche wird dich jemand aus New York anrufen. Wirst du den Anruf annehmen?«

»Ja, versprochen.«

»Ich habe noch ein paar von deinen Sachen. Soll ich sie dir schicken?«

»Kann ich darauf zurückkommen, wenn ich hier raus bin und weiß, wohin ich gehe?«

»Na klar.«

»Ava ...«

»Ja?«

»Bist du mit ihm glücklich? Richtig glücklich?«

Mein Leben mit Eric läuft wie der beste Film, den ich je gesehen habe, in meinem Kopf ab. »Ja, das bin ich wirklich.«

»Okay«, sagt er seufzend.

»Werd wieder gesund, John.«

»Bleib weiter glücklich, Ava.«

Ich lege auf und wische mir die Tränen ab. Es fühlt sich richtig an, diesen Anruf getätigt zu haben. Wenn das alles ist, was er braucht, um wieder auf die Spur zu kommen, war es das Mindeste, was ich tun kann.

Ich atme tief ein und ganz langsam wieder aus. Es geht mir gut. Besser als gut. Ich bin glücklich und in einen außergewöhnlichen Mann verliebt, der bald mein Ehemann sein wird.

Ich kann es kaum erwarten.

Vier Tage später heirate ich Eric auf dem Rasen vor dem Haus seiner Familie am Hudson. Wir haben den herrlichen Sommertag bekommen, auf den wir gehofft hatten, und die Hochzeit ist genauso, wie wir sie uns vorgestellt haben – lässig, entspannt und sehr lustig. Wir sind von den Menschen umgeben, die wir am meisten lieben, und ich habe keinerlei Zweifel, als mein Vater mich den Gang entlang auf meinen neuen Ehemann zuführt. Er ist alles, was ich je gewollt oder gebraucht habe.

Als Eric mit seiner Mutter über die Hochzeit gesprochen hat, meinte sie, sie würde nur kommen, wenn sie ihren neuen Mann mitbringen dürfte. Eric hat erwidert, da der Mann nicht eingeladen wäre, täte es ihm leid, dass sie nicht kommen könnte.

Nach der Zeremonie überrascht mich Eric mit einem Stück Käsepizza auf einem Teller, und die verwirrten Blicke der Gäste bringen mich zum Lachen. Es ist in Ordnung. Sie müssen es nicht verstehen. Es ist unser ganz eigener Insider-Witz. Die Erinnerung an jenen ersten Tag, den wir vor über einem Jahr miteinander verbracht haben, macht den heutigen Tag nur noch spezieller.

Nachdem ich Eric von Muncies Anruf und dem folgenden Telefonat mit John erzählt habe, meinte er, er wäre damit einverstanden, Jules den Job zu übertragen. Sie hat sich riesig auf die Gelegenheit gefreut, für einen so besonderen Klienten zu arbeiten, und sie hat mir versprochen, sich gut um ihn zu kümmern. Ich habe sie gebeten, mir die Einzelheiten zu ersparen, wofür sie Verständnis hatte. Es ist besser so.

Eric und Amy haben sich von ihren Jobs freistellen lassen, um Robs Kampagne zu leiten. Die Medien haben sich auf die Geschichte gestürzt, dass die Tilden-Drillinge wieder zusammengekommen sind, um Rob zu helfen, gewählt zu werden. Es gab viele positive Berichte über ihre Erfolge allein und gemeinsam. Über das Ende der Ehe ihrer Eltern wird kaum noch geredet, was für uns alle eine Erleichterung ist.

Rob hat gute Chancen, im November in den Kongress gewählt zu werden, und darüber freut sich niemand mehr als der Gouverneur. Gestern Abend beim Probeessen hat er einen Toast auf Eric und mich ausgebracht und uns Überlebende genannt, die alles Gute verdient haben, das ihnen im Leben noch begegnen mag. Darauf habe ich nur zu gerne getrunken.

Unser erster Tanz als Mann und Frau ist zu »You Are the Best Thing«, einem jazzigen Lied von Ray Lamontagne, das wir beide lieben. Mein *Ehemann* Eric schaut auf mich herab, und sein Lächeln lässt diese umwerfenden Augen strahlen, die mich voller Liebe und Hingabe ansehen.

»Bist du glücklich, Süße?«, fragt er.

»So unglaublich glücklich. Und du?«

Er nickt. »Wenn ich dich habe, habe ich alles.«

»Mich hast du auf jeden Fall.«

Und ich habe endlich mein Happy End.

———

Danke, dass Sie »Five Years Gone – Ein Traum von Liebe« gelesen haben. Die Idee zu Avas Geschichte kam mir Anfang 2017. Ich habe so viel darüber nachgedacht, dass ich Ende 2017 alle anderen Pläne hintenanstellen musste, um das Buch zu schreiben, das mich dermaßen beschäftigte.

Manchmal funktioniert die Muse so. Ich kann ihr tausendmal sagen: »Aber die Leser wollen mehr Gansett Island oder Fatal«, und sie antwortet nur: »Schade, denn das hier ist, was wir jetzt schreiben. Finde dich damit ab.« Sie ist die Chefin, und ich tue, was sie sagt.

Da sie mich selten in die Irre führt, schrieb ich »Five Years Gone – Ein Traum von Liebe« im November und Dezember 2017. Dann kam mir die Idee, es ins Französische und Deutsche übersetzen zu lassen, sodass meine Leser in diesen Ländern es zur gleichen Zeit wie alle anderen auch haben könnten, was den Veröffentlichungstermin auf Oktober 2018 verschoben hat.

Ich möchte mich bei meinen wunderbaren Verlagspartnern bei Kensington Books für den Vertrieb der Taschenbuchausgabe sowie bei Andi Arndt und Joe Arden für das Einsprechen des grandiosen Audiobooks bedanken, das es wert ist, gehört zu werden, egal ob Sie ein Hörbuch-Fan sind oder nicht. Die beiden sind zwei der populärsten Stimmen, die heute in der Liebesroman-Szene arbeiten, und ich bin begeistert, dass sie bei diesem Projekt mitgewirkt haben.

Ein Buch im Druck, E-Book, Audio, Französisch und Deutsch am selben Tag zu veröffentlichen ist der heilige Gral des Indie-Publishing, und ich könnte nicht aufgeregter sein, »Five Years Gone – Ein Traum von Liebe« mit meinen Lesern und Zuhörern auf der ganzen Welt zu teilen. Ich hoffe, Sie lieben Avas Geschichte so sehr, wie ich es genossen habe, sie zu schreiben, und freuen sich auf die Fortsetzung

»One Year Home – Ein Traum von Glück« mit John im nächsten Sommer an.

So viele Menschen helfen mir, das zu tun, was ich tue, darunter mein Mann Dan Force und mein erstaunliches Team hinter den Kulissen: Julie Cupp, Lisa Cafferty, Holly Sullivan, Isabel Sullivan, Nikki Colquhoun, Anne Woodall, Kara Conrad, Linda Ingmanson, Joyce Lamb, Jessica Estep und Jules Bernard. Ich sage immer, dass ich das alles ohne sie niemals schaffen könnte, und das stimmt zu 100 Prozent, besonders bei diesem Buch, bei dem wir uns wirklich selbst übertroffen haben, um es in drei Sprachen, Print und Audio am selben Tag verfügbar zu machen. Go Team Jack!

Der größte Dank jedoch geht an meine Leser, die mit ihrer Liebe zu mir und meinen Büchern jeden Tag meine Träume wahr werden lassen. Lesefreunde auf der ganzen Welt zu haben ist ein Geschenk, das ich nie für selbstverständlich halten werde. Ich habe die Liebe meiner Leser noch nie so tief empfunden wie in diesem Sommer, nachdem ich den Verlust meines geliebten Vaters verkraften musste. Danke, dass Sie mich – und meine Muse – auf dieser unglaublichen Reise immer unterstützt haben.

Alles Liebe,
　Marie

WEITERE TITEL VON MARIE FORCE

Die Fatal Serie

One Night With You – Wie alles begann (Fatal Serie Novelle)

Fatal Affair – Nur mit dir (Fatal Serie 1)

Fatal Justice – Wenn du mich liebst (Fatal Serie 2)

Fatal Consequences – Halt mich fest (Fatal Serie 3)

Fatal Destiny – Die Liebe in uns (Fatal Serie 3.5)

Fatal Flaw – Für immer die Deine (Fatal Serie 4)

Fatal Deception – Verlasse mich nicht (Fatal Serie 5)

Fatal Mistake – Dein und mein Herz (Fatal Serie 6)

Fatal Jeopardy – Lass mich nicht los (Fatal Serie 7)

Fatal Scandal – Du an meiner Seite (Fatal Serie 8)

Fatal Frenzy – Liebe mich jetzt (Fatal Serie 9)

Fatal Identity – Nichts kann uns trennen (Fatal Serie 10)

Fatal Threat – Ich glaub an dich (Fatal Serie 11)

Fatal Chaos – Allein unsere Liebe (Fatal Series 12)

Fatal Invasion – Wir gehören zusammen (Fatal Serie 13)

Fatal Reckoning – Solange wir uns lieben (Fatal Serie 14)

Fatal Serie Bände 1-6

Fatal Serie Bände 7-11

Die McCarthys

Liebe auf Gansett Island (Die McCarthys 1)

Mac & Maddie

Sehnsucht auf Gansett Island (Die McCarthys 2)

Joe & Janey

Hoffnung auf Gansett Island (Die McCarthys 3)

Geliebtes Gansett Island (Die McCarthys 18)

Kevin & Chelsea

Blütenzauber auf Gansett Island (Die McCarthys 19)

Riley & Nikki

Sommernächte auf Gansett Island (Die McCarthys 20)

Finn & Chloe

Verführung auf Gansett Island (Die McCarthys 21)

Deacon & Julia

Magie auf Gansett Island (Die McCarthys 22)

Jordan & Mason

Andere Bücher

Sex Machine – Blake und Honey

Sex God – Garret und Lauren

Five Years Gone – Ein Traum von Liebe

One Year Home – Ein Traum von Glück

Mein Herz für dich

Nicht nur für eine Nacht

Take-off ins Glück

The Fall – Du und keine andere

Dieses Mal für immer

Helden küsst man nicht

Küsse für den Quarterback

Miami Nights

Bis du mich küsst

Bis du mich berührst

Bis du mich liebst

Die Green Mountain Serie

Alles was du suchst (Green Mountain Serie 1)

Endlich zu dir (Green Mountain Serie 1/Story *1*)

Kein Tag ohne dich (Green Mountain Serie 2)

Ein Picknick zu zweit (Green-Mountain-Serie/Story 2)

Mein Herz gehört dir (Green Mountain Serie 3)

Ein Ausflug ins Glück (Green-Mountain-Serie/Story 3)

Schenk mir deine Träume (Green-Mountain Serie 4)

Der Takt unserer Herzen (Green-Mountain-Serie/Story 4)

Sehnsucht nach dir (Green-Mountain Serie 5)

Ein Fest für alle (Green-Mountain-Serie 5/Story 5)

Öffne mir dein Herz (Green-Mountain-Serie 6/Story 6)

Jede Minute mit dir (Green-Mountain-Serie 7)

Ein Traum für Uns, (Green-Mountain-Serie 8)

Meine Hand in Deiner, (Green-Mountain-Serie 9)

Mein Glück mit dir, (Green-Mountain-Serie 10)

Nur Augen für dich, (Green-Mountain-Serie 11)

Die Neuengland-Reihe

Vergiss die Liebe nicht (Neuengland-Reihe 1)

Wohin das Herz mich führt (Neuengland-Reihe 2)

Wenn das Glück uns findet (Neuengland-Reihe 3)

Und wenn es Liebe ist (Neuengland-Reihe 4)

Für immer und ewig du (Neuengland-Reihe 5)

Die Quantum Serie

Tugendhaft (Quantum-Serie 1)

Furchtlos (Quantum-Serie 2)

Vereint (Quantum-Serie 3)

Befreit (Quantum-Serie 4)

Verlockend (Quantum-Serie 5)

Überwältigend (Quantum-Serie 6)

Unfassbar (Quantum-Serie 7)

Berühmt (Quantum-Serie 8)

Gilded Serie

Die getäuschte Herzogin

Eine betörende Braut